Best Time

白马时光

他看见你的声音

之 巫忆

殷寻 × 著

百花洲文艺出版社
BAIHUAZHOU LITERATURE AND ART PRESS

图书在版编目（CIP）数据

他看见你的声音之巫忆 / 殷寻著 . — 南昌 : 百花洲文艺出版社 , 2018.1
ISBN 978-7-5500-2489-2

Ⅰ . ①他… Ⅱ . ①殷… Ⅲ . ①长篇小说–中国–当代
Ⅳ . ① I247.5

中国版本图书馆 CIP 数据核字（2017）第 260799 号

他看见你的声音之巫忆

TA KANJIAN NI DE SHENGYIN ZHI WUYI

殷寻 著

出 版 人	姚雪雪
出 品 人	李国靖
特约监制	燕 兮
责任编辑	杨 旭
特约策划	燕 兮 柴鹤嘉
特约编辑	孙惠芳
封面设计	46 设计
版式设计	王雨晨
封面绘图	度薇年
出版发行	百花洲文艺出版社
社 址	南昌市红谷滩世贸路 898 号博能中心 1 期 A 座 20 楼
邮 编	330038
经 销	全国新华书店
印 刷	北京市兆成印刷有限责任公司
开 本	880mm × 1230mm 1/32
印 张	10.5
字 数	300 千字
版 次	2018 年 1 月第 1 版第 1 次印刷
书 号	ISBN 978-7-5500-2489-2
定 价	32.00 元

赣版权登字 05-2017-437

发行电话 0791-86895108
网 址 http://www.bhzwy.com

目　录
Contents

目　　录
Contents

楔　子

郊外，人烟稀少，月儿明。

风从树隙间穿过，宽大的叶子沙沙作响。枝条左右摇晃着，绵延到地面，如同张牙舞爪的兽。

蜡像馆闭馆了。

几道身影却翻墙而入，整座蜡像馆在黑夜中沉默着，像是在静候填饱肠胃的巨怪，看着入侵者一个个走进它的嘴里。

展厅中是一尊尊蜡像，各种各样的人面，各种各样的死相，活灵活现就似真实。头顶的青面灯熄了，只留下孱弱的月光，朦朦胧胧地平摊在近处的蜡像上。

他跟着几个人小心地在蜡像间穿梭。

突然，像是有人在看着他……

他缓缓地回头，紧张得似乎能听见脖子扭动时骨骼碾压的声响。

是角落里的一尊女人蜡像，她的脸于朦胧的光线中影影绰绰。

他确信，就是她，正在盯着他！

他一点点靠近她。每近一步，他就越能感受到她周身所散发出的诡魅气息。她像是在召唤他，于黑暗之中，似乎朝着他伸出了无形的爪……

他静静仰望着她的容颜，苍白的脸，死寂的眼。

他伸出手，碰触了蜡像的手指。

一阵阴风不知从何而来。

他猛地一抖。

这蜡像，似活人的皮肤……

第一章

尸体不翼而飞

“北辰，北辰……”

“不要怕，我在这里。”

“在哪里？”

“就在你身边，不曾离开过……”

顾初总会做这样的梦。

有双男人的手将她搂住，对她说：“别怕，我一直都在你身边。”

“可是我看不见你，”她说，“北辰，让我看见你。”

每次醒来时窗外或长夜或晨曦，她总会望着窗子迷失少许时间。自从他走后，她睡觉就不再拉上窗帘，就是期待能有一天从梦中醒来时看见窗帘是拉上的，这个习惯，只有陆北辰才有。

她会在老洋房和外滩的房子间来回住，两边的房子里，有关他的东西都还整整齐齐地摆放着，连位置都不曾移过，不过在外滩，在他的房子里，她腾出了一间房，如同在琼州的那个房间一样，多了画具。

太想他的时候，顾初就会画上那么一张，像是之前枯槁的岁月。她一坐就会坐上好久，如今又重新拿起画笔，将思念寄托画纸之上。

顾思陪了她一个寒假，最终岑芸也知道了这件事，她一改往日的破马张飞，只是跟顾初说，如果想家了就回来。

顾初觉得，她已经走得太远了，回不去了。

罗池也消沉了很多，他一直在追查车祸事件，虽说案子已被盖棺定论为意外。可事实上，她和罗池都明白那是一场人为事件。

“有件事我一直没跟你说，通过现场痕迹和监控画面、车辆刹车系统来看，死者的目标是你，如果她是故意，那么要撞的人是你。”

“所以？”

“所以，如果她的目标真的是你，而陆北辰蹿出来救了你，她也应该出于本能踩刹车才对。”

“最后她不是撞在树上了吗？”

“人如果撞人，会即刻踩刹车，但死者是撞人驶出好远后才撞在了树干上，这已经过了条件反射的时间，而且死者始终没踩刹车。你这么聪明，应该想到原因了吧。”

“……对方其实要撞的就是陆北辰，因为她清楚，他一定会把我推开。”

“我们调出死者的通话信息，发现她的确删除了一条短信，查过号码，是发给你的。如果对方擅长黑网络系统的话，想要以陆北辰之名发短信，不难。”

为什么要这么大费周章？背后的原因罗池还在查，但顾初知道，有人要杀陆北辰，这是铮铮的事实。

后来在一天晚饭的时候，顾思看见了肇事司机的照片，惊讶道：“怎么会是她？”

顾初问及方知，原来死去的肇事司机艾欣是顾思在一次高校联谊会上认识的朋友，再多问，她只知道对方的家境不错，人倒也随性，就是……

“艾欣有点神经兮兮的。”这是顾思想了想后给出的评价。

罗池觅到了一丝曙光，又像是审犯人似的审了顾思。顾思虽一脸的不高兴，但还是配合了他，有价值的线索不多，毕竟两人不是知根知底的朋友。

一起看似意外实则人为的车祸，却离奇般地查不出真相，别说顾初，就连罗池也极为恼火，这就好比对方给了你个馒头，你却找不到器皿来接似的尴尬。

可结案后的没两天，艾欣的父母就踉踉跄跄地闯进派出所报案，说他们女儿的尸体不见了！

警方介入，但没发现蛛丝马迹，就好像尸体在殡仪馆凭空消失了一样。

事后，顾初想了好久，怎么都想不通尸体好端端地怎么就失踪了，偷尸体做什么？想着想着冷不丁想到了北辰的妈妈秦苏，她在带走陆北辰的时候笑着说，小姑娘，这件事陆门会处理的。

艾欣尸体的失踪会跟陆门有关吗？顾初越想越觉得不可能，总觉得就算陆门想要追究责任也不可能拿具尸体开刀。当初艾欣父母得知艾欣撞伤的是国宝级的法医教授时已是战战兢兢，又听说有陆门的背景更是胆战心惊，可据她所知，秦苏只是带走了陆北辰，并没有面见艾欣的父母索求赔偿之类。难道，陆门是后发制人？

想不通想不透，用科洛的话说就是，姓陆的一家人都很怪。

当时科洛失踪，陆北辰出事，等科洛再回上海时已是元宵节过后的第五天。他近乎悲壮地跟她和罗池描述自己在杭州被人偷袭的一幕，有人用特殊药水写了封信给他，告知陆北辰有危险，等他想返回上海时就被人敲昏了。

他被什么人袭击？又是谁在通风报信？既然已经报信了，为什么还要毁灭证据？报信的人又在忌讳什么？这一切都成了疑点。不过，在顾初认为最可疑的当属科洛去杭州的目的。在近乎威逼利诱之下，科洛终于承认他是在找陆北深。

陆北深是失踪，这是陆北辰亲口承认的，而之前……顾初仔细分析了陆北辰的话，他告诉她，北深不在了。没错，从严格意义上来说陆北辰没有骗她，他只是说不在了，并没说他死了。陆北深去世只是她的误判，所以这么多年来陆北辰一直委托科洛来查陆北深的下落，从国外找到国内，陆北深最后出现的地方是在厦门，听闻杭州陆北深也出现过，只是线索如跟厦门一样少得可怜。

问及陆北深失踪的时间，科洛表示应该是在他出国留学那年，更重要的是，陆北深失踪一事陆门并未报警，这便是科洛直呼陆家人太怪的原因。罗池的结论是这么多年都没找到陆北深，凶多吉少。

不料科洛却言：“活人比死人难找。”然后又意味深长地补了句，“死人好找，活人，会躲。”

依照科洛“招供”，陆北深失踪的时间，应该是在她提出分手之后了。分手没多久，她接到了北深发来的信息，附带了一张照片，就是刻在厦门那面墙上的那行字，再后来，他接受了留学的名额离开了 A 大。

难道，当时他是失踪而非出国留学？如果是这样的话，陆北辰为什么骗她说北深在国外发生了车祸？当年那场车祸到底是真还是假？

顾初想到了陆北辰右后肩的疤痕，总觉得有一种莫名其妙的恐惧正在滋生，如果，当年发生车祸的人压根不是陆北深呢？

她，细思极恐。

于是她又联想到陆北辰转院后，斯密斯加入神外的医学团队，联合脑外科专家对陆北辰的情况再次进行会诊。可不曾想斯密斯启动了全程保密计划，别说是顾初，就连作为顾启珉最得力的助手兼未婚妻的筱笑笑都不能参与。斯密斯给出的解释很简单，他有陆北辰亲手拟定的医学保密协约，所以在陆北辰出事后，他可以在律师的见证下实施这项权利。

最后，斯密斯是这样安慰顾初的：“他是陆门的人，陆门有陆门的规矩。”

就这样，顾初像是个局外人似的被人成功踢出局，直到现在。

转眼春暖花开，下了两场春雨后气候就转热了，路边的白兰花竞相开放，点缀着这座繁忙的城。老洋房院落里的那株白兰树也冒了绿，半开半张的花骨朵盛满枝头，再要不了多久就会满屋子飘香。

上海从不是一个春季很明显的城市，但这些早春的花时时刻刻提醒着顾初，那寒凉的季节已经过去，盛夏将至。

五一小长假，医院里忙得连轴转。打从大年三十顾初克服了心理难关拿起了手术刀后，她就跟被人打通了任督二脉似的进步神速。平时她的成绩就很好，如今在手术台上更是能够理论联系实际，参与的几次手术她都游刃有余，筱笑笑总会拍着她的肩膀说：“嗨，在学校的时候咱们教授就说你是医学天才，现在看来老教授是有先见之明的。”

所以，五一这天，当她又配合着顾启珉完成了一台高难度神经创伤手术后，站在洗手池前的她望着镜中的自己，仿佛又看见了陆北辰。他对她说：“初初，只要你能够拿起手术刀，你以后就会无往不利了。”

小长假的第二天是筱笑笑的婚礼。

婚礼终归是让人动容的，只不过起婚誓的时候，筱笑笑还是哭了，哭得合情合理，可顾初总觉得，她的眼泪是为乔云霄而流的。

顾初看见乔云霄也来了，只是他隐在人群中，自始至终没有现身。

木已成舟，她多说无益，作为旁观者的她，除了叹一声唏嘘外再也不能做什么。

七月末，盛夏。

就这样，陆北辰已经离开了她大半年。

顾初买了一个老式台历放在家里，每过去一天她就划掉一格。

暑假一到，顾思就来上海了。罗池还是一如既往地去接了顾思，跟以往一样，后车座上放了不少零食。在往市区赶的路上，顾思吃着薯片问罗池：“陆北辰还没消息吗？”

罗池重重叹了口气。

她就不问了，放下薯片，有点不是滋味。

“没消息就是好消息。”罗池稳稳地开着车，说，“如果他真的有事，消息早就传出来了。”

“你不是说陆门最擅长的就是封锁消息吗？所以，他有事没事咱们怎么能知道呢。”

这也是罗池最担心的。

“再等等吧，我相信吉人自有天佑。”

顾思靠着车窗，长长地叹了口气。

“怎么了？”

顾思沉默了许久，才道：“我觉得，我误会了一个人……”

顾初在医学杂志上发表了一篇《关于神经生长因子及神经干细胞脑内移

植》的文章，一经刊登便受到了业内专家的高度好评。很显然，作为年轻大夫，业内专家对她的关注铺平了她的未来。

她的路越走越顺，跟她同届的实习生中，她在神经外科上的领悟是最高的，为此顾启珉正式找她谈了一次话，一句话总结就是希望她能在最后分科室的时候选择神经外科。

她知道，她生命中的分水岭就是陆北辰，如果没有陆北辰，她一定还在黑暗中继续前行，品尝着蜗牛般隐忍的痛楚。越是想起他的好，她就越是想他。

这一晚她又做梦了。

又是漫天的红，将满地的玫瑰花染得鲜艳。

她疯狂地叫喊着他的名字，一遍又一遍，可是，他再也没反应了。

睡裙被冷汗打湿，顾初在床上像木头人似的僵直了许久才缓过神。顾思比她晚起些，趿拉着拖鞋打着哈欠进了餐厅，见她脸色煞白着实吓了一跳，“又做梦了？”

顾初点头。

“今天你难得休息，跟我出去逛逛吧。”顾思倒了两杯牛奶，一杯递给了她，“你就是天天跟病人打交道，受了影响。”

顾初接过牛奶，“胡说。”

顾思笑嘻嘻的，“从唯物角度解释，你平时工作压力过大，睡眠不好，多梦很正常；从唯心角度解释问题就大了，但凡病人身上的阴气都重，就会招来一些不干净的东西，正所谓负面情绪滋生暗鬼，你是医生，每天都会带着暗鬼回家。”

“什么乱七八糟的？”顾初喝了口牛奶，将煎蛋切成了菱形块，一点一点往嘴里填。

“想象力丰富才能更加充分地理解生命的真谛。”顾思叼着一块吐司，“姐，人都是哭着来到这个世界的，但临死的时候可是千奇百怪的。”

“年龄不大，想的问题倒是挺复杂。”

“这不是我想的问题，是一位名叫奇怪的艺术家，他认为人生有百态，人死亦有百态。”

“他叫奇怪是挺奇怪的，但他的观点并不奇怪。”顾初慢悠悠地吃着煎蛋，“在医院，或在殡仪馆里，什么样的死人没见过？”

“你没明白我的意思，我是指在人死之前的那一瞬间，就那么短短几秒所表现出的情感是最真实的。”顾思解释给她听，“而这位叫奇怪的艺术家就是专门捕捉人在死亡前几秒的神情状态。”

“真不理解你们这些学艺术的。”

“表达艺术的方式有很多种，为艺术献身的人也大有人在。”顾思两眼放光，“这位艺术家曾经办过一场以‘死亡’为主题的蜡像展，红极一时，一下子就蹿到了一线艺术家的行列。但后来他就销声匿迹了，多年不出作品，大家也就渐渐把他遗忘了，直到今年他终于复出，带着新作品重新杀回了艺术界。”

“蜡像师？”顾初品着这三个字，总觉得怪怪的。

“奇怪的蜡像当年出了名的，听说足可以以假乱真，圈内的人都说，如果他的蜡像和真人站在一起，哪怕是近看，一时间都不会察觉哪一具是蜡像。”顾思说完，拿过手机啪嗒啪嗒搜索了一番，递给顾初，“你看。”

顾初擦了一下手，接过手机看了看。

是一场规模不小的蜡像展，展会只有三天。宣传画上全都是闭着眼睛的一群人，只有两个身穿西装的人是睁着眼的，而且是两个长得一模一样的男人。一个站着，另一个坐着，站着的男人盈盈而笑，坐着的男人不苟言笑。宣传画以暗沉的色调为主，深咖色的主题却十分显眼：忆。

“宣传画上是两个人，双胞胎？奇怪是其中的一个还是说这两兄弟是一个组合？”顾初好奇地问。

“蜡像师是一个人，另一个是蜡像。”顾思抿着唇笑，故意考她的眼力，“姐，你觉得这两个哪一个是蜡像？”

“坐着的这个，面无表情、眼神呆愣，一看就是蜡像。”

顾思扑哧乐了，顾初见状愕然，“不会是站着的这个吧？”

“当然！”顾思将宣传画放大，“刚刚我就说了，奇怪的蜡像是可以以假乱真的。”

“怎么可能？”顾初仔细打量着这个笑盈盈的男人，“这分明就是个活人啊！”

“所以，神奇吧。今天你陪我去看蜡像展呗，这位艺术家蛰伏了这么多年，我想这次的秀展肯定会令人大开眼界的。”

令顾初没想到的是，这个主题为“忆”的蜡像展竟开在了偏郊之地。现如今，别说是有名气的艺术家了，就连名不见经传的艺术后辈都会选择在最繁华的市区亮相自己的秀展，这位奇怪的做法还真是令人匪夷所思。更令她没想到的是，竟会有这么多人来看秀展。

顾初下了车，第一眼就瞥见了不远处那幢通体黑色的房子。

有人陆陆续续地来，也有人陆陆续续地出。进去的人都抱着一脸的好奇和期待，出来的人都连连称赞和感叹。

进了门，顾初就愣住了。

偌大的展厅，空中交错间或是浮云或是棺椁。

一个个的人就躺在浮云或棺椁之内。

场馆内有缥缈的歌声隐隐而来，似天籁，又似颂歌，从天而降，说不出的圣洁。

一直张罗着要来看新鲜的顾思下意识地攥紧了顾初的手，“姐，你有没有觉得咱们不像是来观展的。”

顾初硬着头皮，“不是来观展的是来干什么的？”

顾思四周张望，“我觉得，咱们像是来参加葬礼的……”

“张罗要来的是你，现在害怕的也是你。”顾初低声呵斥。

“谁能想到这里这么诡异啊。”

是诡异。

不消顾思提醒，在刚进门的时候顾初就感觉到了。

她知道浮云之上或棺椁之中躺着的人是蜡像，可总觉得入眼的就是活生生的人。在入门的展会介绍资料中有对此次主题的解释：人一脚踏进鬼门关时，总会有那么几秒快速回忆自己的一生，临死前那一刻面露的表情，就是你这一生之中最难忘之事的反射。

蜡像师在最后一句写道：人活一世，撒谎不计其数，相信我，我们在临死前的那一刻才是最真实的。

顾初搓了搓胳膊，她见过死人，现在仔细回想起来，人在临死的前一刻还真是神情各异，痛苦、惊恐、平静……可如果将这些表情以蜡像的方式表现出来就倍觉怪异。

她由衷地佩服这位蜡像大师的精湛手艺，仔细瞧着蜡像的脸颊，眼角眉梢间的褶皱都做得极为细腻，人要表达情感，最直接的莫过于双眼。这里的蜡像，但凡是睁着眼睛的，那双眼都似真人。

展馆的面积不小，再加上如此栩栩如生的蜡像，细细琢磨，两人花了近半小时还没走完展馆的一半。这么多的蜡像，在神情上竟没有一个重复的。

入了拐角，是全新的区域。整个区域以白色羽毛为背景，放眼都是通体的白。

最惹眼的是置于正中的十字架，十字架的台阶上坐着一位身穿白西服的男人，脸色苍白如纸，目光忧郁地望着躺在铺满白色玫瑰花花台上的男人。他很安静，一动不动，却优美得如同漫画中走出的花样男子，而躺着的男人亦白色西装西裤，闭着眼，与目光忧郁的男人长得一模一样。

顾初认出他就是这场秀展的作者奇怪，只是，一时间分不清坐着的和躺着的哪个是真人。

这一幕配合歌剧院般的女高音，像极了宗教仪式下的祭奠。前来围观的人越来越多，大家都在猜测这两人中哪个是真人、哪个是蜡像，却没人敢上前触碰分辨。

“这个人还真是奇怪啊，没事总做自己的蜡像干什么？”顾初压低了嗓音道。

顾思笑得小声，“所以他才叫奇怪啊。”又道：“听说他是为了祭奠自己的弟弟，好像，两个人是双胞胎吧。”

顾初闻言怔了一下，双胞胎……她不由得就想到了陆北辰和陆北深。

“姐。”顾思碰了她一下。

顾初蓦地回过神，顾思扯了扯她的衣袖，“咱们走近点瞧瞧。”

“不好吧？”顾初看周围的人都没有造次的。

“他们那是害怕。”顾思道，“其实啊，中国人骨子里对这种太逼真的蜡像是有恐惧和抵触的。”

什么歪理邪说？但顾初也的确按捺不住跟着上前了，其他人见状，也朝前凑着脚步。顾思先是奔着花台上的美男子去了，整张脸都贴了上去，看了半晌后对顾初说：“躺着的这个绝对是蜡像，连呼吸都没有。”

顾初在观察坐在台阶上的男子，他的眼睛一动不动地注视着花台，悲伤的神情近乎令人落泪，有那么一瞬，她觉得他就是真人。

“我这边的这位也没有呼吸。”顾初回了顾思一句。

很显然，通过呼吸来判断是真人还是蜡像不大容易，一来对方可以憋气，二来这世上确实是有些人可以小口呼吸且不是很明显的。

围观人群中有人道：“我怎么觉得这两个都是蜡像呢？”

其他人纷纷发表见解。

顾初又换到花台旁，仔细打量着躺在上面的男人，惊叹，这眼睫毛做得也太逼真了吧，念头刚落，男人蓦地睁眼！

“啊！”

所有人被顾初的惊叫吸引，纷纷看向这边。

花台上的男人不疾不徐地坐了起来，于花间慵懒随意。顾初后退了两步，心有余悸。顾思来到顾初身边，盯着不远处的男人，“我去，这个竟然是活的。”

男人下了花台，身材颀长，举手投足间有着艺术家桀骜的范儿，“感谢大家前来参加我的蜡像展，我是本次秀展的蜡像师奇怪。”

全场为他鼓了掌。

顾思挤着去索要签名了。

顾初没跟着一群人凑热闹，退到了另一片较为安静的区域。

这片区域蜡像不多，只有六个，但顾初发现这六个蜡像的神情都有一个共同点：迷乱。

确切来说，更像是这六人陷入了幻境，蜡像的神情放大了这一幻境。

顾初不清楚这些神情的来源，虽说艺术高于生活，但如果没有真实所感，万万是做不出这些令人震撼的真实的神情，难不成，这位奇怪是真的常年与死人为伍？

想到此处，她不禁有些不寒而栗。

顾初又看了看那个在台上笑得温和的奇怪，没由来地，觉得不大舒服。抛开这种怪异，她的目光重新落回蜡像上，却在其中一个蜡像前怔住。

很快，顾思从“浴血奋战”中杀回来，美滋滋地挎上顾初的胳膊，扬了扬手里的拍立得照片，“终于拿到签名照啦。”

顾初瞥了一眼。

“你看什么呢？”

顾初指了指眼前的蜡像，“这个蜡像我看着很眼熟。”

顾思的目光顺过去，惊讶，“这不是艾欣吗？”

“你们确定看到的就是死者艾欣的蜡像？”罗池喝了一口茶问。

这阵子罗池总会找各种各样的借口来老洋房这边吃饭，他每次来，顾思都鼻子不是鼻子眼睛不是眼睛的，罗池就赔笑着跟在她身边，美其名曰是喜欢顾初的手艺，但实际上就是冲着跟顾思见面。

今天顾思倒主动给他打了电话，要他下班有空的话来家一趟，罗池一听十分激动，忙不迭道：“有空，当然有空。”

顾思不紧不慢地补上了句，“别误会，找你有正经事。”

但罗池可不管什么正经事不正经事的，一下班就飞奔过来，结果，听到了这么一个消息。

顾思手里抱着个水果盘，叉了个苹果片，“当然，我是绝对不会认错艾欣的。”

罗池皱眉凝思。

“我原本以为那个叫奇怪的蜡像师只想单纯通过普通人的形象来表达秀展的主题，但看见艾欣的蜡像后就觉得不简单了，他可能真的与这些死者接触过，甚至在他们死的时候他是在场的。”顾初给了个大胆的假设。

罗池却否认了她的假设，“可艾欣死的时候身边没有别人。”

现场的情况他最清楚，冷不丁多出个人来他怎么会察觉不到？

顾初一时也想不通。

“我觉得很大可能是奇怪虚构的，他是个蜡像师嘛，虚构蜡像的表情很正常。”顾思嚼着苹果片说了句。

顾初发表了自己的看法：“虚构表情很正常，为了艺术的需要，但问题是，里面的一具蜡像竟是我们认识的人，还是个已经死去了的人，所以我现在想的问题是，秀展中的那些蜡像原型是不是都是真实存在的？又或者说，这些原型都是已经死去了的人？”

这才是最让人惊恐的事。

换句话说，那位蜡像师是用了最真实的死亡案例来制作自己的作品！

罗池明白顾初的意思，思索了片刻道：“你们看到艾欣蜡像的表情很夸张吗？”

顾思回了句，“就是极度兴奋的那种。”

顾初是聪明人，看向罗池，“艾欣的尸体你是见过的，表情是怎么样的？”

罗池目光严肃，“也是呈现兴奋的状态。”

他说完这句话后，顾初和顾思面面相觑，三人陷入了难以言喻的怪异气氛之中。

罗池突然起身。

吓了顾思一跳，“你要干吗？”

“去趟那个展馆。”罗池说着抓起车钥匙。

“现在去？都关门了。”

罗池这才意识到时间太晚了，叹了口气坐下，可始终放不下心思，又咬牙吐出了两个字，“夜闯！”

顾思惊愕地看着他，不赞同，“现在这场秀展正在风头上，一旦夜闯被发现的话还不定被媒体怎么说呢，警察同志，这么做不好。”

罗池的性子急，又起了身，来回踱步，“这件事太不可思议了。”

顾初明白他的心思，丢失了数月的尸体，却以蜡像的形式出现，这的确会令当警察的罗池心急如焚。顾思那边大惊小怪地喊了一嗓子，“呀！”

吓了罗池一跳。

“你们说，会不会艾欣的尸体就在蜡像里呢？”顾思将水果盘放下，一脸的惊悚，“他的蜡像做得那么逼真，说不定就是用真人做的呢。罗池，你是没看见过那些蜡像，皮肤细腻得就跟真人似的。”

罗池挑眉，“这种技术难度太大了吧？”

顾初想了想道：“我摸过蜡像，乍一摸是绵软，但实际上跟真人的触感还是有区别的。”又看向顾思，“至于你怀疑尸体藏在蜡像里，我觉得从理论上说不通。”

顾思挠了挠头。

罗池摸出了烟盒，一支烟叼在嘴里，却只顾着思考忘了点烟，末了，说了句，“陆北辰那家伙在就好了。”

顾初的心痛了一下。

“他现在不在，但他实验室里那三个怪物还在啊。”顾思对那三人的印象不算太好，觉得他们都不像正常人，“你把他们其中一个揪来帮你不就好了？”

“你以为陆北辰的人那么好指使吗？”罗池说，“每个案子的介入都要用正规手续走正式流程的。”

“笨。”顾思撇撇嘴，“还非得有交接啊？以朋友的身份了解案子也可以啊。”

一句话倒真是点醒了罗池，“对啊……”

沉默许久的顾初说话了，声音很轻，“其实夜闯是最好的办法，白天的摄像头都开着，你想碰都不方便。”

罗池一听来了精神，“是吧，我就说这个主意靠谱。”

“但不能是今晚，最后一天去，秀展结束的时候总是管理最松的时候。”

顾思觉得有道理，连连点头。

“另外，我建议带上潘安或语境，他们两人精通骨骼，如果真的有尸体藏在里面，他们说不准还可以帮上忙。”顾初提出建议。

罗池一拍手，“就这么办。”

顾思轻轻撞了一下顾初，“怎么不要鱼姜帮忙？”

顾初推了她一把没说话。

鱼姜，除了陆北辰谁还能使唤得动她？

翌日，顾初又忙了个脚打后脑勺，八点进了手术室，午后快两点才出来，饿得前胸贴后背。

吃了饭，回了科室，又跟着筱笑笑看病例。

顾启珉取消了婚假，连同笑笑也刚一结婚就跑来上班，看病例的时候笑笑挺沉默，顾初看出她有心事，便问她怎么了。筱笑笑说了句没什么，可顾初觉得不对劲，想了想试探性问：“是不是那个孩子挺难相处的？”

顾启珉有个儿子，这是医院里众所周知的事。提到这孩子就不得不提到顾启珉的前女友，护士站是这么传的八卦：两人谈了好几年的恋爱，结果那女的劈腿了，等发现怀孕了才哭哭啼啼地跟顾启珉摊牌，两人也就分手了。照理说这件事跟顾启珉没关系了，可没想到那女的把孩子生下来就扔在了他家门口，还留了张字条说什么她养不起孩子。顾启珉报了警却始终没找到孩子母亲的下落，一直到现在，顾启珉一直养着那孩子，那孩子也习惯叫他爸爸。

当初顾初反对笑笑嫁给顾启珉，除了乔云霄的原因外就是那个孩子，一过去就相当于做了后妈，她很为笑笑担心。

“还好吧。”筱笑笑别别扭扭地说。

顾初一看她的神情就知道了，想了想说："小孩子有点叛逆很正常，时间长了就好了，重要的是，顾主任对你好就行。"

筱笑笑挤出一丝笑容，没说什么。

见她不想多说，顾初也不再继续这个话题，心里却在打鼓，不由得想到了婚礼那天的情形，但愿顾启珉不知道筱笑笑和乔云霄那么多的牵扯吧。

有人敲了科室的门，声音娇滴滴的，"顾医生。"

顾初抬眼，是护士站的小护士。

她走进来，将手里的袋子递给了顾初，"这是给你的。"

顾初开着玩笑，"你这是公然贿赂吗？"

筱笑笑见状也笑了，"咱们医院可拒绝收红包啊，你这也太明显了。"

小护士连连摆手，"不是我送顾医生的，是有人要我转交的。"

"谁啊？"顾初倍感奇怪，礼品袋打开是一个十分精致的礼品盒。

小护士摇头，"是有人塞给了快递员，快递员给咱们科室送快递的时候顺便拿过来的。"

奇怪。

待小护士走了后筱笑笑催促，"快打开看看。"

"比我还心急啊，就不怕是炸弹？"顾初说着，还是拆开了礼盒。

筱笑笑凑上前看了一眼，撇撇嘴，"我还以为什么贵重的东西呢，谁还送这破玩意儿啊。"

礼盒里躺着一个心形的玻璃瓶，玻璃瓶中装着五颜六色的幸运星。

顾初没说话，盯着那些幸运星，先是诧异，很快变得激动，将瓶子拿了出来，从中倒出了一颗幸运星，利落展开。

折幸运星的纸条上写了一个字：陆。

筱笑笑惊愕，指着幸运星，"这是……"

顾初的呼吸急促，一股脑儿地将幸运星全都倒了出来，一个个地展开。筱笑笑也意识到了什么，帮着她一同将星星展开。没一会儿，顾初面前堆满了彩色的纸条，每一张纸条里都藏了一个字，除了陆字外，还有爱、北、你、深……

组成一句话那就是：陆北深，我爱你。

筱笑笑惊声，“这不是你在大学时候折给北深学长的幸运星吗？”

顾初点头，她听见脖子在咯咯作响。

直到现在她还记得北深拿到幸运星时的神情，有些吃惊、有些好奇，末了又问她：“这玩意儿确定是送我的？”

她知道，这种小女孩儿心思的东西在他眼中幼稚了些。她佯怒，上前要抢。他笑着收好，嘴巴有点不饶人，“不值钱有不值钱的好处。”

送完幸运星的当晚她失眠了，躺在床上翻来覆去，下铺的筱笑笑咬牙切齿，“顾初，你在上面做广播体操呢？”

她是太兴奋了，又有点小期待，对他的心思和不好意思说出口的话，她都藏在了折纸里。一直到两人牵手，北深虽说不提幸运星的事，但她知道，一定是幸运星帮她实现了愿望。

星星是当年她折的星星，瓶子也是当年她选的瓶子，可是……怎么会在这个时候出现在她眼前？

“这怎么回事啊？”筱笑笑担忧地问。

顾初怔怔地盯着眼前的一堆折纸，半晌后摇了摇头。筱笑笑脑洞大开，“不会是……北深学长吧？”

话说得不完整，但顾初明白筱笑笑的意思，心口蓦地振荡了一下，脱口，“不会。”

“你怎么这么肯定？”

“我……”顾初也不知道自己为什么这么肯定，想了想说，“他已经失踪了，连科洛都找不到他的下落。”

筱笑笑瞅着她，眼神奇怪。

顾初被她看得全身发毛，“怎么了？”

筱笑笑意味深长地问了句，“那你是希望他回来还是不希望？”

顾初蒙怔了片刻，道：“我当然希望他能回来。”想了想又补了句，“如果他还活着，北辰一定很高兴。”

“然后呢？”

“什么然后？”

“如果真是他，你要怎么选择？是跟陆北深重修旧好还是继续跟陆北辰牵手前行？”筱笑笑甩出的这个问题很尖锐。

顾初嘴巴张了张，半晌后说：“这个问题太可笑了。”

“哪里可笑了？”

“我现在是北辰的女朋友。”顾初冲着她晃了晃无名指上的戒指，“我想嫁的人也是北辰，笑笑，我明白你的担忧，但我很清醒。”

筱笑笑揽过她的肩膀，重重地拍了两下，“我希望你能嫁自己所爱，无怨无悔。”

顾初点头，却很快反应过来，看向筱笑笑，筱笑笑却没再继续这个话题，指着桌子上的那堆折纸，半开玩笑道：“现在的问题是这些东西你要怎么处理，顾医生，可别指望着我帮你再一个个叠上啊。”

“我哪敢劳你大驾啊。”

窗外是夜，风过，院中的白兰树沙沙作响，窗棂上的风铃被撞得叮当清脆，已过九点，空气中还是燥热。

顾初窝在沙发里，一动不动地盯着茶几上的幸运星。顾思从衣帽间出来，见顾初还坐在那儿，倍感奇怪，一屁股坐在她身边，也学着她一起盯着茶几上的东西。

许久后，顾思支着下巴慢悠悠地开口：“姐，我瞅了半天也没瞅出什么新鲜东西啊。”

顾初换了个姿势，继续瞅，没看她，“本来也没什么。”

“没什么你盯这么长时间？”

“话说，你怎么穿成这个鬼样子？”顾初上下打量了顾思一番。

黑色的紧身衣、黑色的紧身裤，脖子上围了条黑色的丝巾，裤兜里还挂了一双黑色手套。顾初问她："大夏天的你不怕捂出痱子来？"

顾思起身，在原地舒展筋骨，"不是要夜闯蜡像馆吗？你不会忘了吧？"

"当然没忘。"她不但没忘，还势必要跟着去的。别管那里面是艾欣的蜡像还是尸体，关乎陆北辰，关乎这件悬案，她肯定要查个明白。

顾思指着她，"你不会就这身吧？"

"这身怎么了？"

很正常不是吗？T 恤衫运动裤的。

顾思一抱膀，摇摇头，"这就是态度问题啊。"

顾初刚想说她太大惊小怪，门铃响了，顾思蹦蹦跶跶地去开了门。是罗池来接她们了，身边还多了一个潘安，两人穿得更是难以形容——罗池黑衬衫黑裤子，头上却戴了一顶黑色的老太太帽；潘安更夸张，穿了件黑色的燕尾服外套，头戴黑色礼帽，脸上多了一个黑色口罩。

两人背对着背摆了个持枪的造型，潘安还十分风骚地冲着门内抛媚眼。

顾初只听见顾思笑得快抽过去了，来到玄关一看，愕然，指着罗池的头，"你是把你家老人压箱底的帽子给翻出来了吗？"又看向潘安，"潘大美人，你今晚是要去蜡像馆，不是去参加假面舞会。"

潘安朝前走了一步，却忘了还将重量压在他身上的罗池，弄得罗池一个趔趄。

"这是我的人生态度，要干一行爱一行。"

"瞧见了吧，四个人当中就属你最不严肃。"顾思挎过潘安的胳膊，笑嘻嘻道，"我就欣赏你的人生态度。"

罗池一把扒拉开潘安，顺便将顾思的胳膊搭在了自己的胳膊上，"我的人生态度比他还正确。"

顾初倚着门框，看着眼前这两只"奇珍异兽"，"你们穿成这样一旦跑路方便吗？"

潘安摘下面罩，十分优雅地勾了下顾初的下巴，"你这是动摇军心，不好。"

顾初拨开了他的手，“……”

凌双这大半年来经常国内国外地飞，一来是因为工作需要，各类时装周、时尚展要去参加，二来是为了散心。因为之前庞城那桩案子的牵连，她的职位差点不保，又招来同事们的蜚短流长，所以干脆来个眼不见心不烦。

不过那件案子终究也是结了，一些个是是非非随之消散，凌双是做媒体的，太清楚如今这信息社会，时隔一日就会面目全非，更何况一晃过去了大半年。她从踏进这个行业起就很清楚自己要什么，所以咬着牙挺直了腰板，继续谈笑时尚圈。

筱笑笑结婚当天她没赶回来，人在米兰参展，婚后的第三天她回来了，主动约了顾初和筱笑笑。那一晚她们仨喝了不少的酒，说了不少的话，凌双举杯时说了句话：“祝我们都没有如愿以偿。”

筱笑笑没能如愿以偿地嫁给乔云霄，顾初没能如愿以偿地等回陆北辰，可她们两个都不知道凌双有什么没如愿的事。

凌双不说，任凭她们怎么去问，就是嘻嘻地笑。那一晚像是回到了大学时期，三个人打着骂着争着吵着，像是最糟糕的关系，但最直接的情绪还是留给彼此。

这一晚凌双也喝多了。

婉拒了顾初的相送，她踉踉跄跄地出了饭店的门，沿着马路朝着家的方向走。刚下过雨，夜里的空气微凉得舒服，令她发沉发涨的头脑得到了舒缓。

醉生梦死的日子多了反而就习惯了，哪怕没有应酬，她也总会跑到酒吧喝得迷醉，也似乎只有酒精做伴，她才能睡个安稳觉。凌双会时常想，为什么以前自己不这样?

等见到笑笑和顾初之后她才找到原因，那晚，她一手搂着一个，醉醺醺地对她们说：“我现在才知道什么叫朋友，朋友就是，你们不开心，我他妈的也开心不起来。”

然后又笑得花枝招展地问她们：“你们说我是不是贱？你们不开心关我

什么事？尤其是你顾初，你越是不开心我就应该更开心！”

酒后吐真言。

吐出了一个真理。

那就是，凌双就算再不想承认都得承认，顾初和筱笑笑是她在这世上唯一，不，唯二的朋友。

凉风一吹，凌双稍稍清醒，她走不动了，靠在树干上，看着这个城市的霓虹和如织车流，深吸一口气再轻轻吐出时，突然觉得自己累了。

是那种倦到骨子里的累，日复一日的忙碌，到最后她竟觉得茫然和不知所措。自己想要什么她不知道了，拼了大半天再看自己的双手，似乎除了名和利外，什么都没有了。

她呵呵傻笑，目光沿着树干朝上，发现是株粗壮的白兰树。

白兰，白兰……

白兰，又何止是顾初一人的思念呢？

她苦笑，重重地拍了白兰树，踉踉跄跄地前行。

前方有车灯闪过，刺眼。

她抬手遮掩，脚却崴了一下。

冷不丁有一条手臂伸过来箍住了她，她倒在了一个坚硬的胸膛里。

迷迷糊糊抬眼，只觉得男人很高，那张脸逆着车灯，只及他含笑的唇。

等到背后车辆驶过，逆光消散，剩路灯的柔和，男人的脸颊格外清晰。

凌双这一刻看清了他的容颜，下一秒蓦地瞪大双眼，惊叫出声……

最后一天的秀展依旧是人满为患，有网友在呼吁希望秀展延期，只可惜，那位像是从漫画中走出来的蜡像师并没有回应。

蜡像馆到了夜里漆黑一片，整个建筑像个沉默者，被月光映亮了不规则的轮廓。周围没有警卫室，所以谈不上有人看守。潘安和罗池是第一次来，快走近时隐约瞧见几个人影，潘安一下子紧张了起来，赶忙将口罩戴上，罗池谨慎，拉住了顾初和顾思，“得绕道了，有人守着呢。”

顾思忍不住笑了，“门口的那是蜡像，老土。”

罗池和潘安面面相觑，等走近看清楚后更是尴尬。

果真是不做防卫的，就连门边的摄像头都关了，也许这里真没什么好偷的，全都是面部狰狞的蜡像，哪个小偷喜欢自虐搬这种东西回家自赏？

入口处的门还是那个门，小得只能弯腰。

等罗池和潘安陆续往里进的时候，顾思拉了拉顾初的衣服，压低了嗓音，“白天不觉得这个门有什么，晚上这么一看你觉得像什么？”

顾初瞄了一眼，摇头。

“你不觉得挺像墓门的吗？”顾思颤悠着声音，冲着门比画了一下，“就是那种乡村很老的坟墓，留一个很小很小的门……”

这话钻进了潘安的耳朵里，吓得他一激灵，身子一挺，“什么？”紧跟着头撞梁，猛地呼痛。

走在前面的罗池本来就高度紧张，冷不丁听见潘安惨号了一嗓子，一个激灵回头看，见他正捂着脑袋直叫唤，一脸无奈。

白天，蜡像馆里有音乐，有参观的人，虽说是安静，但不会令人觉得害怕。大夜里来蜡像馆，只觉得这里安静得让人发慌，周遭的一个个蜡像让人后背发凉。

潘安拿着小手电挨个蜡像细细打量，啧啧称奇，“还真是蜡像啊，跟真人一样。”

罗池可没他那么心大，“艾欣的蜡像呢？”

顾初前方带路。

三人都走了几米开外，潘安还在几个年轻女人的蜡像间溜达，罗池折回去，一把将他揪走。

艾欣蜡像的位置没动，很快，顾初凭着记忆找到了那个区域。

整个蜡像馆的建筑采用通体落地式的窗子设计，但这窗子极其隔光，将本来就不亮的月光过滤得愈发朦胧，隐隐落在艾欣蜡像的脸上，如此一看，反而觉得诡异。

“你来这里是要发挥余热的，还真当是参观指导啊？”罗池低声呵斥潘安。

潘安不以为然，“紧张什么？来都来了，不参观一下多可惜。”

顾初生怕两人再贫嘴个没完，指了指眼前的蜡像，“就是这个了，潘安你看一下，这里面可不可能藏具尸体。”

潘安瞅了一眼，“把尸体做成蜡像？想象力够丰富的。”

“这有什么不可能的？只有我们想不到的，没有凶手做不到的。”顾思小声说，“之前还有什么雕塑家将尸体藏进雕像里的案例呢，这可真是个毁尸灭迹的好办法。”

“你错了小妹妹。”潘安懒洋洋的，“这世上没有完美的犯罪，更没有完美的毁尸灭迹。”

顾思努努嘴，“那你倒看看这个蜡像是怎么回事？”

“不就是想证明里面有没有尸体吗？好办啊。”潘安大言不惭。

罗池转头盯着他，眼里有光亮，“你能判断出来是吧？”

“当然，把蜡像敲碎不就行了。”

吓得顾初一把扯住他，“开玩笑是吧？还把蜡像敲碎？亏你个法医能想出来的馊点子。”

“不然呢？”潘安朝着她眨巴了两下水萌萌的大眼睛，“真当我是孙猴子有火眼金睛？”

“行了，言归正传吧。”罗池破案心切，手电筒的光束打在艾欣蜡像上，“蜡像脸上的神情跟死者死后一模一样，这件事的确有蹊跷。潘安，在不损害蜡像的前提下真的没办法证明里面藏有尸骨吗？”

“我需要刮些蜡像材料回实验室进行检验，通过材料密度厚度的对比来判断里面是不是真的能藏下一具骸骨，当然，你现在要我的答案不可能，不过，我可以友情赞助你一个重大线索。”潘安将手电筒打在了艾欣旁边的几个蜡像上，“这几个蜡像我看着眼熟，如果判断没错的话，他们都是失踪人口中的一员，还有我刚刚所在的那个区域的几个蜡像，我觉得也有问题。”

顾初站在潘安的身边，闻言，冷不丁一个寒战。

第二章

神秘相邀的人

一台手术耗时三个多小时，其间，向来喜欢在手术室里讲笑话的顾启珉保持了沉默，筱笑笑也是不苟言笑，与顾启珉都无语言上的交流。等下了手术台，顾初洗手的时候看见了顾启珉和筱笑笑站在走廊的尽头。

两人不知道在说什么，顾启珉拉着筱笑笑，筱笑笑一脸不悦地甩开了他的手，顾启珉眉头紧皱地离开。

顾初在洗手池旁等来了筱笑笑，她的眼睛有点红，像是刚哭过。顾初心里一咯噔，“你跟主任怎么了？”

她以为笑笑会说句没什么，岂料笑笑如实相告了，气急败坏的，“也不知道他从哪儿打听了我和乔云霄的事，竟怀疑我婚后还跟他有私情！”

“他也是太在乎你了。”顾初只能这么相劝，虽说她觉得顾启珉偷偷调查筱笑笑和乔云霄的过往是挺不道德的。

“在乎也不能把子虚乌有的罪名往我身上安吧？”筱笑笑越说越气，“你是知道我的，结了婚之后你见我跟乔云霄联系过吗？我没找过他，他也没来找过我，我俩清清白白的。”

顾初上前环住她的肩膀，“好了，别气了，两人吵架的时候哪会有理智啊，再怎么说他都是爱你的嘛。”

一通安慰总算压下了筱笑笑的情绪，回家的路上顾初就一直在想笑笑和顾启珉的事。按理说夫妻都是床头吵架床尾和的，她不该担心什么，可不知怎的右眼皮就总是跳啊跳的。她从没跟笑笑说过，其实婚礼当天乔云霄是来了，就像是她从没说过其实婚礼当天她的右眼皮也一直在跳一样。

进了家门，顾初发现顾思已经回来了，厨房里的饭菜香飘进了客厅，听见玄关的动静，顾思从厨房探了头出来，嚷了一嗓子，“姐，我今天发明了个新菜，等着味蕾上的惊喜啊。”

顾初一声哀号，“你能不能别再祸害食材了？”

“你得给我机会让我练练厨艺。”顾思的小甜嗓极具穿透力。

没一会儿，四菜一汤上齐。

顾初见她摆了第三副碗筷，惊讶，“还有人？”

话音刚落门铃响了，顾思一下子蹦起来，“我去开门，罗池是来尝我手艺的。”

十分钟后，罗池去了一身的风尘仆仆，洗了手坐在了餐桌旁，头上却还像是顶着鸡窝似的，脸看上去灰锵锵的，吃得狼吞虎咽。

顾初看着他的吃相，不由叹道：“思思的厨艺至于好成这样吗？”

“现在就算是给我一盆猪食我都能吃得香。”罗池嘴巴塞得鼓鼓的。

顾思一听，一个扬手打算抡过来，罗池马上示好地冲着她笑，然后解释：“奇怪那孙子嘴巴严得跟城墙似的，害得我一天没吃东西。”

“你把奇怪给拘留了？”顾初惊道。

罗池承认，“那家伙秀展一完事就该跑路了，真有什么事想抓他都难，趁着他在上海，先给他个下马威。”

他一整晚没合眼，在警局将上海一整年的失踪人口档案全都调出来了，将这些人的照片拍了下来，然后对比秀展网站上的蜡像照片，调查的结果很令他失望，除了艾欣的蜡像能找到原型外，其他蜡像都没原型。他冥思苦想，眼睁睁地看着月光转淡，天际间蹦出明晃晃的日光。

上午八点，他做了大胆的举动，先审讯了奇怪再说。暂且不提那些蜡像有没有原型，但是艾欣的蜡像出现在秀展就有足够的理由带他回警局接受调查，于是他向上级打了报告。

“看来我也不用期待结果了。”顾初慢悠悠地夹起一口米饭。

罗池喝了一口汤，烫到了舌头，猛地喝了几口白开水，顾初见状摇头，“马失前蹄很正常，你也不用这么激动。”

“那小子嘴硬不假，但如果什么都不交代我也不会让他走。”罗池拼命地想要挽回自己的面子。

“他认识艾欣？”顾初问。

“他不会那么痛快承认的。”罗池道。

顾初又问：“他总该给个说得过去的理由吧，除非他有特异功能，能看见千里之外。”

“那小子倒是说了个缘由，只是在我听来有点扯淡。”罗池几口吃完碗中饭，冲着顾思一举碗，讨好似的笑了笑。

顾思接过碗嘟囔了句，“查案不见你这个速度。”

罗池嘻嘻哈哈，冲着顾思的背影道：“吃饱了才能好干活。”

“我家的米都被你吃光了！”顾思在厨房里嚷了句。

“明天我就买几袋大米送过来。”罗池十分豪爽。

顾初敲了敲桌子，罗池这才把眼珠子转过来，清了清嗓子言归正传，“他说艾欣死的时候他正在现场附近，看见了死者的死相。他说他不知道死者叫什么名字，又说自己是为了艺术需要，总会出入各种死亡场合来刺激灵感。”

“你信吗？”顾初撑着下巴问。

顾思又盛了满满一碗饭，罗池接了过来，冲着顾思谄媚地笑了笑，见顾初瞪着他，马上一本正经，“鬼才相信他的话，怎么就那么巧，艾欣这边死，那边他就遛弯给遛到了？”

罗池塞了满满的一口饭，眉间的川字纹皱得那叫一个深，“该死的是，我们现在没办法证明他没在现场。”

顾思提出异议：“当时你在现场不是没看见其他人吗？”

“当时情况很乱，如果那小子不是近距离地在现场，又或者说他就有那个癖好，拿着望远镜观察现场的一切，我们也说不出什么。”

顾初叹了口气，罗池知道一提及现场的情况又会勾起她的伤感，也不再过多去描述当时的状况了。

顾思想了想，重重地锤了一下餐桌，“打他！打到他交代实情为止！但记住别打他的脸，挺帅一张脸打坏了太可惜了。”

罗池气结，“你要是只说前半句吧，我还可以告诉你现在不准暴力执法，但听了后半句，我觉得打他是个好主意。”

顾思瞥了他一眼，“小肚鸡肠！”

罗池还要回一句，顾初开口打断了两人的“打情骂俏”，“艾欣的尸体不见了，有没有藏在蜡像里？”

“这就是让我很头疼的事，蜡像里面压根儿就没有尸体。”

顾初一怔。

“今早上潘安打电话给我，告诉我经过他的化验分析蜡像里面不会藏有尸体。”

好不容易抓住的线索就这么断了。

“那怎么办？”顾初听着也毫无头绪了，“就这么放了奇怪？”

“那个蜡像师还要在上海待几天，听说不少杂志和电视节目安排了他的专访，希望能趁着他还没离开的时候查出端倪吧。”

一场慈善晚宴在外滩公馆举办，这次的慈善捐款主要用于对贫困山区留守儿童重病大病的医疗防御上，参与此次慈善晚宴的除了各界名流外，还有数家基金会介入，其中就包括北辰基金。

顾启珉作为全上海数一数二的权威医学专家也参与了这次的晚宴，并偕同夫人筱笑笑一同前往，以夫妻名义向贫困山区儿童捐赠两百万元用于医疗体系建设。

顾初也来了，主要是冲着北辰基金来的。

虽说陆北辰因为股权重组稀释了手中的部分股权，但说到底他还是基金会的主要负责人和决策人，他如今人在美国，今晚究竟是谁为北辰基金代言？

乔远集团声势浩大，乔云霄以集团名义向山区医疗建设捐赠两亿元的善款，成为与北辰基金会捐赠金额相同的大户。他讲话简短，却给人留下了很深的印象，不得不说这一次乔远集团打了张漂亮牌，通过这种方式来高调证明乔远集团继续一路走高，而他乔云霄，作为乔远集团的接班人，有足够的能力来回击过往对集团的质疑。

在乔云霄讲话时顾初悄悄打量了一下筱笑笑，她看上去很平静，再看顾启珉，他也是面带微笑地看着台上。

乔云霄一讲完话就被商界名流围上了，这种场面顾初不陌生，想当初她的父亲也是这般风光，然后那些叔叔伯伯们将她捧上了天。

如今，乔云霄继续了乔伯伯的骄傲，而她，无法再支撑起顾家的光环。

"下面有请北辰基金会的发言人何奈先生。"

顾初疑惑不解，何奈是谁？

正想着，一道挺拔的身影上了台，灯光落在他的脸颊，堪比女人还精致阴柔，双眼却藏有锐气。

"是他？"顾初忍不住低叫一声。

"认识？"筱笑笑好奇地问。

顾初木木地点头。

"也对，他是你老公的人。"筱笑笑凑上前笑道，"发现个问题。"

顾初的大脑有点短路，扭过脸看着筱笑笑。

"给你老公工作的男人长得都挺漂亮的，潘安、科洛，语境虽说有点呆，但脱了眼镜框挺好看的，罗池也挺帅，不过这年头谁说直男就不能被掰弯了？现在又多了个……他叫什么来着？"

"何奈。"

"哦，对，何奈，这么奇怪的名字。"

如果是他的真名，那就很是奇怪，所以，顾初情愿第一次听到的名字是真的，顾肆。

那个在图书馆里神出鬼没的男人、那个帮她借书的男人……他说他叫顾肆，她便信了；他说他之所以在 A 大出现是在等一个人，她也信了。现在，他就这样以北辰基金会发言人的身份出现了，并且叫了何奈的名字，她该信吗?

台上，何奈举手投足都可圈可点，却从头到尾都没提“陆北辰”三个字，台下有记者忍不住问询陆北辰的情况，顾初这边支棱着耳朵倾听，何奈面带微笑地回答：“无可奉告。”

慈善捐赠过后就是晚宴，主办方隔离了媒体记者，还了参与者一个轻松交流的环境。顾初心急如焚，等何奈那边的人终于少了些，便急忙过去。

何奈看着矮了自己一头的女人，笑了，“又见面了。”

“是啊，又见面了，没想到你是陆门的人，我该怎么称呼你?何奈还是顾肆?”顾初似笑非笑地看着他。

“之前我的确不方便暴露身份。”何奈由衷道，“陆门低调，我只是为陆家人工作的，到处招摇不好。”

他是否低调与她无关，她关注的就只有陆北辰，问：“你是陆门的人，怎么会代表基金会?”

何奈刚要作答又止住，盯着顾初笑，很是意味深长。顾初被他瞅得怪不舒服的，“怎么了?”

“我看你是想从我嘴里套出二少爷的情况吧。”何奈双臂交叉环抱于胸前，一副懒洋洋的模样。

二少爷……

顾初一时间没反应过来。

“就是北辰少爷。”

顾初这才恍悟，一直以来他都没以陆家二少爷自居，她差点就忘了这个事实。

“看来，你不会跟我交代实情。”她也不傻。

“没错。”

“可我不是别人。”

“我知道。”何奈的目光不着痕迹地扫过她的无名指，“但就目前而言，你在法律上还算不上是他最亲近的人。”

“你能妥协吗？”顾初可怜楚楚。

何奈比她还可怜楚楚，“我得保住我的饭碗啊。”

顾初见他油盐不进的自是着急，“这样，你就说他好，或是不好。”

何奈的嘴闭得紧紧的。

顾初黔驴技穷，咬牙狠狠一跺脚，“你行！装神弄鬼骗我在先，现在明知道我这么着急还三缄其口在后，我是你们家二少爷的女朋友，你记住了，以后你可千万别有什么事求着我！”

“别走啊。”何奈拦住了她。

顾初扬头盯着他，“不走干什么？我可别耽误你升职发财。”

“行行行，我给你透露点，你别不搭理我。”

顾初一听马上和颜悦色，“快说快说。”

“怎么变脸跟翻书似的。”何奈挑眉浅笑，“具体情况我也不是特别清楚，只能告诉你，你等的人很快就会回到你身边。”

“真的？”

“骗你是狗。”

顾初顿时愉悦了，双臂都恨不得化成翅膀在这大厅间翩翩起舞，告诉所有的人：北辰快回来了，她的北辰马上就要回来了。

主办方来找何奈，顾初又说了两句感谢的话先行离开，走了两步回头叫住了何奈。

“之前你说你在等一个人，那个人等到了吗？”

何奈唇角微扬，“快了，那个人快来了。”

问到了想要问的答案，顾初也没有继续逗留的心思，跟乔云霄道了别。他的意思是送她回去，顾初拒绝，但他说他也想早点离开，正好找了借口。

将车钥匙给了顾初，先让她去车内等着，他跟主办方打个招呼。顾初见婉拒不掉，点头，拿了钥匙先行离开。

主办方知道乔云霄要走多加挽留，他随便搪塞几句，临出门时与何奈打了个照面。

“乔总，我们有段日子没见了。”

乔云霄淡笑，“我想，我们没有什么见面的必要吧？”

“虽说我们没有缘分合作，但世事难料，乔总又何必把话说得那么干脆呢？”何奈笑。

乔云霄双手插兜，笑容转冷，“所谓合作，前提是相互坦诚，何先生说话做事遮遮掩掩，这恐怕不是合作的态度。”

“我在你面前从没掩藏我的身份。”

“你掩藏了你的目的。”

“人往高处走，上一次我选择跟你合作，难道目的还不明确？”

乔云霄冷哼，“换句话说吧，既然你有心要挖出一些秘密来，那陆北辰的心思你又挖出多少？”

“你的意思是？”

“陆北深失踪，陆北辰回国。”乔云霄直截了当，“陆北辰宁可动用侦探来寻找陆北深都不选择报警，这里面究竟发生过什么事，何先生不会不知道。”

“如果你感兴趣，可以去查。”何奈始终浅笑。

“可惜，我不再感兴趣了。”乔云霄语气淡然，“这件事查到最后恐怕伤的是顾初，我不想让她受到伤害。”

何奈诧异地看着他，“你就这么甘心输给陆北辰？”

“何先生的激将法用错地方了。”乔云霄脊梁僵冷挺直，“有句话说得好，狼要回头必有因由，要么报恩，要么报仇。既然道理说得这么明白，我又何必去掺和一脚，等着看好戏就可以了。”

何奈有一瞬的怔滞，但很快笑了，“乔总的话真是精辟。”

乔云霄送顾初回到老洋房时已是夜里十一点多了，熄了火后他道：“小初，有些人你还是要有所提防。”

“例如？”

“何奈。”

顾初轻笑，“我跟他一无仇二无怨的，更没有利益上的瓜葛，他能害我什么？”

“我就是告诉你，在没有了解何奈的情况下不要去轻信他的话，毕竟你对他不了解，当今社会，防人之心不可无。”

顾初点了点头，想起之前的事，迟疑地问了句：“你跟他之前就认识对吗？我曾经见他上了乔家的车。”

乔云霄不动声色，“可能你还不知道，他除了今晚是北辰基金会的代言人外，还是陆门四大特助的其中一位。他以陆门助理的身份与我见面，洽谈商业上的合作。当然，后来因为彼此行事理念不同也就不了了之。”

顾初听着他的解释，合情合理。

“还有件重要的事。”乔云霄的脸色严肃。

顾初心里隐隐预感，脱口，“蜡像展的事？”她是在那天夜闯蜡像展后，拜托乔云霄帮忙的。

乔云霄点头，“我看过了秀展网站上的蜡像，找人查了一下才知道，原来他们都是多年多地失踪的人。”

顾初倒吸了一口气，多年多地失踪？怪不得罗池查不出来，他只查了近一年整个上海的失踪人口档案。

“这些死者还有个共同点。”

“是什么？”

“他们的尸体跟那位肇事司机一样，不翼而飞。”

翌日，乔云霄将那些失踪人口的资料给顾初，顾初又马上传真给了罗池。罗池得知情况后开始破口大骂：“我就知道奇怪那个孙子肯定没说实话，等档案一齐，我看他怎么狡辩？遛弯？妈的数十个死者的死相都是他遛弯遛出来的？放他奶奶的屁！”

顾初想起那晚看到的一个个蜡像的神情，整个脊梁骨都在泛寒，那些人死了，或痛苦或不甘，却有人将他们的这些痛苦和不甘以蜡像的方式永久保留，何等残忍？

没来得及伤感悲凉，医院的忙碌又剥夺了顾初的注意力，等忙完后已过了下班时间。顾思这阵子总跟着罗池东跑西颠的，晚上经常不回来吃饭，她也打算在食堂里随便吃点。不曾想筱笑笑招呼她一同吃晚饭，她甚是奇怪，问询之下笑笑不自然地说了句：“顾启珉今晚约了朋友。”

顾初见她眉梢藏情，知道这两人可能又因为什么拌嘴了，也不方便多问，轻声安慰了句：“你还是要给他点自由空间。”

换好衣服打算走的时候，护士站值班的小护士呼哧带喘地跑过来，见了顾初后一个劲地呼天谢地，将怀中大束的白玫瑰塞到她怀里，“有人要我转交给你的。”话毕一溜烟跑了。

“又是那个神秘人？”筱笑笑问。

可这一次不再是神秘人了，顾初眼尖地看见鲜花上的卡片，拿起，在看到字迹后蓦地一颤。

是陆北辰的字：今晚八点，餐厅见。

卡片后面，附上了餐厅的地址。

这餐厅……就是陆北辰出事前约她见面的地方！

玫瑰。

又见白玫瑰。

顾初坐在计程车里，怀里紧紧抱着这大束玫瑰，手指却在发颤。末梢神经几乎是长了脚，穿过骨骼刺入血液之中，促使她心脏跟着上下颠簸一路不安。

在她决定赴约时，筱笑笑把着计程车的车门对着她千叮咛万嘱咐，“你记住咱俩的暗号啊，真要是发现有什么不对劲，你就谎称有事需要打个电话。”

筱笑笑是有过被人绑架囚禁的经历，所以面对异象总会敏感，以防万一，她给顾初研究出个暗号，只要稍有不妥，顾初便打电话给笑笑说：“今晚3床的病人我忘记量体温了，麻烦你帮我一下吧。”筱笑笑就会知道顾初目前处于不安全中。

只是，筱笑笑积极备战，顾初却没将暗号当回事，反倒是计程车司机八卦，在往餐厅走的路上忍不住问她：“姑娘，你们是便衣要抓犯人吗？”

顾初盯着白玫瑰沉默，没满足计程车司机的好奇心。

打从半年前她就开始惧怕白玫瑰，这花太苍白，似乎只有血染才会怒放。

餐厅的这条路依旧安静，就像是年初的模样，顾初下了车后在原地站了好久，盯着曾经出事的地方，似乎还能闻得到腥甜的血气味。

心缩了一下，是窒息的疼。

陆北辰出事之后她就没再来这条路上，有时候车行经过她都会命司机绕路，其实她知道自己在怕什么。

顾初抱着白玫瑰深吸了一口气，走进了餐厅。

侍应生为她引路，餐厅内没人用餐，这个时间不应该会这样。

很快，她明白了缘由。侍应生将她带到了餐厅内朝前示意了一下，她只见漫天花海，一朵朵绽放的白玫瑰占据了视线，温婉的玫瑰香弥漫了餐厅。

餐厅的光线被调暗，餐厅中央有投影，顾初大吃一惊，正放着《霸王别姬》。

那束淡淡的光影旁是道背影。

于花海之中的沙发上，那人背对着她而坐，正在欣赏着这部电影。余光描绘了他的背影，宽阔的肩膀匿于光影之中，那流畅的线条惹红了她的双眼。

顾初不敢相信自己的双眼，耳畔是聒噪的心跳声，呼吸转促。

北辰……

心底的那个声音越来越大。

只消是那个背影，她就知道一定是他。

光影中男人起了身，剪裁得体的白衬衫衬着他健硕的骨骼，是他的模样。顾初僵在原地，眼睁睁地看着男人缓缓转身。

他的背后是刺眼的亮，将他的面容匿藏着暗光浮动间，影影绰绰，他似乎在微笑，唇角那温暖的弧度一直弯进黑眸。

这一瞬，顾初觉得心一下子飞远了，飘忽间连灵魂都蹿上了空中，轻飞。

“是你吗？”

这是她拼尽全力才发出的声音，却小得如同蚂蚁，嘴巴一张一合，落入耳的是颤抖。于是她又尽力挤出声音，唤道：“北辰……”

男人缓步绕过了沙发，靠在那儿，冲着她一伸手，“过来。”

是他的嗓音，低低的，好听得可以让耳朵发醉。她有了动力，一点点地往前移，终究还是到了他面前，低头看着他的手。

他轻轻握住了她的手，十指相扣。

“是我。”

顾初的眼圈就红了，攥了他的手，用力地，紧紧地不放松，听见了他的声音，她还在低着头，一遍遍轻喃着他的名字，似乎只有这样，才能确定他是回来了。

男人抬手，宽大的手掌轻覆上她的脸颊，语气愈发轻柔，“是我，是我回来了。”

她才终于抬眼。

他背后是影片的插曲，纠结着彻心彻肺的疼痛。隐隐闪过的光影于他的脸颊，看上去有些苍白，还像是病人的颜色。

“北辰。”她念着他的名字，唇齿都黏着疼，下一秒将他搂紧，“你回来了，回来了就好。”

整整一个白天罗池都在联系各地的失踪档案，有些甚至都是尘封多年后被当地派出所列为悬案的，想要搜查起来更困难了。可不得不说，乔云霄提供的线索给了很大的帮助。

蜡像馆的案子看上去跟半年前的车祸没有关系，但就是因为一个艾欣，令两者之间有了诡异的联系。罗池接到了部分当地反馈过来的档案，虽说不是全部，但拿到手里的都是一桩桩离奇的失踪案，而跟艾欣尸体并展的那一组，生前都是神秘失踪人口。

那么总结起来就是说，在奇怪举办的这场蜡像秀展中，全部的蜡像都是有原型的，以艾欣为主的那组蜡像中，原型都先是失踪，死后尸体又失踪了的，这组蜡像加上艾欣共有四个；而其他的那些蜡像，罗池接到的档案都是将其列为尸体失踪，也就是说，那些蜡像的原型只是在死亡后尸体失踪了。

罗池向上头汇报了这些情况，上头极为重视，命成立专案小组调查此事。

等入夜了，罗池才终于忙完了远程遥控，也才想起顾思一整天都跟着他东奔西跑的，连饭都没吃。

出了书房一到客厅，罗池吓了一跳。

顾思正盘腿坐在沙发的正中央翻看资料，身旁堆满了零食，嘴里还叼着个薯片。见他出来了，冲着他一招手，“嘿，罗警官，我发现个情况啊。”

“什么情况？”

顾思将几份资料全都一一摆好，“你看，艾欣这组蜡像的其他原型全都是自杀。”

包括艾欣的资料，共四份，她把死因全都标出来了。罗池这么一看，诧异，“行啊你，挺专业的。”

“那是。”顾思得意扬扬，“我姐是天才外科大夫，我姐夫是神一般存在的法医，我能差到哪儿去？”

罗池很是难得地没跟她顶嘴，或许是顾思的发现的确打开了破案的思路，他拿过资料对比了半天，“怎么会这么巧？都是自杀？”又拿起艾欣的资料，皱眉，“她也算是自杀？”

顾思将薯片抱过来，咬得咔嚓咔嚓的，“想不通啊，她的死顶多算是意外吧？但奇怪为什么把她的蜡像跟这些自杀的人摆在一起呢？”

罗池陷入思考。

“啊！”顾思猛地一拍罗池的肩膀。

罗池吓了一跳，龇牙咧嘴地扭头看她，“你个姑娘家手劲怎么这么大？”

“我只用了三成功力。”顾思开着玩笑，“我觉得吧，你应该问奇怪，反正他现在还没逃出你的掌控范围呢，再逮回来。”

“这就是你刚才想到的？”罗池揉着肩膀。

顾思重重点头。

罗池使劲揉了她的脑袋，她脑袋上的丸子瞬间乱了。他将资料收起来搁回了书房，再出来时清清爽爽的，“走吧，吃饭去。”

“案子不管了？”

“涉及尸体死因这种专业性的问题，咱俩都解决不了。”

“你打算找谁？”

“陆北辰那家伙不在，我只能去求潘安。”

顾思乐了，“求？”

“你不知道，现在他们还在配合美国实验室那边完成一些工作，据潘安自己说忙得要命，陆北辰不在，想指使他们难似上青天。”

顾思不以为然，“好办啊，你找我姐呗。”

“你姐跟着陆北辰出过现场是不假，但她的专业性还差得很远。”

“我又没叫你请我姐去办案。我的意思是，你让我姐去找潘安，潘安不会驳她面子的，夜闯蜡像馆的时候，潘安不就是听了我姐的话才去的嘛。”

一句话点拨了罗池，他欢喜地坐在了她身边，情不自禁搂了她一下，“聪明啊。”

男人的气息搅得顾思心头发慌，一把将他推开，“别占本小姐的便宜啊。”

“思思——”

“差点忘了，有东西给你。”顾思说着去扯拎包。

罗池眼睛一亮，“我对你的诚意终于见回报了？”

一个盒子“砸”他手里，“你的，还你。”

罗池一看愣住，竟是过年时候他母亲送她的红宝石项链，“你这是……”

“太贵重了我不收。”顾思表明了立场。

“别啊，这是长辈的心意。”

“罗池，你有事瞒着我吧？”

“哪有？”

顾思站了起来，冲着房子周围一指，“你只是个小警察能住这么大的房子？罗池，你还真当本小姐没见过世面啊？”

闻言，罗池尴尬地挠了挠头，“那个……我不是怕你生气吗？”

顾思靠在小吧台旁，睨着他轻哼哼，“看你怎么交代了。”

“我家吧，是有点小钱。”罗池马上又解释，“比起你们顾家，我家绝对只是小钱！”话毕，一五一十地交代了家里的情况，像是还没等着受刑就全部招供的罪犯。

等顾思听明白了后，笑道：“好啊，你个小警察还挺能伪装的，不就是个富二代吗？装什么呀？”

“你……没生气吧？”

“我生什么气？”

罗池一下子松了口气，“吓死我了，我还以为你要跟我分手。”

顾思盯着他，“真俗的想法，别把我说得像是没见过钱似的，钱是你们家的，跟我又无关，更重要的是，咱俩可没谈恋爱啊，别动不动就分手牵手的。”

罗池的脸一下子垮了起来，“不是吧，思思？我对你什么心思你还不知道？”

“那是你的事，别嘴上占便宜啊。”顾思道，“项链我是肯定不能收的，搞得像咱俩要定亲似的。”

“我父母就是这个意思。”

顾思嘴一抿，“别磨蹭了，吃不吃饭了？”

罗池忙不迭地说，“吃，吃。”

“你请啊，谁让你是富二代。”

今晚，凌双没有出去应酬，下了班就回了家。

上一期的杂志大卖，火热程度不亚于陆北辰和乔云霄那两期，可她不知道自己为什么对曾经那么热衷的事提不起兴趣了。

就正如，以往她从不会这么早回家，但今天她就格外想回家躲避霓虹，逃离自己所处的名利场，给自己做一顿好饭，配上一点点的美酒，来挽回自己越走越远的灵魂。

从来没这么安静过了，夜幕降临后，透过落地窗的是最美的建筑和万家灯火。

凌双在餐桌对面也摆了套餐具，整整齐齐地与自己的遥相呼应。然后，点了支烟。灯光略暗，她指间细长的烟身一点点被橙红色的光亮吞噬。

烟雾是青白色的，记忆却是缤纷。

那一晚的那一幕像是一场梦，一场她从不敢去正视的梦。

也许，只有在喝醉时才会将他的脸看得真切，她看着他，震惊，忘了思考。

她不敢相信自己的双眼，下意识地伸手触碰，他真实存在，那张脸就真真实实地被她的指尖描绘。他的脸映入了她的震惊，他说："是我，我回来了。"

手指轻轻一颤，烟灰掉了半截。

凌双从回忆中走出来，低头看了餐桌上的烟灰，许久后才轻轻擦拭。烟味淡了，餐桌上的另一套餐具依旧是空的，她深叹了一口气，将半支烟扔进了酒杯中，轻微"哧"的声响，那橙红色的光亮就熄灭了。

顾初没回老洋房，从餐厅出来后，她和陆北辰回了外滩。一顿饭吃了很久，换句话应该是说了很久，顾初说，陆北辰大部分时间都在听，问及他为什么回来还要故弄玄虚时，他笑道："想给你惊喜。"

回到外滩已过夜里十点，这一路上，顾初都紧紧地抓着他的手，患得患失。

外滩一如从前，保留他走前的模样，一开门，霓虹溅入了房间，玻璃光影斑驳，室内明暗静谧。顾初扬脸的时候，斑驳的光影就坠入她的双眼，像是藏了星星，陆北辰低头凝视她的脸颊，她觉得他的眼眸里静得像汪清泉，不同以往。

进了浴室，趁着调精油的工夫，顾初给顾思去了通电话。

接通后，那边先是抱怨："姐，你还不回来？"

"今晚我不回去了，你先睡，别等我。"顾初站在镜子前，将发梢掖进浴帽中，对着手机轻声道。

"你不回来了？还在医院吗？"

镜中的顾初，眼角眉梢沁着笑，愉悦地说道："他回来了。"

那边半天"啊"了声。

"是北辰，他回来了。"

"啊？！"这一次，思思的动静近乎可以掀了房顶。

"具体的明天再跟你说，你早点休息。"顾初不想她问东问西的，便急急掐了通话。

顾初洗完了澡没看见陆北辰，客厅里很安静，如果不是因为他的衣物都在，她会误以为他又不见了。找了一圈，最后，在那间后来被她改成画室的房间找到了他。

他已经冲完了澡，头发还是湿的，上身是白色的 T 恤，下身是条亚麻色的家居裤，赤着脚，坐在画架子前，翻看一幅幅画像。

沙发旁的落地灯幽幽地亮着，将他的身影拉长，他的侧影随意又慵懒，顾初站在门口盯着他，心底深处总有种异样。

陆北辰转过头，见到她后轻轻一笑，朝着她伸过手。她微笑上前，与他十指相扣。

"没想到你画了这么多。"

"每次想你的时候都会画上一张，渐渐地就这么多了。"

陆北辰轻吻了她的手指，"对不起。"

她窝心，愈发搂紧了他，"是我对不起你才对，要不是我的话，你不会受这么多的罪。"

"傻话。"陆北辰轻叹。

她又想起半年前的那一幕，眼眶一热，“你还没告诉我你现在的情况呢，后来你去美国之后接受了怎样的治疗？”

他圈住了她的身子，语气低柔，“我现在已经在你面前了，当然是没事了，放松点。”

“可是当时那么严重。”

陆北辰不语，凝视着她。她发现他这次回来异常安静，静到她都无法感受到他骨子里的热。他低头，唇渐渐压下，她却没由来地紧张，一下子按住了他的手，“北辰，你的戒指呢？”

戒指，她视为珍宝，不在乎它的贵重与否，只是因为这里面投入了陆北辰太多的在意。可现在，他无名指上的戒指不见了，也是刚刚发现的，她攥着他的手总觉得缺点什么，情急之下才想起是因为他没戴戒指。

陆北辰停了动作，额头抵着她的好一会儿，抬手看了看，“戒指……”他迟疑。

顾初抬手，示意给他看了自己的这枚，“对，戒指，你怎么没戴？”

陆北辰拉过了她的手，盯着戒指好半天，眉头隐隐蹙起，眸光深谙难懂。顾初觉得他的神情异常，轻唤，“北辰？”

他却轻轻一笑，顺势将她的手拉至唇边亲吻了一下，“我醒来的时候戒指就不见了。”

“啊？”

“也许是治疗的过程中被人拿下来的，放心，我会找回来的。”

顾初不经意想到的就是秦苏，但很快打消了这个念头，秦苏不是已经接受她了吗？难道，是陆门的其他人？要不然真的就是在治疗过程中被摘了下来，他当时昏迷不醒，不知道自己什么时候戴上了戒指，更不知道什么时候被脱掉戒指的。

他又低下头，薄唇轻蹭着她的脸颊，性感低喃，“我很想你。”

她也很想他，发了疯地想，曾经她和他有过别离，在他到外地查案的时候，他回来后也会在缠绵悱恻中轻喃她的名字，告诉她，我很想你。

是这次分别得太久了吗？为什么心里总是惶惶的？

她不语，亦不动。他的唇绵延她的脸侧，滑过她的耳垂，引得她微微一颤。他低笑，唇徐徐游移。

“北辰，我、我……有点累了。”

男人停了动作，颔首看她。

顾初生怕他误会，但一时间又解释不清楚自己这恼人的情绪从何而来，轻声道：“我明天上午还有手术。”

他目不转睛地看着她，久久没说话。

“北辰……”

“你在怕我？”

“不，我不是……”顾初一听他这么说，心就形同受了剜刑，忙解释，“我只是……只是……”

他却轻抚了她的头，“我知道你累了，休息吧。”

第三章

一样的脸，诡异的人

再睁眼已是清晨。

顾初是从梦中挣脱而出的，睁眼时，最后一帧梦境画面也驱散了。她盯着天花板盯了许久，眼球转了转，干涩。

头一扭，他就躺在身边，还穿着昨晚那套家居服，睡得安静。顾初小心翼翼地起了床，生怕惊扰了他，走到窗前，对着灿烂的阳光伸了个懒腰，虽跟从前一样的天明，却因为他的回来变得不一样。

等等……

阳光？

顾初伸懒腰的动作一下子滞住，心里咯噔一声，昨晚她比他早睡，睡前习惯性地没拉窗帘，但他为什么也没将窗帘拉上？

她扭头，迟疑地看着他。

清晨的光亮柔和，偏移入床头，他英俊的脸颊一半陷入光明一半陷入光影，家居服是浅色的，在阳光下看着更是柔和，这样的陆北辰会让人感到舒服清爽，又平易近人。

她回床边，坐在了他面前，伸手触碰他的脸，心口突突直跳，是北辰的脸，没错，他的鼻梁、他的唇、他闭着的双眼、他的眉毛……

手指在碰触他眉骨时微微一滞，他的右眉之下藏匿着一处极小的疤痕，这是什么时候多出来的？

她又打算查看他的后脑，不曾想，床上的男人蓦地睁了眼。

顾初心口一抖，下意识起了身。他似乎也没料到一睁眼会有个人凑在眼前，愣怔片刻，坐了起来，“你在做什么？”

顾初有一瞬的心虚，但紧跟着就觉得自己的心虚很可笑，她又没做什么对不起他的事，有什么紧张的？重新坐回床边，抬手去碰他的眉，可意外地，他的眉心一蹙，做了个躲闪的动作。

她愕然，“我只想看看你眉骨上的疤痕，以前没有。”

“没什么，车祸留下的。”他拉过她的手，触碰了那道疤。

顾初一听是车祸留下的，指尖都跟着疼，“这次车祸还留了哪些疤痕？”

“别想得太严重。”他轻轻搂过她，“你看我还能很用力地抱着你，说明我已经康复了。”

早餐简单了些，顾初可不舍得让病人动手，把冰箱里能用的食材都用上了。用餐的时候顾初还在想着窗帘的事，几番想问又忍住，怕他觉得她是在小题大做，但有个问题不得不问。

“之前你送幸运星给我，哪来的幸运星？”

陆北辰涂了一片吐司，面前的那杯茶倒是没喝几口，“医生建议我多练习动手能力，尽快恢复手指的灵活，所以我折了一些幸运星。”

“我前两天收到的是……我折给北深的。”

陆北辰愣了一下，很快恍悟，“可能是我回国的时候拿错了。”

顾初不解。

“我回陆门待了一段时间，那段时间住在北深的房间里。”陆北辰解释，“当时他回美国的时候，带了不少东西。”

顾初咬咬唇，“可我听说北深不是出国前就失踪了吗？”

“听谁说的？”他慢条斯理地吃着吐司问。

顾初愣是没把科洛这个名字吐出来，沉默半天。

他抬眼看她，“有些说辞只是用来应付外界的，你要明白。”

“那北深是什么时候失踪的？”

陆北辰放下吐司，看着她半晌，突然问："你还放不下北深吗？"

顾初觉得他眼神有点怪，"我不是这个意思，只是当时你说北深不在了，我以为他是离世了，后来才知道他是失踪，而你又没选择报警，我觉得奇怪而已……"

"这些事不要管也不要问，好吗？"

顾初觉出他有些不耐烦，便不好再多问什么。

就这样，餐厅的气氛安静了下来，她没由来地觉得有点冷了，悄悄抬眼打量对面的男人，他亦如从前那般用餐，优雅、不紧不慢，但……

"北辰。"她冷不丁开口。

陆北辰抬眼看她。

"你怎么用右手拿餐具了？"

陆北辰放下叉子，重叹，"你到底在怀疑什么？"

顾初一时语塞。

他没恼，"我平时是用左手不假，但不代表我右手不会用餐具。"

顾初心中懊恼，是啊，她在怀疑什么？他回来不是好事吗？怎么还问东问西的？

"对不起。"

陆北辰的眼神多了些温暖，"吃饭吧。"

上午的这台手术不大，筱笑笑主刀，顾初配合。等出了手术室，护士站的小护士就过来了，探个脑袋一脸的兴奋，"顾医生，有帅哥找哦。"

是罗池。

他懒洋洋地靠在护士站，没穿警服，一件十分简单的浅灰色套头 T 恤衫，配了条做旧泛白的牛仔裤，一双白色系带球鞋，打眼一看很是清爽。几个小护士搭讪，他生性幽默风趣，把小护士们逗得直笑，见顾初来了，冲着她一摆手，"嗨，顾小妹，在这儿呢。"

顾初翻了个白眼，走上前，双手揣在白大褂兜里，"今天什么风把罗大警官吹来了？”

没等罗池开口，旁边有小护士惊讶道：“呀，你是警察啊？”

罗池冲着几位笑着摆摆手，“回见啊回见。”话毕拉着顾初到了走廊。

“是蜡像馆的事有着落了吗？”

罗池靠在墙上，“蜡像馆的事还在查，确实证据还在找。”

“那你来找我干什么？还对着护士站的小护士们一顿发骚，你不怕思思挠你？”顾初上下打量着他，平时见他穿警服的时候比较多，换上一身休闲，还真像个纨绔子弟，一脸的桃花相。

罗池自辩：“我是个有自制力的男人。”清了清嗓子，“我今天来找你是想确定陆北辰是不是回来了。”

顾初点头，想来也是思思那个快嘴告诉他的。

“真回来了？那他人呢？”

“应该回实验室了吧，你没打电话给他？”

“他的手机一直打不通，”罗池道，“没关系，我直接去实验室。”

顾初也没多想，点点头。

“小别胜新婚吧？有什么话要我带的吗？”罗池故意逗她。

原以为她会像从前似的恼羞加脸红，不成想她的神情有点怪，略微思考了下后摇摇头。罗池很是诧异，刚要取笑她别装了，她说：“我还是跟你一起去吧。”想起今早他被她弄得有些不悦，心里总是惦记，倒不如趁中午的时间过去瞧瞧，看他是不是还在生气。

罗池亲自开车，这一路的音乐都是春暖花开的喜庆。可顾初自打上车后就一句话没说，若有所思。罗池毕竟是刑警出身，对人的情绪变化多少敏感，调小了音量，问她：“我怎么觉得你怪怪的呢？”

顾初盯着窗外，思量许久，“这次北辰回来有点不一样。”

“哪儿不一样？”罗池好奇。

顾初把今天早晨的事一一和罗池讲了。

听后，罗池优哉地甩出句玩笑话来，“难道回来的是陆北深？大多数双胞胎就爱玩你冒充我、我冒充你的游戏，桃代李僵啊，这种事谁都不敢保证不能发生。”

他本是句戏谑的话，可说者无心听者有意，顾初听见大脑“嗡”的一声，脊梁骨一凉……

下了车，通往实验室的小径幽然安静，罗池这边刚锁好车，那边突然起了风，两旁的大白杨被吹得哗啦啦地响。

罗池遮住眼，怪叫：“什么情况？前方有妖怪了？”

风虽大，但持续时间很短，在罗池落下这句话后就平息了，顾初拍了拍落在身上的枯草，“蜡像馆的案子诡异，我看说不定这场大风是上天给你的启示呢。”

“什么启示？”罗池问完，呸呸地吐了几口灰。

顾初缓缓吐出一个字，“悟。”

沿着小路往实验室走的时候，罗池还在择一脑袋的枯草，顾初原本是跟他前后脚的，但走着走着突然停住了脚步，罗池走了两步见旁边没人了甚是奇怪，一扭头，就见她站在不远处四处张望。

“怎么了？真找妖怪呢？”

顾初没回话，目光一个劲地在白杨树间穿梭寻找，不知为什么，就在刚刚风落时她的心底突然蹿上一种感觉，就好像有什么人在自己周围，心脏莫名地乱扑腾。

罗池返了回来，拉了她一把，“找什么呢？”

感觉瞬间就没了，她扭头看着他，一脸的蒙怔。

“走吧。”罗池伸手搂过她的肩膀，“别怕，有警察叔叔保护你，任前方有什么妖魔鬼怪都不是我的对手。”

顾初跟着他的脚步一路前行，心不甘时会回头瞅上那么一眼，但身后，谁都没有。

正如顾初猜测的，陆北辰的确一回来就扎进了实验室。

“陆教授在办公室呢。”鱼姜指了指头顶上，虽是看着罗池说的，但也没排挤顾初，“你们直接上去找他吧。”

罗池就等着这句话呢，心中暗叹，还是陆北辰在人情就在啊。顾初跟在罗池后面，回头叫了一声潘安，冲着语境那边努努嘴，“他怎么了这么亢奋？中彩票了？”

潘安瞅了一眼正在埋头写报告的语境，懒洋洋道：“彩票对他的诱惑力还不如陆教授对他的夸奖来得大，小伙子今早被头上那位夸了，夸他的报告做得好，一下子就有了动力，连着做报告呢，我想未来半年的报告都由他代劳了。”

顾初这才明白因由，笑了笑，也对，陆北辰平时对语境严苛得很，一个不小心就会被他骂得狗血淋头。

楼上传来罗池不悦的声音，“陆北辰，你什么意思？”

吓了她一跳，赶忙上楼，她只是晚上来一会儿，罗池怎么就脸红脖子粗了？

再看陆北辰，正襟危坐，在看一份报告，一身白衬衫衬得他似风似雪，闻言罗池的话后头也没抬，“进门前先敲门是最起码的礼节。”

“我进你办公室什么时候正经地敲过门了？”罗池一脸涨红。

顾初这才听明白，原来就这点小事，罗池平日大大咧咧惯了，自打他跟陆北辰熟了后每每来这儿都是推门而入，为此陆北辰也斥责过他，但瞎子都能看出来陆北辰的斥责也是半真半假，所以罗池每次挨完骂还是照旧推门就进。

陆北辰这才抬眼，眼神平静，却在见到顾初后微微惊讶，“你怎么来了？”

顾初那句“我想你了”的话反复在嘴巴里打转，最后还是咽了下去，“我也想了解一下蜡像馆的案子。”

“对，她是我拉过来的，你不在的这些日子她一直在找艾欣尸体的线索，为了什么？不就是能帮你查出真相吗？还有奇怪展出的那些蜡像，我觉得……”

“艾欣的尸体我会去查，但关于蜡像馆的那些尸体我不会插手去管，我的实验室也不会。”陆北辰语气很是认真。

罗池一听这话，态度立马软了下来，“别别别，你这是故意逗我的吧？行，我出去重新敲门还不行吗？”

“不是我不想接。”

罗池一听这话眼睛一亮，马上折回来。

“关键的问题是，你怀疑那个蜡像师也总该有证据才行。”陆北辰将手头的资料往桌上一放，敲了敲，“我或我的实验室总不能帮着你去找尸体吧？资料我看过了，目前来说，我帮不了你什么。”

“对对对，证据我们会去找，你日理万机，我这不是想先提前跟你约好嘛。”

“我会根据具体情况来分配实验室人手。”

“那就好。”罗池搓了搓手，笑得有点勉强。

“还有事吗？”陆北辰抽了下一份的文件，摊开。

罗池脸色明显的尴尬，别说是他了，就连顾初在旁听着都觉得有点不自在，刚想提议一同用午餐，罗池这边开口：“那我就先走了，有事电话联系。”

快走到门口的时候他停步，“对了，你的手机一直打不通。”

陆北辰沉吟片刻，“可能信号不好。”

办公室里陷入了安静，没有了罗池的咋咋呼呼，顾初竟一时间觉得有点不大适应，看着他微垂的侧脸，滋生的感觉如荒草似的爬满了心房。

陆北辰先开了口：“你现在所取得的成绩来之不易，要全力以赴在你的工作和前途上，案子怎么进展、进展如何都不是你要操心的事。”

“可是……”可是她很想帮他，就像从前做他助理的那段日子一样。

陆北辰眼神柔和，“人的精力有限，你顾及一边势必就会忽略另一边，答应我，案子的事不要再去插手，也别再问了。”

顾初明白他说得也不无道理，但总觉得心里别扭。就像是他的态度始终如沐春风，可总会让人疏离陌生一样。

晚上顾初值班，未来这几天轮到她在急诊，忙得不亦乐乎。早晨，顾初回到老洋房，顾思还没起床，天际那抹红稳稳升起来了，落得客厅光线柔和静谧。顾初换好鞋子和衣服，正打算做早餐，就听手机在哇啦哇啦地响。

是罗池，像是嗑药嗑得兴奋的大嗓门，“哎顾小妹，陆北辰跟你在一起吗？”

“没，他在实验室。”顾初被他的嗓门搅和得脑仁疼，“怎么了？”

“陆北辰就是神啊。”罗池那边风风火火的，“我昨天真不应该跟他甩脸子。”

顾初一头雾水，“你能先告诉我发生什么事了吗？”

“奇怪，那个蜡像师！”罗池说话大喘气，“那么多的尸体啊，那个蜡像师竟然藏了那么多的尸体！昨晚上全被警方给翻出来了！”

顾初震惊，“这跟陆北辰有什么关系？”

“是他提供的线索啊，要不然我们只能看着奇怪进进出出没辙。”罗池感恩戴德，“看来，他还是把我这个朋友放在心上的。”

当同事将现场照片交到罗池手里的时候，他为之震惊，比对之下终于确定，蜡像馆中出现了多少个蜡像，警方就发现了多少具尸体。

罗池愤怒和兴奋的情绪一并迸发，愤怒的是一个标榜着为艺术献身的人竟犯下如此骇人听闻的大罪，兴奋的是这么一个重大线索被挖出，这件案子总算有了进展，所以，在给顾初打完了电话后他就一路飞奔实验室。

语境接待的他，问及陆北辰，语境告知他在楼上休息，又道：“我们教授又忙了一晚上，如果没什么要紧事就别打扰他了。”

罗池开口：“请问大总管，我找他是谈案子这算不算是要紧事？”

语境摸了摸鼻子，“哦”了声没再说什么。

楼上办公室很安静，罗池一开门就瞧见了鱼姜。

她坐在沙发上背对着罗池，一动不动地看着躺在沙发上闭眼休息的陆北辰。罗池轻咳了一声，鱼姜这才察觉，忙起了身。他觉得她怪怪的，压低了嗓音问一句：“没事吧？”

鱼姜摇摇头，没说什么就离开了办公室。

房门关上后，鱼姜的眉头聚拢，奇怪了，Vic怎么没回休息室休息？

办公室里，罗池思量着怎么叫醒陆北辰，便开始咳嗽，一声接着一声，终究陆北辰有了反应，双眼闭着，“罗池，你很闲吗？”

罗池一屁股坐他旁边，“忙，当然忙了，但再忙也得先过来跟你道谢啊。”

陆北辰睁眼，看着他不说话。

“你别误会，我真的是来感谢你的，要不是你的话，我可能现在还抓不住奇怪的把柄，你够哥们儿意思，科洛也够意思！”

窗外是明艳的光，这光落在陆北辰的脸颊上，那双眼阴暗不明深邃难懂。他坐了起来，“举手之劳。”

他踱步到了窗前，不知在想什么。罗池看过去，他逆光而立，身影虚幻，光线刺眼，刺得罗池双目发涨，他冷不丁想起顾初的那句话：陆北辰休息时是见不得光的。

“能提供的我已经提供了，你还来找我干什么？”

陆北辰的一句话打断了罗池的迟疑，他反应过来，“当然得来找你了，山洞里那么多的尸体呢。”话毕将手里的资料递了上去，又拖了把椅子在他对面坐下。

这是一份群尸的资料，昨晚八点二十分，远在景德镇的片警接到报案，报案者说在远郊一处山洞里发现数目庞大的尸体，请求警方支援。当地警方赶到时，只见偌大的山洞里被人架起了数不清的铜板，每个铜板都足有一人多长，错落有致地架在山洞的洞壁之上。仔细查看骇然，每个铜板上都躺着一具尸体，警方最后做了清点，山洞中共藏有五十具尸体。

原本这件案子跟上海警方无关，但江西警方在经过尸体登记时意外地发现了艾欣的尸体，所以才跟上海警方联系。

“没想到你能让科洛找到景德镇那么远的地方去，昨晚上如果没有他的话，江西那边也不可能这么快跟我们联系。”罗池趁着陆北辰看文件的工夫，补上了一句。

据江西警方传来的消息说，当时报警的是一名名叫科洛的私家侦探，而发现这些尸体后，科洛便跟警方说明了蜡像展的事，江西警方上网这么一查方知蜡像展的火爆，将每一具尸体与网上蜡像图片对比后愕然发现，五十具尸体恰恰就是蜡像馆中五十个蜡像的原型。

“五十具尸体啊，五十具！”罗池用力地敲了敲桌子，“这个奇怪也真厉害，能把五十具尸体藏进那么一个山洞里，我到现在都想不通艾欣的尸体他是怎么偷运走的。”

陆北辰看着文件，头未抬，“你没抓他回去问清楚？”

“那家伙跑了，警方已经下了通缉令。”

“被两地警方盯上，想跑也不是那么容易的事。”

罗池咬牙切齿，“天网恢恢疏而不漏。”

陆北辰没说什么。

“哎，我特别想知道你是怎么得到消息的。”罗池一脸的好奇，“都能查到景德镇去，怎么可能？”

“跟我无关，功劳在科洛。”

“高手在人间啊。”罗池搓了搓手，又道，“现在五十具尸体还在江西，因为涉及了上海的案子，所以专案组的同事已经赶过去跟江西警方会合了，你看，你什么时候出发？”

陆北辰闻言挑眉，“出发？去哪儿？”

“跟我去江西啊。”

陆北辰沉默了。

“那个……我也知道你说不管不管的，最后还得管不是吗？”

陆北辰许久后摸了烟盒，拎了两支烟出来，一支递给罗池，另一支叼在嘴里。罗池大有献媚之心，接过烟后给彼此点上。等到两人的烟都快抽完了，陆北辰抬起眼皮瞧了他一眼，胳膊一伸拿过烟灰缸，将烟头摁灭了。然后，拇指和食指慢慢地搓着烟头，直到烟头里的最后一点烟丝都细碎成末，他才一松手，烟头落下。

罗池盯着他的这个动作，心里泛起异样。

“你容我考虑一下。”陆北辰抬手拍了拍旁边堆得足有半人高的文件，“你也看见了，等着我的尸体不止山洞里的那些。”

待罗池离开后，陆北辰这才重新拿起他留下的文件，翻开，又逐一查看，最后目光落在了“科洛”的名字上，眼里的光渐渐暗沉。许久后，他将文件放下，扯过来座机。

很快，那边接通了。

“科洛。”他缓缓吐出对方的名字。

那边却笑得爽朗，“看来，你对我送给你的这份礼物并不喜欢。”

“谁指使你的？”

科洛故作怪异地问：“难道，不是你要我去查的吗？”

“你到底想做什么？”

“这也是我想问的，你到底想要做什么？”

他抿紧了嘴唇，沉默了半天后将话筒放下。

身后，阳光被乌云遮住了，落下大片阴凉的影子。

门铃响的时候顾初正在补觉，吵得再也睡不着了，喊了一嗓子思思却没回声，等到了客厅一看这丫头留了条子，说去找罗池玩了，晚上不回家吃饭。

开了门，只是没料到是凌双登门。

“你不会让我一直这么站着吧？”

顾初侧身让她进来。

凌双换了鞋，将手里的东西交给她，她拿过一看，竟是两盒包装极好的进口橙，愕然，“你这是唱哪出呢？从来都不登门，一登门还送水果，俗不俗啊。”又掂了掂盒子，“友情提醒你一句，这个季节不适合送橙，口感不好。”

“又不是给你的，别自作多情。”

顾初也没跟她客气，将橙拿进了厨房，再出来时甩了句，“思思不在家，我替她谢谢你的心意。”

凌双嘴巴动了动，但终究没说什么。

“今天怎么来了？”顾初给她倒了杯饮料，问。

凌双接过杯子，没喝，放到了茶几上，环视了一圈，“陆……教授呢？”

“他还没回来。”顾初又拿了些点心。

“去哪儿了？”

“你几个意思啊？”

“什么几个意思？”

“看来你这不是找我叙旧的啊？”顾初似笑非笑。

凌双有点不自然，拿了杯子喝了口饮料，“也有叙旧的意思吧。”

“这话说得我不爱听。”顾初拿了个抱枕靠着，“再说了，你叙旧不叫上笑笑啊？你可没有主动找我叙旧的案例。”

凌双放下杯子，皱眉，“你怎么一天到晚那么多话啊？来看你还不行了？你现在可是全市重点医院最有前途的医生，我不巴结你还能巴结谁？”

“笑笑啊，她的职称比我高。”顾初不慌不忙地拆穿她的谎言。

凌双愣了一下，再接就不知道用什么话了。

顾初笑道：“行了，不逗你了，说吧，你找陆北辰有什么事？”

“我……就是想问问他最近有没有时间。”

“你要对他做什么？”顾初马上挺直脊梁瞪着她。

“我就是想要再做一期采访不行啊？”

顾初暗自松了口气，却不依不饶，“还做？你都做过一次了！”

“他那期卖得火爆，所以就再做一期，有钱不赚是傻子。”

“你缺德不缺德啊，拿我的男人去赚钱？”

“做采访而已，又不是要抢走你男人！”

“你的眼珠子总盯着他，我可不是以为你还要跟我抢男人呢。”顾初反击。

“我喜欢的人是陆北深，又不是陆北辰！”

“看吧看吧，说实话了，就知道你那时候没少使手段。”顾初怼了一句。

凌双气呼呼地起身，“算了，跟你也说不上，当我白来。”

“哎，怎么说走就走啊？”

这边凌双已经走到玄关，顶了句，“不走还在这儿跟你生闷气啊？我很怕未老先衰，你——”

顾初不知道她怎么了，上前一看才知道，是陆北辰回来了，手里拿着钥匙正准备开门……

凌双盯着出现在门口的男人，呼吸似有急促，顾初靠得近，自然看得清楚，心中不免狐疑，再抬眼去看陆北辰，他面色似平常一样清冷，可不知怎么的，顾初总觉得他此时又比平常清冷。没容得想，陆北辰朝着凌双礼节性地点了下头，身体侧到一边给她让路。

可凌双没动。

顾初从旁盯着她，心底忽悠冒出种异样感觉来，这感觉来得快又闪得快，她无法握在手里看清楚就不见了，“凌双今天来是想跟你约采访的。”

陆北辰淡淡地回了句，“抱歉，我不想接受采访。”

这种结果顾初早就料到了，看向凌双原本打算安慰两句，却听凌双说了句：“不好意思，打扰了。”

顾初愕然，这不像是凌双的作风，上一次为了能够采访到他，她可是费尽心思的，今天怎么就妥协了？百思不得其解，凌双又开口了：“陆……教授，你有北深的消息吗？”

已经换完鞋刚打算进客厅的陆北辰听了这话后停步，转头看了看凌双，又看了一眼顾初，回答：“没有。”

顾初不惊奇凌双得知陆北深是失踪并非死亡的消息，有些秘密只要被小小地捅开一角，那么很快秘密的全部就会浮出水面。她只是惊奇于凌双竟敢当着她的面询问北深的情况，这完全是公然挑衅。

凌双不着痕迹地看了顾初一眼，又看向陆北辰道：“如果有一天你能见到北深，请帮我转告他，我很想他。”话毕她便离开了。

顾初僵在玄关，陆北辰也在客厅僵了些许，然后走上前，低笑，“想象得出当年她跟你争北深有多激烈。”

她盯着他的眼睛，“你曾经跟我说过，北深的事你一清二楚，所以，当年凌双是怎么跟我争北深的，你也应该清楚才是。”

男人唇角的笑容稍稍凝固了些，半晌后他又笑了，“你怎么了？”

“没什么，我只是觉得今天凌双来得有点怪。”

他没说什么。

“你不觉得她有点怪吗？”顾初盯着他的背影，突然又问。

陆北辰回头看她，“我对她不熟，所以不了解。”

打从他回来后，他们两人相处的时间就少之又少，这两天他都是在实验室里待着，现在他这个时间回来，似乎又像是要补觉。

十几分钟，顾初进了卧室后一看，他已入睡，再一看窗帘，大敞四开。顾初不经意想起罗池之前的玩笑话，脊梁骨一阵阵发紧。

日光沉落，在天边拉扯成了千丝万缕的红晕，透过没被遮挡的窗玻璃折射进来，在他的侧脸上跃动，煞是好看。可顾初并不觉得这一幕很温馨，她反而觉得冷，一种摸不透看不清的冷。

她伸手，再靠近一点就能触碰到他的后肩，只要将他的上衣往上撩一下……

客厅里的电话蓦地响了，惊扰了顾初的行为，床上的男人似乎也被吓了一跳，翻了个身，眼神惺忪，见她在床头，问：“怎么了？”

“哦，没什么，我去接电话。”顾初的心脏跳得厉害，甚至不敢去看他的眼，心底深处莫名蜿蜒出一丝恐惧。

翌日，阴雨。实验室，办公室的门紧闭。

男人伫立在窗子前，看着窗外绵绵的细雨，喝了口咖啡。黑咖啡，不加奶不加糖，一口下去，苦涩在口腔里打转，他皱紧了眉头。

一份传真文件摊在办公桌上，文件上有照片，四位死者的照片，其中一位，就是半年前的肇事司机艾欣。

许久后，他回到办公桌前，坐了下来，黑咖啡就放了一边，剩了大半杯。拿起文件看了一眼，或高度腐烂或干枯的尸体图像令他再次皱了眉头。放下，脑中却响起罗池的话：“你真够朋友啊，我说什么来着，说不帮忙，却无声无息地帮我解决了这么多事。你牛啊，只看尸体的照片就能初步判断死者情况，既然你答应跟我去江西了，咱们就抓紧时间吧，别耽误了案情。”

罗池的这通电话打来后，他再无心做其他的事。

他一直在等，他知道，很快还会有人给他打电话。果不其然，座机响了，他拿起，“科洛？”

那边笑了，“看来陆家的人个顶个的聪明啊。”

“是你做的？”他微微眯眼。

“我哪有验尸的本事啊？”科洛在那头笑得优哉。

他压了压情绪，再开口时语气平静，“我想见你背后的那个人。”

“没问题，我很乐意促成这桩喜事。”

“时间和地点。”

科洛在那头说：“明晚，地点……就在你跟顾初见面的那个餐厅好了，记得开瓶好酒，有朋自远方来，不亦乐乎。”

入夜的时候又下了雨，雨点由小转大，砸在窗玻璃上噼里啪啦地搅得人心烦忧，顾初进门时卷了一身的雨腥味。

不料，罗池也在。

他靠着沙发坐在地毯上，怔怔地不知道在想什么，茶几上放了两份文件，茶点盘摆得精致。顾初不知道他怎么了，扭头看向顾思用眼神询问，顾思耸耸肩膀，“他呀，跟未来姐夫谈崩了。”

顾初一怔，“他回来过？”

顾思点头，“未来姐夫是回来换衣服的，跟罗池聊完就走了。”

顾初走上前，伸手在罗池眼前晃了晃，“哎！”

罗池却很是平静地抬眼瞅了她。

“你怎么了？要入定啊？”顾初问。

罗池依旧坐着一动不动，幽幽地说：“了无生趣，入定了也好。”

顾初刚要询问，却见罗池一下子蹦高起来了，紧跟着咆哮：“他陆北辰有什么了不起的啊？亏得我这么信任他，他倒好，压根就没打算带我玩！”

顾初被他的大嗓门吓了一跳，“你先坐下，有话慢慢说，他对你做什么了？”

罗池又像是个被霜打得茄子似的，蔫在了沙发上，“这次的案子陆北辰压根就没打算跟我合作，这是他刚刚的原话，说什么，我知道个大概情况就行，至于选择谁来跟他合作是他的事。”

陆北辰初步推断死者的情况，那么即将要做的工作就是赶赴江西，又或者通过特殊渠道将尸体秘密运送回上海，不管怎么样，只要陆北辰参与了，罗池必然会介入这个案子里来，但看罗池现在的样子，很显然他自作多情了。

“可能这件案子没咱们想的那么简单吧，所以未来姐夫有所顾忌也说不准啊。”顾思甩了句话后进了厨房。

罗池烦躁地抓了抓头发，“这个陆北辰到底在想什么？烦死了！”

顾初没说话，若有所思。

“他有他的想法，你这不是自寻烦恼吗？”顾思再出来时手里多了两杯饮品，其中一杯递给了顾初。

顾初接过，“什么？”

“柳橙汁啊。”顾思冲着厨房指了指，“我回来看见一堆柳橙放在那儿呢，这个季节柳橙不好吃，还不如榨汁喝。”

“哦。”顾初喝了一口，口感一般，心想着这凌双还真不会送东西。

顾思坐在地毯上，喝了口柳橙汁，咂咂嘴巴，“这个季节的柳橙味道还真一般，都榨成汁了口感还差得很，姐，你在哪儿淘来那么一兜子柳橙？”

“口感不好你还喝那么多？”顾初瞪了她一眼。

顾思挑眉，“我这才第一口而已，早知道这么难喝我才不喝呢。”扭头看了罗池一眼，敲了敲他剩半杯的柳橙汁，“不准剩啊，喝了。”

罗池光沉浸在烦躁的世界里，哪儿还听得见顾思的话？

顾思果然不满意柳橙汁，起身端了杯子打算倒掉，又顺手拿走了对面的空杯子。顾初抬眼随意地扫了一眼那只空杯子，等顾思都快走到厨房的时候，猛地想起了什么，冷不丁冲着顾思喊：“等等。”

顾思吓了一跳，回头瞅着顾初，“姐，你吓死我了，干什么？”

“那杯不是你喝的吗？”

“不是我的杯子，是未来姐夫的。”

顾初头“嗡”的一声响，紧跟着炸开……

第四章

你到底是谁

今年夏天多雨水，几天的阳光明媚后总会淅沥沥个一两天。晚八点，雨势更大，近乎瓢泼。路上行人甚少，偶尔有撑伞的人影，但也是匆匆疾步。餐厅的霓虹在雨影中恍惚，那条原本就安静的小街今晚更是悄寂，大雨打落了不少树叶，黏在地上。

餐厅迎来了包场的客人，他进了餐厅，服务生殷勤地将他手中的黑伞收好，又拿来白色的纯棉帕子拭了拭他肩头上的雨珠。

“陆先生这边请。”

落地窗被雨水刷得模糊，街灯的影子挣扎着黏在玻璃上，斑驳昏暗。餐厅里优雅安静，小提琴的悠扬舒缓了雨夜的不安。

服务生推来了一瓶红酒，问：“陆先生，需要现在打开吗？”

他点了点头。

红酒打开，酒杯里倒了一点点，他接过杯子后轻抿了一口，然后点头说：“可以，去醒酒吧。”

又沉于安静了。

他抬腕看了看，分针转了一圈……

风夹杂着雨，街道两旁的树枝摇曳动荡。两束车灯冲破了模糊的昏暗，渐渐地，车身上前，最后在餐厅门口停了下来。

餐厅门童走上前，见车门久久不开，就站在旁边等候。

雨刷扫过，雨水又迅速在前挡风玻璃上汇聚。科洛熄了火，问：“你真不打算让我跟着吗？”

后座上的男人，鸭舌帽遮住了他的眼，这一路上他都很安静，没同科洛说一句话，所以，这句问话科洛也没打算听到答案。

“嘿，我是真好奇啊，你就当满足我的好奇心还不行吗？”

身后的男人还是沉默。

“别这么绝情，我这么多年没有功劳还有苦劳吧。”

身后终于有了动静，低沉轻淡，“以后会有机会。”

科洛一听这话知道这次没戏了，叹道：“算了算了，那就以后再说吧。”他转身看他，一脸严肃道，“但今晚你一定得问个明白，要不然老子我死不瞑目。”

一道闪电，倏地映亮了整个车厢，连同后座上的男人，他的眼深谙如海，一字一句，“如果你死不瞑目，只能说明你没遇上个好法医。”话毕，开门下了车。

“哎，你——”科洛落下车窗要在嘴巴上找便宜，奈何又被大雨给逼回来了，忙又升上车窗，擦了淋湿的领口嘟囔，“嘴巴还这么毒！”

等候多时的门童将自己的伞凑了过去，他于伞下，高大挺立，淡淡地道了句：“谢谢。”

门童忍不住抬头看了他一眼，愣了一下。餐厅侍应生主动开门迎接，门廊的灯明亮于雨夜的霓虹，映亮了男人的眉眼。侍应生借着光亮看清了他的样貌，也是一怔。

“带路吧。”他忽略侍应生脸上的震惊，轻描淡写地说了句。

偌大的餐厅，除了靠窗的位置烛光璀璨，其余的座位全都空着。酒樽中的红酒在烛光中晃动着粼粼的光亮，那艳红的色泽如血。

坐着的男人见他来了，唇角微微扬起，却没起身相迎。侍应生领了位置后就离开了，离开之前还十分好奇地回头瞅了两眼。

他在他对面坐了下来，帽檐压得很低，低低道：“这种排场更适合情侣之间。”

“久别重逢也可以。”对面的男人波澜不惊地说。

他沉默，片刻后说：“这顿饭，我已经等了五年了。”话毕环顾了一下四周，笑道，“只是没想到你会这么隆重。”

“不行吗？”对面的男子笑。

“行。”他唇角噙着笑，“出手阔绰向来是陆少爷你的风格。”

对面的男子朝前倾了倾，“我想换成你是我，你也会这么做，对不对，大哥？”

他的手指微颤了一下，很快，轻轻攥住，轻声说：“不，北深，换作我是你，我会带你回家吃顿家常便饭。”

对面的男人一怔，但很快哈哈一笑，起了身，他也起身。

“大哥！”陆北深上前一把握住了他的手，另一只手攥了拳头，在他肩头上怼了一下，激动道，“你终于肯露面了。”

“北深，回来了就好。”

餐厅经理亲自服务，“两位陆先生，能否上菜了？”

陆北辰松开了陆北深的手，在他的肩膀上重重地拍了一下，道：“坐吧。”

餐厅经理上了菜，逐一介绍了菜名，悄悄抬眼打量了两人，心中暗叹，这就跟一个人坐在那儿照镜子似的，简直太神奇了。

待经理走后，陆北辰看向陆北深，“这么多年你到底去了哪里？”

陆北深主动给他倒了杯酒，轻笑，“我更想知道你现在的情况。”

陆北辰盯着杯子里徐徐攀升的红酒，不经意想起半年前满目的鲜血，他能看见的最后一眼就是地上的白玫瑰，被血染得通红，头顶上是顾初歇斯底里的哭声。

再抬眼时已是波澜不惊，浅笑，“北深，我很好。”

“很好吗？”陆北深看着他，皱眉，“如果你真的很好，为什么出院后一直不敢回来？”

“行啊，小子，是长大了，敢查大哥的事了。”

“我是你弟弟，就算查你的事也无可厚非。”

陆北辰看着他道：“对我来说，没什么比你活着还重要的事。”他身子前倾，两手交叉相握，“告诉我，当年到底发生了什么事？这些年你又在哪里？”

陆北深盯着他半晌，然后一举杯，将杯中酒一饮而尽，再放下杯时眼圈有点微红，但很快他别过脸抬手抹了一把，笑了笑，“我以为都过去这么多年了，你不会再关心我的死活。”

“我一直在派人找你。”陆北辰口吻严肃。

“哥，你应该很清楚我不是失踪。”

“对，所以我才没有报警。”陆北辰说，“我知道这件事肯定跟父亲有关。”

之所以怀疑北深失踪的事跟父亲有关，是因为当时得知北深不见了后他就直接找到了陆家，希望报警，但父亲明令禁止他报警，父亲的行为令陆北辰有了怀疑，他开始觉得，北深的失踪跟陆门脱不了干系，所以这么多年来他都让科洛悄悄找人。

陆北深又闷头喝了一口酒，重重点头。

陆北辰脊梁一僵。

“当年，就是父亲把我关起来的。”陆北深低低地说。

“什么地方？”

陆北深喝了一口酒，“北欧的一个小镇里，是个在地图上都需要用放大镜才能找到的地方。”

陆北辰若有所思，良久后道：“如果是父亲强制性关押，我想你现在也不会回来，科洛这么多年一直找不到你，为什么你要躲？”

“父亲只关了我两年，他希望我能好好反省。我知道你一直暗中找我，是我内疚，所以选择不照面。”

“你对陆家做了什么？”

“还记得当年陆家老宅的那场大火吗？”

陆北辰一怔。

“那场大火就是我放的。”陆北深使劲摩挲着杯子，手指和杯子之间蹭地咯吱咯吱地响。

“你疯了？”陆北辰眉梢严厉。

陆门，在外界眼中向来神秘，陆家老宅也是建在远离人烟之地，所以当年的那场大火并不被外人所知。那一年他还在国内，听大哥陆东深说了一嘴陆家大火的事，询问，大哥只是跟他说，没事，天干物燥容易起火。可就那一场大火烧死了老宅的管家和一名花丁，后来他又听说父亲为此住了院，万万没想到那场大火竟是他的亲生弟弟放的。

“当时我只想出了心里的恶气，没想到……”陆北深将手指插进了头发里，深深地懊恼。许久后，他才继续说道，“后来父亲就把我关起来了，这件事瞒过了所有人，也包括你。”

陆北辰捏着酒杯，半晌都不曾喝一口，最后将杯子放下，低低地说：“我想，父亲更多的是在帮你平事，北深，那毕竟是两条人命！”

窗外的雨由大转小，最后成了淅淅沥沥的雨丝，牵扯着拉抻着又停不下来。陆北深把持着酒杯，眼里也揉了雨水的阴霾，化不去散不掉，“哥，我做不好陆家的人，有时候我在想，如果当年咱们调换一下，你在陆家，是不是就会做得比我好？”

“我想我做得不会比你好，就像我了解你的性格一样，你也同样了解我的性格。”

陆北深摇头苦笑。

“你为什么要放火？”陆北辰问。

陆北深抬眼，像是看着陆北辰，但又像是在看着远方，“五年前，也就是你同意出国留学那年，父亲病重入院那次你还记得吧？”

陆北辰点头。

“那时候你对陆家排斥，东深大哥苦口婆心劝你你也不回，父亲知道这件事后更是气得急火攻心。后来出院了，虽然说病情稳定了些，但还时不时会犯头疼病。我怕父亲会迁怒于你，所以想方设法在他身旁好好伺候，可就因为我不小心拿错了药就又被父亲一通责骂，当时陆家人都在……”陆北深咬咬牙，“我受够了他们的眼神，尤其是他们阴阳怪气说话的样子，就好像咱们兄弟俩就是陆家的灾星一样。”

陆北辰伸手在他紧绷的手背上轻轻拍了拍，陆北深方才缓缓松开了紧攥的手。

“那时候你刚回美国不久，却像个活死人似的不见陆家的人，再后来你出了事，父亲就对外声称是我在那次事件中丧命了，实则把我转移到了北欧。”陆北深深吸了一口气道，“我知道父亲赔了管家和花丁家属不少钱才把那件事给压下来，把我关起来我也心甘情愿，这是我犯下的罪。”

“人总要为他做过的事埋单，你心中有愧，总要去面对死者家属，就算当年他们因为钱财不再追究这件事，你也要有所补偿。”

“我是打算这么做的，但目前有比这更重要的事。”

陆北辰抬眼看着他，“我的事，不需要你插手。”

“不需要我插手我也已经插手了。”陆北深眉头微蹙，“这不是你，我大哥不是这样的。以前的你性格张扬，做事向来不喜欢瞻前顾后，现在呢？你知道我现在看着你的样子就像是在看着我自己一样。”

陆北辰沉默许久，“一个人，哪怕过往再怎么张扬狂妄，在经过大是大非之后总会有所改变。你要知道，有些事不是你想做就能做的，否则，会给对方带来更大的伤害。”

“所以，你宁愿就这么在暗地里活着？”

“默默守护也未尝不可。”

陆北深眉梢不悦，盯了他半晌，道：“好，好。既然这样，那你就别怪我了。”

陆北辰看穿他的心思，“你是打算继续冒充我的身份在她身边？”

陆北深微微眯眼，“就像曾经你冒充我一样，直到你改变心意。”

“北深，你要清楚，就算我不示人于前，我也是有办法让你回去的。”

“未必。”陆北深淡淡一笑，起身，两手微微摊开，“现在的我，比你更像陆北辰，你觉得谁会怀疑？”

今天的陆北深特意换了陆北辰的衣衫，神情举止极为相似，再加上他寡淡内向的性子，任人看了都会觉得他就是陆北辰。再看陆北辰，T 恤衫、泛白牛仔裤、鸭舌帽，穿着他打从工作之后就不曾穿过的休闲装示人，确实没人会相信他是陆北辰。

“假的永远真不了。”陆北辰一针见血，“现在罗池急着拉你去江西，你可以拒绝一次两次，但三番四次地找借口不去，别说罗池，就连语境那个情商最低的家伙都会对你有所怀疑。”

“所以你暗自查了尸体的情况给罗池，目的就是要逼我回去？”

“北深，这件事被父亲知道了不好。”陆北辰眉头蹙起，“你现在走还来得及。”

“然后呢？”陆北深笑，“著名法医教授因公殉职？又或者神秘失踪之类的？”

“我自有办法。”

“你无非就是不想让她见到你。”陆北深看着他道，“但你觉得这对她公平吗？”

陆北辰沉默。

“你有你的坚持，我也有我的决定。”陆北深忽而又笑了，“你迟迟不露面，难道就不怕我真的有一天以你的身份占了她的便宜？就像，曾经的你一样！”

他有意激怒陆北辰，他了解他，以前可是个火爆的脾气，点火就能着。现在他就希望他能大发雷霆，哪怕是把这餐厅掀了他都不怕，只要他能发怒发火，说明还有软肋可以抓。

令他万万没想到的是陆北辰脸色丝毫没变，那眼里的平静令人忌惮，许久开口，“你不敢。”

奇怪被正式拘留，由上海这边接手主审，经江西警方和当地法医调查，山洞中的大部分尸体都没疑点，自然死亡的居多，有自杀和他杀的，但也没落下什么疑案，所以警方很快联系到了死者的家属各自认领。奇怪倒是配合调查，他承认这些尸体中大部分都是他从下葬的地方挖出来的，少部分是从殡仪馆直接偷走的。

除了艾欣在内的四具尸体外，其他尸体都一一做出筛查各归各位。一番周折后，这四具尸体运往上海做重点调查，在运送之前，江西那边已经对这四具尸体的身份进行了确认，除艾欣外，其他三具也都是当年报过案的。

最开始警方怀疑奇怪有杀人嫌疑，岂料奇怪一直喊冤，他一口咬定自己只是盗尸没杀过人，问及这四具尸体时，他说是有人秘密送给他的。

什么人会送尸体？怎么个秘密法？

奇怪生怕自己会被扣上杀人的罪名，忙将知道的一切都一五一十地告知。

“干我们这行讲究的就是一个灵感。”警局里，奇怪一改前几日的风度翩翩，头发乱蓬蓬的，胡子拉碴，“而我在早年那场秀展过后就失去了灵感，这么多年一直没出作品，像个废人一样。直到有一天我认识了一个人，他建议我继续做跟死亡主题有关的秀展，并跟我说，人死亡的瞬间其实是有百态的，让我不妨试试。一语点醒梦中人啊，所以我开始出入各种死亡现场。”

“提醒你的那个人是谁？”

奇怪摇头，“他是一年前才找上我的，我从没见过他，他跟我通电话的时候号码都查不出来，而且声音是经过处理的，但我感觉他是个男的。”

“那你就相信他？”

“我是做艺术的，如果一直没有灵感我连饭碗都保不住了，这个时候有人为我提供资源，我当然不会理会那么多。”

“艾欣那四人的尸体是怎么回事？”

“我拿到的真的只是尸体，之前压根就不知道他们是失踪了的人。”奇怪如实交代，“我不知道他们是谁，也不知道他们的名字，那四人的尸体就是那个人送我的。在我的蜡像秀展快完成的时候，突然有一天那个人给我打了电话说，他要送我一份礼物，说是可以令秀展增彩的礼物，没过多久我就收到了那四具尸体，都是用保鲜膜裹得厚厚的，放在我工作室的院子里。我真没有杀他们，我跟他们无冤无仇的，怎么可能杀他们？”

验尸台上共有四具尸体，两男两女。这四具尸体被奇怪用了最土家的高浓度防腐剂保存下来，虽有腐烂成分，但好在完整。

其中一具就是艾欣。

科洛一身白大褂，凑上前看了看验尸台上的艾欣，自言自语：“还挺漂亮的小姑娘，怎么就想着撞你呢？哎，你老实交代是不是把人家怎么了？”

男人没搭理他，手拿解剖刀冲着艾欣的尸体过来。刚要下刀，科洛忙阻止他，“你可别忘了咱们是偷着进来的，你这一刀下去太明显了。”

“要不然你来？”男人终于开口，冲着科洛一扬解剖刀。

科洛忙后退一步，“别别别，我可不想碰尸体。”

男人睨了他一眼，没说什么。

尸体被开了膛，科洛不敢上前，只能隔远对他进行“调戏”，“你说你面对活生生的女性躯体的时候会不会想成是尸体啊？”他想了想，又一惊一乍地说，“啊，我知道了，你这个人在床上绝对有点什么特殊癖好，嘿，顾初对你的癖好是享受还是抗拒呢？”

男人朝着他抬了抬解剖刀，“你知道，我想让一个人闭嘴只需要半分钟。”

科洛咽了下口水后不说话了。

室内又沉于安静。

可好景不长，这份安静马上就被打破了。

“该死的门这么难开——”罗池的抱怨声在撞开门的瞬间止住了，瞧着不远处的两个大活人，瞪大了双眼，指着他们，“你、你们……”

正在验尸的男人不为所动，依旧忙活着手头上的工作，科洛闲得很，走上前挎住罗池的肩膀，“我们什么？”

罗池可没空跟科洛瞎贫，几步上前盯着男人的脸，诧异问道：“陆北辰？是你吗？”

男人瞥了他一眼，懒得搭理。

“我眼睛没瞎吧？”

陆北辰放下了手术刀，慢悠悠地开口：“罗池，关于尸体的情况我只说一次，你最好记住了，至于你能不能进到专案组管这个案子，就看你自己的记性了。”

一句话，罗池立刻一脸谄媚，“我就说你是刀子嘴豆腐心。”

陆北辰没理会他的“谄媚”。

“四具尸体，两具为男性，两具为女性，男性尸体钱豪和刘川从表象显示分别死于跳楼和烧炭，女性尸体冯梓莲和艾欣表象显示分别是割腕失血过多和车祸。”

罗池不解，“你用‘表象显示’四个字来形容他们，难道，这些不是他们的真正死因？”

“先说这个跳楼的钱豪。”陆北辰来到第一具尸体前，面色清冷，“初步的验尸报告中指出他属于高空坠落身亡，我做了尸检，的确可以证实高空坠落一说。此人是足位着地，在下降过程中冲击力会沿着下肢骨、盆骨、脊椎传导，所以死者的上位胸骨可见骨折现象，脊椎突入颅内形成枕骨大孔周围的骨折性现象。通过胸腔受挤而产生在胸骨端和脊椎端肋骨的多发性骨折现象可以判断出死者是卧位坠落，弹性较差的实质器官如他的肝脾肾发生爆裂性损伤破裂，可见蛛网膜下腔出血、脑挫伤。”

说到这儿，他看了一眼罗池。

罗池挠了挠头，赔笑道：“先等等，我记下来，这些太专业我光是用脑记着是不行的。”

科洛奉上纸和笔，罗池忙接过，冲着陆北辰笑，“继续、继续。”

“从尸身损伤情况来看，初步判断坠落的高度为二十四米左右，也就是八层高度上下。根据死者肌肉萎缩和脂肪来看，体重为一百六十磅左右，死者负荷重力在足底，受力面积较小，从死者足底皮肤组织纤维上可见黑褐色高黏状碳氢化合物，也就是我们常说的沥青，指甲中检有钙质及砂岩原料，就是我们常见的水泥，所以死者有可能是在一处待建的建筑物中坠落。”陆北辰话锋一转，“从尸体的情况来看，一切都倾向于自杀，但经过对颅内的出血情况和损伤程度来看，我更认为死者是猝死。”

“猝死？”罗池一愣，“你的意思是？”

“换句话说，这名死者在高空坠落时已经死了。”

“你的意思是他杀？”罗池惊讶。

“不，我更倾向于是自杀，罗池，听清我的用词，我说的是，他在下坠过程中已经死了，并没有说他是在下坠之前死的。”陆北辰每个字眼都强调得仔细，“所以，他真正的死因不是高空坠落，而是猝死。猝死的死者一般来说都会有脱精、遗尿或大小便失禁的情况发生，当然，通过死者的唾液斑和衣物上遗留的呕吐斑也能证明死者的真正死因。引发猝死的原因有很多，但眼前的这四具尸体，都是由中枢神经系统疾病引发的猝死。”

罗池惊讶地张大了嘴巴，“换句话说，这四个人在自杀前全都死了？”

“是自杀时。”陆北辰强调。

罗池的眉头皱得跟麻花似的。

“不懂？”

罗池挠挠头，“要么前要么后，怎么还是在自杀进行时呢？”

“钱豪的情况我跟你分析清楚了，其他三位状况相同，刘川是烧炭而亡，身上没有挣扎痕迹、没有外伤，自杀可能性极大，但通过肺部和气管的情况得知，他在烧炭的过程中是突发性死亡，经尸检，死者大脑中的动脉深部分支的豆纹动脉破裂引发死亡；冯梓莲是由脑膜炎双球菌感染引发脑脊髓膜炎，患有这类疾病的人发病会在极短的时间内，如果不能及时医治就会导致突发性死亡；艾欣，表面看像是由车祸引起的意外死亡，实际上通过尸检可以发现她是由于一些情绪刺激了末梢感觉神经，传至中枢神经系统，引发反射性抑制延髓的活动中枢，导致心脏搏动和呼吸运动同时停止。”

罗池记得飞快。

“想要证实我的推断，你们还要找到第一案发现场，这样才能更精准地判断死者的情况。”陆北辰淡淡地说，“稍后我会给你一份关于死者死亡地点的初步判断报告。”

“好好好。”罗池重重点头，又问，“如果都是脑猝死的话，那么说明他们之前都有病史。”

“这就是你们需要调查的工作。”陆北辰戴着手套的手轻轻覆在其中一具尸体的脸上，“可我还要做进一步的解剖化验，看看他们还有什么共同点。”

“你还有怀疑？”

陆北辰垂下眼睑，目光沉稳地落在眼前的尸体上，“他们是猝死不假，但在临死前究竟看到了什么才会导致他们的神情如此奇怪？”

猝死之人的表征总会有所体现，但这四位脸部的神情可不像猝死的，这倒是令陆北辰深感怪异。

“我相信在你的解剖刀下，一切秘密都会无所遁形。”罗池得到了重要资料自是心满意足，上前拍了拍陆北辰的肩膀道，“既然你愿意接手这个案子，我明天马上向上头打报告，咱们就正大光明查呗。”

“不用。”岂料陆北辰一口回绝。

罗池一脸困惑。

科洛见状道：“我们家陆教授的意思是，他现在大病初愈没多久，还不适合全权接手案件，没事给你提个醒倒是可以，要真是参与了，没日没夜地，他身体吃得消吗？”

罗池想了想也觉得挺有道理的，“这样，我先把情况跟上头反映一下，作为搭档，我是希望你能够接手，但作为朋友，我也得考虑你的身体。”

陆北辰若有所思，少许后回答：“我能帮你的也就这些，查出死者引发猝死的原因后我的工作也就完成了，接下来我会离开中国很长一段时间，我想，这个案子如果你真想介入，最好另找法医合作。”

“你要走？去哪儿？”罗池一惊。

陆北辰没回答，科洛却笑问：“看你的样子，是打算要跟我们陆教授双宿双飞啊。”

“我是觉得很突然，刚回来就要走？顾初知道吗？”

陆北辰扯了白布盖在了其中一具尸体上，语气清淡，“罗池，你晚一秒上报就有可能摸不到这个案子了，你们警局里想要立功的年轻人不少。”

“可是……”

“别可是了，你就不允许他多休息一阵子啊？”科洛推了罗池一下，“又不是不回来了，急什么？”

“哦，休息啊，那可以。”罗池一听这话心安了。

科洛又三句两句地把罗池打发走了，陆北辰摘了手套，目光冷淡地看着科洛，“谁告诉你我还会回来？”

“行了，我不信你真能舍得。”

陆北辰的目光黯淡了下来，嗓音略有压抑，“有的人是先舍下才能得到，而我……”他顿了顿，“先尝到了得到的甜，却又不得不面对舍下的苦。”

“就算她知道真相又怎么样？是她欠你的——”

“够了。”陆北辰语气极淡，“这句话，我不想听到第二次。”

雨水滋润了外滩，窗外不知什么时候停了雨，那玻璃窗上又是一片光焰般的霓虹。

顾初静静地坐在沙发上，直勾勾地瞅着眼前切好的柳橙，摆了满满一盘。不知过了多久，只听玄关处传来开门声，她肩头一颤。

晚归的男人进了客厅后愣怔了片刻，“你怎么在这儿？”

顾初挤出一丝云淡风轻的笑容，“你这几天都泡在实验室里，我担心你的身体吃不消，今天没什么事正好给你做点好吃的补补身体。”

室内有淡淡的饭菜香，家的味道。

男人的唇角微微抽动一下，似笑，轻声说了句：“谢谢。”

“我煲了汤，马上就好。”

“不急。”

顾初拿了两个小碟，分柳橙的时候手指微颤，“北辰，我们什么时候去登记结婚？”

他扫过她的无名指，她笑了笑，“你想赖账？”

“当然不会。”他唇角微扬，“我只是在想我的那只戒指应该好好找找。”

“如果真找不到，大不了再重买一对。”

“可以。”

可就这两个字，令她的心咯噔一声。珠宝店的老板说得清楚，女戒是祖传的，他却不曾提过这件事。

“吃点水果吧。”顾初起身，“我去看看汤好了没。”

“好。”

顾初进了厨房，心脏跳得极快，又悄悄折回去。客厅的男人先是洗了手，坐回沙发上许久一动不动，看得顾初误以为他要石化，突然他动了，吓了她一跳。

他拿了块柳橙在手，慢慢地拨着橙皮，动作优雅，不疾不徐。顾初看在眼里，却如同当头棒喝，心头惊涛骇浪。忽而双脚一软，膝盖磕在隔断柜门，弄出了不小的动静来。他听见声响，放下手中的柳橙，几步过来，见她整个人软绵绵地靠在隔断旁边倍感惊讶，“怎么了？”

“我……刚刚不小心崴了脚。”

“怎么这么不小心？”他忙上前搀扶。

顾初深吸了一口气，趁着他凑前，猛地抓起他的衬衫往上用力一掀，紧跟着入眼的是男人健硕的后背。

没有疤痕！

她倒吸一口冷气，而他也没料到她会有这种举动，低喝：“你在干什么？”

顾初盯着他，眼中警觉，心头唯一念想就是：他会不会杀她灭口？

他与她对视少许，唇角就慢慢上扬了，一步步靠近她，她欲躲闪，他却搭上了一条胳膊，另一只手蓦地将她逮住，一张英俊的脸凑近她。

顾初挣脱不了，想喊又喊不出。他笑得不善，“你想证明什么？”

“你到底是谁？”

“我是陆北辰。”

顾初死死盯着他的双眼，“你不是陆北辰！”

他松开了她，眼角眉梢的笑却是顾初陌生的，“如果我不是陆北辰，那你以为我是谁？”

刚刚他剥柳橙的动作窜到了顾初的脑海，她指着他，厉声，“你是陆北深！”

男人盯着她，突然大笑。

顾初没由来地害怕，眼前这个人真的是陆北深，那么就意味着在大学里跟她谈过一年恋爱的人就是这个男人，可是不对，这不对劲！

她转身要跑。

陆北深却手长脚长，一把她给逮住，她怒喝：“放开我！”

下一刻她被他按在了墙上，“你害怕我？你不是一直对我念念不忘吗？”

“大学里的那个人不是你！”

“不是我？那你认为会是谁？”陆北深笑得眼眸深邃，“难道你忘了当初你有多爱我？”

“不对……”他给她的感觉不是陆北深，换句话说，也许他是陆北深，可不是跟她在大学里谈恋爱的那个人，心脏骤疼了一下，长期以来被她压抑着的预感终究还是爆发了，她盯着他，脸色煞白，“你只是失踪，那么当年……出车祸的人是……”

陆北深的笑容渐渐退隐了，“没错，当年为了你跟家人妥协的人不是我，听到你跟那个姓乔的订婚消息后发疯的人也不是我，出了车祸差点丧命的人，更不是我。”最后一个字落下，他的神情也冰到了极点，狠狠一甩手，顾初一下子没站稳摔倒在地。

陆北深蹲身下来，捏起她的脸，咬牙，“你知道我有多少次想要毁了你，只要毁了你，他才不会那么受罪！你这个人面蛇心的女人！”

顾初的呼吸越来越急促，她已经听不见男人在说什么，猛地推开了他，踉踉跄跄地逃出了房间。

第五章

画卷上的那一年那一天

雨下个不停，也许，这一晚上的雨压根就没停过。顾初不知道自己是怎么回的家，只知道开门的时候，拿钥匙的手一直在抖，最后还是顾思听见了动静开的门，惊叫：“姐，你怎么了？”

顾初很狼狈，全身上下都被雨水打透了，一头长发湿答答地贴在巴掌大的脸上，衬得那张脸如白纸似的惨白惨白。

见门开了，她一把拨开顾思，也来不及换鞋就往屋子里跑。顾思着实被她吓得不轻，这让她想到了父母刚去世的时候，顾初就是这般失魂落魄。

房间的地板上全都是泥脚印，顾初的。

“姐？”顾思追进了卧室，不曾想顾初又冲了出来，撞了顾思一个趔趄。

顾初眼睛里没别人，又冲进了衣帽间，顾思一把将她拉住，“你在找什么？”

“琼州老宅的钥匙……钥匙放哪儿了？”

顾思被她弄得心里惶惶的，“我那儿……有一把。”

“给我。”顾初一把攥住她的胳膊。

疼得顾思的脸都变形了，“我现在就给你找，你先放手……放手。”

顾初手一松，顾思马上从包架上翻出自己的包，从里面掏出一把钥匙递给顾初，顾初二话没说就夺了过来，紧跟着就要往外跑，被顾思一把拖住，“你到底要干什么？”

“我需要回趟琼州。”顾初压着声音的颤抖，尽量让自己说完整话。

“回琼州干什么？”

“取东西。”顾初紧紧攥着钥匙，钥匙棱硌得手心生疼，“很重要的东西。”

顾思震惊地瞅着她，上下打量了一下，“现在？”

顾初没多言，甩开了她的桎梏就要往外走，顾思是清醒的，一下子堵在了门口，“你要取什么东西？告诉我，我保证帮你拿回来行吗？”

“画……我以前的那些画。”

“就是你在琼州画室里的那些画？”她记得，一张张跟陆北辰一模一样的人物画像，只是她当初告诉她，画中的男子不是陆北辰。

顾初点头，眼泪就掉下来了。

顾思手忙脚乱地抽出纸巾给她拭泪，“那些画早就不在琼州了。”

“你……说什么？”

“你来上海的时候那些画就被未来姐夫拿走了。”顾思一五一十地告知，“我听姨妈说，当时未来姐夫把画收到了一个很大的红箱子里，你们走了之后我一直在老宅住着，那些画的确都不见了。”

一个很大的红箱子里？

顾思小声问：“难道……你不知道这件事？”

顾初置若罔闻，她在拼命回想着自己是否见过什么红箱子，可想了半天还是没印象，急了，又问顾思：“到底是什么样的红箱子？”

顾思吓得一哆嗦，“我听姨妈说就是咱们家以前装旧衣服的那个红色木箱。”想了想，一拍脑袋精细描述，“对，就是那个红色烫金的沉香木箱，之前咱妈还说过那个箱子很值钱的。”

顾初猛地想起了那个箱子，脑中的画面迅速定格在老洋房装修那天，当时陆北辰命两名工人将那只红箱子抬到了阁楼，她还笑问他：“这么沉的箱子你怎么从琼州弄回上海的？”

他只是笑笑没回答。

她又随口说了句："就是个装旧衣服的箱子，搬来搬去多累啊。"

陆北辰却说："里面装了我的一些宝贝。"

她就取笑道："你用我家的箱子装你的宝贝？"

他揉了揉她的头笑道："对，不准偷看。"

那是上了锁的木箱，她没当回事，后来就一直没腾出时间偷看他的宝贝。

顾初紧跟着冲上了阁楼。

阁楼堆的全都是老东西，平日她是断不会上来翻查的，那红箱子虽是上了锁，但并不结实，被她用力一撬就撬开了。那一卷卷精心包裹好的画卷刺痛了她的双眼，专门防腐的画卷筒，一个一个地堆放整齐，原来，他是如此善待这些画卷。

她不知道自己为什么执意要重温这些画卷，可能就因为那个男人的话。他说他就是陆北深，是那个令她心心念念了五年的男人，是那个曾经承载着她无数青春幻想的男人。是她老去了吗？她陌生于那个陆北深，所以，她要找回自己的记忆。

画卷拉到最低，她的手却滞住。

有字！

顾初怔住，呆呆地看着手中画卷最末端的那行字。

怎么会有字？

突然，顾初起身将所有的画卷都倒出来，拿出第二幅快速展开，有字……

第三幅，有字……

第四幅，有字……

第五幅……

顾初不可置信地看着眼前的画，看着画中多出的那一行行的字，画是她曾经一笔笔画上去的，而这些字……

那一年那一天，你娇气，宁可饿着肚子也要跟我赌气。

那一年那一天，台上边弹吉他边唱歌的你很漂亮，你从来不知道除了我以外还有很多男孩子的目光都在你身上。

那一年那一天，我爱上了你这个爱脸红的姑娘，可是，你才十七岁。

那一年那一天，我跟你说，做我女朋友，你再次红了脸。

那一年那一天，你对我说白兰花很美，你想要全天下所有的白兰花。

那一年那一天，你对我说去鼓浪屿要做的事情有很多，要去找路、找风景、找美食，还要去找猫。那里的阳光很好，猫很多，你在那里可以给自己编织一个很大又不切实际的梦。

那一年那一天，你告诉我你的家乡琼州很美，那里的海是无尽的蓝，下雨的时候游巷的青苔阶很浪漫，我承诺你终有一天要陪你撑着伞漫步游巷。

那一年那一天，你说你喜欢送你的那些小玩意儿，那些小玩意儿是你收到的最好的礼物。

那一年那一天，你跟我说你很想来一次说走就走的旅行，寄于夜阑之下遥看星星，帐篷里你睡得很甜，我从来不知道原来守护一个人也是件幸福的事。

那一年那一天，你哭着一遍遍看着张国荣的电影，搂着我对我说，我们也要一辈子，差一年、一个月哪怕是一个时辰也不行。

那一年那一天，你对我冷淡了，你说，我们分手吧。

那一年那一天，你说你不再喜欢那些不值钱的小玩意儿，最奢贵的礼物才配得上你的身份，而我，配不上你的身份。

那一年那一天，你打开了酒店的门，你说，你已经属于他了。

那一年那一天，我要出国了，却在你家窗子下站到天亮，只想最后看你一眼。

那一年那一天，你订婚了，我的心也死了。

那一年那一天……

顾初一张一张地看，眼泪就如断了线的珠子，一颗颗地往下砸，模糊了视线，可画卷上的每一行字都往她眼睛里钻、往心里钻。

是那些熟悉的字迹，隽秀俊挺，每一句话的后面都有个张狂苍劲的签名：陆北辰。

将最后一幅画打开，这也是她在琼州画的最后一幅画，画中是他的背影，靠在白兰树旁，身形颀长挺拔。那是她最后一次见到他的背影，他终究还是离开了她的世界。

画卷的末端，亦有一段话：你在原地，我不忍不归，哪怕遍体鳞伤穿越风雨，以为深恨，却也不及深爱。

虽没再有落款的名字，可字迹她认得，是陆北辰。

曾几何时，她一遍遍说服自己去相信一年前是相识，可现在，她骗不了自己，其实她一直都明白这世上真的有种遇见叫重逢。

陆北深靠在沙发上，静静地看着雨点砸过窗子，指尖夹了支烟，房内的光线很暗，他手指间唯一那么一点猩红，若有若无。

急促的敲门声扰了他的沉思，手指一抖，大半截的烟灰掉落在地。他将烟头摁灭，起身去开了门。

门外站着顾初，被雨淋得湿透。

他微惊，“你……”

“告诉我。”顾初的手搭在门框上支撑着全身，挺着一身的寒，盯着陆北深，“我要知道所有的事！”

陆北深看了她少许，身子微微一侧，“进来吧。”

十分钟后，陆北深递了她一碗热的姜糖水，“我的厨艺跟我哥比差很多，所以，你对付喝一口吧。”

“我认识他的时候……”顾初抱着姜糖水，嗓子有点堵，“他的厨艺也不好。”

陆北深又点了支烟，“看来，有些事你已经想明白了。”

姜糖水颤了一下，起了涟漪，她抬眼看他，眼波亦如手中的姜糖水浮动。

陆北深说：“他现在的确变了很多，变得我都快认不出他来了。”

“我和我大哥出生前后只差五分钟，可在性格上截然不同。我内向喜安静，我大哥生性张狂，骄傲不羁。我身体不是很好，所以打小我哥就经常冒充我去上课，而我也会经常冒充他去做一些他不喜欢做的事。大学的时候，我对家里人产生了不少误会，做了很多令家人头疼的事，那个时候我大哥就总会替我去上课。”陆北深说到这儿抽了一口烟，轻轻吐出，“其实他那个人不喜欢学医的，他喜欢读商，但为了我，他愣是咬牙替我读了医。”

顾初的手指被姜糖水烫了一下，“你们两个……”

“我知道你想问什么。”陆北深回答了她的疑虑，“你确实有几次把我当成了他。”

见她面色陡然一变，他马上解释：“但我发誓，我和你都是很短暂的接触，你经常拿柳橙给我大哥吃，但他是不能吃柳橙的，我能。你可以仔细想想，吃完柳橙就找借口离开的人就是我大哥，他在发烧的时候，你看到的就是我。

“还有，你送了我一回幸运星，虽然说我知道那是你送给我哥的。”陆北深笑，“我和你真正算是约会应该就是在电影院那次吧，看完之后我送你回了家，我进过你的房间，还记得吗？”

顾初一怔，记得。

大学里的那个他送过她很多次，每次都不曾进过屋子，他总跟她说不是时候，直到那次他答应了，进了房间后不知怎的她就感到别扭，就像是整场电影她都觉得他太过安静一样，原来，那一次并不是陆北辰。

顾初抬眼看着眼前的男人，是啊，她怎么会觉得他跟陆北辰相同呢？如果他们之间不是想要刻意混淆，那么就这样自然而然地交谈下来，她必然会分清谁是陆北辰谁是陆北深。

如果同样是安静，北深的安静犹若湖水，温厚恬淡；北辰的安静却犹若海面，令人敬畏不敢造次。

“后来，你跟他提出分手，他虽表面不说什么，但整个人都垮了。”陆北深的眼神黯淡，“在鼓浪屿的那些字是我写的，当时我以我哥的名义给你发了彩信照片，就是希望你能回心转意。”

顾初的眼泪又啪嗒啪嗒地砸下来，落在了姜糖水中。

“他知道你家出了事，就去求了父亲，我隐约听到父亲提出让他出国，现在想来应该就是交换条件吧。”

“我要见他。”她狠狠擦了一下眼睛，“陆北深，你知道他在哪儿对吧？”

“我想，他不会见你。”

她嗓音颤抖，“他出了什么事？”

“他的情况很不好。”陆北深眉头深锁，“如果不是因为听说了他的情况，我这次可能还不会回来。他是送去美国治疗了，但他并没有接受手术。”

“什么？”

“我想，他有他的顾虑吧，其实这一次的车祸虽说出血多但大多是外伤，倒不那么严重，严重的是他上次车祸留下来的后遗症，听说，他那次可真是死里逃生，现在不见你只能说明一点，他有他无法掌控的情况发生了。”

“我要怎么才能找到他？”她压着眼泪，强迫自己冷静下来。

陆北深想了想，末了说：“找科洛吧，我想只有科洛才知道他在哪儿。”

在找科洛的过程中顾初发现，原来想要找到一个人不是件容易事，自己也从来没有找人的能力。科洛的强项是找人，那么他想不被她找到也是易如反掌的事，还是他说的，如果对方是有心躲着你，你想找也找不到。

那一晚顾初几乎每隔一分钟就要打科洛电话一次，奈何他的手机跟陆北辰的一样总是打不通。她问遍了所有人，语境、潘安甚至是从不拿正眼看她的鱼姜，他们统统表示不知道。她想尽办法试图去查科洛的其他资料，但也是空白。

最后不得已，她只能打电话给乔云霄碰碰运气。可没想到，乔云霄还真打听到了科洛的另一个号码。

按照号码拨打了过去，顾初急得不行，那边响了多声之后终于接通了，懒洋洋的声音传到顾初的耳朵里时，她激动地喊了一嗓子，“科洛！”

声音又尖又颤，乔云霄轻拍她的后背，示意她先冷静。

那头惊愕，“你？顾初？”

“是我！”

“等等，你——”

“陆北辰在哪儿？”

科洛笑了，“陆北辰？他不是跟你在一起吗？”

“你别装糊涂！”顾初狠狠一抹眼泪，“我不想跟你多废话，把陆北辰叫来跟我通话！”

她恨不得现在就能见到陆北辰，狠狠地掐住他的脖子质问他：“你凭什么不见我？你以前说过的话都是放屁是吗？”

科洛也听出她火了，忙道：“那个……顾初啊，你听我说，我真的不知道你在说什么，我这边还有事，我先——”

“你敢挂！”顾初又是一嗓子吼出去，“科洛，你要是敢挂电话的话我一定会让你后悔的！中国有句话说得好，宁拆十座庙不拆一桩婚，你知道你现在是什么行为吗？”

“我……”

“好，就算你现在不叫他接电话，那你就告诉陆北辰，今晚八点我就在 A 大的那条白兰路等他，他不来我就不走，他要是敢一直不来那我就一直等着，我什么都不做了，什么都不管了，直到他肯露面为止！”

科洛一个头两个大，末了叹了口气，“你说你这又是何必呢？”

顾初一听这话心里就明了了，陆北深说得没错，他果然是跟陆北辰在一起的。

从老洋房到 A 大不远，隔着几条马路，穿过几条弄堂，走过都市的繁华，被她拖进校园里的是一身皎洁的月光。

还在暑假中，白兰路少了牵手拥吻的情侣们。

过了开花时节，两旁白兰树的叶子郁郁葱葱，风一过，是叶脉清冽的气息。月光拉长了顾初的影子，与摇曳的树影交织，不知谁的影子被谁扯破。

最后择了一处木椅坐下，背后是株白兰，她轻触树干，暗影中，那一行细细的小字犹在。

是她当年偷着刻上去的，一笔一画还渗着青春时节的小青涩。

顾初爱陆北深。

这六个字，当时对于她来说是藏在心底的最大骄傲，哪怕是每天那么念一遍都是甜滋滋的。当她再回 A 大，却总会故意忽略这株树，就好像她要刻意承认自己真的就是移情别恋了。

时针一点点偏移，顾初的脸半隐半藏在树影和月影之间。

白日的焦急逝去，因为心思已是从未有过的澄明，她在等，就好像当年她狠心跟他提出分手，那一晚他也等了她很久，静静地在树下站着，月光染明了他的衣衫，他的眼似海洋般哀伤。

晚风过，脸颊微凉时顾初才发现，自己已是潸然泪下。

现在回头仔细想想，这期间难道他就一次没出现过吗？多少次她恍惚觉得陆北辰就在身边，虽说她看不见他，但她能够感觉得到他。

白兰路的尽头，树隐处，科洛懒洋洋地靠坐在木椅上，嘴里嚼着口香糖，旁边站着罗池，借着隐蔽处的便利条件盯着几米开外的顾初，神情紧张。

“你能不能坐下？”科洛抬手扯了扯他的衣襟。

罗池回头扒拉开他的手，“快八点了，我得第一时间盯着。”

科洛歪头瞅着他笑，“更紧张的是顾初吧？你跟着凑什么热闹？”

“你不想凑热闹怎么主动给我打电话！今晚陆北辰能来吗？”得知这几天共处的都是陆北深，罗池那叫一个后背发凉。这陆北深出落得跟陆北辰一模一样，连他都被蒙在鼓里，还傻了吧唧地跟人敲桌子瞪眼睛。不过话说回来，他还真想见证陆北辰陆北深同框的时刻。

“罗警官，我这个人其实很怕死的，顾初那丫头平时轻声细语的看上去挺好相处，可一旦发起脾气真是够人受的，我不敢得罪她，所以电话一放马上做了传信使。”科洛双臂交叉抱于胸前，“但陆北辰那个人啊，心思难懂，谁知道他到底是怎么想的。”

“他就没说什么？”

科洛一挑眉，“他听完之后就说了句‘我知道了’。你说，这是想来还是不想来？”

“这是……”罗池仔细琢磨了一下，他能够想象的到陆北辰在说这句话时的神情，也许是眼也没抬一下，就那么清清淡淡地来了这么一句，所以……

“我也拿不准。”末了，他妥协。

科洛耸耸肩膀。

风过，树影婆娑。

科洛刚打算预测陆北辰不会来的时候，罗池狠狠拍了他的肩膀一下，兴奋，“来、来了！”

时针到了八点，顾初数到了最后一秒，只觉得风起了，白兰树的叶子沙沙作响，她抬头，紧跟着肩头一颤。

白兰路的入口，树影涧涧，晃进了一尊男人的身影。

顾初倏地起身。

他穿得正式，白衬衫和黑色西装裤，那一袭剪裁得体的白，似糅了月色的阴柔，朦胧而又清凉。

她无法移动，他却在离她不到三米的距离停住了脚步，不再上前。

她和他之间，隔着不到三米的月光清冷。

他凝视着她，那眼，是深邃的海。

顾初一瞬不瞬地看着不远处的男人，不知怎的，心却异常平静，这感觉……可念头刚过，心脏就蓦地跳动，她一促，视线一转，在那个入口处又出现了一道男人的身影，月光从他宽阔的肩膀上倾泻下来，染白了他的衣衫。

不，他是穿了白色衣衫，是他的皎洁晃亮了月色的清明。

竟是相同。

跟眼前的那位一样，剪裁精致的白衬衫、黑色西装裤。

顾初的双眼落在他身上，没移动一下，她听到了自己用力喘息的声响，太阳穴聒噪着鼓动着，一种再熟悉不过的感觉在心头炸开。

他也停了下来，离她稍稍远一点。

就这样，两个男人一前一后地站在她面前。

一模一样的脸颊，一模一样的穿着，一模一样的身高，一模一样的发型……

他们两个同时看向她，这一刻，顾初心底深处的那根弦砰的一声断裂了。

残忍。

这一幕极其残忍，她不了解陆北深的性格，但她了解陆北辰，他不擅长解释，却是用这种方式来让她明白自己当年究竟爱的是谁。

他的担心和顾虑她明白，两人不曾出现，她的心就总会被跟他长着同样面容的男子所牵绊。

可是，他怎么可以这么欺骗她？

顾初盯着这两张面容，心又疼又急。他骗得她好久，也骗得她好惨，他怎么忍心让她一直深受良心上的折磨？

白兰路的尽头，科洛瞪大了双眼，不可思议地低喃道："……这是两个人还是多了面镜子？"

罗池也被深深震撼了，都说这世上没有两片一模一样的叶子，可眼前这两个人真的会误以为是一个人。他紧张地咽了一下口水，一时间不知道该说什么。

"哎，哪个是陆北辰哪个是陆北深？"

罗池屏住呼吸，"你问我我问谁？"

科洛小声道："你说她要是万一认错了怎么办？"

罗池也不知道怎么办，他以为第一个出现的人就是陆北辰了，没想到又来了一个。

白兰树影，顾初一步步靠近那两个男人，那一边，科洛和罗池，两人的心统统都提到了嗓子眼里。

顾初走到最先出现的男人身边，却与他擦肩而过，径直走到最后出现的男子面前。

罗池见状，倒吸了一口气。

顾初抬头看着眼前的男人，他的脸颊沉映于月光的暗影中，半阴半明。他亦安静地凝视着她的脸，双手插于裤兜，不做丝毫动静。

她注视着他，下一秒抬手就是一个耳光过去。

震惊了其余三人！

挨打的男人没动，仍旧凝视着她的脸，那目光像是平静，可平静之下又藏着晦暗不明的厚重深情。顾初打完他后眼眶就红了，紧跟着环住了他，眼泪瞬间浸湿了男人的衬衫。

“陆北辰，这一次，我是认得你的。”

他的手指微颤，许久后低喃：“初初。”

顾初哭得更是厉害，“你知不知道你很过分？”

“对不起。”

“你知不知道这么久了，我过得每一天都是煎熬？”

“对不起。”

“你知不知道我很想你？”

“对不起。”

“你知不知道……”顾初颤抖着唇角，“我很爱你……”

陆北辰修长的手指覆上她的眼角眉梢，轻拭她的眼泪，压下脸，吻上她滚热的眼角。

罗池暗自松了口气，照这架势看来，顾初没错，科洛眼睛尖，“陆北辰那家伙眼睛都红了，我可从没见过他为哪个女人哭过。”

罗池没说话，趁着风起时，他故作不经意地揉了一下眼睛，其实，他的眼眶也红了。

陆北深站在一旁，看着不远处相拥的那一对，原来爱一个人，即使兜兜转转，终究还是会找到。

他知道陆北辰一定会赴约，因为一旦顾初歇斯底里，他所有避而不见的坚持都将化作泡影。陆北深看着看着，唇角的笑倏地隐去，转身要走，却听一道急促声，“陆北深，你给我站住！”

看热闹的科洛和罗池被这声音吓了一跳，就连紧紧拥着陆北辰的顾初也惊了一下，一扭头，却看见凌双冲了出来。

她是红着眼的，攥着双手，脸色苍白，嘴唇也在颤抖，死盯着不远处的陆北深，再看陆北深，脸色尴尬。

“你知道我等了你多少年？为什么你一直不肯出来见我？”

陆北深紧抿着唇不说话。

顾初不可思议地看着眼前这一幕，良久后，又转头看向陆北辰。他眼中有愧疚之意，再看向陆北深时，言语上是劝说，“你该给她一个交代了。”

陆北深看向凌双，嗓音低哑，“当年我最给不起你的就是一个承诺。”

凌双站在原地，倏地痛哭起来。

有一种预感在顾初的心头炸开，她颤抖着声音，“陆北深，你……”

“当年，”陆北深低喃，“跟她见面的人，其实一直是我……”

一句话如当头棒喝，顾初猛然间就明白了一切。

“你、你们……”

“初初。”陆北辰扳过她的肩膀，“是有原因的，你要相信，这世上我最不想欺骗的人就是你。”

她窝在他的怀里，眼泪再次下来，她亦如凌双一样无助而悲痛，这一次她哭，却是因为凌双。

那一年，顾初深深地爱上了一个男孩子，可以说，他是她的义无反顾，但在某一天凌双跑过来跟她说：“顾初，我爱上陆北深了，如果你不想退出，那么我会跟你竞争到底。”

从她说了那番话开始，她俩的关系便由之前就针锋相对转为彻底对立。她以为是凌双一直在跟她抢爱人，直到今天方知，凌双也被蒙在鼓里。

一场哭闹耗尽了顾初所有力气，回家的路上，她像是树懒似的一直黏在陆北辰身上，这一次就这么靠着他，她的心没由来的安全。

他带着她回了外滩，陆北深因为凌双的事没跟着他们一同回去。

顾初下了车后进了电梯就一直搂着陆北辰的腰，进了房间也是一样，手就没离开过他的腰，他走到哪儿她就跟到哪儿，最后弄得陆北辰有点哭笑不得。

“我怕你不见了。”

“我不走。”陆北辰心疼。

“你保证？”

陆北辰点头，见她又要问，开口道：“别急，我会告诉你所有的事。”

顾初环上他的脖子，唇近乎贴上他的，“我现在就想知道。”

“现在吗？”他稍稍低头就能轻触她的唇。

他渐渐明显的喘息声像是把钩子似的，将她的心钩得七上八下。

“嗯。”她从鼻腔里轻挤出应答。

陆北辰笑了，轻抬她的脸，“现在还不行。”

她想问为什么，可刚对上他的眼，就被烫得满脸通红。他的眼眸黑而深亮，如化不开的墨，又像是点燃了两团火。

她只觉口干舌燥，“我去洗澡。”

陆北辰低笑，“好。”

进了浴室，顾初的心狂跳，撞得胸腔生疼，双手捂着脸颊，心中默念：顾初啊顾初，你进来洗澡只是因为你想冷静一下，绝对不是想做那种事，对吧？对吧……你发誓你想马上知道所有的真相。

正想着，洗手间的门开了，吓了她一跳。

“我、我……要洗澡了。”

陆北辰走上前，从身后轻轻将她搂住，“我知道。”

“那你……还不出去？”她听见自己的嗓音燥热得发颤。

他含糊低喃，“一起。”

她的心被他的这句话也烫了一下。

“为我脱衣服。”他轻咬她的耳垂。

她就被他的嗓音蛊惑，将他的衬衫扣子一颗一颗地解开。轻轻触碰，就轻易碰到了他右肩后面的疤痕，长而深，一路蜿蜒脊梁。

她想哭，却又是心疼。

因为，除了后背的疤痕外，他的肩头上又多了一道疤，虽说不及背后的严重，但毕竟是留下痕迹了。见她眼眶发红，陆北辰轻声安慰：“没事，皮外伤。”

这道新疤一看就是半年前事故中留下的，缝了针，倒是不多，目测七八针的长度。

她想起半年前的那一幕，依旧心如刀割。

“我又不参加选美。”陆北辰低笑。

她抬手轻触那道疤痕，再看他的眉眼。

是的，这才是她的北辰，是她的男人……

顾初抬眼看着他，强壮的肩膀，宽阔的胸膛，搂住她的那两条手臂也粗壮有力。他低语，“相信我，初初，不管怎样你都要相信我。”

她点头，他的承诺甚少，所以，她珍惜每一个他赋予她的承诺。

回到床上时，她依然紧紧抱着他结实的手臂，怎么都不舍得闭眼，她拉过他那只戴着戒指的手，轻声说：“我以为再也见不到这枚戒指了。”

“是你亲自给我戴上的。”他低笑。

她愕然，抬眼，目光落及他新生胡茬的下巴，“当时你在昏迷。”

“当时发生了什么我隐约是知道的。”他抬手，抚摸着她的黑发。

顾初想到了当时的情形，与他戴戒指的手十指相扣，“我见到了陆伯母，我手上的戒指就是她送的吗？”

他拉高了她的手，送至唇边，没立马回答她。她等了半天不见他开口，下巴在他胸膛上支起，“北辰？”

“你手上的戒指是祖传的。”

“我知道，后来我去了那家首饰店，老板告诉我了。”

他轻抚她的头，眸光轻柔，“是我妈送我的，她希望这枚戒指能戴在她未来的儿媳妇手上。”

顾初脸一红，“陆伯母她——”

“这枚戒指跟你见到的陆伯母无关。”陆北辰稍稍肃了口吻，强调，“是我妈。”

顾初先是笑了笑，“这不都一样——”蓦地怔住。

他没说话，凝着她眼神沉重。

顾初一下子反应了过来，倏地坐了起来，“你的意思是……陆伯母不是你的……”

他平静地告知：“她是我大哥陆东深和最小的弟弟陆南深的妈妈，而我和北深，不是她亲生的。”

不是亲生的？那就意味着……

陆北辰将她拉躺下来，轻抚着她的后背，低沉道：“说到底，我妈只是我父亲的一个意外。”说到这，他自嘲地笑了，“或者说，我和北深的存在对于我父亲来说都只是个意外。”

她抬头看他的眼，他的眼眸深处涌动着的是她从未见过的悲凉。

“北辰……”

“你误会了，我和北深不是私生子。”

顾初愕然。

“简单来说就是，秦苏是我父亲的第一任妻子，父亲跟她离婚后遇见了我母亲，他跟我母亲结婚后两年又离婚了，最后跟他的前任复合。”

他说得简单，可在顾初听上去却是极为复杂的一场又一场的婚变。

“也许，在经过跟我母亲的婚姻生活后，我父亲才真正明白在他心中最重的那个人是谁。”

他的声音听上去是云淡风轻，可顾初揪心，终于明白他眼神里的悲凉，没有一个儿女不希望父母恩爱。

顾初抬手，轻触他的眉心。陆北辰方知自己不经意蹙了眉头，抓住她的手指拉至唇梢，“小时候总会想不开，但现在明白了，除了亲情外，这世上还有一样东西是无法用金钱控制的，那就是爱情，所以，我现在并不怪他。”

他从不提他的家庭，不提他的亲人，五年前她对他的身世知之甚少，五年后，他终于对她开诚布公。

顾初开始渐渐走进陆门，那个在外界一提到都为之变色的神秘的地方。

可在陆北辰认为，陆门从不是个神秘的地方，只不过行事低调，所以从来不作为外界的谈资存在。陆门到了陆振扬，也就是陆北辰的父亲这代就更是不声不响了，这要源于陆振扬从不是个爱张扬的人，却将陆家的产业扩大了整整三倍。然而人无完人，陆振扬因常年忙于公事而忽略了妻子秦苏，两人的关系也愈发紧张，直到秦苏主动提出离婚。

陆振扬没多加挽留，在他认为，那已经是一段彼此都耗尽了热情的婚姻。就这样，在他同秦苏离婚一年后结识了沈楚，也就是陆北辰的母亲，于是，一段孽缘开始了……

陆振扬与沈楚认识纯属偶然，又或者是上帝无意间开了一场玩笑。陆振扬是企业家、是在商场厮杀并占得一席之地的成功者，沈楚只是个普通得不能再普通的女人，她没有显耀的身世背景，也没有那么多的人生阅历，她只是名小护士，在一次私家病房人手不够的情况下帮着陆振扬清理伤口时两人相识。

沈楚唯一能与秦苏媲美的就是年轻和漂亮，甚至说她远比秦苏漂亮许多，性格温婉无争，用陆振扬对她的评价来说就是初遇时犹若深谷中的幽兰。陆振扬对沈楚展开追求，而沈楚，一个年纪轻轻毫无恋爱经验的女孩自然抵不过他的火热攻势，再加上陆振扬本身也高大英俊、器宇不凡，她很快坠入了爱河。

要是问陆振扬有没有爱过沈楚，那么答案是肯定的，否则他也不会动了娶她进门的念头。但相爱容易相守难，灰姑娘与王子的爱情故事往往会在现实生活中折戟沉沙。陆家长辈并不满意沈楚，沈楚也学不会秦苏那样能在婆媳间游刃有余，而陆振扬也不是一个双面胶的男人，所以一来二去在面对经常后墙失火的现象中渐渐失去耐性。

当然，陆振扬也为了沈楚做出让步，他们搬离了老宅，那段时间陆家正好将重点落在中国，所以陆振扬就带着沈楚回了中国。那是沈楚最快乐的时光，只是，她爱陆振扬爱得太过忘我，总怕陆振扬会变心，因此经常疑神疑鬼。

而那段时间秦苏正巧回中国探亲，与陆振扬见面后感慨万千，陆振扬见前妻优雅依旧，不免有些后悔，沈楚知道陆振扬去见了前妻后极为恼火，两人连连争吵。

“我母亲经常说，其实在父亲心里最爱的还是他的前妻，之所以会跟她有一段婚姻，不过也是做了秦苏的替身而已。”陆北辰抬手轻抚她的头发，“秦阿姨是医生，我母亲是护士，多少有些相似。”

顾初肩头一颤，这也许是真的，想了想，冷不丁一个念头闪过，“当年，秦阿姨回国真的只是探亲？”

陆北辰苦笑，“我想，我的爷爷和奶奶更喜欢秦阿姨多一些。”

顾初蓦地就明白了。

爱情，不是只靠着一腔热血就够了，很显然，在争取婚姻的路上，沈楚是没心机的那一个。

“在他们离婚后的不久，我母亲就发现自己怀孕了。”陆北辰继续道，“可她因为赌气并没将怀孕的事告诉我父亲，直到她生下我们。”

但陆振扬还是知道她怀孕的消息，三番四次来看她，她都婉拒。直到陆家长辈将她堵在门口，指着她的肚子说：“不管是男是女，这都是陆家的骨血，想带走陆家的孩子并且改名换姓，做梦！”

“我母亲利用医职之便对陆家谎称生下一个男孩，所以我父亲在很长一段时间里并不知道是对双胞胎。”陆北辰轻叹，“陆家想要夺走一个孩子并不难，我母亲思来想去最后决定送到陆家一个。”

沈楚最后是在陆北辰和陆北深之间选择了比较听话的陆北深，并且向陆家提出要求，儿子必须在上海上学，也就是她要看着他长大成人。这个条件陆家长辈自然不愿同意，但陆振扬始终觉得亏欠沈楚太多，所以同意了她的要求。

沈楚以北深身体不好为由，一直将他留在身边直到初中，后来陆家长辈也以想要儿孙满堂家庭团圆为由勒令陆振扬将孙子接回来。

“北深走后，母亲思念成疾，身体总是好好坏坏的。北深说，他以后要做医生，为了母亲。”陆北辰深吸了一口气，“我理解母亲的想法，也认为北深回到陆门后可以接受更好的教育，可没想到，北深去了美国后性情大变。”

“怎么了？”

“他变得不合群，经常顶撞陆家长辈，有好几次气得父亲住了院。”

“讨厌陆家是我和北深打小的共同点，那时候一度认为就是父亲和那个女人对不起我母亲，而我母亲那么多年吃了那么多的苦也是拜我父亲所赐。”

“再后来呢？”

“后来因为母亲工作调动，我们搬了家，那年我高一，也就是那一年我父亲才知道有我的存在。”

陆振扬一次偶然回国，得知沈楚搬家的消息后去找她，一路打听找到了住址，可不曾想没看见沈楚，却看见了正在家温习功课的陆北辰。

那一天，陆振扬对着沈楚发了好大一通火，陆北辰护着沈楚，对陆振扬说：“你死心吧，我不会离开我妈！”

打从他曝光后，他的生活就无法平静了，陆振扬的人找他的不少，大抵都是劝他跟着陆家去国外就读的，他充耳不闻，就这样，直到高考。

“高考那年母亲的身体就大不如前了，北深知道这件事后死活都要回上海读书，父亲拗不过他只好由着他回到上海。”陆北辰回忆道，“北深回上海读了一年书，转年参加高考，可他毕竟接受了几年的国外教育，面对国内高考还是很有压力的，所以……”

“所以，那年真正参加高考并拿了 A 大的高分状元的是你，而不是陆北深。”顾初替他说完了这句话。

陆北辰点了点头。

“你以北深的名义进了大学，都没有想过你自己吗？”

“我本来也没想继续升学，母亲身体大不如前，她又不肯拿父亲一分钱，我势必要扛起家里的担子。北深回国之前跟父亲信誓旦旦保证说一定会考上A大，一定会做医生，父亲这才同意他回国，我不想让他的希望落空，他需要一个好前途。”

“你太傻了。”

“我是他哥，为他付出是应该的。”

她听了心里发紧，现在她才知道在大学的时候他的时间为什么总是那么少，他为什么总要打那么多份工。

“那北深呢？你替他上学打工，他在做什么？”

“很多时候母亲是他来照顾，但后来我替北深考试、上学这件事被父亲知道了。”

陆振扬得知这件事后很是震怒，可木已成舟也是没辙。

“而且，”陆北辰沉吟片刻，继续道，“总归来说北深也算是父亲看着长大的，所以感情会更深一些，他希望北深日后能够进入陆门，所以平日总会让他多去公司待一待，可这么一待就出了问题。北深擅长系统编程，所以经常会混进公司系统做些手脚，时间一长自然会被人发现。股东们怀疑到北深头上，而陆家长辈早就对北深不满，也时刻想找北深的麻烦，所以一遇上这种情况，我便顶替北深继续在国内上课，这样也算是给北深做了不在场的证据，股东和陆家长辈也不好说什么。当然，一直到我决定出国那年，他们才知道原来陆北深还有个同胞哥哥。”

顾初明白了陆振扬的良苦用心，这是护儿心切啊。

“上了研一之后，母亲住院了，北深对陆家愈发不满，也做出了些对陆家不大好的事，那时候父亲总会关他一阵子，所以，我待在学校的时间就越来越多。”陆北辰的眼神黯淡了下来。

顾初耳朵尖大脑转得也快，陆北辰的这番话说得干涩隐晦，她隐约觉得这里面肯定有事，“陆北深说你一直想读的是商学不是医学，你刚刚也说了学医是北深的愿望，大学五年你可能没得选或没时间辅修，那研究生呢？你完全可以不用再读医了，哪怕继续顶替陆北深你也不用再读医。”

这是问题的关键，她知道她切了重点，否则陆北辰听了这话后就不会脸色凝重。见他沉默不语，顾初试探性说：“你读研的时候重点研究神经疾病，是因为阿姨吗？”

他的母亲身体不好，至于怎么个不好，他直到现在都没说。

等等，她似乎还忽略了一处重点！

那就是他母亲的离世，是因为病情吗？到底是什么病夺走了她的生命？还有就是，如果只是因为他父亲在婚姻中的左右摇摆，为什么北深到了研一的年龄还跟陆家作对？还有他，为什么他跟他父亲的关系一直这么不冷不热的？

陆北辰沉默了很久，沉默到她看着都揪心，末了她搂住他的脖子，“没关系，你不想说就不要说，其实对我来说什么都不重要了，重要的就是你能回来，你还在我身边。”

他低头吻了她的额头，“是分离转换性障碍。”

顾初一怔，“癔症？”

陆北辰点头，“是我母亲，当发现时她已经病得很重，属于神经器质性损伤引发的癔症，这也是导致她最后自杀的重要原因。”

顾初倒吸了一口气，自杀！

她清楚这种症状，总体归为心理学范畴，一般来说非神经器质性引发的分离转换性障碍需要心理医生介入治疗，也很好恢复，但神经器质性损失就可大可小，不但需要心理上的疏通，还要配合手术药物等强制性治疗方式，但直到现在，癔症都没有太好的治疗方式，更别提是当年了。

“遇上你那年，”陆北辰捧起她的脸，温柔说，“我其实真的很想听你叫我一声北辰，你一口一个北深，说实话，我很嫉妒。”

顾初不知道该说什么，除了身份无法公开外，他对她是百般好。

“为了我的事，你去求了你父亲，对吗？”

陆北辰轻抚她的头，没说话，她看着他的眼，心疼不已。

“那一年，除了失去你，我也失去了母亲。”

顾初震惊地看着他，“具体……是什么时候？”

陆北辰低语，“在我出国之后。”

“那场车祸……”

他抬手，将她的发别在了耳后，轻声说：“是因为我母亲，我听到了她自杀的消息。”

是这样吗……

顾初呢喃：“北辰，不要离开我了……你回来却对我避而不见，不能这样。”

陆北辰低低开口：“我只是不想连累你。”

顾初伸手，手指轻轻穿过他的头发，“我想知道你的具体情况，北辰，我们一起想办法，好吗？”他没有选择开颅手术，并不见得说他的病情不严重，相反地，有可能还因为存在巨大风险所以迟迟不能手术，否则斯密斯就不会讳莫如深。

陆北辰侧过身，将她搂在怀里，“我脑里有血块靠近延髓，这半年来虽说一直在进行物理康复，但压迫性症状已经开始严重。”他微微抬起右手，“你也知道我并不是天生左撇子，因为我的右手已经出现颤抖和麻痹的现象。”

顾初闻言骇然，“延髓？”

延髓位于脑干后段，如局部受损严重可威胁生命，她想到了多年前的那场车祸的严重性，可万万没想到会这么严重，怪不得连斯密斯都不敢轻易动手。

“心脏呢？”她紧张地问。

延髓如受到严重性压迫会影响心肌功能，这才是最可怕的。

“还没那么严重。”

“可是——”

“初初。”他打断她的话，“放心，既然我敢出来见你，那么我一定会积极配合治疗，斯密斯是这方面的专家，我相信他。”

顾初心里总是惶惶不安，“我能看你的病例吗？”

陆北辰迟疑了一下，“我会告诉斯密斯你的要求。”

“北辰，你一定不能扔下我知道吗？”

“好。”他笑着承诺。

想来人的生命始终脆弱，生死不由人，他没告诉她的是，其实这大半年来他的心脏已经有时会抽痛，这是一个十分不好的预警，也是他迟迟不敢见她的原因。他回来，想她想得厉害时总会偷偷看上她几眼，直到北深将他逼得无路可退，他也只能面对。

第六章

送尸人的目的

奇怪已经被正式起诉，虽说经警方查实他确实没涉及杀人、绑架等行为，但窃取尸体也已经触犯了法律。

罗池今天可谓是雄赳赳气昂昂进的警局，然后，又大摇大摆地晃进了会议厅参加了专案组的会议讨论，原因是他手头有一件宝贝，这宝贝就是陆北辰，当陆北辰终于点头应允作为外援实验室接手这起案子后，罗池一下子觉得春暖花开了。

这几个月以来他一直在关注这起案子，所以就算中途插了进来也完全可以跟得上案情。这次案件主要针对钱豪、刘川、冯梓莲和艾欣四具尸体进行，罗池的行动力向来是不用催的，很快联系上了这四位死者的家属并展开深入调查。

“给奇怪送尸体的人还在调查。”罗池汇报，“相信他跟这四人的失踪甚至说死亡都有一定关系。”

“所以神秘人的动机很重要，这个人为什么要给奇怪送尸体？这个神秘人要达到何种目的？”对面的警员皱眉。

这也是罗池在考虑的问题。

在奇怪和尸体之间有个重要的环节，就是这个神秘人，他就像是一把钥匙，找到了这个人，似乎就能解开尸体之谜。

会议厅里安静，大家陷入沉思。

“也许，是展示。”始终沉默的陆北辰开口了。

众人看向他，罗池坐他旁边，亦侧过身看着他，“展示？什么意思？”

陆北辰今天参会穿得稍显正式，一如既往地严肃认真、不苟言笑。

“从尸体情况来看，不管是跳楼的钱豪、烧炭的刘川，还是割腕的冯梓莲、车祸的艾欣，这四人都不属于他杀，表象为自杀，严格定义为是由脑猝死引发的自杀性死亡。死者艾欣除了不是失踪人口外，其他几项都与三位死者有着惊人的相似。第一，他们的年龄都固定在二十五岁之间；第二，除了艾欣外，我对其他三人进行解剖时发现，他们在视觉中枢神经上都有一定的损伤；第三，在四人足部踝骨位置都有强制植入金属物的硬伤，我已经将硬伤图形进行平面化照片处理，稍后会发给各位，我怀疑更像是一种组织符号或记号。另外，尸体被涂有高强度防腐剂，但还是可以从腐烂程度推算出大概的死亡时间。艾欣不用多说，半年前死亡，割腕的冯梓莲死亡时间保守估计是在一年左右，烧炭的刘川死亡时间为一年半左右，钱豪的死亡时间更久一些，大概超过两年。”

罗池脑袋转得快，“每隔半年死一个人？”

“对，他们之间都是相差半年。”陆北辰将手头的文件合上，“除艾欣外，实验室那边正对三位死者做进一步的解剖化验，我会重点排查这几位死者是否被人注射了某种药物或服食了某种药物。”

“你刚刚说到的展示是指？”罗池问。

“四人的脚踝骨有同样的标记，我怀疑他们是被人强制带到了某种机构，所以说他们不是失踪，只是被人监视直到死亡。”陆北辰道，“四人死亡表情各异，很容易让人联想到他们在死前是看到了某种东西，但我更倾向于是精神系统被破坏引发的虚拟性视觉误导，换句话说就是，他们也许在死前真的是看到了什么东西，但这些东西只是幻觉引发而已。这个神秘人必然是知道他们的问题，而那名蜡像师又迫切想东山再起，这四人的死亡神情足以成为不同于其他作品的素材，所以，神秘人的目的，我个人认为是种展示，又或者……”

陆北辰一手摩挲着下巴，一手若有若无地敲着桌面，没多久，他开口了，却是推翻了自己刚才的言辞，“不对，不是展示，是提醒！”

“提醒？”

“对，那个神秘人想用这种方式来引起关注。”陆北辰微微眯眼，“为什么要将尸体提供给奇怪？那是因为神秘人知道奇怪的蜡像展以这种主题推出的话必然会引起公众的关注，这是最快最有效的传播平台。神秘人以不露面的方式跟奇怪合作，说明此人只是为了提醒，提醒大众，又或者提醒你们警方。”

众人闻言议论纷纷，罗池思索半晌，同意陆北辰的判断，“没错，我们之前也遇上过那种以杀人为乐或炫耀其杀人成果的凶手，往往会以高调亮相的方式跟我们警方斗智斗勇，但这个神秘人不同。他行事低调不为人知，连奇怪都不知道他是谁，从神秘人不留一丝线索给奇怪这种行径来看，对方的确是想要告诉我们一件事。既然陆教授提到了四人脚踝骨上相同的伤势，那么有可能真的是某种组织或机构的符号，进一步再去分析，那个神秘人想要爆出真相却又不能露面，那是不是可以理解为他也跟这个组织或机构有关？”

一番，大家也是各抒己见。

“艾欣的家属不同意解剖死者，罗池，你需要跟死者家属沟通一下。”陆北辰道。这也是他刚才在说到某个关键点时总要除去艾欣的原因，家属不签署同意文件，他就无法进行解剖，那么就无法判断出艾欣是个例还是跟其他三人有联系。

“这件事交给我。”罗池想了想又道，“另外，半年前陆教授的车祸看似跟这起死亡是两起案子，但我个人认为同属一件大案，如果艾欣跟其他三人一样在脑神经上受到损伤以至于看到了幻觉，那么谎称陆教授发信息的那个人有可能就是幕后主使，对方一定是在很清楚艾欣状况的条件上加以利用达到犯罪目的。”

顾初又排回了神外，只是，这次她回来总觉得筱笑笑和顾启珉有点怪，两人同出同进的时候少了。无意间顾初听到小护士们在传一件事，说有人看到顾启珉在停车场上对筱笑笑大打出手，描绘得有声有色，顾初听得心惊胆战。

去找筱笑笑问个明白，可笑笑一口否定，说是没有的事，顾初半信半疑，她觉得筱笑笑和顾启珉之间肯定出了问题。

乔致远因病情反复再次入院，劳师动众，家里家外的人都以为老爷子这次悬了，早早地就将抢救室围了个瓷实。这一行径顾初看在眼里，冷笑于心，表面关心，实则不都是冲着遗嘱去的？倒是乔云霄，里里外外操劳打点，还要陪着近乎崩溃的井慧。不过乔致远也算是福大命大，硬生生扛过了危险期。顾初去病房探望时，乔致远拉着她的手说："就算你不跟云霄在一起，陆家的人也不是你最好的归宿啊。"

顾初没往心里去，笑着跟乔致远说："乔爸爸，他对我挺好的。"

乔致远却叹气，像是呓语，道："不是好不好的事。"

她好奇，问："那是因为什么？"

乔致远还要说什么的时候，井慧马上打断了，"儿孙自有儿孙福，老乔，你就别操心了。"

他也便不再多说了。

中午的时候乔云霄来医院了，他们父子俩单独聊了一会儿，八成是跟公司的事有关，顾初就陪着井慧在私人病房的外厅吃了点东西，没一会儿筱笑笑也过来了，她是来找顾初的，告诉她下午有台原本订好的手术临时取消，顺便过来再看看乔致远的情况。

井慧对筱笑笑的印象不错，夸她漂亮能干。筱笑笑倒是一点都不隐藏，告诉井慧说自己以前可是个胖丫头，井慧听了筱笑笑的减肥经历后又是叹气又是心疼，说："你说你这么好的一个丫头，就算胖点也没关系，心疼你的男人始终会把你当个宝的。"

乔云霄出来时脸色有些凝重，筱笑笑神情有点变化，匆匆告别了井慧，甚至都没跟乔云霄打招呼，像是逃似的走了。

等她出门了之后，乔云霄说：“我出去一趟。”

在医院走廊，乔云霄叫住筱笑笑。他踱步上前，却一时间不知道要说什么。

“有事吗？”

“你……”乔云霄想了半天，问了句，“不用吃饭吗？”

筱笑笑没想到他会问出这么句话，微怔一下笑了，“吃啊，去食堂吃。”

“食堂没营养，走，我带你去外面吃。”乔云霄道。

筱笑笑忙摆手，“我——”

“放心，不会耽误你上班时间。”

“我的意思是……这样不好。”

乔云霄一愣，很快明白她话中的意思，面色尴尬了些，“看来，我们连朋友都做不成了。”

“我不是这个意思……”筱笑笑解释，“我的意思是，你这么忙……”

乔云霄笑了笑，但笑里多少带点勉强，“我明白，我不该打扰你。”

这句话说得筱笑笑心里发酸，“你误会了，我真的是怕耽误你的时间，再说了，我现在吃得不多，出去山珍海味的比较浪费。”

乔云霄点点头，“好。”

乔云霄为她按了电梯，她进去，门临关上之前，她冲他拜拜，乔云霄站在原地，只是微微点了点头。等电梯门关上后，筱笑笑靠着电梯，眼眶湿了。

人是自己选的，脚上的泡也是自己走出来的，一旦所托非人也怨不得别人。

下午的时候顾初旁听了一场医学研讨会，散会后她像是耗子似的在人家专家屁股后面跟来跟去，请教关于脑干延髓受压及损伤的治疗手段。有专家认出顾初来，拍着她的肩膀笑笑道：“后生可畏啊，这么年轻就开始研究延髓损伤，这可是我们神外大夫到现在都在研讨的课题呢。”

顾初一听这话心就凉了半截，她也知道延髓损伤有多么严重，那个部位是生命之重，国内外都没有确保手术一定成功的案例。

回了科室，护士站的小护士一脸兴奋地跑进来，“顾医生，有帅哥找。”

到护士站一看竟是陆北辰，身后还跟着罗池。

她喜出望外，快步上前，“你怎么来了？”又冲着不远处斜靠着墙壁的罗池打了个招呼，“嗨！”

罗池冲着她抛了个媚眼，整个人看上去有点亢奋。

陆北辰似乎不满她将眼神落在罗池身上，伸手扳过了她的脸，“刚从局里开完会回来，正好路过医院，上来看看你。”

一句很是平常的话，却令顾初心里暖洋洋的，周围几名小护士自然也听得真切，笑着窃窃私语。

顾初抿唇轻笑，嘴巴娇嗔，“有什么好看的呀？我就在这儿上班还能去哪儿？”

陆北辰瞧见她烫红的脸颊，问：“中午吃的什么？”

一听这番寒暄的话，顾初就确定他来医院真的就是来看看她，“中午去看了乔伯伯，跟乔伯母一起吃的。”说完这话，又生怕他不高兴，补了句，“乔家的管家煲汤手艺一流的。”

陆北辰唇角扬笑，并没有她所担心的生气和不悦，“馋。”

顾初傻笑。

“今晚我回家会晚一些。”

“还以为是关心我，原来是先给一颗甜枣再打我一顿啊。”见他今天白色衬衫、深灰西装裤，很是简约，只是衬衫的扣子敞开了三颗，露出少许精壮的胸膛，如此这样一个形象就成了，既正式又潇洒不羁。

这就是她深爱的男人，从大学至今，她竟然一度不敢去承认。那段青葱岁月，他就是匹生性难以驯服的野马。如今，他比大学时期多了成熟和稳重，但那股子隐藏的不羁却还是存在。

“你还真要接案子呀？”

“我已经接了。”他轻声。

她叹了口气。

罗池闲得慌，实在忍不住了凑上前，“就是交代一声晚回家的话，在电话里说不行吗？”

顾初伸出手指使劲戳了戳罗池的胸膛，“别看你现在跟只雄孔雀似的美颠颠的，可别忘了你是托了我男人的福才进的专案组，所以最好帮我照顾好他，如果他累着了，我拿你是问！”

罗池嬉笑，“放心，我保证他一定生龙活虎的，不管是在白天还是在晚上。”

顾初慢悠悠道：“罗池，我妹马上要回琼州了，大学里的生活可是缤纷多彩的，她说把你忘了就能把你忘了，你现在得罪我？”

罗池一听这话马上改了口风，“你看啊，是你误会我的意思了，我是说一定帮你看着陆北辰，哪怕他是加班，我都保证让他精精神神的。”

“这还差不多。你最好机灵点，以后见了我可别这么嚣张。”

“放心放心，以后我肯定像敬着老佛爷似的敬着你。”罗池连赔笑带打包票的。

陆北辰大手一伸揪住他的脖领子，“走。”

筱笑笑下午不出诊，请了假提前走了，天天幼儿园的老师要见家长。

天天的老师说了天天最近的情况，说他每天无精打采的，昨天上午的时候又因为跟小朋友们抢玩具而大打出手。

筱笑笑闻言心里发颤，上了车还想着老师的那番话，天天见筱笑笑不吱声有点不知所措，半晌说了句：“我不是故意要抢玩具的。”

筱笑笑转头看着他，“那你为什么要跟小朋友打架？”

“他骂我没有妈妈！”天天气呼呼的。

筱笑笑一怔。

“你不是我的真妈妈，幼儿园的小朋友都知道这件事。”天天一脸的不高兴。

筱笑笑不大会跟小孩子相处，只能依照自己的感觉来跟他对话，“天天，就算你不是我生的，但我还是你妈妈，我要把你养大成人，要把你养得健健康康结结实实的，这比亲妈妈还要好，知道吗？”

天天噘着嘴不说话。

她也不知道该怎么跟他说了。

“我爸爸打你了是吗？”突然，天天开口问。

筱笑笑知道他八成是听到护士站的话了，“不是，是你爸爸不小心。”

天天却一撇嘴，“我爸爸之前就打过我妈妈。”

筱笑笑满脑子都是顾启珉那天因为乔云霄而对她动手的情景，一时间没反应过来，少许后突然一个冷战，“你……有妈妈？”

“当然！”天天不满地看着她，“我妈妈可好了，身上香香的，不像是你，身上都是医院的味儿！”

筱笑笑恍惚，下意识问：“你爸跟你妈在一起住过吗？”

“妈妈说在我很小很小的时候跟爸爸一起住过，后来就是因为爸爸凶，所以妈妈才走了。”天天噘着嘴，“我希望妈妈能回来，跟爸爸生活在一起。”

当顾初拎了两个保温壶和一个保温饭盒出现在灯火通明的实验室时，果不其然，大家都在，不过语境看上去一脸沮丧。

问及陆北辰，语境没精打采地指了指楼上，潘安眼睛尖，见她拎着保温壶一下子来了精神，冲上前，“是不是给我们带好吃的了？”

顾初见状马上护住，只将其中一只保温壶给了潘安，“剩下这两只是楼上的，你们是这壶。”又问：“语境怎么了？”

潘安夺过保温壶打开，“前几天混进来个假的陆北辰……”说到这儿，他压低了嗓音，“这事你知道了吧？”

“什么叫混进来一个人啊，说得这么难听，他是陆北辰的弟弟陆北深嘛。”

“我不管深浅，总之，语境把他给放进来了，紧跟着做的报告就受到那人的一顿夸赞，语境自信爆棚，工作效率极高，连续赶出了好几份文件，然后真的陆北辰回来了，一见那些报告就怒了，今天上午把他骂得狗血淋头，说他耽误工作效率，做了些没用的报告出来。”

顾初没亲眼看见这一幕，但也知道何其惨烈。语境单纯无邪，天天梦想着被外星人带走后去改造人种，被人夸了几句后就激发了强烈的工作热情，结果，热乎劲还没过就被泼了一盆冷水，怪不得他苦哈哈的一张脸。

楼上的门半掩，从里面传出争执声，仔细一听，是科洛和罗池的声音。她推门而入，就见到了如下场面：

罗池坐在办公桌上，手里拿着份文件，头发乱蓬蓬的，一脸的激情四射，像演讲似的。

科洛也坐在办公桌上，与罗池面对面，指着罗池，“你当我这么多年侦探白做的是吧？罗大警官，我很贵的！帮你分析案情都是大材小用你知道吗？”

再看陆北辰，坐在办公桌后的皮椅上，修长的手指夹着烟，优哉的模样任由身边这两个大男人争得面红耳赤。

“那个……嗨。”顾初探头进来，“先别吵了。”

三人同时朝门口这边看过来。

“你怎么来了？”陆北辰起身，唇角绽笑，显然他很高兴她能来。

顾初进来，盯着他手指间的烟，从鼻腔里挤出一声提醒。陆北辰倒是听话，马上将手里的烟头摁灭。

“你们喝完汤再吵。”顾初打开保温壶，又从包里拿出备用碗筷，“这本来是给北辰准备的，便宜你们了。”她了解陆北辰，虽说信誓旦旦跟她保证减轻工作量，但用脚指头想都知道他是敷衍，这道汤放了有利于散热祛瘀的中药，又怕他嫌中药的味道过重加了鲜鸡肉提味。

见科洛要伸手，她一挡，“没准备你的碗筷。”

科洛一愣，“为什么？”

“我就带了两副碗筷，谁知道你会来啊？”顾初就是拦着他不让他喝，

“你以为我会善待一个窝藏我男人的男人吗？”

科洛惊愕地看着她，“顾初，你怎么给我扣了个这么大的罪名？窝藏？”

“不是吗？”顾初分了两碗汤给了陆北辰和罗池，冲着科洛冷哼，“我是他女朋友，结果还得通过你才能找到他，这很奇怪你知不知道？”

“我——”

“罗池。”

罗池正美滋滋地喝汤，闻言后马上“到”了一声。

顾初问：“窝藏也犯法吧？这个窝藏罪要是判刑的话得判几年啊？”

科洛一记眼光甩向罗池。

罗池挠挠头，“我觉得吧，他也算不上窝藏，他——”

“你知道这个保温饭盒里是什么吗？”顾初拿起了保温饭盒掂量了两下。

罗池觉得有点不祥……

“这个保温饭盒里可是思思精心做的饭菜，她见你今晚没去我家蹭饭，生怕你饿着所以千叮咛万嘱咐要我过来给你的。”她拎着饭盒在罗池的眼前晃了一圈，“如果我回去跟她说你扔了她做的美食，你说她是相信我还是相信你？”

罗池脸色一变，将汤碗一放，“科洛的行为从严格意义上来说算不上窝藏。”

科洛一副得意扬扬的样子，顾初刚要斥责罗池胆肥，就又听他补充了句，“是非法拘禁！根据我国刑法第 238 条第 1 款、第 2 款的规定，非法拘禁罪的要处 3 年以下有期徒刑，具有殴打侮辱情节的，从重处罚。”说到这儿，他又观察了一下陆北辰的脸，“介于当事人是个美男子，罪犯有可能在非法拘禁过程中对他发生侮辱等行为，可判定对科洛的从重处罚。”

科洛咬牙切齿地盯着罗池，“你哪只眼睛看见我非法拘禁他了？又是哪只眼睛看见我侮辱他了？”

罗池没搭理科洛的“痛心疾首”，讨好似的朝着顾初一伸手，“顾大小姐，现在可以把饭盒给我了吧？”

顾初十分“居高临下”地将饭盒往他手中一放，“拿去。”

“谢主隆恩。”

这三人的你来我往看在陆北辰眼里，他没说话，只是看着这一幕淡淡浅笑。

科洛“精神受辱”，自然不甘下风，再加上鲜汤的气味刺激着他的味蕾，一时间就是生理和心理上的双重刺激，他干脆胳膊搭在陆北辰的肩头上，“你结交的这都是些什么人？女朋友不像女朋友，警察不像警察的。”

陆北辰笑而不语。

顾初上前将科洛扒拉开，“离远点。”然后又给陆北辰盛了汤，娇滴滴道，“多喝点。”

陆北辰任由她的作威作福，笑道：“好。”

科洛吧嗒吧嗒两下嘴，“陆北辰，你说句良心话，当初是不是你对顾初避而不见的？是不是你要求我保密的？你表个态！要不然你女朋友哪天心情不爽一定会弄死我的。”

陆北辰喝了一口汤，淡淡地说：“我什么时候这么做过？”

科洛一愣，紧跟着咆哮，“陆北辰你这个浑蛋！”

顾初忍不住笑出声，也不打算逗他了，“行了，我大人有大量原谅你了。”将保温壶的壶盖当碗，主动给他盛了一份，“喝吧喝吧。”

科洛的脸变得像翻书一样快，二话没说端过壶盖，笑道：“我就说顾美人嘴硬心软。”喝了口汤又补上了句，“其实我可以跟你男朋友用一个碗的。”

顾初故作惊讶地瞅着陆北辰，陆北辰何其聪明，忙撇清了关系，“我这人有洁癖。”

科洛甩了一记眼神，“被个女人压得死死的，还是你吗？”

陆北辰懒得搭理科洛的“挑拨离间”，三两下喝光了汤后对顾初说：“再来一碗。”

“我也来一碗。”罗池凑着热闹。

科洛瞄准罗池的保温饭盒，刚要下“狼爪”被罗池一个利落身手给护住，气得科洛牙根直痒痒，“我废寝忘食地帮你们分析案情，结果你们就是这么对待我的，行！你们真行！”

罗池甩了句，“废话，谁不是废寝忘食？”

这三人注定是要通宵达旦，吃饭时听他们的意思是已经对四名死者的生前资料进行盘查，发现这四人之前都有请过心理医生或去医院的身心健康辅导科室治疗过的经历。

陆北辰分享了一起他在美国时接手的案子，当时也是轰动了全美国，说是一个案子，实际上是多起案子合并成了一个大案子，当时是在洛杉矶的一幢公寓里接二连三有人自杀，最终破案后定义为“传染性自杀案件”。

什么叫传染性自杀案件？

陆北辰给了明确的解释：自杀是具有传染性的，尤其是面对精神患者或常年处于神经压抑的患者，一起自杀案件的发生会给这些患者造成潜意识的引导，所以从现象上来看，他们模仿了自杀行为。

后来陆北辰又补上了句，“当然，我只是从法医角度破案，潜意识这种事不归我管。”

罗池说：“你说的那起案子我也听说了，现在想想，咱们这个案子跟那起案子还多少有些相似，照这么说，我们也该请教一下心理医生了。”

“而且还是要对潜意识有很深研究的心理医生。”当时顾初也参与了意见，“但我所担心的是，除了艾欣外，其他三位死者都是视觉中枢神经系统损伤，这就是病理性的损害，与潜意识会有关联吗？”

“但证据显示他们的确或多或少患有精神疾病，一旦涉及精神领域，除了病理性我们需要神经专家外，还需要有专门的精神科医生来配合一下比较好。”罗池的想法周密。

陆北辰沉吟片刻，“我可以帮你找到这样的专家。”

罗池笑道：“那敢情好，你能想到的人绝对是行业权威。”

“算是行业新秀。”陆北辰驳了罗池的话。

罗池一听，忙摆手，“不行不行，这么大个案子怎么能找新手？”

陆北辰浅笑，“我家顾初也是行业新秀，但她的能力你也看到了。”

顾初听着这话心里美滋滋的，挺直了腰板，“罗池，你要给新人机会。”

罗池想了想，“那回头我跟上头申请一下。”然后凑近陆北辰，笑道，“你亲自去请吗？”

“看来这个人的权威性是取决于我要不要亲自出马。”

“绝对有关系。”罗池自然也是个聪明人，“能让你亲自出马邀请的人，我们绝对相信他的实力。”

“你这如意算盘打得不错。”

手机响了。

罗池接起，那边不知说了什么，只见他目光一亮，回了句，“好，我们马上到。”

结束通话后，罗池嗓音愉悦，“艾欣的家属终于同意验尸了。”

陆北辰似乎也松了口气，“好。”紧跟着按了座机，“语境，收拾好东西。”

顾初在旁默默地收拾了保温壶和保温饭盒，陆北辰将她的神情看在眼里，轻拥她入怀，低声道：“别担心我的身体，有语境跟着我，累活让他做。”

才怪！

又不是没跟他在一起工作过，难道她不知道他向来喜欢亲力亲为？

“我跟你一起去。”

“今晚不知道要到几点，你明天不是还有手术吗？要保证充足的睡眠时间。”

顾初叹气，“那你一定不能累着，完事了赶紧回家休息。”

“好。”

陆北辰很快动身去了北京，按照和罗池说好的，他亲自去帮他找心理学专家。

他刚走，顾初就开始想念。

下午的患者不少，筱笑笑从午饭后坐在诊室里就没再站起来过，顾初今天是跟着她学习的，也是忙得连口水都没喝上，快到下班的时候才稍稍松口气，匆匆去了洗手间。

等再回来时已有患者在诊室了，背对着门口坐着，筱笑笑的神情看上去不大自然，见顾初回来了，抬眼示意了她一下。

顾初没明白筱笑笑的意思，只瞧着患者的身影有些眼熟，正想着，患者站了起来，等她转身这么一照面，顾初怔住。

林嘉悦？

“没想到我们会再有机会坐下来喝杯咖啡。”医院咖啡厅的沙发椅上，林嘉悦很优雅地拢了拢头发，她的头发长了，顾初瞧着她总会想到去年她一脸幸福地跟她说：“北辰很喜欢我这个样子的。”

顾初收回视线，精致的小勺子在咖啡杯里轻轻一搅，“你想找我可以有各种方式，没必要去占一个病人的名额，你是富家千金也许不会知道，外面有很多人想要挂号都挂不上。”

林嘉悦眼角含笑，淡淡的犹若晕开的水墨画，说不出的清雅风情，“实在抱歉，北辰不希望我来打扰你，他删了我手机里你的号码，所以，我只能用这种方式来找你。”

顾初微怔。

“是的，北辰很在意你的看法。”林嘉悦轻轻一笑，“他怕我会给你带来困扰。”

顾初听了这话，心里警备，既然陆北辰都已经警告过她，她还冒着激怒他的危险来见她，说明她是有足够的条件在这场博弈中站稳脚。

“你找我什么事？”

林嘉悦喝了口咖啡后放下杯子，从精致的挎包里拿出张黑色的卡片来，上面是烫金的 Logo，她将卡片推到顾初跟前，“想见你的人不是我。”

顾初拿过一看，酒店的名片。

“你来找我，只是为了传话？”

林嘉悦看向她时，目光不经意扫到了她的无名指上，“那还是去年吧，我还记得你为了生计在大排档里忍气吞声的模样，不过短短一年你就摇身成了头戴光环的神外医生，进到了上海最好的医院实习。顾初，有时候你又何尝不是在利用陆北辰呢？”

“我没有利用他。”顾初不悦地反驳。

“没有吗？”林嘉悦笑得清淡，“你已经不是不谙世事的小姑娘，经历过大起大落后的你应该很清楚一个道理，人人都可以有梦想，但并不是人人都能实现梦想。从没编制的职员到大排档的杂工再到崭露头角的外科大夫，顾初，这中间差的何止是一步之遥？有的人的梦想只是梦想，但有的人的梦想是可以实现，我想，在没有遇上陆北辰之前，你的梦想，也只是梦想吧。”

顾初很想反驳，很想跟她说这一切都是靠她自己的努力，可这话在喉咙里打转蹦不出来，其实林嘉悦说得对，她自恃有才，可陆北辰何尝不是做了她的踏脚石？

“没别的意思，我也听说了你在医院里的成绩。”林嘉悦抿着咖啡，道，“我只是想说，必要的时候我们都需要面对现实。”

林嘉悦离开后，顾初满脑子还在转着她的话，那张酒店名片在衣兜里被她的手指攥来攥去，指尖染了香，是林嘉悦身上的香水，这个女人，哪怕已是战败了的情敌身份，依旧保持着优雅从容，这是顾初所讨厌的。

夜降临，上海又成了不夜城，年轻的男女形同鬼魅，肆意挥霍着青春和活力。霓虹将月光扯得稀薄，让这座城染了太多暧昧的气息。

顾初按照名片上的地址找到了那家酒店，嚣张地耸立在寸土寸金之地，与明珠塔遥相呼应。训练有素的工作人员将她一路带到了服务台，顾初留了到访信息，服务台又打了电话确认一番后礼貌地说：“您可以上去了。”

电梯直达高层，地毯吸了脚步声，暗色调的钢化玻璃窗隔开了外滩的熙攘。前方是工作人员引路的身影，不远不近，给了她极好的调整时间。

到了房间门口，工作人员轻轻鞠了一下身，离开。

她站在门口，既好奇又有点紧张，心脏一下下地敲着胸口，提醒着她此行的不简单。深吸一口气，她按了门铃。

不消片刻，房门缓缓打开。

室内的光线鹅黄流暖，映亮了女人的脸颊，顾初看得清楚，心里咯噔一声，脱口：“秦医……陆伯母。”

秦苏微微一笑，“快请进来吧。”

顾初惶惶不安。

北京。

陆北辰到达餐厅的时候，对方还没到，他命餐厅侍应生先去醒瓶红酒。

素叶赶到餐厅时一眼就瞧见了陆北辰。他孑然而坐，脸颊微低，安静地翻看杂志。餐厅虽说还有其他人，但唯独他极其抢眼，哪怕只是坐在靠窗的角落。

她没想到有一天会接到这个男人的电话，之前年柏彦也提到过他，可他的那些林林总总的事迹落在她耳朵里就是传奇。她上前，轻声，“陆教授？”

陆北辰见她来了，将杂志放到一旁，起身，施礼，“是我，请坐。”

素叶在他对面坐下，如此近距离之下，更是感叹于他的英朗不凡。许是她瞅得太过大胆，陆北辰察觉出来，问：“我脸上有什么吗？”

素叶大大方方地说：“你颜值高，我盯着你瞧也正常。”

陆北辰从年柏彦那里早就得知素叶说话向来大胆，微微浅笑。

“不过……”素叶冲着他比画了一下。

陆北辰了然，解释：“穿成这样很抱歉。”

“既然有求于人，怎么着也得整装示人吧？我呢，虽不如你陆教授名气大，但大小也是个心理医生，我相信咱们接下来谈的会是公事。”

坐在她对面的男人，简单的 T 血衫外加休闲长裤，再看来这家餐厅用餐的人个个穿得讲究得体，他随意任性，她有一瞬间的困惑，这人是怎么进来的？

侍应生将陆北辰早就点好的美食逐一端上，又将醒好的红酒推了过来，陆北辰示意了一下，侍应生离开了。他道：“我家丫头知道我来北京是见个女人，所以明令禁止我穿得正式。”

素叶耳朵尖，抿唇一笑，“太招蜂引蝶的男人的确让人不放心。”

陆北辰也只是浅笑，不做任何辩解。

“能让陆教授都找外援的案子，看来不简单。”素叶言归正传。

“这个案子确实涉及了我不大擅长的领域。”

素叶笑，“一直以来做法医的都跟做心理的格格不入。”

“偏见而已。”

“不过我能理解。”素叶接着说，“只是信仰不同，唯物或唯心而已。”

“我尊重每一种揭秘方式。”陆北辰说着，打算为她倒杯红酒。

素叶却拒绝，“我不喝酒，谢谢。”

陆北辰没强迫，亦没问原因，又叫了侍应生过来加了杯果汁，继续回到案子，跟她讲述了案子的经过。

“在心理学上的确有一种传染性自杀的现象。”素叶肯定了陆北辰的想法，“这种案例虽在国内并不常见，但在国外有过发生。”

“从你的专业角度如何解释这种现象？”陆北辰问。

“潜意识影响及模仿。”素叶道，“我们常常认为自己的心境会受周围人所影响，实际上远不如此，更多的时候，通过报纸、杂志或电视等，这些都有可能是形成潜意识引导的介质。你口中的四名死者，我相信在一定程度上是收到了潜意识暗示，继而引发了自杀行径，当然，他们可能并不认为这是一种结束。”

陆北辰若有所思。

“我相信这四名死者生前的精神状态就很糟糕，你提到说他们死时的神情怪异，我想，可能就是由于他们潜意识被引导下激发的幻觉导致了他们表情各异，视觉中枢受到损伤，有可能是药物，有可能是器械，总之，我初步判断是，他们必然是先经历了精神困扰才会发生器质性病变，而不是由器质性病变引发精神类疾病。”

“这件案子，我们需要你的协助。”陆北辰说。

素叶却看上去有些为难，“目前我没办法离开北京。”

“放心，我们只需要你的意见性参与，相应的资料上海警方那边会给你传真过来。”陆北辰打消了她的顾虑。

素叶不再犹豫，“好，我会配合上海警方完成这件案子。”

“多谢。”

素叶笑了笑，“大名鼎鼎的陆教授不远千里亲自上门，我要是拒绝岂不是太不识抬举？”

从酒店出来后，顾初沿着外滩从一头走到另一头。盛夏的夜总是热闹，尤其是这里，有奔跑的孩子，也有十指相扣的情侣，还有跟她一样孑然孤独的影子。

她需要到一个人多的地方，这样才不会感到寒凉，这座灯红酒绿的城市，可能最不缺的就是热闹。但热闹归热闹，真正的温暖却无处寻找。择了一处坐了下来，越过人群去看隔岸的霓虹，耀得几乎刺痛了她的眼，像是秦苏的双眼，含笑温柔，却有足够震慑的力量。

秦苏说：“你是个很招人喜欢的姑娘，伯母也知道你很聪明，尤其是在医学上，既然如此，为什么不将精力重点放在你的事业上呢？”

秦苏还说：“顾小姐，容我说句不好听的话，你对北辰没那么深爱，否则当初为什么要放手？但北辰太过被情感所累、被一个女人所累，这对他不好，你想看着他不好吗？”

秦苏又说：“我承认一场婚姻里面需要有爱情，但单凭爱情不足以撑起婚姻。陆家选儿媳，只会去选最合适的，你和嘉悦之间，很显然她更合适。”

秦苏最后说：“总有一天，你会主动放弃的。”

这半年多的时间里林嘉悦到底做了多少努力她不得而知，但从秦苏坚决的态度上可以知道，林嘉悦不过是匿藏在暗处伺机而动。

面对秦苏的大刀阔斧，顾初无力招架，最后只说了句：“陆伯母，我想您……没有那么多的权利来干涉北辰的决定。”

其实她想说的是，你又不是北辰的亲生母亲，有什么资格指手画脚？

秦苏听了这话却笑了，“我认得这枚戒指，是北辰生母的。”

她没料到秦苏会如此直截了当。

秦苏说：“既然他能把这枚戒指戴在你手上，那么想必你对北辰和北深的情况也了解得差不多了。我虽然不是北辰的生母，但他毕竟还是要尊称我声‘阿姨’，更重要的是，他身上流着的是陆家人的血，这是无法更改的事实。”

顾初双臂抱腿，脸埋于膝盖，她倒是情愿秦苏是个十分不讲理的人，那么说不定也能激发出她骨子里的叛逆和不服输，可秦苏始终温婉，要她知道她心中的想法：你很好，只是不适合跟北辰走到最后。

陆北辰打来电话的时候，顾初才发觉脸颊有点凉，使劲抽了抽鼻子，接了电话。

“还在外面？”听出嘈杂声，他问。

这个时候能听见他的声音真好，窝心得眼眶又红了，她“嗯”了声，没多说别的。

“怎么了？”他听出她有点不对劲。

“没什么，就是出来转转。”

“你那边很吵。”

“是，在外滩。”她如实相告。

陆北辰那边迟疑，“从老洋房转到外滩？”

老洋房到外滩还是有些距离的，自然这个借口说不过去。顾初随口搪塞，“我和笑笑来这边吃饭，饭后散散步。”

生怕他再多问，她马上转移话题，“你那边进展顺利吗？”

“很顺利，而且潘安鱼姜他们对艾欣进行了尸检，也发现了与其他三具尸体的共同点。”陆北辰的语气听上去很轻松。

“那真好。”

“别在外面待太晚，不安全。”陆北辰没过多说工作。

顾初心头像是压了磐石，透不过气了，她又轻轻“嗯”了声，紧跟着听到电话那边有人叫陆北辰，八成又要忙工作了。

“快点回家。”陆北辰最后又催促了句。

顾初下意识叫了他的名字。

“咱俩以后都能在一起吗？”她脱口问。

那边许是愣怔了下，“究竟发生什么事了？”

她想告诉他秦苏来了，也想告诉他今晚发生的一切。

“初初。”

“没什么，我……就是想你了。”

那边低笑，“明晚我就回了，等我。”

“好。”

夜风吹乱了顾初的头发，却将她的思绪吹得清晰。细细分析了秦苏的话，她似乎从头到尾都没说过她是配不上陆北辰的。

那么，秦苏最重要的一句转折话是什么？

她说：“我知道你和北辰相爱，但北辰太过被情感所累、被一个女人所累，这对他不好，你想看着他不好吗？”

这句话就算现在想来顾初也不明白，被她所累？为什么会这么说？她并不是一个需要吸取男人养分才能生存的菟丝草，这点秦苏也是明白，既然如此，秦苏为什么还认为陆北辰被她所累？

顾初不经意想起了鱼姜。

夜晚其实适合聊天，丢掉了白天的伪装，入了夜，人心就总会变得坦荡。当然，鱼姜从来没掩藏过对顾初的厌恶，不管是白天还是黑夜。

不过她还是来了，找到了顾初约好的地点。

顾初靠窗而坐，窗外是成片的棕榈，街道安静，偶有人影经过。远离外滩的喧闹，这里是可以好好说话的地方。

“这个时间约在咖啡厅，你不用睡觉的吗？”鱼姜落座后的第一句话，语气不善。

顾初早就习惯她这般的态度，淡淡地回了句，“我想今晚你和潘安都没的睡吧。”将电子单交给她，“点杯咖啡提提神吧。”

鱼姜狐疑地看了她许久，接过电子单，随便点了杯咖啡。

一会儿，侍应生端了摩卡和果汁。

顾初不想跟她拐弯抹角，直截了当地问：“你知道多少有关陆北辰的事？”

鱼姜不解地看着她，“你什么意思？”

顾初盯着她，“你从刚认识我的时候就说我是害人精，我想，事出有因吧？”

鱼姜冷笑，反问：“怎么？难道你认为你没害过 Vic？”

“是，我害得他住院，害得他中枪，但这都是后来发生的事。”顾初今天势必要问出个究竟。

鱼姜抬眼盯着她，良久后垂下眼眸，慢慢搅着咖啡。顾初观察她的神情，试探性问：“你知道我和北辰在大学时候的事？”这是她能想到的唯一解释。

岂料鱼姜愣怔片刻，很快眼里闪过恍悟，再看向她时，眸光转冷，“原来是这样啊，顾初，你还真是不要脸。”

“你把话说清楚！”顾初脊梁骨一凉。

鱼姜将咖啡勺往旁一搁，直视她，“虽然我不清楚你和 Vic 在大学的事，但既然当初你都跟别的男人订婚了，那就别再缠着 Vic，怎么还有脸跟他在一起？”

顾初被她骂得狗血淋头，换作平时早就回击了，但她冷静地看着鱼姜发飙，然后问她：“既然你不清楚我和北辰在大学时候的事，怎么知道我跟别人订了婚？”

鱼姜哼笑，“顾大小姐，当年你订婚的消息满天飞，就连在国外都能看得到，有什么好奇怪的？”

“那个时候你不认识我，怎么会关注我的事？”

鱼姜瞪着她，态度差到了极点，“你装什么无辜？当年 Vic 因为你差点连命都没了！你知道那几年他是怎么过来的吗？现在你看见他有成就了，就变了嘴脸回到他身边，你要不要脸？”

一通话下来说得顾初目瞪口呆，她知道他出了车祸，虽然直到现在陆北辰都不曾跟她提过车祸的事情，但从他背后的那道疤痕她也能体会到他当年受了多少罪，可他告诉她，当年他出车祸是因为听到了生母过世的消息。

鱼姜见她脸色煞白，皱了皱眉头，“你装什么呀？”

“也就是说，其实你认识北辰不止三年。”顾初无力道。

“我是在他身边工作了三年。”鱼姜冷冷道，“他出车祸那年我就认识他了。”

“当年……”顾初艰难地吐气，开口，“他是知道我订婚的消息后出了车祸，对吗？”

鱼姜刚要发飙却很快压住了，盯着顾初。她毕竟也是经过大风大浪的人，再生气也注意到了顾初的不对劲，“你是真的不知道？”

“告诉我，把你知道的所有事都告诉我！”

鱼姜许是意识到她不过也是蒙在鼓里，想了想道：“我认识 Vic 纯粹也是偶然。”

是一段顾初听着陌生的故事。

那一年，陆北辰发生了车祸，与他迎面而来的车辆也受了牵连，车主腿骨骨折被送往医院，而那个车主就是鱼姜的哥哥。等她赶到医院的时候听到了警察说的话，肇事司机正在送往医院的途中，他的车速极快，不过算是命大，那辆车从高速翻滚而落，他被甩了出来，车子毁了。

是鱼姜的哥哥打电话报的警，如果警察再晚一点赶到，陆北辰是必死无疑了。

鱼姜看到了陆北辰，那时候他被医护人员从救护车上抬下来，衣服都是湿的，身上的白衬衫染了血。

“当时他的生命体征很弱，可在推往抢救室时多少有了点意识。”

顾初的心始终揪着。

鱼姜的职业一直是在跟生命打交道，生的或死的，她还是第一次见到有人已经伤成那样还努力保持着清醒，不由自主地跟上去，却听见医护人员在嚷嚷：“快按住他！让他冷静！”

鱼姜追上前才知道发生了什么事，已经伤势过重的男人却在拼尽全力起身，眼睛死盯着一个方向，他歇斯底里地大喊，仿佛要去抓什么东西。

“你知道他看见了什么？”鱼姜盯着顾初。

顾初呼吸一滞，她想到了一种可能性，嘴巴张了张，可半天没发出声音。鱼姜一字一句告知：“医院的电视墙，里面正在播放你的订婚消息。”

顾初眼波一颤。

“当时 Vic 像疯了似的。”鱼姜红了眼睛，“我看到你接受了那个男人的戒指，看着 Vic 终于招架不住昏了过去，他在失去意识前喊你的名字——顾初……”

那是她从没见过的场面，就连在场的医生都震惊了，陆北辰当时伤势那么严重，换成一般人早就没了意识，可他竟然还能发出最后一声歇斯底里，那声音叫得令人脊梁骨发凉，鱼姜直到现在还能想起他当时的声音。

顾初的喉咙像是塞了棉花，心抽搐着疼。

“后来警察来做笔录，我才知道他是因为听到了女朋友订婚的消息急着回国而发生了车祸。”

原来，就是在她订婚的那一晚，他在经历着生与死的考验。是心有灵犀吗？那一晚乔云霄在给她戴上戒指的瞬间，她的心口像是被数万根针扎过似的疼。

北辰……

顾初攥紧了手指头，心脏拧着劲的痛。

足足半年的时间，他都在自暴自弃。

鱼姜说了这句话，将顾初从窒痛中拉了出来，却又将她推进了另一片锥心之地。她一下又一下地搅动着咖啡，“我开始对 Vic 好奇，他受了那么重的伤，接受了高风险的手术，能活下来本身就是个奇迹。在我哥出院后我仍然经常去医院，他们家会来很多人，看得出都很关心他，不过，他一闭口就是半年。”

在那半年里他砸了不少东西，求生欲望变得很淡，甚至不配合医生治疗。鱼姜刚开始只是凑热闹，后来对他的关注越来越多，在一次他又绝食绝水的时候，她走进了他的病房，跟他说：“你把我哥哥撞成重伤，难道不想负责吗？上天让你活着是有目的的。”

后来，陆北辰就安静了下来。

鱼姜喝了一杯咖啡后继续道：“然后在某一天，他突然开口讲话了，问我的第一句话就是，‘你哥哥怎么样了？’”

鱼姜永远忘不了他开口说的第一句话，嗓音虽有点嘶哑，但低低的好听极了，她没料到他会说话，愣住了，他扭头看着她道：“放心，我会赔偿你哥哥的所有损失。”

其实鱼姜的哥哥早就出院了，也没什么大碍，之所以会那么说不过是不想看着他自暴自弃。

“我知道 Vic 不爱我，但我对他来说仍旧是特别的存在。”

“为什么？”

鱼姜看着她，一字一句道：“因为没有我，Vic 可能没有今天的成就。”

顾初怔住，“你的意思是……他是因为你才当上的法医？”

“对，否则像当年的他那种废人能做什么？”

“什么叫废人？”顾初不悦。

“顾初，我没有说错。医生说他血块压迫神经，神经受损，会影响右手的灵敏程度，即使再进行手术也无济于事，不仅永远无法拿起手术刀，而且他的视力甚至行动力都会受到很大的影响。你是学医的，又对神经学有研究，你认为我把他形容成是废人有错吗？当时，连他都认定了自己是个废人。”

鱼姜的一字一句成了刀子，密密麻麻地往她胸口上扎。

“我看见了他最消沉无助的一面。”

终于一天鱼姜忍不住了，带了一群人冲进了陆北辰的病房，一把扯开了紧闭的窗帘。陆北辰怒吼着让她滚出去，她硬是将他拖出了病房。

“我把 Vic 带到了我工作的地方，他不是每天都半死不活的吗？那我就让他直面死亡，让他感受到什么才是真正的死亡。”

后来陆北辰跟鱼姜说，那一次是他第一次见到验尸台，也是第一次感受到死亡的意义。鱼姜从旁看着他，告诉他这些都是死于连环杀手之手的无辜者，他们受尽了惊恐和凌辱最后被人折磨致死。

但即便如此，这里的每一名死者都是那么努力地争取活下来，虽说最后逃不过死神的魔爪，但他们毕竟为生存而努力过，他们保留了作为生命的最后尊严。

这是鱼姜跟陆北辰所说的话，她又问他：“那么你呢？上天赋予了你的生命，甚至让你在经历这么大的祸事之后都能活下来，你有尊重过生命吗？生命的意义就是无论如何都要活下去，这也是生命赋予我们的尊严。”

那一天陆北辰在鱼姜工作的地方待了很久，他看着他们如何解剖，看着他们如何为死者证言。

陆北辰回到医院后的第三天她来探望，视力受损的他戴着黑框眼镜看书，见她来了，他道：“来得正好，我正有疑问想要请教你。”

“他在看法医方面的书，这是我万万没想到的。”鱼姜的唇角微扬，“后来他说：‘如果注定无法用手术刀来尊重生者的生命，那么他会用解剖刀来维护死者的尊严。’”

顾初听了震撼。

那是怎样的心路变化？从对生命的绝望到燃起对生命的敬重，陆北辰在经过痛苦的涅槃后重生了，是啊，他重生了，拥有了比以前更强大的力量，这是由死到生的转变，他抛了过往，成了全新的一个人归来。

鱼姜是陆北辰心中的特别存在，源于此。

在陆北辰学习期间，他经历了大大小小的手术，承受了常人无法想象的痛苦，延髓受压是医生们最大的难题，开刀会有生命危险，不开刀日后会引发后遗症。

“Vic当初并不排斥手术，用他自己的话说就是，他的命都是捡回来的，拿出去再搏一次也无妨。但那时负责他病情的斯密斯医生没有最好的手术方案，再加上当时血块的位置的确危险，所以建议他先接受物理治疗。

“其实Vic没少在我面前提到你，他还是把你当成是他的女朋友，每次提到你的时候总会说，他女朋友怎么怎么样。”鱼姜说，“你就像是他的精神寄托一样，有一阵子我差点都忘了你已经订婚了。他转考的时候成绩不错，但他说如果换作是他女朋友的话可能分数会更高，他说他女朋友是个天才，过目不忘。”

顾初的眼眶红了。

“他住院期间就接了第一起案子，当时的案子不算复杂，他完成得很好，我以为那么一双本来应该医治活人的手却碰触了死人，他一定过不了心理那关，但他很冷静，那一次我就有预感，这个男人日后绝对将会是这个行业的翘楚。”鱼姜道，“那次他得到了一笔不算少的奖金，我问他打算拿奖金做什么，他却告诉我，他订制了一条项链。”

项链？顾初呼吸一窒。

“是一条带有白兰花图案的项链。”鱼姜盯着顾初脖子上的那条项链，“我想你不陌生。”

顾初下意识抬手去摸，原来这就是这条项链的来历，原来那么早他就定做了这条项链。

“他的第一笔奖金就换了这条项链，当时我不理解，他说他女朋友喜欢这些东西。”鱼姜叹了口气。

那是一条价值不菲的项链，当时陆北辰收好项链后问了鱼姜这么一个问题：“是不是你们女孩子都喜欢这些奢侈品牌？”

鱼姜不明白他问这句话的意思，就说：“也不是所有女孩子都崇尚名牌。”

陆北辰又问她：“那是什么样的女孩子才会崇尚奢侈品牌？”

她想了想说："虚荣心很强的女孩子吧。"

陆北辰当时把项链攥得很紧，他说："我女朋友就喜欢漂亮的奢贵的东西，所以……"

鱼姜以为他会说，所以我们分手了，可万万没想到，他接着说的是："所以以后，她要虚荣，我就给她虚荣。"

顾初的指尖深陷掌心，是他误会了，他送过她那么多不值钱的小玩意儿她都当成至宝。

鱼姜又道："这么多年来他在美国做得很好，已经有了自己的实验室，所以对于他回中国的这个决定，潘安和语境不能理解，就连斯密斯医生都不能理解。原本 Vic 是同意手术的，可就在看见你消息的那年，他就拒绝手术。回国的前一晚他一直待在实验室里，没合眼，当时我是陪着他的，问他到底是怎么想的，他告诉我说，他要回去找一个人，所以他不允许自己再次成为废人。"

顾初知道鱼姜口中"那年"。

那年，顾家分崩离析，她从不谙世事历经了世态炎凉；

那年，乔家甩手离去，她和乔云霄的订婚作废，当时，她成了全城笑谈；

那年……

原来那年，他已经做好了回来的准备，以全新姿态。

内疚是把杀人的刀，从五年前她选择跟陆北辰分手的时候，她就在接受着这把刀的凌迟，现在听到鱼姜倒出的事实，她更恨不得拿这把刀杀了自己。

当年的车祸真相如此，那么，陆北辰的生母到底是什么时候过世的？鱼姜无法替她解答，很显然陆北辰并没有跟她和盘托出，而陆北辰曾经给她的答案也明显不具备参考价值。

鱼姜临走的时候对她说："像是我，又像是林嘉悦，我们任何一个都比你有权来爱他。但我知道感情这种事勉强不来，也没有对错之分，所以不管其他女人怎么优秀，都比不过 Vic 认定的那个最好，所以顾初，我羡慕你。同时，我也为我之前对你的态度跟你道歉，其实经过这么长时间的接触，我知道你不是那种人，只不过一想起 Vic 曾经遭受过的那些罪，我就忍不住要怪你。”

鱼姜离开后，顾初一直在咖啡馆没有走。

透过落地窗看着夜色，沉寂。这如天鹅绒般的夜色美得勾人，可被夜色遮掩的真相一旦挖掘出来又是何等伤人？去年之前，她还像只蜗牛般活着，只要遇见风吹雨打就马上钻进了自己那个软塌塌的壳里。如今她扔掉了自己的壳，原以为已经变得无坚不摧，但真的伤了痛了，却也是再也找不到逃避的居所。

既然避无可避，那么她只能迎风而上。

第七章

再现当年事

已是凌晨，陆北辰下榻的酒店房间还亮着灯，语境也在，一直在跟上海实验室那边联系。

陆北辰在看实验室传过来的尸检数据，一脸的严肃，在语境抬眼第二十次的时候，他淡淡地说了句："有话就说。"

语境挠挠头，赔笑，"是这样的啊，来北京之前顾初千叮咛万嘱咐我要看着你，不能让你熬夜……"他在陆北辰淡凉的眼神下越来越小声。

"那么多废话干什么？不知道实验室那边有多忙吗？"

语境被结结实实地训斥了，只能像个包子似的缩回自己的电脑前，不敢再多一句嘴了。

电脑的邮箱闪过一条提示，语境点开，蹦出一份数据资料来，他叫道："陆教授！"

与此同时，陆北辰的手机响了，是罗池打来的。

"你说的那位心理专家确定 OK 是吧？"罗池开门见山，不像平时打来电话总会瞎贫几句，看来是有了新线索。

陆北辰是了解罗池的，道："没问题，你们那边发现什么了？"

语境这边抱着笔记本电脑凑过来。

"我们发现了这四人都有记日记的习惯，并且找到了他们的日记。"罗池简明扼要，"日记本里记了一些事，但我们问过死者家属，家属都否认这些事情的发生。”

“臆想？”

“我不清楚是他们想象的还是说真的发生过，家属也不清楚，所以，我们需要心理专家马上介入。”

“日记的内容传给我。”陆北辰道。

等结束通话后，语境将电脑推过来，“这是鱼姜从艾欣胃黏膜里获得的提取物组成成分资料，跟其他三人的数据资料是匹配的，都是一种含有名为X-R2成分的物质。”

陆北辰手臂一伸拉过电脑，扫了一眼鱼姜发来的鉴定文件。

X-R2经过分子提取分析后，是一种药物中的微量元素，从成分构成来看具有抑制神经作用，鱼姜在这方面是专家，经她研究证实，这种微量元素像是一把双刃剑，少量可抑制神经控制情绪，大量反倒起了致幻作用。

“你马上去查市面上含有这种微量元素的药物，名称、构成成分、厂家及投放日期。”陆北辰叮嘱语境，“另外通知鱼姜，看看能与X-R2相互作用的微量元素构成有哪些，如果是致幻性药物又或者是抑制精神类药物，必然会有其他药物成分与之配合，让鱼姜去查。”

“好。”语境照做，笔记本一放，跑去打电话了。

很快，罗池那边发来邮件，陆北辰原本想着第一时间发给素叶，但抬眼看了时间，便预设了邮件的发送时间。

之后，他查看了邮件内容，罗池的速度倒是挺快，将四人的日记全都拍了照片过来，许是他那边也不止一人在加班。

我爱上了他。

他总喜欢穿格子衬衫，泛旧的牛仔裤，在校园的草坪上戴着耳机听音乐看书。他是我们系里最迷人的单眼皮男生，成绩也总是最好的。

今天他参加辩论赛拿了冠军，我就知道他是最棒的，领奖的时候系里很多女生往他身上扑，可他在人群中看了我，我知道他是爱我的。

晚上的时候他终于吻了我，这种幸福难以言喻，我要跟他在一起，永远在一起……

陆北辰将罗池传来的照片一张张打印出来，在候机的时候又挨张翻看，其实这已经不属于他的工作范畴，但其中涉及艾欣的日记，他想及早翻出半年前车祸的秘密。

这是艾欣的其中一篇日记，大抵是她在大学期间爱上了一个男生，接下来的日记中她详细记录了她与那个男生如何相恋的点点滴滴。从日记的日期来看，前后是一年的时间，最后，艾欣深爱的男生出了意外离开了人世。日记中的甜蜜不再，字字悲怆。

可日记到了后半段内容就诡异了起来，其中一篇是这样的：

他回来了，终于回来了，他跟我说他很想我，我又何尝不是对他日日思念？只是，他不再爱穿格子衬衫了，也不喜欢晒阳光，他总是夜里来，白天就不见了。他时常跟我说，要我和宝宝跟他在一起，是的，我曾经发誓跟他永生永世不分离，所以，我要跟他在一起。

陆北辰翻到最后一张：

我找到了杀害他的凶手，这是神灵给我的启示，他很快就会出现了，你等我，等等我和宝宝……

日记的时间，就是在他发生车祸的前四天。

通过罗池的调查，艾欣曾经就读的大学压根就没有她所说的单眼皮男生。艾欣父母表示，艾欣是在刚上大一的时候撞见学姐跳楼自杀吓得精神失常，大学四年她几乎都是在心理诊所度过的，压根就没有机会去认识男孩子，更别提两人相爱甚至是怀孕这种事。

艾欣的尸体是由潘安亲自解剖，罗池在发现日记后又向潘安取证，潘安证实艾欣没有怀孕。

在赶往机场的路上，罗池给陆北辰来了通电话。

“艾欣怎么就盯上你了？”

这也是陆北辰难以理解的事，他从未见过艾欣，更别提那个什么单眼皮喜欢穿格子衬衫的初恋了，这么多年他只在死人身上动过刀子，何尝害死过别人？

可就在候机的时候他反复看了几遍后终于品出端倪，又打给了罗池，“在日记中艾欣提到了神灵的启示，我认为这里面大有文章。”

从日记的内容和记录时间来看就经不起推敲，艾欣今年二十五岁，日记记载了一年的时间，也就是从她二十四岁那年开始记载。二十四岁的姑娘早就大学毕业了，怎么还会以一个大一新生的口吻来记录恋爱的点点滴滴？如果是回忆的话，那日记所体现的内容也应该是回忆体而不是日常体。

陆北辰更相信这是一种意识导入，也许是药物所致。可他更相信是有人引导了艾欣的意识，给她制造了这么一段假象记忆，继而，促使她杀人。

那个所谓的神灵，陆北辰怀疑就是指使艾欣的背后黑手。

除了艾欣，还有跳楼自杀的钱豪。

他的日记也是陆陆续续记了将近一年，但没有艾欣那么多，是隔个十天半个月才写上那么一篇。日记内容大多是跟赌博有关，一掷千金，可后来他赌钱赌的连老婆都跑了，公司没了，追债的人天天堵在他家门口，他终日活着惊恐之中。

钱豪的最后一篇日记是这样记载的：他们来了！他们打算要我的命！好，那我就把命给他们！

日记很短，却像极了一封遗书，而且陆北辰对钱豪做过尸检，他的确是高空坠落，自杀。

那么，他日记中所提到的“他们”就是指赌场催债的人？

可罗池查得清楚，钱豪从未有过出国记录，更何况他只是个普通的公司职员，又哪有资本在赌场一掷千金？

同样的事情还发生在冯梓莲和刘川身上。

冯梓莲在一年中的日记里记载了这样一种生活，她碌碌无为，没人脉没学历的她找了份普通得不能再普通的工作，每天过着朝九晚五的日子，跟同事相处得很不好，又没有男朋友，每天陪伴她的就只有那只名叫黏团的花猫。她记载的都是平常琐事，例如今天哪个同事说她坏话被她听到了，明天哪个领导被大领导给骂了，后天她家楼下的两口子打起来了，等等，除此之外，还会记录她家猫的情况，喝了多少水，吃了多少饭，睡觉有多么多么可爱。

很是无聊的内容，却记得频密。

而冯梓莲的现实生活是，她年纪轻轻就取得了硕士文凭，进入的是一家世界 500 强企业，她学的是市场专业，进入公司市场部后很快站稳了脚跟并且受到上司的赏识。她的前景很好，虽然只有二十五岁，却用赚来的第一桶金在上海买了房子买了车，比同龄人优秀太多。

她的生活与日记里的生活大相径庭，没有那些爱说八卦的同事，没有经常挨大领导批的上司，她楼下住着的也不是一对夫妻，甚至她家里也没有那只叫作黏团的猫。

她的日记里充满了绝望，是对平淡日子的绝望，最后一篇这样写道：这样的日子就像是一把钝刀，一点一点地割掉我的肉，这个世界了无生趣。

她选择了割腕，也许，这是她想要迫切逃离干枯世界的最好方式。

刘川的日记是赤裸裸的欲望。

满本日记都是记载着他脚踩几条船的事，前后出现了十位女性，通篇都是他如何跟这十位女性发生关系的描写，每个环节都十分详尽。最后他为之苦恼，是因为这十个女人发现了他的用情不专纷纷要离他而去，他在日记中说：思来想去，我终于想到了一个可以永远跟她们在一起的办法了，等我，宝贝们，我来了……

最后，他是烧炭自杀。

而现实中的刘川是个单身汉，以前上学的时候倒是交过一个女朋友，但两人毕业就分手了，这么多年来刘川也没遇上过合适的。用罗池的话说就是：看刘川的照片斯斯文文的，没想到日记写得这么流黄啊。

其间素叶打了电话过来，她说她已经看过那些日记了，初步判断他们是因为某些原因而导致的意识错乱，继而勾画出全新的生活方式，并对陆北辰说，她之前接触过这样的案例，最直接的就是记忆移植，说浅点就是，有人将一种记忆植入另一个人的大脑中，从而抹去了这个人的原有记忆，只认为现有的记忆是真实的。

但同时她又不认为这四人是被人移植了记忆，虽然说他们脑中那套完整的生活记忆很像是被人移植的，但就目前来讲，还没有哪个催眠大师能同时这么大的手笔能将虚假记忆保留这么久，她怀疑，药物成分很大。又分析了他给出的 X-R2 微量元素说明，指出，过量的致幻剂药物会使服用者看到假象，那么时间一长必然会对视觉中枢有影响，这倒是给陆北辰提了个醒。

素叶需要这四人更多的资料，陆北辰又给罗池去了通电话，告知他将死者资料传给素叶。

顾初又去了外滩，这一次，她是去找陆北深的，关于北辰生母过世时间的这件事，除了陆北深外怕是也没人能告诉她了。

从那天她离开后就再也没见到陆北深，可从陆北辰的话中意思来看陆北深并没离开，也许是陆北辰不想他离开，毕竟失去联系了这么多年。

不曾想给她开门的竟是何奈。

顾初先是愣了一下，然后反应过来，对啊，何奈也是陆门的人。

何奈站在门口，扬笑，“你怎么来了？”

“陆北深呢？”

何奈面色迟疑，“他有点不大方便见人。”

“什么？”顾初不解。

何奈还要开口说什么，顾初就听见从房间里传出“咣咚”一声响，像是什么东西倒了，吓了她一跳，再看何奈，脸色陡然变得紧张，二话没说转身回了屋子。

顾初也快步进屋，随着何奈上了二楼。

声音是从卧室里传出来的，何奈一开门，就听里面发出怒吼："出去！出去！"

何奈非但不离开，反而冲进了卧室，顾初紧跟其后，房门"嘭"地关上了。她吃了个闭门羹，蒙怔，紧跟着反应过来就咣咣砸门。

"何奈，他出什么事了？你把门打开！"

里面没动静。

顾初敲了几遍，何奈都没有给她开门，她只好靠在墙边，心咚咚直跳，刚刚虽看得不全，但透过门缝她也瞄到了。

陆北深的脸色苍白，冲着门口嘶喊时面部神情狰狞，近乎是要吃人。

到底出了什么事？陆北深怎么变成这个样子了？还有，他的这种状况北辰知不知道？

一头雾水，顾初百思不得其解。

大概等了十几分钟，她再抬手敲门时，房门突然开了，吓了她一跳。

是陆北深亲自开的门。

"你……没事吧？"

跟刚刚她看到的样子完全不同，陆北深的面色温和安静，头发整齐，白色T恤衫搭配浅灰色家居裤十分清爽干净，他见了顾初后也微微扬笑，"我没事，你找我有事？"

那笑润进了他的双眼，如水晶般迷人，哪还有刚刚骇人的眼神？

顾初终究还是没跟陆北深详谈，一肚子的问题，在见到他后就化为乌有。话题转到了凌双身上，她敏感地发现陆北深的眼角眉梢藏匿着一丝情绪，她摸不透这丝情绪背后的意义。

寒暄几句，顾初发出邀请，"等你哥从北京回来，你来家吃饭吧。"

他唇角微扬，"好。"

离开小区，顾初总感到怪怪的。

身后有人叫她。

回头一看，是何奈。

他走上前说：“一起吃个饭吧。”

顾初对何奈的印象总停留在图书馆的顾肆，单纯又萍水相逢，不像眼前的何奈，陆门四大特助之一，不简单。

吃饭，只是何奈的借口，顾初深信这一点。但他还是载着她来到一家环境甚优的餐厅，盘旋在盛夏的外滩之上，享受舌尖上的美味。

“我以为我们是朋友了。”何奈给她倒了果汁，笑意盈盈，“朋友间不是应该无话不谈吗？可你现在对我有所提防。”

“其实你是有话跟我说吧？”

何奈微微挑眉，“难道不能是叙旧？”

顾初似笑非笑，“我虽然没你们从商的人眼睛那么毒，但也并不意味着我傻。”

何奈笑，“堂堂顾家千金，我从未敢小看过。”

“这个头衔已经不适合我了。”顾初伸手，轻轻摩挲着杯子。

“有些人适合忘却过去，有些人需要拾起过去，我想，你属于后者。”

“看来你并不了解我。”

“顾家当年的事我多多少少了解过，难道，你就不想给你父亲正名？”何奈打探。

“正名？”

餐厅服务生将最后一道菜上齐，何奈示意她动筷子，她的心思却只在他这番言语上。何奈抿了口酒，“当年建科集团因新药导致人命，至此成了导火线，顾家股价大跌资金链断裂，顾氏夫妇接受调查，直到后来逃逸身亡，难道，这期间你就没怀疑过什么？”

“你到底想说什么？”顾初心平气和地问。

“其实也没什么，我只是觉得顾家破产这件事挺奇怪的。”

“是顾家的错，顾家就要认。”

望。”何奈轻声说，“当时是听说陆北辰处理完生母的丧事后才出的国，我

“如果顾家没错呢？”

“你是知道些什么吗？”顾初没回答，反倒是问他。

何奈浅笑，“我多少听说过你父亲，他向来被评为业界良心，所以我觉得要他研制出吃死人的药不大可能。”

“我父亲当然不会为了利益去做伤天害理的事，研制新药吃死人也不是他想看到的，但实际上，就算是意外，我们顾家也都是有责任的。”

何奈看着她，思索良久。

顾初没对当年的事多说，一来何奈毕竟与顾家不熟，二来错在顾家，如今顾家的辉煌不在，可她还想维持顾家最后的尊严。

在顾家刚出事的那几年她发了疯地去查去问，她认定了同行陷害或其他什么外界原因，就在她像疯子似的想要为顾家正名时，姨妈拿出了一本父亲留给她的日记。

那是一本从未给别人看过的日记本，甚至连顾思都没见过，是父母叮嘱姨妈，日后一旦出事后，这本日记本就交到她手中。

父亲在日记中记录了建科投资的实验室如何研制新药的过程，以至于后来吃死人的事实。日记中还记录父亲在国外以她的名义购地的打算，顾初看到这里就明白了这种行为背后的意义，父母想要逃逸。

车祸当天她记得很清楚，当时父亲的助理给了她张飞往国外的机票，说他们全家要到国外待一阵子，可就在她机场等着父母的时候，听到了他们出车祸的消息。

新药出问题在先，父母携了巨资想要逃逸在后，她明白，其实顾家当年真的就是做了不好的事。

她深吸一口气，缓了心头的沉重，看向何奈，“我很奇怪，你怎么突然对我们顾家的事这么感兴趣？”

何奈从容不迫，“你怎么样我不知道，我已经当你是朋友了。”

这句话解释了他的话题合情合理，顾初虽说觉得有点不对劲，但也找不出破绽来。

“这就是你要跟我说的事？”她又问。

何奈冲着她举杯，“我只想跟你随便聊聊，但并不想勾起你的伤心往事。”

顾初摇头，一切都过去了，就算再痛苦，时间一长她也需要走过伤心。

“对了，你找北深有什么事？”何奈好奇她今天的行为。

“问你也一样。”她道。

何奈不解地看着她。

“你是在陆门待了很久了是吗？”顾初问。

“有几年了。”何奈说。

“北辰出车祸那年你在陆门吗？”

“那时候我还没进陆门。”

顾初失望。

“不过你也知道我的身份，虽说我是四大特助中来得最晚的一个，但陆门的很多事情我都清楚，只要你的问题不涉及陆门的隐私，我想我说不定可以帮助你。”何奈十分坦诚。

顾初想想也对，马上问：“你知道北辰生母的事吗？”

何奈没料到她会这么问，愣怔了一下，“你知道他们的情况？”

顾初也没打算隐瞒，点点头。

何奈笑了笑，“看来你在他心里的分量很重。”他继续道，“关于他生母的事我也听说了一二。”

“他生母是什么时候去世的？”

何奈想了想，道：“应该是在陆北辰还没出国留学的时候。”

顾初心头蓦地打了个哆嗦，一种不祥的预感油然而生。

“具体什么时候……你知道吗？”

“你还真问对人了，陆家在前几年将祖坟迁到了国外，北辰和北深生母的墓地也迁入了陆家，老爷子的身体不好，每年都是我替他去陆家祖坟探望。”何奈轻声说，“当时是听说陆北辰处理完生母的丧事后才出的国，我隐约记得墓碑上刻着的时间是清明节前后。”

顾初的大脑“嗡”的一声响，紧跟着一片空白。

夜深，顾思早早就睡下了。顾初没回卧室，点了盏夜灯，斜躺在沙发上等陆北辰。

电视的声音很小，她的心思不在上面，盯着电视屏幕，回忆却扯到了大学时代。那也是春景如烟的时节，白兰花落了一地，叶子已是茂盛。

几日不见陆北辰，再见时他的脸颊凹陷得厉害，她跟他说分手，说了那么多伤人的话，他说，别闹了……

是她忽略了他眼底悲伤的含义，还以为他是因为分手。

眼泪就下来了，如断了线的珠子。

她不应该相信他的话，因为本来就知道他是个将什么都放在心里的人。

恍惚中似有温暖的手指为她拭泪，动作轻柔，又似怜惜。

顾初蓦地睁眼。

鹅黄色的灯光里，陆北辰的脸颊似真似梦，他坐在沙发上，修长的手指停留在她的脸颊，她怔怔地看着他，呼吸间是他清淡的气息。

“怎么没回房睡？”他低头看她，口吻温柔。

顾初这才意识到自己不知不觉间睡着了，眼角微凉，还有湿意。她起身，一下子搂紧了他，还没等说一句“你回来了”，眼泪就又不争气地滑落。

他感到了肩头的湿，轻轻将她扳开，借着光亮一看她又哭了，一时间有点不知所措，忙抽了纸巾为她擦眼泪，“航班延误，不是我故意回来得晚。”

顾初轻摇头，又将他搂紧，“我是做了梦。”她嗓音微哽，将脸埋在他的颈窝间，“你回来就好了。”

陆北辰窝心。

“回房睡吧。”

“你不睡？”顾初变得警觉，他回来到现在，连衣服都没换。

陆北辰觉得这次回来她异常依赖于他，这令他倍感温暖，心底最深处有柔软的东西在滋生，落下的言语也变得轻柔，“实验室那边还有事，我需要赶过去一趟。”

“这么晚了你还走？”

“我等你睡着了再走。”

顾初蹭到他身上，“你去实验室也行，但是要带上我。”

“已经很晚了。”

“我明天休息。”她的脸在他怀里轻蹭，像只猫，“所以你不能扔了我，你要工作，我就陪着你。”

实验室又将会是一夜的灯火通明，美美享用了靓汤后，几个人纷纷投入案子中去。顾初没避讳，陆北辰也没有要她避讳的意思，所以他们几人说什么她也就听着。

在这件案子中，其实关于法医部分的工作都已经完成了。

四具尸体在死因上毫无争议，都是自杀，除了艾欣外，刘川、钱豪和冯梓莲都是在失踪期间身亡的。四具尸体进行解剖调查，都在一定程度上发现了共同点，除了视觉中枢系统损伤和自杀造成的损伤外，没发现其他可疑性器官损伤。

素叶也给出了最后结论，她否定了这是一桩由精神控制而引发的命案，换句话说就是这并非一件催眠杀人案，而是由药物引发器质性病变导致的自杀案件，潜意识病变自杀。

那么，重点就落在了他们服用了什么药物和给他们药物的人是谁的问题上。

语境那边速度也极快，将含有 X-R2 成分的药物名称及生产厂商、发行渠道等信息统统查了出来交到了陆北辰手中，奇怪的是，这类药物少得可怜，寥寥几行的药名。

“你确定将市面上的药物全都排查了？”陆北辰微微皱眉。

“是，陆教授。”上头交代下来的事，他从不敢敷衍。

陆北辰也知语境做事认真，将名单交给罗池，“应该就是这些了。”

罗池忧心忡忡，“这几样药在市面上都能找得到，只怕……”

“我能做的就只有这些。”陆北辰靠在椅子上，“你也看到了我们实验室里全都是文弱书生，总不能跟着你们去做刑侦吧？”

罗池挑眉看着陆北辰，“你是受害人，所以这件案子你有义务倾尽所有力量。”

陆北辰似笑非笑看向语境，问：“你孔武有力吗？”

语境很认真地回答：“只要能为教授您效劳，我做什么都行！”

科洛坐在椅子上，双腿吊儿郎当地搭着茶几，啧啧嘴巴，“太酸了，酸得掉牙。”又歪头一瞅顾初，“哎，你又多个异性情敌。”

“什么叫又？”顾初靠着抱枕头也没抬。

科洛笑，“我算一个。”

顾初报以嗤笑。

陆北辰没给科洛更多调戏自己的机会，言归正传，“你怕的是，他们服用的未必是市面上出现的药？”

罗池凝重点头，“市面的药如果有问题的话早就被人投诉了。”

“也未必。”科洛懒洋洋地道，“个人体质不同，服用药物的反应也不同，我闲着没事的时候替你顺手查了一下药理反应，这类药物一旦滥用，的确会造成反作用。现在我们只是发现了这四具尸体是相同的，没发现的呢？所以这四人未必只是个偶然。”

“总之我会挨个查查看，不能放过任何蛛丝马迹。”罗池身上的担子重。

话音刚落，突然有人说了句：“不对。”

所有人的目光都朝着顾初这边看过来。

她抱着资料起身上前，“我认为这四个人是试药的。”

她的说辞并没引起罗池等人的震惊，陆北辰点点头，“我们也曾经怀疑过。”

“曾经？”顾初不解他的用词。

“是这样的。”罗池为她解释，“这四人的足踝都有金属烙印，尸体又有相同的特征，我们刚开始的确是怀疑他们是用来试药的，但后来发现他们或多或少都患有精神类疾病，我们就有理由怀疑是不是有什么我们不知道的组织在利用这些患病者来做违法的事。还有就是这四人尸体发现的方式，是有人送给奇怪的，说明背后之人想要暗示什么。如果这几人只是试药失败的作品，那么，背后之人想要告诉我们什么？只是要告诉我们试药失败吗？”

顾初摇头，将资料放在办公桌上，陆北辰敏感地发现她的手指在微微颤抖。

“罗池，是你把问题想远了，这四个就是试药的人。”

罗池微微一怔。

陆北辰拉过她的手，竟觉她的手指冰凉，愕然，“为什么认定他们是试药的人？”

顾初眼里有化不开的凝重，像雾气，她说：“因为顾家以前就有研制新药的实验室，我无意间撞见过那些试药的人，最开始他们会拿一些白鼠做实验，后来就会用在那些人身上。”

“你撞见的那些人是服用你们顾家‘神平舒’新药的吗？”罗池问。

当年顾家出事就源于那款名为“神平舒”的新药。

顾初摇头，“是在我小时候，顾家研制的新药不止一种。”所以说建科集团在药业领域多有建树，那些年一些新药特药都是她父亲带领的实验团队研制出来的。

“我之所以认定他们是试药的人，恰恰就是因为他们脚踝上的金属印记。”顾初翻开资料，点了点尸检中其中一张照片。

“你认得这些印记？”陆北辰低声问。她是知道这件案子，但案子的具体资料她是第一次看。

顾初用力咬了咬唇，半晌后道：“这些印记其实就是实验室一种特定药的标记……”

所有人闻言全都来了精神，罗池忙问：“为什么这么说？”

“我见过我父亲的实验室这么做过，我们顾家研制新药的实验室不止一处，聘请的开发团队也不止一组。在我很小的时候就听父亲说过，他们有时候是两组或三组新药同时研制开发的，为了避免试药的人管理混乱，又或者避免有的人为了多领钱而混用药物，他们会根据不同的试药来做不同的标记。这种标记一般由两部分组成，上头是实验室的图案，下头是区分药种的图案，两个图案组成一个完整图形。”顾初语气沉重，“听父亲说，这是生物实验室不成文的规定，所以外人很难分析图案背后的意义，实际上，那些图案只是用作区分他们正在试用哪种药而已。”

陆北辰终于明白她手抖的原因了，轻声问：“你觉得这些标记跟顾家的很像？”

“是。”顾初的声音也跟着微颤，指了指资料上照片图案中的上半部，“虽说纹路走向有些变化，图形略有调整，但整体上还是顾家实验室图形的模子。”

科洛一针见血，“不会是你父亲的人在搞事吧？”

“不会！”顾初想都没想直接反驳，情绪也转得激动，盯着科洛，“当年实验室都被封了，哪还有什么我父亲的人？”

都说兔子急了也咬人，科洛也知道自己说了不该说的话，尴尬解释：“你别误会，就当我是信口开河。”

顾初也不是个得理不饶人的姑娘，虽是生气，但见科洛这般讨好也就压了气，只是脸色还有点不大好看。陆北辰攥了攥她的手，“讨论案情就会这样。”

“北辰。”顾初反手抓住他，“你一定要查清楚，这件事一定不会跟顾家有关的。”

“放心。”

顾启珉到家时，筱笑笑坐在客厅的沙发上，就那么直勾勾地盯电视机。

电视机没开。

“天天呢？”他脱了外套，倦怠地问了句。

筱笑笑冷淡地回答：“送我爸妈那儿待几天。”

顾启珉原本想要洗漱休息，闻言这话转头看她，“送你爸妈那儿？筱笑笑你在做什么？不知道天天要上学吗？你给他送外地？”

筱笑笑没打算跟他解释，将手边的一份文件“啪”地扔到茶几上，“我们离婚吧。”

顾启珉又愣了一下，很快眉头一皱，“你说什么？”

“离婚。”筱笑笑态度极冷地重复了一遍，“协议我已经拟好了，顾启珉，我不要你任何东西，你只需要在上面签字。”

顾启珉狐疑地看了她半晌，走上前拿过文件袋，抽出文件，当“离婚协议书”这几个字晃进眼睛里时，他将文件往袋子里一放，扔回原位。

“我看你是疯了。”

“我是疯了，所以才嫁给了你。”

顾启珉在原地僵了许久，然后在她身边坐下，来拉她的手，却被她厌恶地一把甩开。他的眉头皱了一下，但很快又平复了，放软了嗓音，“为什么要离婚呢？我对你还不够好吗？是，我承认我有做得不对的地方，我不该对你动手，但我一定会改的。笑笑，我爱你，你不能离开我。”

“你爱我？”筱笑笑将他一把推开，“顾启珉你太自私了，你对我做到夫妻坦诚了吗？”

“我隐瞒你什么了？”

筱笑笑眉梢冷淡，一字一句，“天天。”

“什么？”

她对上他的眼睛，“当年，天天的妈妈也是受不了你的暴虐才离开你的吧？”

顾启珉噌地站起来，面色僵冷，“你说什么？”

“我已经查清楚了，顾启珉，你还要在我面前演戏演到什么时候？”筱笑笑也站起了身，冲着他冷喝，“什么收养来的孩子？天天就是你的亲生儿子！要不要我把天天的妈妈拉来跟你对质？”

她找到了天天的妈妈。

令筱笑笑惊悚的是，天天的妈妈就在上海本市生活。

那一天午后的阳光格外刺眼，她就守在幼儿园门口，终于见到一个女人偷偷摸摸地见了天天，那女人就是天天的妈妈。

“顾启珉一直对外声称天天是抱养的，同时又不准我来看天天，所以我只能隔三岔五地偷偷来看天天。”一家咖啡馆里，天天妈抹着眼泪对筱笑笑说。

也就是在那一天，筱笑笑终于明白了整个事件的始末。

天天妈跟顾启珉以前是一对情侣，两人很相爱却迟迟没有结婚。那时候顾启珉一心为了事业，天天妈就一直在等，直到怀孕。可顾启珉还是没有结婚的打算，他竟要求天天妈打掉孩子，天天妈一怒之下离开了他，说什么都要靠着自己把孩子生下来。

“孩子出生了，顾启珉祈求我的原谅，做女人的心都软，我就带着天天跟他住在一起，就那么没名没分的。”天天妈道，“我催着顾启珉结婚，就算是为了孩子，可顾启珉对我动了手，一次两次的我都忍了，时间一长我就再也忍受不了，所以再次离开了他。”

顾启珉那时候在医院已经站稳了脚跟，所以有了稳定的经济来源，天天妈却是工作不稳定的人，从一定程度来说没有抚养孩子的能力，再加上天天妈不是本地人，顾启珉的父母在上海的人脉关系又不错，她想夺回孩子也很困难。

“为了孩子的前途我只能放弃。”天天妈唉声叹气，“顾启珉再婚的消息我看到了，曾经跟他索要过天天的抚养权，可是被他拒绝了。姑娘，我看你也年轻，好心劝你一句，顾启珉那个人不是什么善茬，他很自私，一心只想着自己，打起人来真是往死了打，你以后好自为之吧。”

筱笑笑的开诚布公令顾启珉万万没想到，他愣怔了好久，然后恼羞成怒，“筱笑笑，你竟敢查我！”

“难道我还要一辈子蒙在鼓里吗？”筱笑笑僵直了脊梁跟他对视，“如果当初你就明告诉我天天是你儿子，我出于对你的感情也绝对不会嫌弃，现在这样算什么？你怎么能这么卑鄙？”

顾启珉额头的青筋爆出，拳头攥得发紧发死，双眼死死盯着筱笑笑，像是头狼。良久后他走上前，却一把扯住筱笑笑的胳膊，拉低了自己的姿态，“是我错了，我不该瞒着你，我这么做也是因为太爱你了。我怕你接受不了天天，接受不了我以前的那些经历，所以才撒了谎，你原谅我好吗？你要是离开我的话，我就什么都没了。”

“你还有天天，你还有你的事业。”筱笑笑冷淡地说，“你要做的事情还有很多，例如澄清你跟天天的关系。他现在还小什么都不知道，难道等他长大了你还要这么瞒着他？顾启珉，你不能这么自私！”

“是是是，你要我做什么我都做，你要我认回天天我就把他认回来。只要你别跟我离婚，别离开我。”

他的语气虽低，但手劲不小，抓得筱笑笑胳膊生疼，她皱眉低喝：“放开我！”

“笑笑……”

她不想靠他太近，“离婚协议放在这儿，你什么时候签完什么时候通知我吧。”

“你想走？”

“让开。”

“这么晚了你要去哪儿？”顾启珉牙齿咬得咯咯直响，“我知道了，你想去找乔云霄是吧？”

“你胡说什么？”

“是我胡说还是你们两个根本就有一腿？”顾启珉陡然提高了声调，指着她，“别以为我不知道你们两个那点破事！我已经睁只眼闭只眼了，你还敢在我眼皮子底下跟他有私情！什么天天，什么天天妈妈，通通都是借口，你想跟我离婚，不就是想跟那个男人远走高飞吗？”

“顾启珉，你好歹也受过高等教育，说话别这么难听！”筱笑笑气得全身发抖。

“我说话难听？我说话再难听也没你做得难看！”顾启珉一把箍住她的

胳膊，一张脸变得扭曲铁青，“你他妈的嫁给我的时候就是只破鞋，是只被人玩剩下的破鞋！”

筱笑笑身子一凛，盯着他。

“你真当我傻是吧？”顾启珉咬牙切齿，“婚前你就跟那个姓乔的上床了，婚后你他妈的还跟他眉来眼去！有本事你嫁他别嫁我啊？人家是富家公子，不过就是玩玩你，你他妈的还当真了是吧？”

“放开我！”筱笑笑的胳膊快断了。

“我娶了那个姓乔的玩剩下的我都忍了，婚后你还想给我戴绿帽子？”顾启珉另一只手紧跟着伸过来，蓦地卡住了她的脖子，“想跟我离婚？门都没有！我弄死你都不会让你离开我！”

筱笑笑只觉得呼吸一窒，使劲将他推开，顾启珉却在后面一把抓住了她的头发。她觉得头皮火辣辣的疼，双腿一软就跌跪在大理石地面上，膝盖磕得生疼。可顾启珉还没打算放过她，扯着她的头发将她拖到了茶几前。

膝盖的疼比不过头皮的疼痛，她推搡、尖叫，却激起了顾启珉更大的暴虐。他薅起她的头发，将她的脸扬起来，紧跟着狠狠一按，她的额头就砸在了茶几上，筱笑笑只觉得钻心的疼扩散。他一下下将她的头往茶几上砸，直到她已经没有力气再叫了。

有温热腥甜的液体顺着额头往下淌，是血。

“你说说看，那个姓乔的给你灌了多少迷魂汤？你婚后又跟他搞过多少次？你敢为了他跟我离婚？”顾启珉揪着她的头发将她的脸抬起来，他笑得阴冷。

筱笑笑的眼皮上都沾了血，气若游丝，“顾启珉，你这个禽兽……”

“乖乖地待在我身边不好吗？”顾启珉蹲下来，手指蹭了一下她额头上的血，“你跟我说你不离婚了，我就不打你了。”

筱笑笑紧闭着牙关。

“那个姓乔的真就那么好吗？”顾启珉一脸受伤，又掐住了她的脖子，“我对你这么好，你就是忘不了他是吧？”

筱笑笑艰难道："跟……别人无关，顾启珉，你有本事今天……就打死我。"

顾启珉愤恨，"口口声声跟我说什么感情，你对我有感情吗？我呸！那个姓乔的不要你，你就只能找我这么一个替代品是吧？"话毕起身狠狠一脚踹在她身上。

筱笑笑抬手去挡，他却踹得越来越狠，她趴在地上，任由他的拳头和脚像是雨点似的砸在她身上，恍惚中，她似乎看见顾启珉抄起一件什么东西，没等她反应过来，下一秒就抡了下来。

后背生生地挨了一下子，紧接着是窒息的疼，不能喘气，一喘气更疼，她知道，应该是肋骨断了……

顾启珉打完了，盯着地上一动不动的女人，她的衣裙都沾了血，衬得肌肤反倒格外白皙，像是一块上好的羊脂玉扔进了血泊，还透着温润的白。

他蹲下来，再次薅起她的头发，脑海中全都是她跟乔云霄偷情的场景，愤怒燃烧，却又意外地燃起欲望，大手伸进她的衣裙，狠狠一扯。

她如脱壳的笋。

顾启珉发疯似的覆上了她，如野兽。

筱笑笑趴在地上一动不动，像个死人。

不知过了多久，顾启珉才发泄完，起了身，慢条斯理地穿好了衣裤，又用脚踹了她一下，道："筱笑笑，我告诉你，下次你再敢提离婚，我会让你受更多的苦！别再惹我，否则你没好果子吃！"

筱笑笑身上的衣衫被撕得七零八碎，肩头和脖子也是被顾启珉咬得都是血印子，她无声无息地躺在那儿，直到顾启珉摔门离开。

又不知过了多久，她的眼球才动了动，目光艰难地转到了不远处的电视柜上，那里，有红色的小光点在一闪一闪，沉默地记录着刚刚发生的一切……

顾思开学了。

罗池做了护花使者，一路将顾思送到机场。顾初原本想到机场相送，但见罗池大有鸠占鹊巢的架势，想想也就作罢，再加上筱笑笑又请了假，科室缺人，她一刻钟都离不开医院。

出门前她对顾思千叮咛万嘱咐，都是要她把精力用在学业上的话，逗得顾思直乐，“还没结婚就这么唠叨。”

等到了机场，罗池那叫一个勤快，又是帮她托运行李又是换登机牌的。等登机牌一到手，顾思道：“我过安检了啊。”

罗池一把将她扯过来，“急什么？还有那么长时间才登机呢，你早进去也是等着。”

顾思头一偏，憋着笑，“你舍不得我啊？”

罗池也不避讳，眉头一扬，“傻子都能看出来我不舍得。”

顾思被他逗笑了，使劲戳了戳他的胸膛，“不舍得？我可看不出来，要真不舍得就把我送回琼州吧。”

罗池一脸的为难，“我这不是——”

“行了，开个玩笑。”顾思打断他的话，“我听我姐说了，你一定要查清楚啊，这件事绝对跟我们顾家无关。”

“放心，我一定会查得水落石出。”罗池信誓旦旦。

两人腻腻歪歪，时间总会过得很快，该过安检了。顾思刚才还嚷嚷着要过安检，可不得不过的时候她就蔫了，眼眶也有点红，其实她心里明白，这个暑假一直就这么跟在罗池身边，心里的那块地方早就被他占满了。

“进去吧。”

她朝着安检口走，他就跟在身边，“别总接外面的活动，你是个姑娘家，吃了亏就不好了。”

“嗯。”

“还有啊，只要我有空就会去看你。”

“嗯。”

“你要是钱不够了，或者想买什么的话就跟我说。”罗池将她的挎包递给她。

顾思窝心，但嘴巴还是硬的，“没钱我会跟我姐要呀，跟你要算怎么回事？”

“我愿意给你还不行吗？”罗池面对她总是笨嘴笨舌的。

顾思听着这话却是温暖，轻轻推了他一下，“你愿意给，我还不愿意接呢，走啦。”

过安检的人不多，所以顾思眼角的余光能瞥见他的身影，眼眶一红，心口一紧，下一秒回身冲着他跑回来。罗池惊讶地看着跑近的她，刚想开口问她怎么了，她就轻轻吻了他的唇，然后又跑去安检了。

等她的身影都不见了，罗池还傻愣愣地站在原地，许久后，抬手摸了摸嘴唇，傻呵呵地笑了。

登机后，顾思的心脏还在扑通通地跳，一张脸也烧得滚烫。

这是一种不同的感觉，就算以前在面对风度翩翩的刘继强时，她的心也没像现在似的跳得这么厉害。她不知道自己是怎么了，想起罗池，她的呼吸就变得急促。

身边不知何时坐过来一个人，笑语晏晏，“刚谈恋爱的小姑娘。”

顾思吓了一跳，转头看了一眼身边人，是跟她说话吗？

男人转过头看她，“我没说错吧？”

“你……”顾思盯着眼前这张脸，“看着眼熟啊。”

男人笑看着她，然后冲着她一伸手，“我是何奈。”

“啊，我想起来了，何先生。”顾思跟他握了一下手，她听顾初提过这个人，问，“你知道我？”

何奈温文尔雅，“当然，我跟你姐可是不错的朋友。顾家二小姐，我想不认识都难。”

顾思嘴角抽动一下，尴尬地笑笑，“都是过去的称呼了，你叫我顾思就行。”

“顾家的辉煌是过去了，可顾家的事未必过得去。”何奈叹道。

顾思敏感，“何先生，您这话是什么意思？”

何奈一字一句，“难道，你一点都没有疑心当年的事？”

第八章

一场精心的棋局

陆北辰将外滩的房子转到陆北深的名下，所以这阵子他在忙工作的同时也在张罗新房子的事，但大多都是他看好的楼盘甩给顾初，要顾初可着自己的心意去选。

“现在又不是没房子住，这么着急干什么呀？”吃过早餐，顾初边给他选衬衫边嗔怪道。

陆北辰赤着上半身，跟在她身后晃悠，笑道：“当然有用了。”

顾初扯了件浅色衬衫，看了看，“有用？你一个人还能住过来那么多房子？”

“我现在无家可归。”一大早陆北辰的心情还不错，笑容清朗。

顾初将一件浅粉色衬衫递给他，“陆教授，你的话真寒酸。”

陆北辰顺势将她搂在怀里，将衬衫放到了一旁，亲昵地磨蹭着她的脸颊，“住在你的房子里，我总有一种倒插门的错觉。”

顾初一脸的好笑，“那要不要我在房产证上也加上你的名字？”

陆北辰唇角上扬，“买个新的最理想，加上你的名字。”

顾初脸红，推了他一下。

“这两天没见你休息。”陆北辰又主动贴过来。

“这两天笑笑都请假呢。”她转过身来，防止他像个色狼似的总贴着自己，拿过衬衫，“赶紧穿上衣服，这里是老洋房，来往的人都能看见你在耍流氓。”

陆北辰笑着看她红脸的模样，对她的喜爱更甚，忍不住伸手轻掐了她的脸蛋，然后才看清手头的衬衫，愕然，“粉红色？”

“什么眼神啊？是浅粉色。”

“我不记得有这么一件衬衫啊。”陆北辰头疼这个颜色。

顾初笑吟吟的，“我给你买的呀，早就买好了，就等着你穿呢。”

“这个颜色不适合我，换掉换掉。”陆北辰食指挑着衬衫，命令。

“怎么就不适合了？我觉着挺适合的。”顾初接过衬衫，往他身上穿，“你看衣柜里你的衬衫，除了白色剩下的全都是深色的，你又不是七老八十了，穿得那么沉闷干什么？再说了，现在的季节就适合穿点亮色的。”

话毕，把他往镜子面前一推，“多好看啊。”

陆北辰别别扭扭的，“我不喜欢……”

“我喜欢。”顾初探过来头，“你忘了你在大学的时候还穿过红衣服吗？整个球场就属你最帅。”

陆北辰一脸无奈，“那次球赛的球服都是统一的红色。”

顾初绕到他身前帮他系扣子，“相信我，我的眼光绝对不会错。”她喜欢这样多样的他，喜欢这样从一开始就属于她的他。

“好吧。”陆北辰妥协了，双臂圈着她的腰，“人在屋檐下，不得不低头。”

“我还真想把你养成金丝雀。”

她没跟他说自己已经知道了他母亲去世的日子。在何奈告诉她的那一刻起，她想都不用想就知道是哪一天，可就在那个时候，她非但没有去安慰他，反而又给他雪上加霜。他隐瞒了这个事，他的用心她明白，所以，她不想拆穿他的用心，只想就这样，对他好，更好一些……

“你的检查报告什么时候给我？”这件事她可没忘。

陆北辰想了想，“斯密斯现在还没来中国呢。”

“陆教授，这世上有种叫作电邮的东西，再不济还有一个叫作传真的东西。”

“放心，我会跟他要的。”

一听这话就是敷衍，顾初撇嘴，“你不着急没关系，我帮着你想着这件事。”

“你打算干什么？”

“斯密斯算是我半个师父吧，我总会要出报告的。”顾初笑得狡黠。

陆北辰被她的模样逗笑，将她搂在怀里。

“今晚别等我吃饭了。”他低低说。

顾初一听急了，“你又要加班？”

“是私事。”

顾初狐疑地看着他。

他意味深长，“是很重要的私事。”

初秋前总是浮动着一股子潮热，即使夕阳西下月上阑珊也少有清凉。凌空之上不见车水马龙，远远地能看见被霓虹燃亮的外滩，绵延城市的繁忙。

“一直以来我都不怎么喜欢上海。”秦苏轻轻晃了一下高脚杯说。

一桌顶级大厨备的晚餐，一瓶上好的红酒，餐厅的环境很安静，偶尔能听见餐具轻微相碰的声响。

秦苏说完这话时看向坐在对面的陆北辰和陆北深，接着道：“这座城太浮躁了，总是让人无法平静，所以往往会做出冲动的选择。”

陆北深只是笑笑不说话，陆北辰抿了一口红酒，“跟城市无关，是人心不定罢了。”

秦苏是个聪明人，听得出陆北辰话中的意思，放下酒杯轻声道：“从你们对外叫我一声母亲开始，你们两个就是我的儿子，母子之间有话无妨明说，我是你们的长辈，是绝对不能看着你们去做行差踏错的事。”

沈楚知道自己的病终究会挖空了身体，所以在临终前对陆北辰说，生的时候不能在一起，她希望死后能跟陆振扬葬在一起。如果陆振扬不曾复婚，那么沈楚的愿望合情合理，但沈楚死后中间挡着一个秦苏，这件事就变得棘手了。陆家长辈承认的就只有出身能与陆家相配的秦苏，入葬陆家祖坟这件事陆振扬无法做主。

后来秦苏出面说服了陆家长辈，陆家长辈最后点头答应，但提出了一个要求：陆北辰和陆北深对外必须声称秦苏为二人的母亲，关于沈楚和陆振扬的这段婚姻要永远不对外澄清。

陆北辰为了生母的愿望，最后答应了。

陆北辰抬眼，“正因为我敬称您一声母亲，所以才没有追究您私下找顾初的行为。我想，这件事如果放在东深或南深身上，他们也不会同意您这么做。”

这本是挺尴尬的局面，但秦苏似乎早就料到，笑了笑，“四个儿子我一视同仁，所以，这件事换作是东深或南深，我一样会这么做。”

放下酒杯，秦苏轻声道：“家族荣誉高于一切，总胜过给你安排个陌生女孩要好得多吧？”

“我哥不娶，难道父亲还要押着他去登记？”陆北深看不下去了，皱着眉头道。

秦苏没回答陆北深的话，反是问陆北辰：“你认为父亲有没有本事做到这点？当年你是怎么离开顾初的？”

“那个时候，我的确没有反抗他的能力。”

“你认为你现在有了？你以为基金会的事是你赢了你父亲吗？不，只是你父亲对你稍许的纵容和让步而已。”

陆北深闻言后道：“现在是东深大哥坐得头把交椅，我想依照他的性格绝不会让这种事情发生。”

秦苏笑了笑，“太上皇还在，皇上，不过就成了傀儡罢了。”

轻描淡写的一句话，却足以昭示着陆门内部暗涌着的腥风血雨，哪怕是父子，在权势和财富面前也会面临抉择。

“秦姨，今天之所以跟您见面，是要告诉您有关我的决定，以便您再传达给我的父亲。”陆北辰一字一句表明了态度，“我会娶顾初，不是跟你们商量，只是通知。”

秦苏抿了口酒，“那个时候，怕是你父亲要亲自找顾初谈谈了。”

陆北辰眉头一蹙，“我想，娶不娶顾初跟陆门名誉无关吧。”

秦苏看着他。

“顾家跟陆家的恩怨我早就知道了。”

这句话倒是出乎秦苏的意料，她微微一怔。

“既然我能回来，那么有些事情势必要查清楚。”

秦苏若有所思，“你从什么时候开始怀疑你父亲的？”

“当我知道他当时并没有提供资金给建科集团后。”

“他给出的理由很充分。”

“您也说了，只是理由。”陆北辰语气平静，“不是真相。”

陆北深看着他们两个人，不解，“到底什么真相？”

秦苏没解释，陆北辰也没打算跟他说。

餐桌上陷入短暂的安静，很快，秦苏开口了：“当年顾家已经穷途末路，你父亲不过是拦截了其他企业向建科伸出橄榄枝，虽说过分，但比起顾家对陆家的伤害是远远不够的。所以放弃吧，顾陆两家注定势不两立。”

“我父亲当年只是阻断了顾家的资金流？”

“不然呢？”秦苏反问。

陆北辰沉默，许久后说：“不管怎样，我都会守护她。真相可以浮出水面也可以沉于海底，我选择后者，哪怕穷尽一生，我也会明知不可为而为之。秦姨，原谅我不能妥协，有了守护的人，我势必要承受风雨。”

送陆北深回了外滩，陆北辰没急着回老洋房，拿了酒柜里珍藏的红酒，一股脑儿倒进了醒酒器里。陆北深冲了个凉出来，换了舒适的家居服，米白色宽松衫、浅麻色长裤，赤着脚，头发还是湿的，看上去干净清爽。

见陆北辰优哉地倒好了酒，他上前，“这么晚了你不回去陪她，她不得跟你急？”

陆北辰递了杯红酒给他，“她觉轻，我这个时间回去她醒了就睡不着了，再晚点，等她睡熟了。”

陆北深接过酒没喝，靠在沙发上瞧着陆北辰的侧脸，“我是你亲弟弟都没享受过这种待遇。”

陆北辰瞥了他一眼，没说话。

“也许秦姨说得对，你跟她的路太难走。”陆北深开口了，“她要承受得太多。”

“我会替她承受。”

“万一你也承受不了呢？”陆北深问。

“曾经我死过一次，有什么是比死还难承受的事吗？”

陆北深思量了片刻，“你我都了解父亲的性格，在商场上杀伐决断的人未必喜欢妥协。到时候，我会帮你一起扛。”

这话让陆北辰听着温暖，“好。”

“过两天备个家宴吧。”稍许，陆北辰道。

“在这里？”

“现在是你家。”

陆北深无奈，“我说过我不要。”

“给你你就拿着，废什么话？”陆北辰故意呵斥。

陆北深道：“我有必要让你看看我的账户，这几年老爷子往我身上砸了不少钱，除了失去自由。”

“两码事。”陆北辰十分执拗，但他清楚，更多的是补偿。

陆北深想了想，“或者我可以买下同一单元的房子给你做新婚礼物？”

“谢了。”陆北辰笑了，“虽然说我希望你能留在上海，但不意味着要跟你同进同出。”

“哎，你在怕什么？”陆北深在外实属安静如画，在陆北辰面前还是能开玩笑的。

“我有什么好怕的？”

陆北深咬着酒杯的杯沿，说了句："不敢跟我住同一单元，是怕顾初认错人？"

陆北辰转过头盯着他，眉头一扬，"你都多大了还有咬杯子的习惯？不准咬。"

"我都多大了，你还训我？"陆北深嘟囔了句，将杯子一放，"你自己喝吧，我睡了。"

"你给我坐下，让你走了吗？"陆北辰叫住了他。

陆北深又老老实实地窝回沙发上，一脸的不情愿。

"陪我喝酒。"陆北辰敲了敲杯子。

陆北深无奈端起酒杯，"我要是比你早出生个几分钟，绝对不会像你似的这么对待弟弟。"

陆北辰笑了，跟他碰了一下酒杯，"这辈子是没戏了，我是你哥，所以我让你干什么你就得干什么。"

两张同样的脸，在喝酒方面就有差别了。陆北辰喝酒是从一而终的不紧不慢，所以喝到最后看不出他到底是醉了还是清醒。陆北深不同，他平时安安静静得跟个美男子似的，但酒过三巡就变得话多了。

陆北辰喝得越多脸色越白，陆北深喝得越多脸色越红。

陆北深直接抱着醒酒器盘腿坐在地毯上，跟陆北辰肩并肩。客厅的灯光很暗，不及窗外的霓虹。

"哥。"

"嗯？"陆北辰解了衬衫的几颗扣子，袖子挽在了胳膊肘，将杯中酒一饮而尽。

陆北深给他倒了酒，"咱妈走的时候痛苦吗？"

这是他这一生永远的痛，虽说他闭口不提，但作为同胞兄弟，陆北辰能轻易感觉得到他的悲伤，道："没痛苦，她走得很安详。"

虽说被病痛折磨，但终归还是死在了梦里。

陆北深低着头，久久不说话。陆北辰扭头看着他，拍了拍他的肩膀，"她不会怪你，你当时也是身不由己。”

“我想，那个时候她已经记不起我是谁了吧。”陆北深嗓音干涩。

“她记起的全都是我们小时候的事。”陆北辰看着窗外，深眸也染了霓虹的绚烂，眼眶像是红了，但仔细看又觉得是灯光晃的，“这样也好。”

陆北深攥了攥酒杯，一仰头，喝光，眼角有点湿，但很快抹去，偏头瞅着他转了话题，“我知道你病得不轻。”

“这话听着像是骂人。”

陆北深一骨碌坐起来，“这些年我可养了不少心腹，你的情况我很清楚。”

陆北辰哼笑，“心腹？”

“对，我就算坐在家里也是眼观六路耳听八方。”陆北深开着玩笑。

“这是有大阴谋的架势。”

陆北深的嘴角抽动一下。

“血块压迫神经。”陆北辰笑道，“可能再过几年我连解剖刀都拿不了了。”

“哥——”

“行了，我知道你要说什么。”陆北辰说，“我不是排斥手术，但目前敢接手这项手术的人就只有斯密斯，可他也没有万全的保障。一旦手术失败了，痛快的一命呜呼，不痛快的要在床上躺一辈子，那时候我就算是想要死都得求着别人。目前来说我还能控制，至于我的手——”

他举高了左手，鹅黄色的灯光下，清楚看到他的指尖在发抖，他却轻描淡写地说：“总不能拿一辈子解剖刀吧？我想钱赚够了提前退休，带着妻儿环球旅游也不错。”

陆北深不吱声。

陆北辰举过杯子跟他碰了一下，岔开话题，“要学会给你哥哥我敬酒，没大没小的。”

陆北深知道他不愿意谈这个话题，也不勉强，“那你尽量多赚点，否则要我卖房子卖地来养活你们一家几口就过分了。”

“臭小子。”

陆北深笑，又盯着他瞧。

“怎么了？”

陆北深只挑了一侧的眉，“这一晚上我就看你有点别扭，终于找到原因了——看你穿浅粉色我还真不适应。”

陆北辰一脸无奈，“我也同样不适应。”

翌日，大晴天。

可能是快初秋的缘故，天格外高，难得是蔚蓝，于白云之间，宛若嵌了一块上好的蓝玉。

陆北辰难得没起早，懒洋洋地赖了床，非但自己不想起，还死搂着顾初不让她起床。

“这个周五是不是休息？”陆北辰将头埋在她的胸口，含含糊糊地说。

顾初想了想，点头。

“不要安排事了，我去接你。”

顾初瞅着他。

“北深指名让你这个长嫂帮他挑两件衣服，他要在家宴上臭显摆。”

顾初刚要消遣他那句“长嫂”用词不当的时候，陆北辰的手机响了。她抓过他的手机，没等他同意，就按了接通。陆北辰一脸好笑地看着她，任由她这般嚣张的行径。

是潘安，直接切了主题，“告诉陆教授一声，要他马上来实验室，四具尸体发生了变化，很奇怪。”

十分钟后，原本还在床上黏糊恩爱的男女都快速洗漱穿戴好了，顾初给陆北辰递了公事包，一脸的紧张，“尸体起了变化是什么意思？难道还能诈尸吗？”

陆北辰穿好了鞋，接过公事包道：“也许是高强度防腐剂失效，所以尸体发生变化。”

“那会怎么样？”顾初也急忙穿了鞋子，追问。

“尸体一旦迅速腐烂会影响尸检结果，但防腐剂失效也未必是坏事，可能会发现之前不曾发现的线索。”陆北辰大有泰山崩于前而色不变的架势。

如果不是要上班，顾初一定会跟去看个究竟，但现在，只能是听陆北辰带回来的结果了。

驱车赶到实验室的时候，鱼姜等人都已经到了。四具尸体整齐排列，周遭的温度寒凉。这四具尸体在经过解剖后已提供了所有有价值的线索，原本是打算归还家属加以殡葬，没想到会发生意外。

保存尸体的人是罗池最关注的，因为这个人极大可能就是案子的关键，之前陆北辰对尸体的防腐剂及保存方式进行了检查和研究，最后得出的结论是此人一定是对医学药理十分熟悉的。

四具尸体，除通身被涂抹高度防腐剂外，就连大脑内脏都进行了防腐烂处理，陆北辰接到尸体时，尸体本身带有几处伤口，通过对伤口的比较和后来的解剖发现，其防腐剂就是通过伤口注入，而伤口的创伤面极小，口径平滑完整，伤口处没出现参差不齐的情况，可以看得出对方的手法十分熟练。

四具尸体的七窍都被堵上了，其实这是混淆视听的行为。

陆北辰查过相关资料，知道在中国的一些乡村还保留着最原始的殡葬习俗，将尸体的七窍堵住，从老辈说法就是保存魂灵不灭不散。所以，如果基于中国习俗，保存尸体的人也许不过就是山野之夫，这也是刚开始在刑侦过程中被忽略的环节。

但陆北辰对防腐剂及塞住七窍的物质进行了检验，发现高度防腐剂中除了含有高浓度松脂外还掺杂了大量的药物成分，这些药物成分与成分之间、用量与用量之间十分讲究和精准，多一毫会影响效果，少一毫会破坏化学成分，这可不是随随便便什么人就能做到的。

另外，中国乡村在处理尸体时都会使用些土办法，所用的防腐成分大多为植物，再顶多用水银等方式，一般很少会利用药物的化学成分，所以陆北辰就防腐物质也跟罗池临时开过会，重点排查保存尸体的这个人。

而今天，四具尸体的防腐剂失效了。

这原本不是什么值得大惊小怪的事，因为根据鱼姜对防腐成分的化验已经得出其失效时间。可防腐成分一失效，尸体就发生了变化。

死者的胸腔呈现赤红色的变化，四具尸体都是如此，很明显的颜色呈现，绝对有别于尸体腐败的颜色。

陆北辰穿好白大褂戴好口罩和手套，站在尸体前，手一伸，“解剖刀。”

语境递上刀子。

锋利的刀尖划开僵冷的尸体，赤红色之下对应的是肝脏部位。

“像是药理反应。”鱼姜在旁看得清楚，疑惑。

陆北辰取出一些组织样本，道：“最快给我结果。”又转头对语境吩咐了句，“马上通知罗警官。”

顾启珉的房子离医院很近，就隔了两条街，平时步行十几分钟就能到医院，这是当初顾启珉为了上班方便才买下的房子。

小区属于中高档，虽属私密，但还不至于严查每一位到访的客人。乔云霄买了鲜花和水果，做了简单的车辆登记就进了小区。车子停好后掏出手机，刚要按号想了想，还是止住了提前通知的打算。

他是在今天给父亲办理出院手续时听顾初说筱笑笑得了重感冒，在家养病。把父亲送回家后，他还是有些不放心，便和顾初要了筱笑笑的地址。

筱笑笑婚后变了不少，每次在医院见到他时都客气得不能再客气，这种变化令他没由来地不舒适，虽说他很清楚笑笑变化的原因。

有一种情感似乎就是这样。

刚开始发生时淡如水，他没有将其当回事，然后它就慢慢沉淀下来，在岁月流长中慢慢发酵，他却浑然不知，等这种情感终究变得如酒般醇厚时，他再想品尝已被人捷足先登。

现在他竟是担心了，就连一个电话都不敢打，他怕自己被拒之门外，以她那种客套的口吻让他丢盔弃甲。

电梯直达十八层，楼道里阴凉了不少。

找到门牌号，乔云霄按了门铃。不知怎的竟异常紧张，这种感觉让他描绘不出来，只觉得心跳得厉害，口干舌燥的。

他暗自一遍遍地练习与筱笑笑碰面的说辞，希望在接下来的时间里他能平和自然，又整理了一下衣衫。

房门开了。

他的心蓦地提到了嗓子眼，可紧跟着"啪"的一声摔了下来。

"你找谁？"给他开门的是一位上了岁数的女人，疑惑地看着他。

乔云霄一时间蒙了，找错了？

"先生？"

"我……请问筱笑笑是住这里吧？"

"筱笑笑？"女人一脸的疑惑。

乔云霄意识到可能自己找错了房间，刚要道歉，眼角余光不经意扫到了室内，从他的角度恰好看见镜子里反射出的婚纱照。

"我找顾太太。"乔云霄改了口风。

女人恍然，"哦，您找顾太太啊，她在家，但是……"

乔云霄疑惑地看着她。

"顾太太现在不方便见客人。"女人压低了嗓音，"您是顾太太的朋友吧？要不您留下联系方式，等顾太太方便的时候联系您。"

乔云霄刚开始有点紧张，所以一时间没观察那么多，现在恢复冷静了这才打量眼前的这位上了岁数的女人，五十多岁，身上系着围裙，看样子应该是家政阿姨或保姆，他刚刚提到筱笑笑她陌生，提到顾太太她才熟悉，说明这个女人是才请来家里的。

筱笑笑只是重感冒而已，至于要临时请个保姆这么严重？

越想越觉得不对劲，乔云霄一脚踏进了房间。

"哎，这位先生你怎么乱闯啊？你到底是谁？"女人慌了，跟着他身后一路嚷嚷，"你赶紧走啊，要不然我报警了！"

乔云霄压根就没将她的警告放在心上，大步流星，挨个房间翻查。保姆吓得不轻，想要拦截却无济于事。很快被乔云霄找到了主卧，一推门，他僵住了。

罗池迅速赶到了实验室，在看过尸体变化后与陆北辰进行了讨论。

“鱼姜那边很快会有结果。”陆北辰亲自磨了两杯咖啡，其中一杯递给了罗池。

罗池没心思喝咖啡，“照这种情况来看，家属现在还不能领尸体。”

陆北辰搅了搅咖啡，轻描淡写，“可以领走了。”

罗池一愣，马上又说：“万一再有什么忽略的线索呢？”

“不会了。”陆北辰十分肯定，“死者要入土为安，我看你还是尽早安排吧，那些家属应该没少折腾你。”

罗池点点头，“看来这防腐剂也不是万能的，说无效就无效了，是因为保存的环境发生变化了吗？”

“跟保存环境无关。”陆北辰淡淡地说，“是对方想要我们发现线索而已。”

“什么？”

陆北辰交给了他一份文件，罗池接了过来，翻看了许久，那些化学成分的公式和符号看得他眼花缭乱，一时间头就昏涨了，将文件一合，“告诉我结果就行。”

“对方利用药物与药物之间的成分作用制成了高强度防腐剂，每种药物的用量多少都能影响防腐剂的使用周期，换句话说就是，对方有能力来通过药物的比例来控制防腐剂的使用时间。”陆北辰朝椅背一靠，“艾欣、冯梓莲、刘川和钱豪的死亡时间都是相差半年，对方恰当地调配了防腐剂的时效，让我们同时看到保存完好的四具尸体，又在同一时间防腐剂过期，使我们找到最后的线索。”

罗池听了这番解释后倒吸了一口气，“这么说……”

“这么说就完全可以判定出对方的有意为之。”陆北辰接过他的话，一字一句，“换句话说，这是对方精心筹划的一盘棋，我们在明，他在暗。”

罗池一拍桌子，“他奶奶的，谁啊？竟敢盯着咱们做事！”

陆北辰很平静地看着他，“少安毋躁。”

“你能咽下这口气？”罗池咬牙切齿，他最讨厌的就是被人牵着鼻子走，他相信依照陆北辰的性子，也绝对不容忍这种情况。

岂料陆北辰说了句：“能。”

罗池看了他半天，“你是气疯了吧？”

陆北辰端起了咖啡杯，慢悠悠地喝了一口，“既然对方有心给我提供线索，那也省去了我不少的时间，何乐而不为？”

“这个人还真是不简单。”罗池攥紧了拳头。

陆北辰笑了，“我倒是想会会这个人，心思缜密，不错。”

罗池说了句：“说不定就是杀人凶手。”

“你是做警察的，没根据的话不能乱说的道理你比谁都懂。”陆北辰浅笑。

罗池眯了眯双眼，“等着吧，我一定会查个水落石出！”

陆北辰朝着他一举咖啡杯，“快了。”

罗池也端了咖啡杯，跟他的重重撞了一下，“借你吉言。”

很快，鱼姜那边有了结果。

“从变化部位可分解出一种洋地黄类的成分。”她将分析报告递给了陆北辰，“成分本身没什么，但与死者身上残留的X-R2成分结合会有反应现象，导致内脏损伤呈现肌肤红肿变色。”

陆北辰接过报告翻看，鱼姜将这类物质的成分做得很详细，在报告中列明了成分所属的化学成分。罗池盯着陆北辰的脸，希望能从他的神情中看出些端倪来，只可惜陆北辰面无表情，罗池就算是火眼金睛也无迹可寻，末了妥协，问道：“是什么东西？”

他最怕的就是听到什么成分跟什么成分发生反应之类的话，更怕鱼姜等人一张口就满嘴化学式。

陆北辰眼也没抬，“是洋地黄植物提取，属被子植物门类、双子叶植物纲，从叶表看上表皮细胞垂周壁略弯曲，下表皮细胞垂周壁波状弯曲，副卫细胞三到四个，腺头细胞两个。”

罗池听得一个头两个大，挠了挠头，“那么，到底是什么？”

陆北辰这才抬眼看他，“别名又叫毒药草。”

这句罗池听懂了，倏地起身，“他们中了毒？”

鱼姜一脸无奈地看着他，“别一惊一乍的，行吗？”

罗池顾不上跟鱼姜强调自己的形象问题，凑到陆北辰跟前，“哎，这么说他们四个有可能是被人毒害的？”

陆北辰甚是好耐性，语气轻淡，“我说自杀就是自杀。”

“那现在检验出的成分……”

“这是一种常用于强心苷类药物的成分，可以抑制心肌细胞膜上 Na+-K+-ATP 酶。”说到这儿，见罗池的眉头又拧成了麻花，言简意赅，“总之，就是治疗心律失常、增强心肌功能的药物成分。”

罗池这才恍然大悟，但很快又是不解，“经过调查没发现这四人有服用强心类药物的情况。”

陆北辰没吱声。

他想的却是另外一件事，那就是这种用作强心苷类植物成分怎么会跟 X-R2 成分发生反应？到底这是一种什么药？如果是药物的话，那么这种药的其他成分又是什么？一定是有其他相互作用的药物成分是随着死者死亡时间而流失分解掉了，否则这就成了害人的药物。

“嘿！”罗池见陆北辰双眼发直，在他眼前晃了晃手。

陆北辰合上文件，看向罗池，“我需要出去一趟，你随意。”

“别随意啊，这个时候你到哪儿我当然也要到哪儿了。”罗池成了跟屁虫。

陆北辰将文件放进公事包，“我没有跟死者家属打交道的习惯。”

罗池道："是不擅长吧？"

陆北辰扫了他一眼。

罗池就想从他脸上看出别扭的神情来，见他面露不悦地瞥过来一眼后终于如愿以偿，哈哈大笑，又生怕笑得太过分被陆北辰拉黑，罗池马上安排了后续工作，"我打个电话让专案组的同事过来处理。"

如果病患不多的话，值夜班就变得难熬，今天挺清静，连急诊那边的患者也不算多。

顾初想到了筱笑笑，这才想起乔云霄午后是去了笑笑家的，然后呢？怎么这两人谁都没给她回复呢？

抓起手机，先是给筱笑笑去了通电话，关机。顾初觉得奇怪，又给乔云霄打了过去，他倒是接了，问及笑笑情况时，乔云霄告知没什么大碍，就是普通感冒而已，休息几天就没事了。挂断通话后顾初看了一眼墙上的表，可能笑笑怕吵关机了吧，既然是请了病假的，也不用二十四小时绷着工作状态。

她便抱了厚厚一摞书放在桌上，打开了其中一本，翻开了上次折页的位置，是关于延髓损伤及神经线修复的内容，当然，没有整本介绍的，需要从厚厚的医学书海中找到相关的文章或论文。

现在只要有空她就在研究延髓损伤及修复的相关内容，她不相信陆北辰的病情会走到死胡同，当然，关于延髓的研究文章虽然不算太少，但有价值的文章屈指可数，大多数文章人云亦云，看后也没什么参考价值。这块区域形同禁区，治愈率少之又少。

顾初支着脑袋，皱着眉咬着笔，重温了高考时的刻苦。这阵子她快把斯密斯的电话打爆了，她算是看出来了，陆北辰压根就没有把检查报告给她的打算，所以她只能亲自出马，奈何斯密斯油盐不进，口口声声以保护客户隐私为借口搪塞她。

后来，斯密斯跟她交了实底，他现在也在做最安全的手术方案，希望能将危险降到最低，毕竟延髓部位神经众多，稍不注意就会发生不可逆转的危险。

顾初提出大胆的请求，如果一旦陆北辰面临手术，她希望陪同，斯密斯笑了，“他未必会同意你这么做。”

自己最狼狈的一面被心爱的姑娘看到，陆北辰是打死都不会同意的。

“由得了他吗？”顾初说，“到时候麻药一打他什么都不知道了。”

“看来你不想告诉他你的这个决定。”

“当然。”顾初说，“换作是我，我也不希望他在身边，光溜溜地躺在手术台上，多丢面子。”

“想什么呢？”冷不丁地，头顶上冒出个声音来。

下一秒是顾初的惊叫声，像是见了鬼。

陆北辰好整以暇地看着她，任由她吓得惊慌失措，罗池靠在门口，拼命地揉着耳朵。等顾初反应过来后，陆北辰才将她拉到怀里，轻拍她的后背，“别怕别怕。”

顾初一把将他推开，确认了好久，“陆北辰？”

“是。”他憋着笑。

“你怎么来了？怎么进来的你——”又瞧了一眼门口的罗池，改口，“你们？”

陆北辰微微挑眉，“大大方方走进来的，结果你看书看得太投入，没听见。”话毕拿起了桌上的书，诧异地看着顾初，“你开始研究这么高深的课题了？”

顾初夺过书搁置一旁，挎上陆北辰的胳膊问：“怎么这么好啊，过来看我？”

“当然是想你了。”陆北辰圈住她的腰，笑得开怀。

罗池实在看不下去了，轻轻咳嗽了两声，“陆北辰，你说你要出来办正事，原来就是泡妞？”

“你可以不跟着来。”

罗池被他呛得没话。

“办正事？”顾初问陆北辰。

陆北辰也确实是来找她办正事的，从公事包里拿出鱼姜做的检验报告，“我想搜集一些临床使用洋地黄甙类药物的资料。”

“洋地黄？强心苷类药物？”

“对。尸体发生变化，原因是高强度防腐剂失效后，死者体内残留的洋地黄甙类物质与X-R2发生反应，我需要知道这在临床上有没有同样案例发生。”

顾初仔细翻看了报告，“一般来说这类成分抑制心肌细胞膜上Na+-K+-ATP酶，使过多的Na+不能泵出细胞外，导致心肌细胞内Na+浓度升高。报告上列出的成分含量适中，并没有过量的体表反应，按理说不会再有多余成分与其他成分进行反应才是。”

罗池从旁听得头又大了，忙打断他们的讨论，“两位，咱能直接说结论吗？比方说今晚我能得到什么线索？”

然而陆北辰置若罔闻，顾初更是视他为无物，在看完了报告后将其一合，“我申请一下，然后我们到心外看看。”

陆北辰点头。

顾初去打电话了。

罗池像是对着镜花水月似的，半天蹭上前问陆北辰：“我知道你俩都是优等生，能不能顾及一下中等生啊？你们到底要干什么呀？”

陆北辰怼了他一句：“你跟顾初的智商差得还真不是一星半点。”

有了领导的同意，顾初拿到了一些病例，交给陆北辰，“这是临床使用洋地黄甙类同时又接受手术的病例。”

陆北辰接过，翻看。

罗池也跟进了档案室，坐在旁边接过另一本查看，这一次他的反应较快了，“也就是说，洋地黄甙类药物只能单独服用，不可能加入神经类药物中吧。”

顾初道：“目前临床上常用的洋地黄甙类包括地高辛、西地兰、洋地黄毒甙和哇巴因，都是成品药的形式，除非是有人将其成分进行提炼与其他药物成分进行实验，但医院不会这么做，像我之前说的，更多的是在新药的实验室中出现。”

“服用洋地黄甙类药物的患者，即使是过量服用也不会出现像那四位死者的机体变化。”陆北辰看资料看得很快，他之所以想要查看病例，是想更多地了解一下这类药物在配合神经类药物后会出现哪些不适。

在来档案室的路上顾初已经听陆北辰描述了尸体的变化，闻言后马上道：“当初我父亲研究的虽然也是神经类药物，但后来出事的时候，当时的法医也没说过死者有过这种机体变化。”

她急急地解释，在为沉落的家族做最后一点尊严上的挽回和澄清。陆北辰何尝听不出她的心思来，安慰：“别急，我们会查明白的。”

顾初点头，“你们还需要什么资料都要告诉我。”

陆北辰将病例放置一旁，手臂环上她的肩膀，“放松些。”

“对啊，顾小妹，你先别紧张。”罗池见状也安慰。

顾初好半天挤出一丝笑。

出了医院已是后半夜，陆北辰和罗池回到车里的时候车窗外开始掉雨点，淅淅沥沥地模糊了前挡风玻璃的视线。罗池没马上开车，拿了烟盒出来，递给了陆北辰一支烟。

陆北辰接过，点燃，橙红色的光亮隐隐晃动着他沉默的眉眼。罗池深吸了一口烟，吐出，“这件案子啊，我的直觉很不好。”

路灯的光不强，透过车窗落在陆北辰的脸颊，浓眉微蹙，似有所思。罗池转头看他，“你怎么看？”

陆北辰静静地抽烟，带着雨腥的夜风从微敞的车窗缝中钻了进来，冲淡了烟草的气息，半晌后他开口：“我的想法不重要，重要的是真相。”

罗池眼神凝重，“说真的，这件案子打从开始，我就觉得咱们一直被人牵着走。”

陆北辰弹了弹烟灰，他能明白罗池的意思，“这种案子在你的职业生涯中也不会是第一次接手。”

“对，但这次感觉格外不好。”罗池又强调了自己的感觉，“我只怕……”

陆北辰吐了一口烟，补上他没说完的话，“你只怕这件案子牵扯了我和顾初。”

“难道你不怕吗？”罗池看着他，“半年前的那场车祸就像是一个引子，你先是被带到了警局然后又出了车祸，现在回头想想，对方不但清楚你的行踪，还很了解你的情况，现在，又像是把顾家的事扯了进来，细思极恐。”

陆北辰久久地才回了个字，“怕。”

是的，他怕。

他怕，不是因为对方处心积虑地对付他，如果是这样，他反倒是不怕了。他怕的是对方会将矛头对准顾初，又揪着顾家的过往掀起风雨。他不是没看见每当顾初为顾家辩护时瑟瑟的眼神，让他想起了寒雨中的鸟儿，忍着冷战抖着身躯却誓死保卫雏鸟的模样。

这是他所怕的，再要经历一次脱骨之变吗？不，顾初已经承受不起了。

“但是，这件事我必须要从顾家当年的那件事着手了。”罗池明白他的意思，但还是给他打了预防针。

就好像是排除痘疮，势必是要疼的，但不去碰触，永远看不到新生的骨肉。

手指的烟头静静绽放，陆北辰盯着车窗外的雨点，沉默。

乔云霄接完电话回到病房的时候，叮嘱了保镖和看护别太张扬，这阵子都要打起精神来。筱笑笑躺在病床上听不大清楚外面在说什么，只是隐约觉得乔云霄的嗓音低沉严肃。

从顾家出来，乔云霄就把她带到了一家私立医院，上好的私人病房阻隔了与外界的一切联系，她其实很想走，至少要逃离乔云霄的视线，只可惜无济于事。

那天顾启珉施暴后，没一阵子又回来了，找来了医生为她处理伤口，医生她不认识，应该是顾启珉从其他医疗机构找的，处理完伤口后医生建议她住院，至少断裂的肋骨需要处理。

顾启珉却没有将她送到医院的打算，只命医生做了固定处理。她无法下床，双脚一沾地就钻心的疼。顾启珉又找了个临时保姆，说是保姆，实则是看着她的。这两天她没反抗，也没想着离开，因为疼痛不能自理的她就算抗争也无济于事，她需要好起来，然后，离婚。

只是没想到乔云霄会找到家里来。

乔云霄走了进来，见她醒着，他上前轻声询问："感觉怎么样了？"

他忘不了闯入卧室看到的那一幕。

当时筱笑笑躺在床上，额头上裹着纱布，露出的脖子、胳膊上青一块紫一块的，还有已结痂的伤口，薄毯盖着腰以下，看不见双腿是否也受了伤。她闭着眼，对于他的到来浑然不知，像是睡着了，可又像是……死了，脸几乎跟她头上纱布是一个颜色的，惨白。

初醒的瞬间，乔云霄在她眼里窥见了惊慌，甚至是恐惧。好半天她像是才认出了他，嘴巴张了张，猛地一吸气就引了咳嗽。他刚碰到她，她就疼得直皱眉。

他不瞎，就算再没常识也看得出来是家暴！

筱笑笑轻轻摇了头，干涩地说了声："谢谢。"

"我会让姓顾的孙子生不如死。"乔云霄咬牙切齿。

筱笑笑的目光落在了他的手上，他攥着手机，脸色亦是难看，轻叹了声，"是他打来的？"

"你放心。"乔云霄坐了下来，"我已经请了最好的骨科医生，你好好养伤。"

筱笑笑点头，这个时候，她必须要养好伤。

"他不是一次两次了吧？"乔云霄问。

筱笑笑从他眼里看出愤怒，说："我会处理好我和他的关系，你卷进来，不好。"

“这就是你处理的结果。”乔云霄不悦。

筱笑笑转了目光，落在了窗玻璃上，雨水敲打着玻璃，安静好听，“是我揭了他最不堪的过去，所以他恼羞成怒。”

“你还想跟他在一起？”他担忧。

“不。”

乔云霄扳过她苍白的脸颊，放低了嗓音，“这件事交给我处理。”

筱笑笑脸色虽然不好，但目光澄明，“不要为了我这种女人影响了你的名声，不值得。”

“你胡说什么？”乔云霄听了心如刀绞，“什么叫你这种女人？你怎么了？笑笑，在我心里你一直都很好。”

筱笑笑笑了，虚弱地，“如果你当我是朋友，那么就让我自己面对吧。是我自己选择的路，所以就算这路上布满荆棘，我也要亲自清除。”

“你一个弱女子怎么面对呢？”

“有时候的割舍注定是要脱一层皮的，我不会去痛恨他，但我也不想原谅他。”

错了的路，要重新走，本来就是要付出代价的。

只是经历的风霜雨露多了，她不想再牵扯进来一个人，就算这个人有多么深扎在心，她知道，错过的，终究算是错过了……

转眼到了周五，大晴天。

顾初下午休息，午餐在医院食堂里用。打餐的时候看见了顾启珉，他看上去无精打采的，上前询问，顾启珉称这两天休息不好，再加上照顾笑笑。顾初算了算日子，重感冒的话最快也要一周左右，便说要去看看笑笑，顾启珉却说这阵子笑笑生病难受，不大想见人。

顾初也只好作罢。

吃过饭，刚做好交接，护士站的小护士又呼哧带喘地跑过来找她，“顾医生，你男朋友来了。”

顾初并不感到意外，陆北辰跟她提过下午带着陆北深买衣服的事。她忍着笑，看着护士的小红脸，心想着这小丫头只有见到帅哥才这么殷勤。

忙收拾了东西，顾初出了门，可见到站在走廊窗子旁的男人后，脚步停住。

他也听见了动静，朝她看过来，唇角微微扬笑。干净清爽的白 T 恤，深咖色长裤，整个人看上去如皑皑白雪中的松柏，高大挺拔，可顾初就那么直接地认出了他。

陆北深。

他怎么直接来医院了？

陆北深倒是直截了当地说明了来意。

“那天你看到的事，请不要跟我哥说，行吗？”

顾初微微一怔，盯着他的脸，一时间也不知道点头还是摇头。那天他的样子实在令她印象深刻，有多少次她都想跟陆北辰提这件事，但一来陆北辰没日没夜地在忙案子，二来她不清楚陆北深是什么情况，一旦是触犯了他的隐私也不大好。

所以今天这么听他一说，心里就明白了，看来是属于后者的推断。

“你怎么了？”

他敛睫，轻轻一笑，“也没什么，早年吃了不该吃的药，落下的后遗症。这么多年都没复发过，唯一的一次还被你撞见了。”

“现在的医学很发达，我建议你去医院做个检查。”顾初惴惴不安。

“我会找时间去的。”

“其实你有什么情况不应该瞒着你哥。”

“这点小事别麻烦他了，我哥那个人总会把事情想复杂了。”

顾初想了想又问：“你……是什么时候误服的药？”她还是放心不下。

“大概在三年前吧。”

顾初一听这时间，一颗吊着的心轰然落地，现在稍有风吹草动她就能联想到父亲的实验室，轻叹了一口气，“你和你哥还真是同病相怜。”

“我哥的情况要严重得多。”

顾初的心头像是被磐石压着似的，重得透不过气来。

“你是怎么想的？”

顾初明白他的意思，道：“没怎么想，他怎么样我都会陪着。”

陆北深诧异地看着她。

顾初笑了，“不信？”

“我知道秦阿姨找过你。”陆北深一语中的。

“所以我就要放弃吗？我不会离开的。”顾初咬咬牙，又重复了句，“我不会再离开他了。”

“那就好。”陆北深的声音很低。

顾初看着前方落了一地的松针，轻声，“你回来了，你哥很高兴。”

陆北深只是“嗯”了一声，顾初听着这声音觉得不对劲，扭头一看吓了一跳，他的脸色很苍白，紧攥着拳，青筋凸出，汗顺着鬓角往下流。

吓了顾初一跳，“你怎么了？”

陆北深顾不上回答她的话，低垂着头，像是在压抑着巨大的痛苦，又要去掏兜里的东西，顾初见状忙代劳，翻出个小药瓶来，“是要找这个吗？”

他点头，“两片……”

顾初忙开药瓶倒药，“我给你买水——”

“不用。”陆北深接过药塞嘴里，直接咽了下去。

顾初看了一眼药瓶，没贴标签。

过了几分钟，陆北深的状况像是缓解了不少，脸色也稍稍恢复了，将药瓶装好后轻声道：“谢谢你。”

顾初心有余悸，低声问：“你吃的是什么药？”

“没事，刚刚只是低血糖而已。”陆北深道。

顾初知道他在撒谎，她是医生，低血糖什么症状她难道不清楚？还要追问，陆北辰朝这边过来了。

“我没事，不要跟他说。”陆北深用了极低的嗓音叮嘱了句。

顾初心思沉重。

“不好意思，我早过来是想跟未来大嫂打声招呼。”陆北深冲着陆北辰笑。

今天的陆北辰也穿得休闲，跟陆北深异曲同工，乍一看这两人还真是让人恍惚。他上前，挑了挑眉，“你这么做会让我误会你另有企图。”

“例如？”

“例如，你在她面前说我小时候的糗事。”

陆北深哈哈一笑。

顾初笑不出来，心念着如果北深真有什么隐疾，那北辰怎么办？

肩膀被人一搂，“想什么呢？”

顾初回过神，对上陆北辰的笑，“我在想什么衣服适合北深。”

陆北深从旁插嘴，“很简单，我哥的风格就是我的风格，尺寸都一样。”话毕看向陆北辰，似真似假建议，“或者，我们穿同样的衣服出现，多酷。”

“走吧。”陆北辰搂住顾初，不理会陆北深的建议。

顾初左手始终紧攥。

手心里，多了一粒药。

周六，外滩。

向来清净的地盘，今天多了七嘴八舌。

潘安围着陆北辰和陆北深两兄弟看了许久，啧啧称奇，“伟大的造物主啊，这两人一模一样……”

科洛上前，“让我瞧瞧啊，哪个是陆北辰，哪个是陆北深，逃不出我的火眼金睛。”打量了好久，指着其中一个，“你是陆北深！”

“我是陆北辰。”陆北辰面无表情道。

“别糊弄我，我会看微表情！”科洛撇撇嘴，看向其他人，“他就是陆北深！”

语境、鱼姜和潘安纷纷摇头，异口同声表示拿捏不准，罗池一把将科洛扒拉开，“让本警官瞧瞧！”

今天名义上是晚宴，实际上就是个小型的朋友聚会，除了凌双穿得稍微正式点外，其他人都穿得很随意，而陆北辰和陆北深两兄弟更过分，穿着同款白色简约 T 恤衫，泛旧牛仔裤，再加上外滩这边的拖鞋都是同一颜色同一款式的，这么一来这两人就更令众人叹为观止了。

这一晚上，用潘安的话来说就像是在玩找不同似的，就算陆北辰正经八百地将陆北深介绍给大家，他们也会时不时搞混。

“等等，我有点晕……”科洛使劲闭了下双眼，再猛地睁开，“那个，你俩随便调换一下位置。”

陆北辰盯着科洛，“你找死！”把他俩当参观物了？

潘安平时多有耐性的人今天也扛不住了，看向顾初，“哎，你能认出他们两个吗？”

“当然。”顾初不以为然。

众人不信。

顾初也懒得跟他们解释，扭头看着一晚上都不怎么爱说话的凌双，问：“你呢？”

凌双正在默默吃东西，听了她问后，抬眼，目光恰似随意那么一瞥，没说话，只是点点头。

“我就不信这个邪了，怎么丫头们都能认出来？”科洛拍桌子起身，“真当我这个侦探是吃素的？”

“事实上今晚的事的确有点侮辱你的智商。”顾初支着头，笑。

科洛嚷嚷，“我不信，你告诉我，哪个是陆北辰？”

顾初刚要说，但转念一想又忍住了，捅咕了一下凌双，“哎，你说说，哪个是陆北深？”

“你们幼稚不幼稚啊？”凌双嘴巴上虽不饶人，但能看得出她也挺热衷跟这群人在一起待着的，指了一下她刚刚瞥的男人，“他。”

所有人都看着他。

陆北深没说话，只是笑了笑，目光不经意扫过凌双时，被顾初抓住了一点情绪变化，有一些在乎，有一丝专注……

其他人众说纷纭。

顾初没参与这场辨认游戏中去，递了一个眼神给鱼姜。鱼姜微怔了一下，很快移开双眼，又跟他们谈笑风生了少许，以加果盘的借口起身去了厨房。

顾初又象征性地等了会儿，然后也进了厨房。

餐厅与厨房是分离开来的，后者相对是个私密空间。鱼姜早就切好了果盘站在那儿，见顾初进来后，直截了当问：“什么事？”

顾初从兜里掏出用一次性取样袋装的那颗小药粒，给她，“我想知道这是什么药。”

鱼姜拿过看了看，又看向她，“你似乎不想 Vic 知道。”

“对他先暂时保密吧，我想知道这是什么药再做决定。”

打从上次跟鱼姜聊完后，虽说鱼姜算不上很热情，但至少不会对她冷言冷语了。鱼姜打量了她好久，才应允，“行吧。”

等她们两个端着果盘回客厅时，又听罗池在嚷嚷，“不对不对，他应该是陆北辰。”

“吵死了。”终究连陆北辰自己都没了耐性，起身，一把拉了顾初的手。

“干什么？”顾初问。

陆北辰道：“去外滩走走。”

“现在？”顾初不解，这人怎么说走就走了？聚会还是他张罗的，结果扫兴的人也是他。

“现在。”

一直以来顾初都不认为外滩是多情的，即使是在情侣成群的盛夏夜晚。在她认为，这是一座有着千变万化面孔的城池，能容得下繁华也能经得住传统，能尽显妖娆也能甘愿平凡。像是这外滩，她从小走到大，这个黄浦江承载的又何止是外来游客所看见的风光呢？

陆北辰将外套披在她的肩头，虽说晚上余热，但毕竟立秋了。

顾初靠在他身上，轻叹，“这样真好。”

是啊，还能跟心爱的男人在一起，这样真好。

陆北辰顺势将她揽紧，低笑，“这么容易就满足了？”

“是。”顾初黏着他，“你被太多人惦记，我的情敌从林嘉悦到科洛再到你弟弟，从女人到男人，真是讨厌。”

“你不清楚我的性取向？”陆北辰笑。

“以前清楚。现在，你身边漂亮的男人越来越多，我开始不确定了。”

陆北辰故作认真，“看来，以后我要努力让你确定我对你有多感兴趣。”

顾初啐道：“色狼！”

夜风温婉，他身上的气息清雅，她将脸埋在他怀里，听他在她耳畔低语，“送你个礼物。”

“什么？”顾初的声音绵软，“我可是未来身价很高的神外医生，普通礼物别想打发我。”

陆北辰低笑，将她的身子扳过来，从背后轻轻遮住了她的双眼。

“北辰？”

“嘘。”

她不语了。

心却没来由地跳，一个念头不经意蹿上脑海，自己也被这大胆的想法吓了一跳。

陆北辰移开了双手，在她耳边说：“可以睁眼了。”

顾初缓缓睁眼。

有人惊叫：“快看，好美啊……”

顾初也看见了，一江之隔，那块承载了不知多少少女美梦的大屏幕上如今有了她的足迹，不，是她和他的。

是一张张的照片，关于他和她的故事。

一些人冲着那块大屏幕上指点，她听到不少人在说，真是天造地设的一对……

屏幕上一行优美的文字：I wanna spend my life with you. Marry me.

求婚啊……

周围人说。

陆北辰下巴蹭在她的脸颊，“陆太太这个头衔送给你，还算值钱吗？”

她的呼吸急促，手心里多了一样东西，低头一看，是一把系着蝴蝶结的电子钥匙。

“是我们的婚房。”陆北辰温柔说，“你来努力把它变成我们的家，好吗？”

“北辰，你……”

“是你喜欢的位置。”他轻叹，“我想给你最好的。”

顾初的手指在轻颤。

“我知道我的情况，但我很自私，不想再经历一场分别，所以，嫁给我。”他搂紧她，拉过她戴着戒指的手，与他十指相扣。

顾初的心脏跳得厉害，舌头也在打战，许久后说：“我也不会让你离开，但你清楚，秦阿姨找过我。”

他说：“五年前，我曾经请求你相信我，五年后我也同样提出这样的请求，相信我一次，交给我处理。”

她看着他，他的背后是繁盛的夜景，再远些就是晃动着“Marry me”的大屏。那么多的话在舌尖打转，最后，她却跟从了内心的祈愿，用力地点头。

陆北辰的双眼一下子亮了，再开口时竟有点结巴，“你、你答应了？”

她笑了，“是，我答应了，陆北辰，我要嫁给你。”

岑芸听说他们两个要回来很是高兴，早早地就跑去菜市场购物了，等两人一进门就闻到了饭菜香，顾初鼻子灵，换了鞋冲着厨房里头喊：“姨妈，都跟您说过多少次了，鱼要清蒸的才好吃。”

岑芸听见客厅有动静，伸头一看是他们，大嗓门嚷嚷了起来：“不喜欢吃自己来做啊！要回来不早一天？现在回来晚上就得折腾回去。北辰，你自己随便坐啊，都是自家人我就不招呼你了。”

顾初笑看着陆北辰，“随便坐啊，自己人。”

陆北辰轻戳了一下她的脑门，将礼物放好后，洗了手进厨房帮忙了。

等一桌子饭菜都做好后，岑芸给顾思打了个电话催促，放下电话后看见大包小包的礼物，一个劲地埋怨：“买这么多东西干什么？这年头赚钱多不容易？你们年轻人就知道一天到晚大手大脚的！以后两个人过日子，用钱的地方还多着呢。”

顾初红着脸扯过个抱枕，缩到了沙发一角。来之前她便跟岑芸打过结婚的招呼了，原以为岑芸会反对，毕竟她之前对陆北辰心有怨怼，而且还斤斤计较他的职业。但出乎她的意料，岑芸很是高兴。她说：“老天爷就是注定要你们在一块的，结了吧，早结早省心。”

陆北辰含笑，“姨妈，我想把婚礼定在十月份，当然，时间是紧了些，但婚礼的事我会张罗。”又道，“关于婚前的一些习俗我不懂，所以跟您请教一下，例如聘礼之类的事宜。”

“这都好说、好说。”岑芸喜上眉梢。

气氛出奇融洽，直到顾思回来了，急急忙忙的。

岑芸招呼她，“快，你姐要结婚了，还缺个伴娘，你正好。”

“结婚？”顾思僵住，紧跟着反应强烈，“不行，你们不能结婚！”

顾初没太当回事，她想的是顾思又在开玩笑。岑芸一听这话，上前用力拍了顾思一下，打得她龇牙咧嘴的，“抽什么风？你姐都多大了还不结婚？再不结婚都成老姑娘了！”

“我姐能嫁给任何人，但就是不能嫁给他！”顾思十分激动。

岑芸皱眉，“这死丫头胡说什么呢？”

顾初将顾思拉住，不解，“你怎么了？”

“姐，你跟他分手吧。”

顾初被她的话吓了一跳。

这时，一言不发的陆北辰上前牵过顾初的手，看向岑芸轻声说了句："姨妈，关于婚礼宾客，您可以拟个名单给我，时间不早了，我们先回上海了。"

岑芸被搅和得晕头转向的，不知该点头还是摇头。顾初也是蒙蒙的，就任由陆北辰拉着自己往门口走。顾思见状咬咬牙，冲上前拦住了陆北辰，死盯着他。

"你很清楚，你和我姐是不可能的！"

"好了，思思，你能别闹了吗？"顾初压了不耐轻声哄劝。

"行了，你们别管这疯丫头了。"岑芸觉得顾思不过就是闹闹情绪罢了，姐姐结婚，当妹妹的不舍得很正常，"我也不留你们在家吃饭了，婚礼上的事一大堆，有你们忙的，需要我帮忙的地方就吱声。"

陆北辰点头，拉着顾初就走。

"当年，如果不是因为你们陆家人从中作梗，我们顾家不会落到家破人亡的地步！"身后，顾思字字咬得清晰寒凉。

第九章

来自巫灵的礼物

到了市区天色黑透，华灯初上，车影纷沓，是再寻常不过的夜晚，可顾初再也找不到在平常夜晚时的放松。这一路上，她脑子里回荡的全都是思思的歇斯底里。

回到老洋房，陆北辰停好了车，往屋子里走的时候他牵了她的手。房间里很暗，她刚要去摸开关，就听陆北辰低低地说："别开灯。"

他像是倦怠太久的人，藏匿在黑影之中，她看不清他的神情。沉寂了三四分钟后，陆北辰终于开口了，嗓音低涩干哑，"曾经我害怕过一次。"

顾初轻颤了肩头，看着罩在黑影里的他。

"那年，在车祸发生的那一刻，强光刺痛了我的双眼，车子落海时我害怕了。"幽暗中他像是朝着她这边瞧，"我害怕我会从此失明再也看不见你的模样，我也害怕我会丧命再也无法回到上海找你，我害怕这种失去，永远的失去。"

他很少提及车祸的事，大多数情况都是她从鱼姜口中得知的。很少人会在经历一场威胁到生命的浩劫后还能风轻云淡，那种伤痛和恐惧也许会纠缠一生。

"初初。"他唤了她的名字，声音沉得令人心疼，"当年，陆家确实做了对不起顾家的事。"

"我想知道原因。"

陆北辰许久后道："商业纠纷。"

顾初愣住。

"我后来才知道顾家与陆家有商业往来，也许是利益分摊不均，所以才会造成陆家对顾家的反目。总之就是两家因生意往来而有了罅隙，所以，顾家出事陆门非但没有帮忙反而落井下石。"

顾初惶惶，"我从来没听父亲说过……"

不，父亲曾经告诉她，既然分手了就不要再在一起了。

后背紧绷了一下。

"是我父亲对陆门做了什么事吗？"这是她冷静再冷静后分析得出的结论，虽说她不愿意去相信父亲在商场上有那些见不得光的手段。

如果不是心有愧疚，为什么只字不提陆家的事；如果不是心有担忧，为什么阻止她与陆北辰再续前缘？

"不，商场上孰是孰非不能简单评判，也许他们都有错，但更多的错在陆家，思思说得对，当年如果不是因为陆家的干预，顾家也许还能得到资金协助。"

顾初久久不说话。

见状，陆北辰慌了，将她拉过来抬起她的脸，"你怪我吧，或者恨我也行，但是，别再离开我了。"

就像，五年前的那场分手似的，他也是这般无助。

顾初看着他，欲言又止。

"说话。"陆北辰急急恳求，"随便说点什么都行。"

就不要像现在这样，一言不发地看着他，让他又重温曾经分离时的痛。

"北辰，我很乱。"良久后，她只能这么说。

不至于像顾思那样失去理智，但也不会理智到什么事情都没发生。

陆北辰将她搂紧，有些事不是他想尽力就能处理的，例如陆家对顾家做过的事，已发生并且造成恶劣影响的事，他心有余而力不足。

那么，他唯独能做的就是，抱紧她，呵护她，用他全部的力量来补偿陆家对她的伤害。

今晚成了不眠夜。

顾初躺在床上久久都没有困意，她相信陆北辰也没睡着，搂着她的手臂还在微微用力。

又不知过了多久，许是后半夜，许是更晚，顾初迷迷糊糊地像是看见了顾思，她像是幽灵似的“飘”进了卧室。

顾初想问她要干什么，可一直无法开口说话。恍惚中，她看见顾思举起了一把刀子，那刀面被月光映得铮亮，顾思死死地盯着她身旁的男人，眼睛里是血红般的仇视，紧跟着，一刀子扎下来！

顾初蓦地睁眼。

床头的手机在振动，她的。

这样的夜晚突然来电话，着实令人很不安。顾初忙拿过手机，又瞅了一眼陆北辰，他闭着眼没动静，许是睡着了。

蹑手蹑脚地下了床，跑到客厅接了电话。是鱼姜打来的，顾初一下子就想到那片药。

果不其然，鱼姜开门见山，“这不是一件在你我能力范围内能解决的事。”

“你的意思是……”顾初的心开始没着没落。

与鱼姜通话结束后，她就一直僵坐在沙发上。窗外秋风起，她的眼皮跳得厉害，盯着外面沙沙而落的白兰叶子，突然想起了一句话：福不双至，祸不单行。

微凉的肩头多了件衣裳，顾初才意识到自己发呆了挺久。

陆北辰为她披好衣服后顺势坐了过来，低声问：“谁来的电话？”

顾初看着他，一时间不知道该怎么跟他讲。陆北辰却误解了，“是思思吗？看来要她接受事实不是一朝一夕的事。”

顾初移开目光，“不是思思打来的，是鱼姜。”

陆北辰察觉情形不对劲，严肃了神情，“发生了什么事？”

“这件事，我本来想瞒着你，但是……”顾初舔舔唇，跟他讲述了有关她藏了陆北深药片的事，“他像是被什么病痛折磨了，病发时挺痛苦的。”

陆北辰怔愣，“鱼姜怎么说？”

“鱼姜检验出那粒药含有大量的强心苷类成分，除此之外，还含有X-R2成分。”

陆北辰面色一僵，二话没说起身进了衣帽间。顾初紧跟其后，愈发心惊胆战，“我跟你一起去吧……”

陆北辰很快换好了衣服，抬手抚了她的脸，说：“你明天还有工作，早点睡，有什么情况我会通知你。”

“北辰。”

陆北辰停步。

“一定不会是顾家的药，对不对？”这才是她恐惧的来源。

陆北辰凝视她半天，开口：“等我的消息。”

罗池一晚上也没睡好，把枕头从床头换到床尾，再从床尾移到床头，越折腾就越清醒，干脆起床不睡了，扭头一看闹钟，凌晨三点。

源于顾思的一通电话。

她在电话那头哭得很伤心，一个劲地问他该怎么办，得知顾家和陆家的纠葛，罗池也是忧心忡忡。

“我不想看见我姐伤心难过，可就是一看见他就想起陆门，想起陆门就想起我爸妈，就算跟他无关，那么也是跟陆门有关吧？我姐嫁给他，那以后怎么面对陆家的人？”

罗池自然明白顾思的心思，等她情绪平复后问她是从哪儿打听到这些事的。顾思那边支支吾吾，说是一个朋友告诉她的。

闻言这话，罗池心惊，什么朋友这么居心叵测？追问，顾思却闪烁其词，末了道：“你就别问了，我答应对方要保密的，再说了，对方是个很可怜的人，也是被陆门害得挺惨的人。”

罗池的心就提起来了。

他靠在床头点了支烟，开始细细分析顾思的说辞，越想就越是觉得不舒服。现在，陆北辰也很郁闷吧？他想一个电话打过去询问，但又觉得这时间不大合适。慢悠悠地抽烟，直到剩了烟蒂，他拿了手机，都出这么大的事了他还能睡得着，才怪！

刚要拨号，手机却响了，吓了罗池一跳，一看来电显示，是个未知来电。

他听到了一道用机器处理过的声音，硬邦邦，刺耳。

“陆北深服了跟死者一样的新药，这件事陆北辰知道，他试图隐瞒你……”

“你是谁？”

那头却很快挂了。

实验室灯火通明。

陆北辰面无表情地翻着报告，半小时前他赶到了实验室，接过鱼姜递交的检验结果，再对比之前四名死者的验尸报告，一坐就坐到现在，一句话没有。

鱼姜就在旁边站着，时不时打量着他的脸色。刚开始接到药的时候她着实没当回事，觉得有可能是顾初在大惊小怪，但等结果一出来后傻眼了。

终于，陆北辰放下了报告，“药还在吗？”

“在，我只取了三分之一做检验。”鱼姜话毕去取药。

没一会儿她回来了，将取样袋递上。陆北辰接过看了一眼，白色的药粒，没什么特殊的，可谁会想到就这么一个药粒里藏了这么多秘密？

鱼姜的报告做得很详细，药物成分做得再细致不过，甚至成分、用量、比例都标记清楚，陆北辰这一项项看过去，心里凉了一大截。

他盯着药片，想起顾初的话：他看上去很痛苦……又想起多年前他与父亲的争执，父亲近乎冷漠地告诉他：“北深目前的状况只适合一个人待着。”

他知道北深做了些偏激的事，也察觉到北深远不及表面看上去那么安静，他是一个情绪波动很大的人，只是没想到他已经到了这步田地。

许久后，鱼姜低问："这件事要通知罗池吗？"

很轻的一句话，却令陆北辰的手指一抖，手中的取样袋掉在桌上。

鱼姜微怔，跟陆北辰合作这么多年，像是今天这么失魂落魄还着实罕见。所以，她迟疑了，又补上了句，"也许……也不用这么快通知罗池。"

陆北辰抬眼看她。

鱼姜被他的眼神烫了一下，解释："我的意思是，只凭着这么一小粒的药证明不了什么。"

更像是托词，连她自己都这么觉得。果不其然，陆北辰喃喃，"真的是证明不了什么吗？"

鱼姜不知道该怎么回答。

陆北辰突然起身，将取样袋塞进了衣兜里。鱼姜不笨，脱口，"你现在去找陆北深等于破坏规定！"

他们是法医，发现任何线索都要第一时间通知警方，不能擅自做主。这个道理鱼姜懂，楼下的潘安和语境也懂，陆北辰更懂。

陆北辰僵在原地，久久地背对着她。

鱼姜心里七上八下的，生怕陆北辰会明知故犯，甚至想一旦他迈出这个实验室自己该怎么办。

就在紧要关头，办公室的门被人敲了两声，潘安探了个头进来，向来嬉皮的他竟有点紧张，"罗池来了。"

陆北辰一愣，然后倏然回头。鱼姜吓了一跳，忙撇清，"这件事我没跟他提起过。"

他又转过头来看潘安，潘安见他的眼神不善，也赶忙解释："我也没跟罗池说这件事，还有语境，他也绝对没通风报信。"想了想，补上了句，"也许他来是因为别的事。"

陆北辰若有所思，半晌后道："让他上来吧。"

不到半分钟，罗池就进来了，见鱼姜在，他开门见山，"陆北辰，我需要跟你单独聊聊。"

陆北辰不动声色，示意鱼姜先出去。鱼姜经过罗池身边时，心抖了一下，她有预感，罗池这次深夜造访，十有八九是听到了什么消息。

罗池拉了把椅子坐在了陆北辰的对面，少了平日的吊儿郎当，看着他，像是在打量又像是在思考。

陆北辰靠在椅子上，与他对视，双手揣在衣兜里，其中一只手紧紧地攥着取样袋。他开口：“几个意思？”

罗池问他：“有烟吗？”

陆北辰从抽屉里摸出烟盒，递给了他。他接过，燃了支烟，打火机放下后，青白色的烟雾朦胧了他的双眼。陆北辰没说话，隔着烟雾看着他。罗池在抽了大半支烟后，道：“我失眠了。”

陆北辰没搭话，等着他继续说下去。

罗池轻吐了一口烟，说：“我父亲特别喜欢收藏古董，今天却发现最贵重的那只古瓶被打碎了，问过一圈都没人承认，后来我发现我表弟今天进过我父亲的书房，他极可能是打碎古瓶的人。这一路上我都在想我该怎么做，毕竟平日里我表弟跟我的关系最好，我要是贸然去盘问，必然会伤他的自尊心。”

陆北辰一言不发。

“如果是你的话，该怎么处理呢？”罗池弹了弹烟灰，问。

陆北辰的身子微微靠前，拿了烟盒，从中抽出了支烟，叼在嘴里，点了火。罗池耐心地等着他，许久后，陆北辰道：“既然是很好的兄弟，总要先问清事实。”

“可我就是这么执拗。”罗池盯着猩红的烟头，轻声说，“这么多年的办案经验告诉我，千万不能意气用事，哪怕是面对亲情，这点很不好，然而，这就是我。”

“看来你已经做出决定了。”陆北辰淡淡地说。

罗池夹着烟，思量了许久后点点头，“对。”他重重地说了这个字，“本来想找你拿个主意，后来进到实验室后我就决定了，既然我表弟有了嫌疑，那么，我要公正对待才行，对就是对，错就是错，而有些事就只有对错之分。”

“为什么进到我实验室就决定了？”陆北辰吸了口烟问。

罗池抬眼看着他，“因为我看到语境他们都在为跟自己毫不相干的死者彻夜不眠，因为作为同行的我们都在努力去寻找真相，所以我觉得我的所有犹豫都是过分，我是警察，是要时时刻刻站在真理这边的。”

陆北辰夹烟的手僵了一下，然后，将大半支烟摁灭在烟灰缸里，“罗池，开门见山吧，你把我弟弟怎么了？”

成年人的世界，再多拐弯抹角的话都是徒劳，陆北辰是个极其聪明的人，怎么会听不出罗池话中的含沙射影？

罗池也没辜负他的高智商，直截了当说：“陆北深已经被我带到了警局，现在，我是来取药物报告的。”

陆北辰摁烟的动作滞了滞，紧跟着加重了力道，烟蒂被捏得粉碎，他语气低凉，“看来你并不是在进实验室后才做出的决定。”

“是。”罗池承认，“这件案子重大，我不能有半点疏忽。”

陆北辰沉默。

“陆北辰，你必须要交出报告。”罗池一字一句，“你也清楚这件案子牵扯了大家多少时间和精力。”

陆北辰平静地看着他，“我需要跟他谈谈。”

“不可能。”罗池一口回绝，“审讯的工作由我来做，你放心。”

陆北辰暗自攥了拳头。

“我明白你的心思，这件案子你不想任何跟你有关的人参与进来，但既然线索已经出现，我不得不秉公处理。”罗池一脸严肃，“‘克己奉公’这四个字的含义，我想你比我更清楚。”

陆北辰与他对视了能有大半晌，末了，伸手按下免提键，淡淡命令：“鱼姜，给罗警官备一份药物报告。”

一上午顾初都惶惶不安，陆北辰一晚上没回来，等她昏昏沉沉地用过早餐后也没见他的车影。医院上午兵荒马乱的，科室里少了顾启珉和筱笑笑两大支柱，一时间都累成了狗。顾初一早上就听见同事绘声绘色地说顾启珉被几个壮汉架走的事，心悸之下给筱笑笑去了个电话，笑笑先是沉默了会儿，然后跟她说："没事，他已经回家了。"

顾初总觉得哪里不对劲，但又具体说不上来，快到中午时，陆北辰的电话打过来了。

"你还在实验室？"顾初急急地问。

那边低语："在医院大厅。"

五分钟不到顾初就换好了衣服出现在医院大厅，中午大厅的人少了很多，挂号处也摆出午休的告示，外面摆了一长串的小马扎，都是下午准备挂号占位的。

陆北辰靠在一处窗子前，在抽烟。

偶尔来往的脚步，唯独他是安静的。阳光偏斜在他的肩头，衬得他笔挺温雅，远远地看不清他的神情，却能感受到他的孤寂。

走近。

他亦看见了她，掐了手中的烟。因为距离近了，她看清他的眼，有血丝。他牵过她的手，说了句："吃饭去吧。"

"想吃什么？"

陆北辰没多加考虑，"食堂，随便吃一口。"

这种话对于一个对美食有着极高要求的他来说简直是不可能脱口而出的，顾初的心头忽悠了一下，有预感是发生了不好的事。

医院食堂正是人多的时候，都是医院同事，好多人的目光自然落在陆北辰身上。顾初早就习惯这些注视了，替他刷了自己的饭卡，问他选哪些菜。陆北辰的心思压根就不在选菜上，跟着顾初从头走到尾，手里端着的托盘始终空空，他在想事情，顾初看得出来。

她干脆选了个角落空位让他先过去，他也没多说什么，乖乖过去坐了。顾初选了一些清淡可口的菜，又选了些主食，见有新切好的新鲜水果也就一并拿了。

路过同科的同事，笑道："要不要这么恩爱啊？"

顾初笑笑没多说什么。

坐好，塞他手里一双筷子，"快吃吧。"

陆北辰愣愣地瞅着手中的筷子半天，然后反应过来，点点头，默默用餐。顾初在他对面几番想开口询问，但见他现在的状态，也就一次次强忍了回去。

其中一份清蒸鱼是给他夹的，他吃了两口，将鱼刺慢慢择除，鱼肉便一块块夹到她盘子里，说："鱼的味道还不错，多吃点。"

顾初见他这个样子心酸，话在嘴里转了又转，最后说："你多吃点，下午还要去实验室吗？"

陆北辰摇头。

顾初心里咯噔一下。

这顿饭吃得安静，陆北辰吃得挺少，不知是食堂的饭菜不合他的胃口还是他没心情吃，总之大部分时间都是他在为她夹菜。吃完了饭，她原本想要劝他回家休息，他却说："到你的休息室躺一会儿。"

多少有点影响不好，但也不违反规定，笑笑不在，下午出诊的大夫又在另一个诊室，所以正好空出来这间不会受人打扰。

给他放枕头的时候，他从背后将她搂住，手臂很用力，脸颊埋在她的发间。

顾初任由他搂着，良久后问他："是北深出什么事了吗？"

陆北辰沉默了半晌，在她耳畔低低说："我不知道，离开实验室后我不知道去哪儿，就想着来找你了。"

顾初一阵窝心，"先什么都不要想，躺下好好休息一下，有什么事等恢复了体力再说。"

陆北辰难得听话地点点头。

躺下，他顺势拉过她的手，"下午你需要出诊吗？"

“我下午不出诊，只需要做个课题报告就行。”顾初轻声说，“我不会离开这个屋子的，放心。”

陆北辰拉过她的手搁在胸口，然后闭了双眼。

顾启珉被乔云霄的人给带走了，想出去，门口守了几名壮汉，个个都能高出他两头。乔云霄倒是没让人再对他怎么样，除了车上的那几拳。

等乔云霄现身时，顾启珉就像是一头困兽似的冲着他低叫：“我要告你，告你非法拘禁！”

乔云霄往沙发上一坐，燃了支烟，笑了，“顾主任，现在房门就开着，你随时可以走，随时欢迎你告我。”

顾启珉警觉地盯着他。

一个文件信封甩在他面前，“想好了吗，签字吧。”

“不可能！”顾启珉恨恨地补上了句，“想都别想！”

乔云霄轻轻吐了口烟，“你想跟筱笑笑闹得鱼死网破也要掂量着自己几斤几两重，顾主任，你的拳头可不是打在筱笑笑一人身上过吧？”

顾启珉一愣，“你什么意思？”

“能出庭做证的未必要筱笑笑，顾主任，我多少还有保护一个人的能力，真到那天，天天的妈妈，也就是你亲生儿子的母亲愿意出庭指证你的‘爱好’。”乔云霄说得轻描淡写。

“什么？你——”

“一个人在急需钱的情况下不会太固执。”乔云霄笑，“而且，她是个很聪明的女人，什么是值得做的事她很清楚。”

顾启珉气得脸色铁青。

“我向来不怕把事闹大，例如你谎称天天是养子这件事，再例如你在外如何是谦谦君子好好医生，在家就变了个脸孔拳脚相向，婚前就搞大了女人的肚子却不负责，等等这些，关于你顾启珉的花边新闻要多少有多少。”

顾启珉咬牙，“乔云霄，算你狠！”

“怎么样？那你考虑好了吗？”乔云霄缓慢道，“别忘了，你是被人架出医院的，时间久了不露面你的同事们会起疑，万一哪个同事太过于关心你而报了警，这件事你想兜也兜不住了。”

顾启珉像是被逼到山崖边的野狼，眼睛气得都快迸出绿光了。就这样僵持了很久，他终于妥协了，“笔。”

乔云霄打了个响指，门口的保镖上前，他命令：“伺候顾主任签字。”

保镖上前递上签字笔。

顾启珉打开信封，从里面抽出离婚协议书，签名的时候犹豫再三，最后，签上了自己的名字。乔云霄拿到文件后看了一眼，暗自松口气，将文件一合，笑道：“顾主任是个聪明人，跟聪明人合作总是很愉快的。”

“乔云霄，别以为你赢了！”

乔云霄故作恍然，“对啊，你以后有可能会对筱笑笑打击报复，这样吧，天天妈妈录的证词视频资料我替你保管，只要你日后别动骚扰前妻的心思，我保证那段证词资料流不出去。”

顾启珉恨不得杀了他，道高一尺魔高一丈，他算是栽在他手里了。

陆北辰这一睡就睡到了黄昏，惊醒他的，是罗池的来电。

顾初隐约听见罗池提到了陆北深的名字，紧跟着见陆北辰倏地起身，对着手机说了句：“行，我知道了。”

她马上起身，“出什么事了？”

“我需要去罗池那儿一趟。”他没隐瞒她。

顾初不想继续被蒙在鼓里，“原因呢？”

洗手池前，陆北辰匆匆洗了把脸，扫去了刚醒来时的慵颓，镜子里的他，浓眉间又染了凝重，就像是刚来医院找她时的模样，看得她心脏又在一抽一抽的不安。他擦了脸，“北深被罗池带走了，现在，他出了点问题。”

短短的一句话，他说得轻描淡写，她听得心惊胆战，像是被风化了似的僵在休息室的门口，她盯着镜子里的他，大脑却来了场足有十级红色预警的风暴。陆北辰的这句话信息含量太大了，她有点跟不上节奏，急忙脱口：“我也去。”

陆北辰扭头看她。

她一身白大褂，那张近乎巴掌大的脸被这颜色衬得透白，羸弱的肩头像是只要对方一用力就能捏碎似的。但她的语气肯定，漂亮的眼磊磊的光亮，像是有种力量从她小小的身躯迸发。

陆北辰微怔，一直以来他都觉得她是应该被保护的那个，可就在这一刻，他突然觉得，也许她并没有他想象中的娇弱，她在无形之中所带给他的抚慰力量是巨大的。

“不管怎样，我会陪着你。”顾初一字一句，倒出心中所想。

也同样是意义不凡的一句话，包括北深的事，也包括陆家对顾家所做的事。

她觉得自己是受了顾思的影响，有点左右为难，有点钻了牛角尖，差点忘了一个重要的事实，这个重要的事实就是：她爱陆北辰。因为体会到曾经分离的痛苦，这份痛苦像是根悬针似的时时刻刻扎她一下，提醒着她千万不要再失去，所以，她才终于知道自己一定要有义无反顾的心思。

她不能因为陆家的行为而牵扯到他身上，这对他不公平，对一个为了她差点连命都没了的男人不公平。所以她要站在他身边，就算日后要承担更多的苦痛，这一次她都要遵从自己的内心。

事实上陆北辰也明白了她的意思，与她凝视半晌，然后，朝着她伸出手臂。

她快步而前与他相拥。

陆北辰贴着她的耳朵，低语：“谢谢。”

陆北深像是变了个人似的。

整个人像虾米似的缩在墙角，环抱着双腿，一张脸埋得很深。肩头在微微颤抖，像是受了不小的惊吓，顾初下意识地觉得他在害怕某样东西。罗池一脸无辜地站在他身边，几番想要把他拉起来都无济于事。

顾初看着都觉揪心，更别提陆北辰了，怒了，“罗池你这个王八蛋！”话毕就要闯进去。

被两名专案组同事给拦住了，其中一位苦口婆心，“陆教授，罗警官没对他做什么，真的，他就突然变成这样子，我们看了都觉得奇怪。”

“放开。”陆北辰一张脸冷冰冰的。

两名同事都跟他合作过，知道他向来冷静的性子，但今天这么压不住气还第一次见，一时间不知道该怎么办了。顾初上前拉住他，“先等罗池出来吧。”

陆北辰终究还是听了顾初的劝，压了不悦，坐下来，“把你们罗警官请出来。”

没一会儿罗池出来了，陆北辰坐在那盯着他瞧，脸色很难看，看得旁边的顾初都心惊胆战，她瞅着陆北辰攥紧的拳头，生怕他再一个动怒当众暴揍罗池。

罗池用眼神示意了一下两名同事。

同事们点点头，出去了。

“他从家走的时候还不是这样，正常得很。”罗池主动说明了情况，“在这儿大约待了一小时，然后就成这样了。”

陆北辰还是一言不发地看着他。

罗池举手信誓旦旦，“天地良心，我真没对他怎么样，他是你弟弟，瞅着他那张脸就跟瞅着你似的，你觉得我能对他动粗吗？再不信有监控录像，你倒回去看看。”

陆北辰眼睛里的戾气稍收了收，“怎么会这样？”

“我也纳闷呢，怎么好好的人说变就变了？”罗池见他松了眉眼，心稍稍放下了，没打声招呼就把他弟弟扯进来这种先斩后奏的行为已经翻了友谊的小船，现在陆北深又成了这个样子他难辞其咎。

“我问他究竟在吃什么药，这药是谁给他吃的，结果问得我嗓子都干了。”

“他一句话没说？”陆北辰问。

罗池几番去摸烟盒，终究还是忍住了，多少还是顾及了顾初作为医生的身份，“倒是说了句话。”他肃了神情，用手指敲了敲桌子，一字一句，“他说，这是巫灵的礼物。”

陆北辰目光一怔。

顾初惊声，“什么？巫灵！”

巫灵，这二字如果今天是她第一次听到的话不会感到震惊，顶多就会怀疑是不是陆北深故意这么说来吓唬罗池的。但之前她接触过这个称呼，所以才会有这么大的反应。四名死者的生前日记她翻看过了，除了毛骨悚然外还对每个人在各自日记中提及的称呼感到疑惑，没错，他们都提到了“巫灵”二字。

没有刻意去提，只是在日记本的扉页处写上了三个字：巫灵记。

如此相同又不同的四个人，怎么会同时提到“巫灵记”这三个字？这个关键点顾初注意到了，陆北辰也注意到了，罗池更注意到了，奈何，这些时日以来他们都追踪不到所谓的巫灵是何人，后来罗池有了质疑，他甚至怀疑这有可能不是个人名，也许是什么地名也说不定。

如今，再现巫灵，看来，只有这两个字才是关键。

“你们说，巫灵的礼物，这是指一个是巫灵的人给他的礼物，还是这礼物是来自一个叫巫灵的地方？”罗池还在纠结这个问题。

“巫灵是人。”顾初毫不犹豫地说。

“为什么？”罗池不解地问。

顾初噎了一下，好半天回了两个字，“直觉……”

很显然这个答案并非顾初平日炫高智商的水平，罗池一脸的无奈。陆北辰若有所思，目光落回陆北深身上时陡然一惊，顾初顺势看过去，也吓了一跳。

里面的陆北深变得很暴躁，脸红脖子粗的，像头困兽似的冲到了玻璃前，拼了命地捶打、嘶吼，眼珠子都泛着红光，那目光不再是温雅，是狰狞凶残，是令人倒吸一口凉气的惊恐。罗池呆住了，陆北辰也愣住。

顾初没惊讶，她见过一个这样的陆北深，在外滩。

突然，陆北辰快步上前。

罗池反应也挺快，一下子挡在了他，“你不能进去！”

“让开！”陆北辰没耐性了，一把将他推到一边。

顾初想都没想也跟着进去了，气得罗池在后面嚷嚷：“顾初，你也不要命了是吧？”紧跟着，也进去了。

门一开，陆北深的吼叫声就清晰了，震得顾初耳朵疼。她跟陆北辰一起上前去试图按住陆北深，奈何陆北深的力气太大了，胳膊猛地一甩就把顾初推到了一边，顾初撞在墙上，后脑勺猛地磕了一下，只觉得眼前一片白茫茫的，两耳嗡嗡直响。

她听见陆北辰在叫她的名字，等缓过劲来，后脑勺火辣辣的疼。

这次换成罗池顶替了她的位置，陆北辰趁着这工夫赶忙来扶她，但罗池也招架不住，只听陆北深怒吼了一嗓子，揪着罗池的脖领子就把他摔倒在地，这一下着实不轻，罗池连连惨叫，听得顾初肝颤，生怕他被摔骨折了。

“没事吧？”陆北辰这边担忧着她，同时又担忧着那边的陆北深。

顾初摇头，指着陆北深，“他手指头出血了，快去按住他。”

这么一提醒陆北辰才发现，马上又冲了上去，这一次他使用了点办法，将陆北深擒住。罗池仰看过去，眼睛雪亮，一看陆北辰的擒拿招式就很娴熟，压根就不像是平常他想的手无缚鸡之力。刚才他是试过陆北深的力气，连他这种常年跟罪犯赛跑和斗狠的人都吃了这么大一亏，更何况是陆北辰？不由得想起之前刘继强的那个案子，当时陆北辰的枪法极准，他的借口是瞎猫碰上死耗子。现在罗池觉得，他绝大可能是被陆北辰给骗了。

顾初急匆匆跟罗池说：“绷带之类的有吗？”

“拿绷带绑他？我这有手铐！”罗池说。

“想什么呢？他是罪犯吗，你就拷他？”顾初朝着他大吼，“他有伤口。”

罗池这个时候哪敢离开？马上打了电话叫同事。很快同事急速赶来，陆北深看上去更加急躁，额上的青筋都爆出，见状陆北辰急了，低吼了一嗓子："你们几个别碰他！"

吓得警察们不敢做什么了。

就在这时，陆北深突然一个大力冲开了陆北辰的束缚，冲着顾初就过来了。所有人大惊，顾初僵在原地，瞪大了眼珠子，就这么看着一张类似陆北辰的脸离她越来越近，紧跟着肩膀被他掐住了，钻心的疼。

"求你……"他低低地说。

陆北深的嗓子嘶哑，这话只有顾初听见了，所以她见陆北辰急着往前冲的时候马上示意他，"先别过来！"

陆北辰戛然止步。

顾初的汗珠都从额头上滑下来了，强忍着疼，轻声安抚情绪不安的陆北深，"你想要我做什么？"

陆北深没对顾初动粗或做什么其他危险的行为，他的暴虐转为凄厉，再由凄厉转为可怜，但始终掐着她，"带我去见巫灵，见巫灵！"

这句话大家听得清楚，都呆住了。

罗池喝了一嗓子，"巫灵是谁？"

陆北辰这个时候则不在乎巫灵的问题，他担心顾初，她看上去很不好，冷汗直出。

顾初示意罗池不要大声吵嚷，然后看向陆北深，"好，你告诉我怎么找巫灵，放心，我一定会找到巫灵。"

陆北深像是看到了希望，"你要帮我找？快带我去见他！"

"这样，我去找他，带他来见你，你在这儿乖乖等着。"

"不，你骗我。"

"我不会骗你，你看，你大哥还在这儿，如果我骗了你，他也不会放过我。"顾初说，"你现在的状态不大好，跟我一起同行会很慢，难道你不想尽快见到巫灵？"

"好、好……"陆北深还真听进去她的话了，喃喃，"你快去找……

快去。”

顾初轻吐了一口气，冲着罗池使了个眼色。罗池明白了顾初的用意，好一招请君入瓮。

“现在，你可以告诉我去哪儿找巫灵了吧？”顾初轻声哄劝。

然而陆北深倏然怔住了，想了好半天，突然就松开了她，抱着头蹲了下来，像是痛苦绝望。陆北辰趁机上前，这么一看吓了一跳，她的脖子红了一片，刚要说话，顾初冲着他摇头，蹲身下来，继续盘问陆北深：“你怎么了？”

“我不知道巫灵在哪儿……”陆北深痛苦地说，“没有巫灵我就会死……”

顾初倒吸了一口气，“你想想，平时见巫灵都在哪儿？”

“在哪儿……”陆北深抬头喃喃，突然双眼一亮，再次掐住她的肩头，“你见过，你知道巫灵在哪儿！”

“我见过？”顾初惊讶，“我怎么——”话到一半止住。

陆北辰见状觉得不对劲，“你知道巫灵是谁了？”

顾初的目光干涩地落在陆北辰脸上，“是，我想我是见过，他是何奈。”

陆北深突然就提到了“巫灵”，又那么确凿地说她见过巫灵，当时顾初不知怎的就想起了何奈。在外滩发生的那一幕虽短暂，可始终像个烙印似的留在她脑中，当时陆北深变得奇怪时就是何奈在他身边的，他明明就是有什么，然而何奈跟陆北深一样避而不谈，换句话说，就算何奈不是陆北深口中的巫灵，那么也一定清楚陆北深到底怎么了。

何奈是陆门的人，再加上这阵子发生的事几乎都像是冲着陆家的人去的，罗池等人也不敢掉以轻心。陆北深是被罗池悄然带走的，用罗池的话来说，带陆北深离开时小区里连条狗都没有，所以不会有人知道陆北深被带走了。

顾初在罗池的“传授”下给何奈打了个电话，那边响了两声后接通了。

听动静，何奈像是在外面，顾初生怕他去外滩扑了个空再有所防备，便跟他说有急事找需要见面。何奈迟疑片刻，问她：“现在？”

“是，现在，很紧急的事。”

何奈同意。

顾初马上扔出了个见面地址，就是上次他们见面的那家咖啡馆。罗池见陆北辰打算随同，马上表明态度，“你不能去。”

听锣听声听话听音，罗池这个时候突然这么说了句，陆北辰何尝听不出他的心思来？眉头一皱，低喝，“罗池，你找死。”

搁平常，罗池早就对陆北辰投降了，可他就是这么个榆木疙瘩，一旦涉及案子势必就有板有眼，谁的情面都不给。于是，他郑重其事地说：“为了避嫌你也不能去。”

“我陆北辰做事不用你来教！”陆北辰今天看上去很躁，语气异常不客气，“而且，她必须要先去医院。”

“你刚刚已经听到了，何奈正往咖啡馆那边赶，多耽误一会儿不知道会发生什么事。”罗池不相让。

顾初生怕陆北辰的倔脾气再上来，两人就会像两头黄牛似的互顶，上前拉了拉陆北辰的胳膊，轻声说：“放心吧，我没事。”转过头，指了指刚刚被撞的部位，“你看都不流血了，就是不小心擦伤了，有什么呀？我是医生，很清楚伤势严不严重。”

见陆北辰一直盯着自己瞧，顾初好声相劝，“哎呀我又不是小孩了，会照顾好自己的，再说了，何奈是不是巫灵还说不准呢，而且我之前跟何奈接触过，其实他那个人还挺好相处的。”

陆北辰见她这么说了，也只好妥协，转头看向罗池，“我需要有人暗中保护她的安全。”

罗池一拍胸脯，“放心，我亲自跟着。你媳妇在我在，你媳妇出事我把命押给你。”

陆北辰的脸色始终不大好看，但也只能按照罗池说的去做。而且北深目前这个样子也令他忧心，专案组成员决定先送他到医院，这一次罗池没阻止陆北辰的跟随。

就这样兵分两路。

在陆北辰上了车后，罗池拉过一名跟着去医院的同事，小声说："还是要盯着他点。"

同事诧异。

"毕竟是他亲弟弟。"罗池以防万一。

何奈今天出门的确打算去外滩的，接到顾初电话后他就临时改了行程。从他的方向到那家咖啡馆很近，开车不过五六分钟的路程，所以等他到了的时候顾初还没到。

他点了杯咖啡，择了靠窗的位置，随手拿了本杂志。半天没翻一页，咖啡还未凉，在他对面就坐下一人。

何奈抬眼一看，愣住。

对面的人轻轻一笑，"何先生，这个时候你更适合跟我谈谈。"

陆北深被送到医院后情况并没有好转，虽说没像之前伤人似的暴躁，但也不说话，就躺在病床上，双眼像是看着前方又像是透过前面的墙壁在看更远的方向，不知在想什么。

专案组的人但凡能将跟他这种症状挂上边的科室医生全都找来了，甚至找了心理医生，奈何，一项项检查做下来都没发现异常，医生们全都束手无策。

陆北辰坐在床边看着他，眉头皱得近乎能夹死一只苍蝇。

就这样，陆北深一直没怎么说话，陆北辰忍不住，唤了他的名字，他怔怔了半天，扭头看着陆北辰问："巫灵呢？"

陆北辰一听这话就躁，催促专案组同事，"给你们罗警官打电话！"

这种情况维持到天刚擦黑的时候，罗池带着顾初急匆匆地赶来了，陆北辰问："何奈人呢？"

罗池许是走急了，衣服都湿透，抹了一把脸上的汗，低骂了句："妈的，被那孙子放鸽子了！"

陆北辰目光一肃，"他没去？"

“去了，就跟我们前后脚又走了。”罗池愤恨不平。

“当时什么情况？”陆北辰心生担忧。

他们急匆匆地赶到咖啡馆，她在明，罗池在暗，都已经商量好了。谁知道等她进了咖啡馆却不见何奈，打了他的电话，很快被他挂断。

这令她很不安。

她约的时间咖啡馆里稍稍上人，有几桌客人正在聊天，她便跟其中一位正上前收拾桌子的店员打听何奈，在描述了一番外形长相后，店员记起来了，指了指桌上的杯子，“这就是刚刚那位先生坐的位置，咖啡没喝完就走了。”

顾初反应得快，“你说他刚走？”

店员点头。

摸了一下杯子，果然还是热的。忙打电话给罗池，罗池进来后了解情况，追问店员是否还看见了什么，店员摇头，说只看见那位先生端着咖啡到了这桌，之后的事就没看见了，毕竟店里还有其他的事。

又问了其他店员，有个店员回忆说，好像是后来进来一个人，跟先生说了几句话。

“一个人？”陆北辰疑惑。

“是一个女人。”罗池补充，“按照店员给出的信息，何奈是跟着一个女人离开的。”

陆北辰若有所思。

“咖啡馆里没监控，我只能拜托交通部门帮忙，看看能不能找到何奈离开的方向。”罗池烦躁极了，“看来还有被我们忽略掉的线索。”

陆北辰盯着他，微微眯眼，“罗池，你还有什么是瞒着我的？”

罗池也知道有些事再瞒下去也没什么意思，再说了陆北辰那么聪明，就算他现在不问事后也会查个清楚，他怎么就突然想到要带走陆北深了？这是个关键，他相信陆北辰会有疑问。想了想，将他拉出了病房。

“我之前接到过一个电话。”到了楼梯间供吸烟的位置，罗池摸出了烟盒，说：“有人告诉我陆北深的情况，并且跟我说你打算瞒着我处理这件事。”

陆北辰接过了一支烟，罗池帮着点燃，他吸了口，吐出青白色的烟雾，那双眼在烟雾中黑阒。罗池瞧着他这个架势和神情，越来越心虚，解释：“你千万别多想，我真没别的意思，当时不也是情况紧急吗！”

陆北辰扫了他一眼，“看来，躲在暗处的人还不少。”

“你不认为是何奈？”罗池嘴里叼着烟，半眯着眼睛，“如果他就是巫灵的话，那么他的确很清楚陆北深的情况。”

“他应该不知道北深被你带走的事。”陆北辰说出了自己的看法。

罗池陷入沉思，许久后说：“我现在想的是，假设那通电话是何奈打的，那他的目的是什么？”

陆北辰语气淡然，“所以，你的推断有错，换言之，何奈打这通电话对他没有丝毫好处。”

“你再想想给奇怪送尸体的人，还有指使艾欣撞你的那个人，难道你认为不是一人所为？”罗池问。

陆北辰弹了下烟灰，思量了几秒钟后，很肯定地说：“不是一个人。”

“为什么？”

陆北辰夹着烟，侧脸睐他，“那我问你，换作是你，帮着那个蜡像师完成了那么大的一个秀展，目的是什么？”

“这个我们讨论过，对方想借助这件事引起广泛关注。”

“没错，事实上对方已经达成了目的。对方指使艾欣撞了我，同时我们也成了艾欣死亡现场的目击者，也就是说，对方有可能想要借机除掉我，但更关键的是，他想让艾欣的异常死亡让我们注意到，否则对方就不敢让艾欣的死暴露在人前。”

罗池抽着烟，思量。

“再说给你打电话的这个人，敢通风报信，怕是声音经过处理了。”陆北辰逐条分析，“行事作风乍看像极了之前的神秘人，但实际上对方是想通过你来钳制住我，甚至还有何奈，当然，假设何奈是巫灵这条成立，那么，我的推断也就成立了。”

罗池吐了口烟，缓慢说：“你的意思是，对方告诉我，陆北深服用了新药不是重点，重点是，对方想要引起我对你的警觉，来干涉你的参与，并且钳制住有可能是巫灵的何奈？”

“换句话说，对方是想要你一个人彻查此事，可能怕我从中参与会令案情发生什么变化。”陆北辰又吐了口烟雾，“而事实上，你的确提防了我。”

“我的意思是——”

“我了解你。”陆北辰打断了他的话。如果他铁了心要防他，那么今天也不会跟他说这么多事。

罗池嘿嘿笑了两声，“你明白就行。”

陆北辰沉默不语，手指间的烟在静静燃烧，光亮似隐似现。

冷不丁的，罗池一拍脑袋，“是那个女的！”

陆北辰挑眉。

罗池又摇头，自言自语：“不对，如果打电话的那个人就是出现在咖啡厅里的那个女人，那么她为什么要带走何奈？她应该巴不得我调查何奈才对，难道何奈不是巫灵？可……”哪里不对劲呢？

陆北辰轻描淡写补上句，“所以，给你打电话的和咖啡馆里的女人不是一个人。”

“也就是说，这件事的背后藏了三只黄雀？”罗池惊讶。

陆北辰吸了最后一口烟，将烟蒂熄灭，他的脸颊在青白色的烟雾中朦胧温润，“怕只怕不止三只。”

“那就可怕了。”罗池道，“如果何奈是巫灵，那么我们认为他是隐藏很深的那一个，但现在看来，还有人比他更清楚我们的情况，那个给我打电话的人怎么就肯定你发现了新药的成分？那个带走何奈的女人怎么就知道顾初约了何奈？”

陆北辰沉思，半晌，“也许，是我们想复杂了，有些事明明很简单，可惜我们看不到。”

罗池刚要开口，就见专案组的同事跑过来，急匆匆地说：“发现何奈的车了！”

入夜，一窗隔开了窗外繁华。

室内只点了盏夜灯，很细弱的光，勉强地映亮了沙发一角。黑暗的光沿着沙发旁均匀铺开，又被窗外的霓虹逼得止了步。

这样的安静不知持续多久，突然，房门处有动静了。

走廊的光胜过室内，门推开时，何奈的影子就被拉伸。室内很黑，这令他微微迟疑了一下，抬手想要开灯，又隐约觉得哪里不对劲。顺着玄关放轻了步子，客厅的沙发上有个人影。

光线太暗，男人的脸只及隐约，他靠坐在那里，手臂环腿蜷缩在一角，头埋得很低。

何奈诧异，“陆北深？”

沙发上的男人闻言后，头转向了他。何奈的视线适应了房间的暗度，看清了沙发上男人，快步上前，“你怎么了？”

“巫灵，救我！”陆北深双手如铁钳，紧紧抓薅住何奈的胳膊，牙齿咬得咯咯响。

何奈借着月亮，见他额上布满汗珠，忙腾出手来扭亮了台灯，“陆北深，你看着我。”他没有叫救护车的打算，反而是端详着陆北深，那神情更像是在观察和研究。

陆北深看着他，眼里的光晦暗不明。

何奈又将室内的光调亮了些，确定了他的状态后返身拿过公事包，从中抽出一个本子和一支笔，看样子，他对陆北深的这种情况早就司空见惯了。厚厚的一个本子，翻开空白页，何奈开始就陆北深此时此刻的状况进行记录，边记录边喃喃，“奇怪，发作的次数怎么越来越频了？”又抬眼追问他，“你看见了什么？”

陆北深抱着头开始嘶吼。何奈的手一抖，笔就落地了，马上揪过公事包，从里面摸出一个白色小药瓶，说：“陆北深，先告诉我你看到了什么？”

陆北深突然转了神情，盯着他，目光岑冷，“你希望我看见什么？”

他的变化令何奈一怔。

也就在这时，室内的灯骤然大亮，何奈这才惊觉房间内还有别人，蓦地回头。

是罗池。

他一身便装，笑盯着何奈，“你好，巫灵先生。”

何奈一惊，刚要有所行动，手腕就被人箍紧，只觉得一阵酸疼，手劲一松，药瓶陡落，身后的男人十分利落地将其接住。何奈忍着疼回头一瞧，他哪还有痛苦神情，那双眼异常睿智，心中一骇，“你？是陆北辰！”

陆北辰手攥着药瓶，面色清冷地看着何奈，“你似乎忘了你还没学会怎么辨认我和北深。”

何奈面色一僵。

罗池走到他面前，做了个邀请状，“巫灵先生，我想我们得好好谈谈了。”

前边有罗池，旁边还有陆北辰，何奈逃不掉，哼笑，“你们会后悔今天的行为。”

罗池也笑了，“难道你还打算施展点什么巫术让我们求生不能求死不得？”

“我当然没本事诅咒你们。”何奈语气森凉，眼神落在了陆北辰身上，“我只让一个人求生不能求死不得就行了。好心提醒你一句，能抑制陆北深病情的就只有这一种药，不过，这种药能救他也能害他，像是毒品一样，吃了明知道会有副作用，但只能吃下去。哦，还有一点，陆北深目前的情况我最清楚，如果我有什么事，我想这辈子你都无法让你弟弟康复。”

他又转头看向罗池，“那么罗警官，一旦你们的陆教授为了他弟弟而徇私枉法，你怎么做呢？”

罗池唇角的笑容僵住。

陆北辰的脸色也好看不到哪儿去。

何奈笑得得意，冲着罗池说：“走吧，罗警官。”

第十章

我不会再抛弃你

病房。

不亮的灯，鹅黄色，温暖又柔和，却没能温暖陆北深的脸，还是如月光般惨白。

顾初一直坐在床头相陪，他一只手被铐在床栏，才短短几个时辰，手腕已经被勒红了。盯着他的脸，顾初总会恍惚看见陆北辰，就好像是他被人用手铐铐住似的。

今天就这么被何奈放了鸽子，顾初总是心生惶惶，她担心是不是自己哪里说的做的露出了马脚，是不是自以为聪明却坏了大事，如此等等，直到交通部门传来了消息。

看到何奈一直在尾随着前面的那辆车后，顾初敏感地发现陆北辰的眉头皱了一下，那车子的影像不是很清晰，调了几段出来都只是模糊的影子，放大监控画面，锁定车牌，只可惜都那么凑巧地被旁边的车子挡住了后面的数字。罗池派人去查了，而陆北辰并没有对那辆车的情况发表任何看法。

接下来就是如何带何奈回来问话。

在他们商量计划时，何奈打了通电话给顾初，她用了免提模式。何奈跟她道歉他的不辞而别，又告知身体不适改天再约。何奈的这通电话令罗池担心他们的计划已经落空，而陆北辰决定守株待兔、以逸待劳。

陆北辰去外滩之前又到了病房，她和罗池前后脚，她看见陆北辰盯着瑟瑟发抖的陆北深，没回头，冲着罗池伸手，“手铐。”

罗池多少明白，解了手铐递给他，“其实，你也不用这样。”

陆北辰置若罔闻，钳住陆北深的一只手，不顾他的惊恐挣扎，紧跟着“咔嚓”一声就给铐住了，这一声听得顾初心惊胆战，再看陆北深，他盯着陆北辰的眼神像是一头迅猛的兽，恨不得上前撕碎了陆北辰。

陆北辰别过眼时，顾初从他流转的目光里看到了心疼。他上前，对她说："一旦他再发狂，你不要阻止，先跑出去叫人知道吗？"

顾初明白了他铐住陆北深的用意，也了解他内心的矛盾。一方面他只能将神志不清的陆北深交给她看管，另一方面他又怕陆北深伤及无辜。

现在，陆北深很安静，借着光亮再去看他，他也转头看她了，目不转睛。顾初觉得他眼神里像是有一些澄明的东西，可又怕是自己的感性作祟，不敢妄下判断。

“你现在感觉怎么样？”

他不说话。

她小心翼翼地凑上前，伸手在他眼前晃了晃，他没反应，甚至连眼睛都不眨一下。顾初心里发毛，刚要抽回手，陆北深却突然有了反应，抬起另一只手一下子抓住了她的手腕。

吓得她一哆嗦，以为他又发作了，刚打算喊人，就听陆北深叫了她的名字，“顾初。”

她愣住。

“我的手很疼。”陆北深说了句完整的话，与她对视，“顾初，请你帮帮我。”

顾初惊愕地看着他，半晌后反应过来了，骤然惊喜，“陆北深，你知道我是谁了？你记得之前发生了什么事吗？”

他摇头。

她略微失望。

“谁把我铐上的？”他问。

顾初无言以对。

但陆北深看样子也不想追究这件事，坐了起来，神情憔悴，看着她，“你是看守我的？那一定有钥匙吧？”他松开了她的手腕，指了指自己的，“真的很疼。”

她确实有钥匙，罗池临走前偷偷给她留下的，可能是觉得在这件事上陆北辰背负了太多他也于心不忍，私下叮嘱她说：“如果你觉得那小子没事的话就放开他吧，他有时候就爱硬撑着。”

顾初也不想总铐着他，弄得就好像他是杀人犯似的。见他应该没大碍了，翻出了钥匙。可刚一亮出来，陆北深就倏地上前来夺，顾初的反应更快，一下子抽手，可手背还是被他抓伤了。他箍着她拿钥匙的手，嗓音又急又厉，“钥匙给我！”

胳膊被扯得快断了似的，他一只手无法动，另一只手却十分有力，顾初忙伸手夺过钥匙，见他还要夺，干脆将钥匙扔到了一旁。

陆北深见状后，整张脸都变得扭曲，脸色铁青，盯着她咬牙切齿，“我杀了你！”

顾初倒吸一口气，想要脱身已经晚了，一下子被他按在床上。她的肩膀磕在床棱上，紧跟着又被男人给揪了回来，刚想叫喊，脖子就被陆北深给掐住了。

“放、放开……”她拼命挤出声音。

双腿都用上力气，奈何陆北深骑在了她身上，将她压得动弹不得。那只手铐被他硌得叮咣乱响，落在顾初的耳朵里焦躁不安，她呼吸越来越困难，眼前开始模糊，那张跟陆北辰一样的脸，此时此刻充满了杀气，他歇斯底里，“你给我去死！只要你死了你就不会害人了！”

顾初的瞳仁开始涣散，用尽最后一点力气想要抓他，但手指无力，抓也抓不住。

“是你害得我一无所有的，该死的女人！”陆北深像头野兽，眼睛都是红的。

她听不清他在说什么了，呼吸越来越弱，嘴巴拼命地张开，可一点氧气也得不到，唯一在心里念着的就是陆北辰的名字……

突然，陆北深放开了她。

她猛地一吸气，用力地咳嗽，他却再次压下来，张口狠狠咬住了她的脖子，还没缓过气的顾初疼得连叫声都没了，硬生生地忍受着脖颈的疼痛。

紧跟着，脖子又被他掐住。

这一刻，她以为自己是死定了，鼻腔里还飘着血腥味。

病房门被人撞开了。

顾初隐约看见一个男人冲过来，一拳打在了陆北深脸上，陆北深没料到会有人突然袭击，冲过来要跟男人对打，奈何一只手被手铐扯得死死的，只能凶恶地冲着男人吼叫。

顾初不管不顾地大口呼吸，脑袋涨得晕疼，跌坐在地上，脸色煞白。

“陆北辰！你他妈的浑蛋！”

顾初强忍着昏涨，抬头一看，竟是乔云霄，见他又是一拳打在陆北深身上，虚弱出声，“别、别打他……”她想告诉他认错人了，也想告诉他陆北深是病人，但她一点力气都没了。

乔云霄却误会了她的意思，见她都这样了还护着他，一时间怒火中烧，“你脑袋被门挤了是吧？你刚才差点就没命了！你跟筱笑笑真不愧是走到一起的朋友，一个比一个㞞，先是顾启珉，现在又来了个陆北辰！都是他妈的披着人皮的禽兽，你还护着他？”

顾初虚弱地瘫在地上，两只耳朵还在嗡嗡作响，半天她才稍稍恢复了体力，“错了，他是陆北深。”

乔云霄僵了半天，倏地回头瞅在病床上的男人。陆北深看上去很狼狈，头发乱得跟鸡窝似的，嘴角也蹭了血，瞳仁里却充了血，像头兽。

“他生病了。”顾初扶着墙角站起来，双腿还在打战，“所以，他现在根本不知道自己怎么了。”

“我看你是爱屋及乌。”乔云霄反应过来了，但看到她脖子上的一圈红和伤口就抑制不住怒火，又一把揪住了陆北深，“这种人锁着他有什么用？直接打晕了看他还怎么伤人？”

“别——”

顾初刚挤出一个字，房门开了，还没等顾初反应过来时，就见乔云霄被人甩开了，乔云霄刚要还手，就听见罗池说：“这里是医院，都消停会儿！”

陆北辰的脸色十分难看，盯着乔云霄，乔云霄也不相让，瞪着陆北辰，喝道：“你弟弟差点杀了顾初！”

一句话说愣了陆北辰。

目光一转落在顾初身上，不看不要紧，这么一打量，震惊了。

罗池惊愕，“怎么会这样？不是铐着的吗？”

陆北辰心疼，“我去叫医生。”

顾初一把拉住了他，“皮外伤，我自己会处理，先顾着北深吧。”

陆北深的手腕已经流血了。

医生赶过来，陆北辰却让医生为顾初处理伤口，她诧异，不明白陆北深都这么严重了怎么还不看医生。罗池瞅着陆北辰，又瞅了瞅一脸暴戾的陆北深，上前，压低了声音对陆北辰说：“要不让医生试试？”

“该看的都已经看了。”

“你难道想……”

陆北辰没作答，问医生：“我女朋友情况怎么样了？”

“需要处理一下伤口，建议再做一下相关检查。”医生说。

“我不用。”顾初觉得小题大做。

陆北辰轻声劝说：“你也是医生，应该明白有些检查是要做的。”

“北辰……”

医生给完意见后看了眼陆北深，迟疑，“他的病情很奇怪，我们这儿可能无能为力。”

陆北辰一言不发。

罗池上前，“还是先为这位女士处理伤口吧，北辰你留下吧，我陪她——”

“我陪她。”始终沉默的乔云霄开口了，走上前，将顾初拉到自己身边。

罗池有些尴尬，看了看陆北辰。顾初也怕陆北辰误会，想要推掉乔云霄的好意，陆北辰却开口：“好。”

乔云霄多少有点意外。

陆北辰走上前，没看乔云霄，对顾初轻声说：“先跟着医生处理伤口去，我一会儿找你。”

乔云霄懒得再在这里多待一分钟，二话没说就把顾初拖走了。

医生离开后，陆北辰看着陆北深，许久后说：“罗池，把手铐打开吧。”

“现在？”

“对，现在。”

罗池想提醒他即将面临的危险，但回头一想那毕竟是他的弟弟，看着自己的弟弟受伤流血，他这个做哥哥的当然于心不忍。弯身拾起钥匙，上前解开了手铐。

陆北深得到了自由后整个人又蜷缩成了一团，陆北辰就坐在床边，一动不动，不知道在想什么。

“或许还有其他的办法。”罗池拉了把椅子坐过来，小声对陆北辰说，“何奈已经被带去问话了，我想，说不准他还有其他办法。”

陆北辰还在沉默。

病床上，陆北深像个虾米似的抱着头，嘴里喃喃，“巫灵……不要惩罚我，不要惩罚我……”

“我就不相信没有医院能治他的病了！”罗池感到窒息，用力吐出一口气。

陆北辰终于有了动作，他从衣兜里缓缓掏出药瓶来，手指微颤。罗池一把按住了他的手，“你可要想好了！何奈说过，这种药就像是毒品一样！”

“不然呢？”陆北辰嗓音低哑，“刚刚你也看到顾初脖子上的伤口了。”

罗池渐渐松了手，是啊，不然呢？

“我需要知道他到底是怎么了，这样，才能想到办法。”陆北辰说着，倒出一小粒药片来。

药片摊在手心，他的指尖还在微颤，是他现如今已经无法控制的颤抖，他只希望再多一点时间，只要熬过北深康复……

突然，一直蜷缩的陆北深猛地扑了过来，一把夺过陆北辰手中的药，紧跟着吞进嘴里。罗池僵在原地，虚惊一场，陆北辰没动，目光悲伤。

用完了药，陆北深就一直在抱着头，时间一分一秒过去，渐渐地，他像是安静了下来，蜷缩在那儿一动不动了。

陆北辰为他盖好了被子，倦怠地靠在一旁，良久后道："先让他睡一会儿，差不多的时候再叫医生过来给他处理一下伤口吧。"

罗池知道他一头还牵着顾初的情况，点头。

乔云霄今天是来医院看望一位朋友的，正好也住在私人病房区，路过陆北深的病房纯属巧合，不成想捡回了顾初一条命。

顾初躺在休息区，整个人有点瘫软。刚刚还不觉得什么，但一沾着躺椅，就好像全身的骨头被抽走似的疼。

乔云霄给她倒了杯水，递给她时脸色难看，瞅着她就跟瞅着一堆扶不上墙似的烂泥，顾初最受不了他这种眼神，赶忙道："哎哎哎，差不多就行了啊，我这不还没死吗？"

乔云霄皱紧了眉头，"顾初，你好歹也是个女孩子，别因为一个男人弄得全身伤痕还乐此不疲的行吗？"

顾初低着头不说话。

"听见没有？"

"可是我爱他啊。"顾初说得了当，"这怎么办呢？我也不想这样，但只要是他的事我就忍不住要去管。"

乔云霄看了她半晌，把勺子送她嘴边，甩了句，"喝水！"

等一杯水进肚，顾初觉得力气才稍稍回来了些，靠在躺椅上渐渐有了困意。

"云霄哥哥……"她叫了他一声。

乔云霄冷哼了一声，“别叫得这么近，你拿我当你哥了吗？”

顾初笑，“以前没见你这么小气过呢。”

乔云霄不吱声，将杯子放到一边。

“你不好奇陆北深的情况吗？”

乔云霄的口吻不咸不淡的，“我管他是什么情况，就算他是个智障，只要敢伤害你我还是照打不误。”

“你很奇怪啊。”她似笑非笑的。

“例如？”

“例如，以前你看陆北辰很不顺眼。”

乔云霄哼，“我现在也看他不顺眼。”

“但你已经接受他了。”

“什么叫我已经接受他了？说的好像是我跟他有什么似的。”

“我的意思是，你以前可是揪着他不放的，哪怕有一点风吹草动你都不放过，现在，他弟弟出了这么大的事，你非但不好奇，还就这么饶过陆北辰，你说你是不是奇怪？”顾初偏头瞅着他。

乔云霄瞪了她一眼，“你都飞蛾扑火了还能让我怎么样？我不是接受他了，我是对你妥协了，不妥协怎么办？我恨不得一刀宰了那家伙，真要是那么做了，你还不得跟我绝交？”

顾初想了想道：“我会抽干你的血做一盘血豆腐给他当下酒菜。”

乔云霄一脸嫌弃，“陆北辰变态，你现在随便个想法都不正常。”

“但是陆北辰不会对我暴力。”顾初不着痕迹地说。

“你想解释什么？”

“是你对我隐瞒了什么。”

乔云霄微微一怔。

“顾启珉对笑笑做了什么？”她开门见山地问。

乔云霄面色略有不自然。

“告诉我。”

乔云霄抬眼看她，“这属于笑笑的私事，如果你真想知道，还是亲口问她吧。”

顾初不说话了，过了好一阵子才开口又问：“你只要告诉我，现在笑笑好不好就行了。”

“她现在很好。”乔云霄十分肯定地说，“我知道你现在一肚子的疑问，也很想马上问笑笑，但是我建议你还是等等。”

“为什么？”

“一来你这边兵荒马乱，想管别人的事首先要把自己的事处理明白吧？二来她现在是一个全新的开始，虽说是好事，但也要有个心理平复期，笑笑跟你一样是个死要面子活受罪的人，你现在问她会让她面子上过不去。”

顾初心里干着急，但乔云霄的话不无道理。

也许这就是成年人的世界，成长的代价就是不能随心所欲，必要时嘴巴闭上眼睛闭上，关闭了天性成就了生活，顾初不喜欢这样，她想念学生时代的率真，像是她，像是笑笑，像是凌双。

“你是喜欢笑笑的吧？”顾初轻声问。

她以为乔云霄还是一如既往的沉默，可他没有，说：“是，我喜欢她。”

顾初一下子坐了起来，却不小心抻到了脖子，疼得捂着脖子瞅他问：“你承认了？”

“是。”乔云霄搓了搓手，眼神里糅了思索进去，“是我太浑蛋了。”

顾初盯着他看了许久，又躺了下来，轻叹一声，“那现在还来得及吗？”

乔云霄一怔。

是啊，来得及吗？

陆北辰来休息室的时候乔云霄还在，他坐在躺椅旁边，像是在守着顾初，但更像是陷入沉思，连有人进来都未察觉。等陆北辰上前他才反应过来，抬头瞅了他一眼，没说什么。

顾初已经沉沉入睡，从在警局里遭受到惊吓到在医院里差点被人掐死，她已然精疲力竭。夜灯不算亮，在她脸上落下一层滤纱，令她的五官朦胧又可爱。

“医生怎么说？”陆北辰主动打破了僵局，弯身想要碰她的脖子，又似乎怕弄疼了她，终究只是凝视。

乔云霄淡淡地回了句，“轻微脑震荡，伤口没大碍，明天脖子的印子会加重些。”

陆北辰放轻了动作，拉了把椅子坐了下来，看着顾初，却在对乔云霄说话：“谢谢。”

乔云霄唇角微凉，“你以为你能搞定所有的案子吗？都说局外人看得最清楚，但现在，怕是你自己都在局中吧？”陆北辰没看他，“局内人有局内人的好，中国还有句话叫作同行看门道外行看热闹，所以，有时候旁观者不是看得清楚，而是看得简单，只因为把热闹看成了真相。我欣赏你的故作淡定。”

“压得住情绪是无坚不摧的第一步。”陆北辰淡淡回击。

乔云霄看了他良久，起身，走到门口的时候，他停住了脚步，“不管怎么样，别把她拉下水。”

房门关上的瞬间，乔云霄在心里默默地跟顾初告了别：希望你能幸福，我最爱的亲人。

原来当他出现后，你的快乐才回来。你是如此固执，固执到久久地等着他的归来，固执到忽略了身边的风景，固执到只将幸福牵系在一人身上。

那么，我愿意成全你，在你最年轻的岁月。你是我的青梅，可在你眼里我从不曾是那个竹马。时间是个残忍的东西，你学会了坚持，我学会了放弃，然后，各自奔着幸福而去。

翌日，顾初醒得早，睁眼时看见自己是躺在床上的，躺椅靠着床边，陆北辰和衣而睡，后来顾初听罗池说了才知道，这一晚陆北辰都没怎么合眼，两间病房来回跑，最后确定陆北深没事了才安心睡着。

因为下午要回学校一趟，所以今天不用急着去医院，等陆北辰醒了，她便跟他去看陆北深。

陆北深还未醒，但脸色明显好了，手腕的伤口已经包扎，罗池四仰八叉地躺在沙发上，推门进来就听见了他的呼噜声。

陆北辰刚打算一巴掌把他拍醒，被顾初拉住了，小声说："反正还早着呢，让他再睡会儿吧。"

"我去打点早饭，但……"陆北辰眉梢迟疑。

她明白了，笑了笑，"没事，你去吧。"

"没事？"陆北辰看着她的脖子，"昨天我也以为会没事。"

顾初往外推他，"还有罗池在呢，你弟弟真的要狼人变身的话，我会把罗池当挡箭牌的，快去快去，我饿了。"

陆北辰想想也对，罗池在还好。

等陆北辰离开后，顾初小心翼翼地凑前，看着陆北深那张熟睡的脸，脖子又一阵阵疼。医生说得没错，她的脖子今天肿得厉害，青紫青紫的，稍稍一碰都疼。后来陆北辰想了个办法，他把领带当成了围巾，系在她的脖子上，今早一照镜子她还挺美的，直夸他的大胆前卫。

罗池昨晚上也没少挨折腾，现在睡成了猪。

兜里的手机振动了一下，顾初生怕吵醒他们，出门接了电话。

是凌双，支支吾吾的。

"看来你不是找我的。"顾初择了窗子旁，打开一条缝，让风吹进来舒缓火辣辣的脖颈。

凌双那头清清嗓子问："你知道陆北深在哪儿吗？"

顾初怔住。

那头说："我给他打了很多遍电话都没人接，找你老公问又不大合适，想来想去，只能找你了。"

"他……"顾初迟疑了片刻，这种情况需要让她知道吗？

凌双催促，"你知道是吗？快告诉我！"

"凌双，你先冷静一下。"

“你要我怎么冷静？当初你找不到陆北辰的时候你能冷静吗？”

一句话堵得顾初哑口无言，与此同时她才明白，原来陆北深在凌双心里的位置是这么重，怪不得这么多年来凌双步步高升，却始终不交男朋友。

每个女人心里都有一道阳春白雪，她的是陆北辰，而凌双的，是陆北深。

她终究还是把陆北深的下落告诉了凌双，她说得对，如果陆北辰再丢一次的话，她也会疯。

等回病房的时候，陆北辰已经回来了，打了几人的早餐。罗池从洗手间里洗漱出来后看见了顾初进来，问了句：“你怎么样？”

陆北深醒了，虚弱地坐在床上，顾初不知道他还记不记得昨天发生的事，不想让罗池多说，就随口搪塞，没事。

等走上前，陆北深好奇地问她：“你怎么戴了条领带？”

顾初不自然地摸了摸脖子，笑道：“嗨，现在流行这样。”

陆北深迟疑，“是吗？”

“当然。”

陆北深愈发狐疑，“顾初，你看上去不大好。”

“哪有啊，我好——”

“昨晚上她差点被你杀了。”陆北辰盛好了一碗白粥给顾初，一字一句却是对陆北深说的。

陆北深一愣，指着自己的鼻子，“我？”

陆北辰看了他一眼。

“你说我杀人？”陆北深震惊，又看了看顾初，“还要杀她？怎么可能？”

“你别听你哥乱讲。”顾初打算瞒天过海。

陆北辰却没打算瞒他，小心翼翼地松开她脖子上的领带，“自己看吧。”

那道印子，青紫骇人。

陆北深惊呆，“……不可能是我做的。”

罗池抓过一个馒头，“是你做的，但看你的样子也忘了，现在何奈已经被我们关起来了，你总该跟我和你哥哥说说巫灵是怎么回事了吧？要不然顾初这一下子可就白挨了，顺便说一句，她轻微脑震荡也是你造成的。”

陆北深一脸呆滞，再开口却令罗池大为失望。

“我不知道什么巫灵。”

罗池急了，“你怎么能不知道？何奈不就是巫灵吗？”

“何奈为什么是巫灵？”陆北深反问。

一句话问得罗池直抓狂，馒头一放，“你不知道巫灵？那好，药是怎么回事？”

陆北深说：“药？”

罗池二话没说把药瓶拿过来，“这个。”

“我不知道这是什么药。”陆北深叹气，“我只知道，吃上它之后就会缓解我的一些痛苦。”

见罗池又要问，他补充道：“我早年留下了后遗症，这种药可以抑制。”

罗池警觉，“什么后遗症？”

陆北深大大方方，“神经方面的，我神经比较衰弱。”

“总要有人给你药吧？不是何奈？”

陆北深摇头，“我不知道药从哪里来的，这种药会定期放在我的抽屉里。”

“陆北深，你——”

顾初拦住了罗池，小声，“也许他真的不知道。”

罗池咬牙，“撒谎。”

陆北深一脸无辜，“我说的都是实话。”

“先吃饭吧。”一直沉默的陆北辰开了口，他的侧脸如平静海面，不知道在想什么。

罗池将陆北辰拉到了一边，压低了嗓子，“你很清楚你弟弟的证词是关键。”

“他也说了，他什么都不知道。”

“你信？”

陆北辰看向罗池，“我比你更了解他。”

“可是——”话被来电打断。

陆北辰折身，陪着顾初和陆北深吃早餐了。罗池愤愤接了电话，没好气地说：“说话！”

顾初看出他的气急败坏来，轻叹了一口气，陆北辰不动声色地看了罗池一眼，没说什么，将切好的火腿三明治放到了顾初的餐盘里。

应该是局里打来的，只听罗池肃了语气，“好，我知道了。”

挂了电话，他看向陆北辰，“何奈那边出了点状况。”

“那你还不去处理？”陆北辰意外地没问出什么状况。

罗池失声，“我走了你怎么办？”

陆北辰抬眼，不解。

“我的意思是，我会等到接班的同事过来。”罗池委婉地解释了一下，其实最直接的想法是，陆北深醒了之后等同于什么都没说，他需要有本局的人在场问出事情的关键。而陆北辰典型一副护犊子的架势，他怕他真的于心不忍。

陆北辰装作没听出他的意思来，淡淡地问：“怎么，你不赶时间吗？”

罗池一时无语。顾初聪明，起身擦了擦手，“罗警官，好人做到底，反正你要走，顺便拉我一程吧。下午我有事，总该回家换换衣服。”

就这么罗池被顾初半拉半拽地出了病房，很快，陆北辰出来了，叫住顾初，顾初折回来。

“辛苦你了。”他不知道要说什么才好，这个时候，怕是只有顾初一人才看出了他的心思。

顾初笑着抱住他，压低了声音说：“答应我，不管怎么样都不要动怒，北深一定有难言之隐，你好好问他。”

“罗池那……”陆北辰抬眼看了不远处的罗池，他正在生闷气。

“放心，我会替你安慰他的。”顾初低语，“平常感觉你情商也不低，怎么好好的话就不会好好地说呢。”

陆北辰摸着她的头，像是摸孩子，“处理人际关系，我的确不擅长。”

筱笑笑搬了家。

从顾启珉那儿搬回了自己家。

她请了搬家公司，但有些东西还是需要自己收拾放心，她的行动不是很方便，工作人员虽说帮忙，但一时间也有些手忙脚乱。

房门处扬起熟悉的声音，“打包好的箱子先搬下去。”

筱笑笑扭头一瞅，竟是乔云霄，一怔，他怎么来了？

“出院怎么也不告诉我一声？而且你还有伤还搬家？”乔云霄上前，略有不悦。

“离婚的事已经很麻烦你了……”

乔云霄一脸无奈，问：“搬回去？”

“嗯。”

他环视了一圈，撸起袖子，“你别管了，告诉我什么东西该收就行。”

“不用。”筱笑笑吓了一跳，他个阔家少爷的怎么能做这种活，“我自己来就行。”

“什么时候变得婆婆妈妈了？”乔云霄道，“你不说，我就看着收了。”

有了乔云霄的帮忙，收拾东西就快了很多，等搬家公司将纸箱逐一装好后，乔云霄将车开了过来，落下车窗，“上车吧。”

筱笑笑忙摆手，“我坐搬家公司的车就行。”

乔云霄下了车，车门一开，“你现在还算是个半残疾，回家怎么收拾？赶紧上车，我送你回去，顺便帮你收拾。”

到了地方，乔云霄挨个纸箱拆。室内没开空调，敞着窗子为了透风去尘，乔云霄搬东西的时候汗流浃背，T 恤衫都打湿贴着胸膛。

等忙完，他的衣服又湿又脏的，筱笑笑很内疚，说：“你进浴室冲一下凉吧。”

乔云霄看了看自己的衣服，道：“算了，你这儿也没有换洗的衣服。”

着实没有。

筱笑笑想了想，说：“交给我吧，你别管了。”

乔云霄也热得够呛，一身汗也难受得很，没多想，当着她的面就把T恤衫给脱了。宽阔的肩膀，健硕的胸膛，这穿着衣服就是标准的身材底子，衣服一褪，肌理的流线就嚣张地扑面而来，筱笑笑脸一红，接过他递上前的衣服扭头就走了。

乔云霄这才反应过来，懊恼自己太过随意，想道歉，但又怕让她误以为自己太刻意，思来想去只好作罢。

筱笑笑抱着乔云霄的衣服走到洗衣机旁，深呼吸了好几下后才平复内心的激荡，暗自提醒自己：筱笑笑，你已经是个离异的女人，就别自作多情了，以前你配不上他，以后你也配不上他。

这世上总会有那么一些人是只可远观不可亵玩，那群人所在的环境跟她就叫作两个世界，不管她多么不想承认，她和乔云霄从来就不是一个世界的人。

快速搓洗了衣服后又放进了滚筒里，揿了甩干键，机器运转时衣服在里面拼了命地转，像是她的一颗心，在摇摆，在动荡不安。

乔云霄冲完凉后出来时，筱笑笑正拿着吹风机吹那件衣服，他上前，伸手，“我来吧。”

“不用，衣服料子薄，很快就干了。”筱笑笑说话的时候不敢多看他。

乔云霄也有点尴尬，觉得自己势必要解释一下：“那个……我只能这样子出来。”

筱笑笑没料到他会解释，先是愣了一下，然后忍不住笑了。乔云霄见她笑了，唇角也忍不住上扬，顺势拉过她手里的吹风机，“还是我来吧。”

她也不争了。

很快，衣服干了，乔云霄穿好后，问：“你还想回那所医院上班？”

“为什么不？”

乔云霄双手交叉，“不怕他为难你吗？”

筱笑笑抬眼看他，“我不怕，他如果想为难那就来好了。”

“我想他也不大敢，毕竟你有他的把柄在手。”乔云霄想了想又摇头，

“不行，以防万一我还是想办法把他弄走。”

“不用，像你说的，我有他的把柄了，谅他也不敢怎么样，把他弄走这件事太大了，你参与进去会被人说闲话。”

“你觉得我是一个怕绯闻缠身的人？”乔云霄笑。

筱笑笑低垂了眼，“我怕。”

“别人爱说什么说什么，大不了你什么都不做，我养你。”乔云霄一拍桌子。

筱笑笑愣愣地看着他，显然被他这句话吓到了。

乔云霄这次没有尴尬，“我说的是真的。”

筱笑笑看了他半天后，目光移开，“走吧，请你吃饭。”

送走顾初和罗池后，陆北辰返回了病房。陆北深还在吃东西，慢悠悠的。陆北辰拉了把椅子坐了下来，抬腕看了一眼说：“还有二十分钟警局那边来人，你难道不想跟我说点什么吗？”

陆北深抬头看他，一脸无辜，“哥，要不然你再吃点吧，人在进食少的情况下会影响情绪。”

“你认为我情绪有问题？”陆北辰拿过罗池放在床头柜上的烟盒，微眯着眼看他，“或者你想说我在疑神疑鬼。”

“你的确有套我话的嫌疑。”

陆北辰肃了眉心，“连顾初都看出你在撒谎，你以为你能瞒过罗池？他只是碍于我的面子没当场揭穿你而已，何奈还在他手里，他会先撬开何奈的嘴巴再来审你，这是他给我留的最后一份情面！”

陆北深见他面露不悦，也不多言了。

“药到底是怎么回事？”陆北辰点了烟问，“是有人逼着你吃的那种药？”

陆北深低垂着头，看起来像是头无辜的鹿，同样一张脸，搁在陆北辰身上就成了不可侵犯的权威，搁在陆北深身上就变得楚楚可怜。

“何奈？”陆北辰吐着烟雾，“也就是你口中的巫灵？”

“巫灵这件事其实我也不清楚，只是，在吃完那种药后就会出现一些画面，真假难分。”

“说说那药吧。”

陆北深安静地将早餐收到了一旁，整个人蜷缩在床头，“其实……当年父亲把我关起来是有原因的。”

“我知道，你说过。”

“只是一部分。”陆北深舔舔唇，“那段时间我的情况越来越糟糕，已经达到了无法控制的地步。”

“怎么会这样？”陆北辰以为当初的北深只是叛逆。

“是因为咱妈。”陆北深将下巴抵在膝盖上，语气很轻，“我遗传了那种病。”

陆北辰震惊。

“后来秦姨也过去看了我好多次，找了不少专家，但都无济于事。”陆北深眼中痛苦，“我甚至还伤了秦姨。”

陆北辰听了心底发寒，现在仔细想来，北深发起狂来的确跟母亲很像。

“后来呢？”

陆北深的肩头颤了一下，陆北辰看得仔细，“后来何奈就出现了？”

陆北深点头，“药是他给我的。”

陆北辰皱紧了眉头，若有所思。

“哥，我没得选择，只有那种药才能让我恢复正常。”陆北深眼眶竟红了，像个无助的孩子。

陆北辰发现他有点紧张，两只手一直紧攥从未松开过，他替他点了支烟送到他嘴边，“慢慢说。”

陆北深深吸了一口烟，夹烟时他的手指都在抖，陆北辰弹了下烟灰，“你在怕何奈？”

话音刚落，陆北深的手一抖，整支烟掉在床单上，陆北辰眼疾手快，及时挽救了床单尽毁的命运，将烟掐灭扔进了垃圾桶里，追问：“为什么害怕他？”

“说不清楚。”陆北深双臂交叉紧紧相抱，“那药应该是新药，是他跟我说的，那药还在临床实验中，我只有成为临床实验者才能服用那种药。”

陆北辰倏然握拳。

何奈，你活腻了是吧，竟敢拿北深做试药者？

“哥，有时候我真想一死了之了，但又没这个勇气。”

陆北辰揪心地看着他，“没有别的办法吗？”

陆北深摇头，“何奈也一直在找攻克的办法，但这么多年一直没什么进展。”

“也就是说，那种药是何奈研制的？他有医学团队？”陆北辰警觉地问。

“我想，应该是的。”

“他是陆门的特助，难道医学团队是……”陆北辰心惊了一下。

“不可能跟陆门有关，陆门的产业链都摆在明面上，没听说过牵扯到生物制药这块。”

陆北辰陷入沉思，如果陆门不做生物制药，那么何奈怎么会接触这行？这点实在想不通。可很快，陆北深解答了他的疑问：“我想起一件事，有一次何奈说，如果这药迟迟无法成功上市，那么他会很愧对他的朋友们。”

“朋友们？”

“是，他说的是朋友们。”陆北深说，“所以我想，何奈很有可能是在帮朋友的忙，他的朋友是做生物制药的，应该是很不错的关系。”

“吃过药后你说你看到了幻象，是什么幻象？”

陆北深思索，“像是另一个我，而我的身份是一个落魄的小职员，我很穷，每天都过着恐慌的生活，直到有一天加入了一个组织，那个组织里全都是像我这样失去信仰、失去目标的小人物，组织的头领是被大家称为巫灵的人，他每次出现都会赐予我们礼物，让我们忘记现实的残忍和悲哀。”

陆北辰越听就越觉得后背发凉，想起之前那四名死者的日记，再听到北深说的这些，异曲同工。

“像是过了好多年，渐渐地，组织里的人越来越少，他们都去了哪里我不知道，可我感到了害怕，想要逃，然而我被巫灵控制了，他让我去做危险的事，我不能不听他的话，所以，就这么日复一日年复一年地生活在黑暗里。”

陆北辰问他：“这种幻象会在用药多久后出现？出现后能维持多久？”

“在服药后的十几分钟吧。”陆北深说，“前两年会维持十几个小时，但现在能维持几个小时，时间越来越短。”

陆北辰陷入沉思，直到烟头烫手了才反应过来，忙将烟头掐灭。

如果何奈是参与研制的人员，那么势必是要对北深的临床反应进行记录，就是昨天他拿出的那个小本子，目前已经在罗池手里，而陆北辰现在想的是另外一回事，北深提到现在的幻象比往年持续的时间要短，那说明，何奈在不断地改进药物成分配比，也就是说，这种药说不准真可以治疗北深发狂发癫的症状。

正想着，陆北深一把抓住了他的手，“哥，何奈不能有事。”

没错，何奈不能有事，至少在新药研制成功之前他绝对不能有事，否则，北深的病怎么办？如果北深没有撒谎，那么依照父亲的财力和人力会找来不少专家为他诊病，他却只能依赖何奈，说明何奈就是他的唯一希望。

要何奈没事，怎么个没事？

罗池平时嘻嘻哈哈，但涉及工作是任何玩笑都开不得的人。他对这个案子的敏感程度异于常人，抓到一点线索就会咬死了不放手，何奈的新药和尸检报告上的药物成分惊人的相似，罗池怎么可能放过何奈？

陆北辰面色如海般沉寂。

“哥，难道你还要抛弃我一次？”陆北深盯着他问。

陆北辰被这句话结结实实地撞了一下，记忆骤然拉回到母亲决定送北深去陆家的那一天，他拉着他的衣袖哭得无助，一遍遍跟他说：“哥，我不想走，我不要离开你和妈妈……”

曾经母亲心软过，要他们二人做出选择，谁留下谁去陆家，他是那么毅然决然地留下，将北深推给陆家。分离是有痛苦，但他更想北深有个好的前途，可很多事回头想想，曾经的他是否自私了？

专案组的人来了。

陆北深紧紧攥着陆北辰的胳膊，紧张低叫：“哥！”

陆北辰看着他，“北深，我从来都没想过要抛弃你，以前是，现在是，将来也是。”

专案组人员走上前，跟陆北辰打了个招呼，他起身，陆北深还在看着他。

是，他绝对不会让北深出事。

第十一章

我们能结婚吗

顾初终于接到了斯密斯的回电，他笑着跟她问好，大有示好的嫌疑，许是之前给她吃过太多闭门羹的缘故。

斯密斯这次也对陆北辰的情况不再避忌了，大抵的意思是目前手术方案已经有了，根据上一次陆北辰的体检报告来看，他的身体指标都在下降，由血块压迫延髓部位所引发的障碍功能已经呈现，所以斯密斯的意见是，哪怕是再危险也好过什么都不做。

“他排斥手术。”斯密斯直截了当，“他有他的顾虑，我能理解。”

顾初一听这话是钻心的疼，向斯密斯索要方案，给出的理由是：“如果必须要面临手术的话，我想唯一能劝得动他的人就是我。”

她说得合情合理，斯密斯也清楚，沉默许久后终究是同意了。

今天路上格外堵，从 A 大到老洋房不长的路足足缓行了四十分钟，晚霞漫天，又很快被大片乌云给遮住，刮起的风透着一股子雨腥气。快到家的时候斯密斯给她来了通电话，告知手术方案和相关资料都已经发到她的邮箱里了，又叮嘱她，如果劝说陆北辰接受手术的话一定要选好时机，他补了句：“你也知道他很倔，他决定的事情别人很难改变。”

是啊，她得想个好办法，生死攸关的事。

多事之秋，顾初轻叹了一口气，风大了，她紧了一下衣服，想着自己和陆北辰的事，凌双和陆北深的事，思思的事，还有笑笑的事。

进了家门，窗外的光线就彻底暗下来了，狂风大作，客厅的风铃被吹得叮当乱响。换了鞋，一进客厅就被靠在沙发上的男人吓了一跳，是陆北辰，他不知道什么时候回来的，整个人罩在暗影之中。唯一的光亮是他的手指之间夹着的一根烟，风吹进来时也没打散他的沉思。

烟草味吹到了顾初的鼻腔，她轻咳了一声，他反应过来，见她回来了，伸手将烟头摁灭了，这才发现窗外风起云涌，起身将窗子关上。

“怎么没打电话让我去接你？”

顾初将挎包随意搁在沙发上，走上前，“学校离家这么近，不用接的。”

陆北辰笑了笑，没说话。顾初看得清楚，他虽笑，却心不在焉。

“吃饭了吗？”她轻声问。

陆北辰摇头。

顾初打算去做饭，他却圈她入怀，低下脸，磨蹭在她的耳侧，她偏头去躲，他却主动攻击，唇熨着她的脖颈而下。

“别这样。”顾初转过身，勾住了他的脖子，“我得先填饱你的肚子才行。”

陆北辰低语，“我帮你。”

客厅没开灯，她看着他幽暗的眼，说：“医生的建议你要不要听？”

“合理的我会考虑采纳。”

“这个时候你最好先休息一下。”顾初说着将他往卧室方向推，“科学证明，人在吃饭的时候要身心愉悦才能充分地吸收营养，你这样很浪费我的手艺。”

陆北辰靠在楼梯的扶手，“我没有你说的那么糟吧？”

“你要用最好的状态来迎接我的美食。”

换了家居服，进了厨房洗了手，备菜的时候，余光扫到了厨房门口多了个身影。他没上楼休息，斜靠在门口。

“你不累吗？”顾初笑。

陆北辰双臂环抱于胸前，“我想看着你。”

看就看吧，顾初倒也没觉得什么。

厨房的光线不刺眼，柔和。陆北辰盯着她的背影，许久后问："你怎么不问我北深的事？"

顾初手里拿着刚洗好的菜，装盘的时候滞了一下，转头看他，"如果你想说的话，我愿意倾听。"

陆北辰沉默片刻，说："先做饭吧。"

顾初不知道他是怎么想的，转身继续做饭了。切菜的时候，身后搂过来一双结实的手臂，男人的胸膛贴着她，烫得很。

"哎，我在做饭呢。"

"你做你的。"陆北辰不安分。

顾初躲着他的手，却被他趁机钻进了家居服里，肌肤与肌肤的贴合，她的声音都软了，"你这样我怎么做啊？"

他整个人贴过来，没说话，大手像是燃了火团，呼出的气息都是粗重的，"明天上午请假吧。"

顾初想要问清楚，他扳过她的脸，吻就压下来了。

像是索求，又像是发泄，他咬疼了她的唇瓣，她撑住他的胸膛作为抗议。可紧跟着她被陆北辰按在了操作台上，她背对着他，看不清楚他的脸，想起身又被他的大手按得死死的。

窗外的雷雨早就平息。这一场暴雨之变就好像是为他们两人准备的，由阴云初起到狂风大作、由淅沥夜雨到暴雨临盆，漫长的过程，却也是陆北辰由抑郁到舒缓的过程，最后雨停了，他也停了。

何奈没能如罗池所愿，被带回去问话时大多数都是"我不知道""我不清楚"这类话，专案组的人询问了大半天何奈突然表现出不舒服，这也是罗池被叫回去的原因，可等他赶回局里见到何奈后，何奈给出的解释是："我困了，我这个人一困起来就会很难受。"

有关何奈的情况是陆北辰讲给顾初听的。

陆北辰没想对她隐瞒，绵延回到床上后他就主动提及了。顾初建议他请个心理医生介入。陆北辰摇头说："北深的情况我找心理专家分析过，还是药的问题。"素叶是他请来的外援，但面对陆北深的情况也是束手无策。

"也就是说何奈很有可能跟那四名死者有关？"她有种不好的预感，这预感就像是菟丝草似的攀爬，揪住了她的神经。而这枚菟丝草的种子早就种下了，是四名死者身上的图案，还有思思怪异的行径，这一切都令她不安。

陆北辰沉默许久，"现在没有直接的证据表明跟何奈有关。"

"他给陆北深的药还不能证明吗？"顾初惊讶，"鱼姜都已经做出药物成分对比了，而且，四名死者十有八九是临床试药的，何奈给陆北深吃的药也是新药，换句话说陆北深也是试药者，再加上这药都跟神经类有直接的关系，这难道能是巧合吗？"

陆北辰将她揽过来，修长的手指穿过长发，捻了发梢细细把玩，"一切推理的逻辑都没问题，但警方办案需要实证。"

顾初明白。罗池在审讯方面是老油条，专案组的人个个也都不是省油的灯，一般来说被警方盯上的人经过高强度审讯后往往都会露出马脚，但何奈能把罗池气得跳脚，只能说明要么何奈是无辜的，要么何奈的心理素质太过强大。

"总要有个解决方案吧？何奈也不能一直关着。"

"罗池提前把他放了。"

顾初惊讶地看着他，"放了？"还不到规定时间吧？

"罗池有他自己的打算。"

琼州没下雨，只是刮了狂风，落了一地半青半黄的叶子。狂风剥夺了居民晚上搬着小马扎坐在树下八卦的权利，小区里连遛弯的狗都找不到。

下午的课程一结束，顾思就回了家，没有之前跟朋友吃吃饭逛逛街之类的活动。

窗子是敞着的，窗棂上挂着的还是那串顾初做的贝壳风铃，丁零当啷的，时间一长顾思也习惯了。

刚才岑芸来过，一进门就阐明了来意，问陆北辰和他们家的事。顾思依旧没说出那个人，她知道他不是坏人，也是个很可怜的人，她记得小时候她还见过他，因为他和父亲经常接触。

送走岑芸后，顾思觉得胸口压得慌透不过气，她就开始打电话，但不管怎么打都无法接通。

她空前烦躁，这种感觉就好像是她看见顾初往前走，像是要到一片花海，可有人告诉她前方那是一处深渊，只是表面绚烂而已。就是这种不能前又不能退后的局面，如同两只手在拉扯着她，一只手拉着理智，一只手拉着感性，她不知道要相信哪一头。

她最后换了个号码拨打，那头很快接通了。

“罗池……”刚叫出他的名字，她的眼泪就下来了。

罗池那头还在开会，刚一接电话就听见她哭得跟猫似的，吓了一跳，示意大家继续，他立马从会议室出来了。

“出什么事了？”

顾思所有的殚精竭虑都化作了眼泪，“我觉得我像是害了我姐，但是又怕这件事是真的，所以我就一直在找证据……”

罗池听明白了，她是指陆家跟顾家的事。可就这么一通电话，对于罗池来说却像是密不透风的乌云突然挤进来一丝光亮，他突然意识到自己忽略了一个重要的线索，而这个线索怕是陆北辰早就发现了，只是他闭口不谈，为什么不谈？是想要保护谁还是他想暗自调查？但不管陆北辰有没有发现，他竟忘了这么重要的事？之前顾思就打电话跟他说过。

“思思，你告诉我，那个人是谁？”

顾思一怔，“什么？”

“你说这件事是听别人说的，谁说的这件事？”

“我……我答应对方不能说的。”

“你必须要说。”罗池口吻坚决，“也许，这是一条重要的线索。”

顾思一听这话，也不敢再多加隐瞒了，“好，我告诉你……”

一夜风雨过后，空气清爽了不少。顾初出了门后感觉有点凉，瞅了一眼别家的院子，蔷薇花都凋零了，有枯黄小叶被车轮碾压在路边。快到深秋时了吧，转而就来到冬日，她既期待又有点不大喜欢的季节。

她请了假，站在门口等陆北辰的时候，好奇心一直吊着，满心想着最大的可能是跟案子有关的事，那个男人绝对不会做出撇下工作不管带着她浪迹天涯的事，所以，浪漫与陆北辰无关。

车子从车库出来了，停在了她面前。

上了车，陆北辰侧过身来给她系安全带，她盯着他的侧脸，百看不厌，笑嘻嘻问他：“还不告诉我去哪儿呀？”

“急什么。”陆北辰回了句。

“那让我猜猜。”

陆北辰发动了车子，“以你的智商未必猜得到。”

“哎？”顾初听出端倪来，“不需要用智商猜的？”

车子拐出了路口，陆北辰加了速，笑说：“今天上午你可以暂时把智商扔到一边。”

顾初玩着手指，分析着他的这句话，难道真要带她去什么浪漫的地方？

就这样车行了二十多分钟，停车的时候时针指到 9，陆北辰将车子一熄火，“到了。”

顾初矮头一看外面的建筑，愣住。陆北辰下车为她开了车门，催促她，“快。”

“那个……”

“什么这个那个的。”陆北辰干脆拉她下了车，随手关了车门。

顾初被他一路扯着上了楼梯，过了转门，有来往的情侣，欢天喜地地捧着小红本搂拥着从她眼前经过，身后还有一对拉拉扯扯的男女，一进门就吵吵嚷嚷的，女的嗓门很高：“离，跟你离就对了！”男的嗓门更高：“对，离！”

她打了个冷战，很快被陆北辰搂在怀里。

长长的队伍已经在排着了，每个人手里还拿着号，她看见有女孩子在扯着男孩子的袖子激动地说："我好紧张啊好紧张。"

她又咽了一下口水，下意识扯住陆北辰的袖子，"北辰，你……"

陆北辰看了她一眼没吱声，择了一处人少的地方打了个电话。顾初有点缺氧，太阳穴一涨一涨的，她听不见他对着手机说了什么，只听见了自己的心跳咚咚地响得厉害。

等他结束通话后，她傻愣愣地看着他，心底有个声音在喧嚣着、惊叫着，甚至也在喊着刚才那个女孩的话：我好紧张好紧张……但是，口干舌燥，声音挤不出来。

陆北辰见她这个样子，双手轻轻握住她的肩膀，俯下脸与她对视，"把你卖给我，行吗？"

她知道他在说什么，可脑子还是一片空白发晕，他的目光黑亮又灼热，那瞳仁里有她的影子，似惊喜又似惊吓的模样。

陆北辰眼角眉梢沁着笑，"这种事你没经验，我也没经验，所以一会儿有专业人员告诉我们怎么做。"

"啊……"顾初好不容易挤出点动静。

"你什么都不用做，跟着我就行了，知道吗？"陆北辰说着说着，自己好像也有点紧张了，挺直身体，整理了下衣衫。

陆北辰又帮她整理了头发和衣衫，又开始了叮嘱："一会儿拍照的时候自然点就行，别紧张。"

"……"

"还有，工作人员让你在哪儿签字你就乖乖签了，听明白了吗？"陆北辰像是家长唠叨一个孩子似的。

顾初几番想问话，可就是卡在嗓子眼里出不来。陆北辰拍了拍她的头，"我说的话都记住了吗？"

"……嗯。"

那头就有人上前了，见到陆北辰后十分恭敬，“陆教授您来了，都给您安排好了，我带二位先去拍照。”

陆北辰点点头，又清清嗓子，看样子还是有点紧张。顾初更紧张，耳朵缝里飘进来那人的话，“真是恭喜两位了……”

接下来又说了什么她茫然不知，被陆北辰拉着走了半天，进了拍照室。

然后，镜头里一对美貌的人影，快门一按，两人相依而笑成了永恒。

该到什么程序，要填哪些表格都有专人引导，看来陆北辰是下了功夫，以防万一。顾初填表格的时候手一直在颤抖，越想快写就越会出错，心脏一直在狂跳，总忍不住去瞅陆北辰，他填表格的时候认真又谨慎。她的心在拼命呐喊：我要嫁给他！我要嫁给他了！

带路的那人把他们的证件和表格拿上去提交了，等待的时候，顾初紧攥着陆北辰的手，他笑着反握，与她十指相扣。

就在这时，包里的手机响了。顾初原本不想管它，奈何手机一遍遍地不停歇。

一看，傻眼了。

陆北辰见状，不知怎的就有了不好的感觉，问：“谁的电话？”

“医院的……”顾初的右眼皮蓦地跳了一下，手指头下意识按了下去。

手机那头声音急促，“来医院，紧急抢救，立刻马上！”

紧跟着陆北辰的手机也响了，是罗池。他的目光沉了沉，不祥的预感愈发强烈。

起身，接通。

“何奈今早出事了，已经送往医院抢救，情况不是很好！”

一辆私家车在急拐弯的时候与一辆大巴车相撞，巴士上共计十三名乘客，轻伤五名，伤重骨折四名，需要紧急抢救四名，私家车车主伤重昏迷，随同抢救患者一同送往抢救室。

顾初赶到医院的时候，目光所及都是车祸家属，哭天抢地、此起彼伏。

迅速换好手术服进了手术室，其他外科大夫们全都到了。

手术室外，陆北辰倚窗而站，双手插兜，几番摸出烟盒又放了回去。专案组的人也早就赶到了，罗池在外面抽了根烟后进来，身上还残留着烟草味。

“昨晚上那孙子偷着去见一个人。”罗池挨着他，后背靠在墙壁上，“聪明得很，知道我们在监视他，三两下就把我们的人给甩掉了。”

陆北辰不语，盯着手术室上方的指示灯，脸色平静又深沉。

罗池绕过他，站在了窗子前，背对着手术室看窗子外的风景，“昨晚见了人，今早上就出了车祸，还连累了整个巴士的乘客，看上去像极了一场无心的车祸，但直觉告诉我，这件事没这么简单。”

“你想说什么。”陆北辰淡淡开口。

罗池转头盯着他的侧脸，“我没怀疑你，但我想，有些事情应该是你知道而我还蒙在鼓里的吧？”

陆北辰风平浪静，“从何奈嘴里你们没得到任何有价值的线索，跟踪一个人最后连他见了谁你们都不清楚，罗池，作为朋友我可以安慰你，但作为工作搭档，我要提醒你该提升你们的团队作战能力了。”

“你身边有个大名鼎鼎的科洛，他的独立作战能力怕是更强吧？”罗池始终盯着他，“今天他没来，他去哪儿了？”

“回国休假。”

罗池转过身来，抓了抓头发，“你别忘了，咱们才是同一战线上的。”

陆北辰的情绪始终像是一碗端平的水，不起丝毫涟漪，“我从没忘了我的职责，只是，你罗大警官的眼睛已经往我身上盯了。”

罗池面色尴尬。

“现在何奈生死未卜，你做不了别的事，只能求神拜佛保佑他能醒过来。”

罗池还要说什么，陆北深赶过来了。在他始终对专案组的人采用三缄其口的对抗方式后，罗池只好暂停了对他的审问，但明眼人都知道，罗池对陆北深的怀疑还没放下来。

“他怎么样了？”

何奈在国内没什么亲人朋友，手机上最频繁的联系人就是陆北深，警察打通了陆北深的电话，他这才得知何奈出了车祸。

陆北辰说：“还在里面抢救。”

陆北深忧心忡忡，眉心紧锁，他的神情罗池一丝不差地看在眼里，没说话。

抢救室，争分夺秒。

那边又在喊顾启珉，是私家车主出了状况，顾启珉在这边止住血后对顾初叮嘱：“伤者失血过多，马上通知血库备血，这边交给你了。”

两床离得较近，顾初在接手的时候不经意扫了一眼那位私家车车主，头一忽悠，怎么是何奈?

何奈的出事令罗池嗅到了某种危机，这是他的职业习惯作祟，而陆北深的到来，像是体现着他对何奈的关心，但实际上罗池清楚，目前对陆北深来说，何奈是救世主，谁都可以出事，但何奈不能有事，他来还有其他目的吗?罗池暂时想不到。

可很快的，罗池意识到陆北深来这里另有所图。

就在抢救室里还在如火如荼的时候，罗池的烟瘾又犯了，等抽完烟回来时，陆北辰还靠在窗子旁站着，像是雕像似的一动不动。罗池本想上前问他要不要来杯咖啡，却猛地意识到有哪里不对劲，四处张望了半天，走到同事面前压低了声音问：“陆北深呢？”

同事也四处看了看，目光落在了窗子旁，“不是在那儿吗？”

“那是陆北辰！”罗池低喝。

同事蒙了，大家只把注意力放在抢救室上，对于陆北辰和陆北深的动向没怎么关注。罗池低吼完这一嗓子后发现陆北辰往这边瞅了一眼，可就这一眼，令罗池突生警觉。

他暗自打量站在窗子前的男人，一激灵。

他哪里是陆北辰？

真正不见了的是陆北辰，现在站在窗子前的人才是陆北深！

今天这两兄弟在穿着上大同小异，如果不是西装裤的颜色差别，罗池很容易认错人。他记得清楚，陆北辰穿了条黑色西装裤，不远处的那个，穿着一条深蓝色西装裤。

罗池心一凉，陆北辰哪儿去了？

这个时间，咖啡馆里的客人屈指可数。

晨光成了柔和的牛奶，透过满是常青藤的窗子均匀地流了进来。一条细白的手臂伸过来，不疾不徐地端起咖啡杯，手腕上的手表精致。

放下杯子，她看了一眼时间，咖啡馆的门开了，一串风铃声细细入耳，她抬眼。

他逆光而来，面色平静，令她想到了宽阔的海域，不动声色间却是最为危险的。待他坐下后，服务生端上一杯黑咖啡。她笑，“你向来准时，所以我提前帮你点好，你坐下咖啡来，温度刚刚好，不早不晚。”

陆北辰的目光稳稳地落在她脸上，“说吧，你找何奈做什么？”

虽说监控资料中的车牌号被挡，但他还是认出了林嘉悦的车，罗池跟林嘉悦是泛泛之交，所以不熟悉她名下的车，但他相信依照罗池的速度很快就能查出车主是谁。那么问题就来了，林嘉悦那个时候带走何奈，为了避嫌完全可以换辆车，甚至可以把车牌摘了，然而她没有，依照她的智商绝对不会想不到这点。

所以，原因只有一个，那就是她压根就不怕被罗池查到，不过是想跟罗池打个时间差罢了。

林嘉悦悠闲地喝了口咖啡，却意外地说：“你的戒指不打算摘下来吗？”

陆北辰面无表情，一言不发。

“或许是上天的安排。”林嘉悦身子微微探前，“我曾经一度想要放弃你，但好像上天不允许，瞧瞧，你和她就连登记都不能如愿以偿。”

陆北辰面色一冷，“你跟踪我？”

“我想，我有这个本事。”林嘉悦虽说言语温柔，但目光相当凌厉。

陆北辰盯了她半晌，笑了，可笑中没温度，绵延入眼是钻心的凉，“林嘉悦，我从来不知道你还有这手。”能跟踪他而不被他发现的人不多，林嘉悦能做到这点只有一个原因，就是她买通了他身边的保镖。

是他大意了，防了外人却忽略了身边人。跟着他的保镖都行动力极强，跟踪能力更不在话下，所以，林嘉悦顺便查清楚何奈的行踪简直就是小菜一碟。

“是啊，你从来不知道我还有这手。”她笑，“因为你从来不曾了解过我，你在基金会那件事上釜底抽薪，公然与我们林家对着干，真仗着你是陆门的人为所欲为吗？别忘了，论实力，我们林家不比你们陆家差。”

陆北辰的手指在咖啡杯上轻轻摩挲，冷笑，“你想说什么？”

“你应该猜得到我找何奈的目的。”如今的林嘉悦开始帮着父亲打点生意，才短短半年多的时间，她在言语处事上就多了一些杀伐决断，“何奈一旦有什么事，你以为陆家能逃得了干系？”

“照你的意思，你是从何奈的口中得到了消息？”

“我相信他对你们陆家已经有了二心。”林嘉悦摆弄着咖啡勺，“他之所以能跟我走，八成跟我的目的一样，是想看我知道多少事。”

陆北辰若有所思，稍许淡笑，“真是有意思。”

“你不怕吗？”

“怕什么？”

“如果何奈真有其他目的。”林嘉悦目光犀利。

陆北辰似笑非笑地盯着她，“所以你想说，能帮我的人就只有你了？”

“难道不是吗？”

“陆门是陆门，我是我。”

林嘉悦想了想道：“你弟弟跟何奈走得那么近，就算你不是为了何奈，为了你弟弟我也不信你什么都不做。”

“所以，你唯一能帮我做的就是混淆视线。”陆北辰忽而笑了。

林嘉悦没明白他的意思，刚要开口询问，咖啡馆的风铃就响了一下，她抬眼一瞧，脸色一僵。

是罗池。

他看上去不大友好，走上前，拉了椅子坐在陆北辰身边。

“罗警官，阴魂不散啊。”陆北辰没惊讶他的到来。

罗池毫不客气地说：“没办法，我把人当朋友，人只视我是根葱，我也只能采用这种下三滥的招式了。”

陆北辰笑而不语。

“林小姐。”罗池看向对面的林嘉悦，目光严肃，“看来你得跟我交代点什么。”

林嘉悦笑了，“难道我跟陆北辰约会也违法？”

“约会？”罗池笑，“据我所知，你对面的这个男人，他的女朋友叫顾初。”

林嘉悦目光一凉。

“跟我走一趟吧。”罗池笑了。

林嘉悦冷眼看向陆北辰，陆北辰没有多余表示，脸色平静，不知道在想什么。她稍稍沉默了会儿，然后笑了，起身，“好啊，既然是罗大警官开了口，我也得卖你这个面子不是？当我去警局一游了。”

罗池也起了身，拍了拍陆北辰的肩膀，笑问了句：“我这算不算是螳螂捕蝉黄雀在后？”

“你这次还真是当了黄雀。”陆北辰浅笑。

抢救告一段落，重伤之人中，一人宣布死亡，一人被送到重症监护室，其他人的生命体征恢复正常。被推进重症监护室的人是何奈，由专案组的人守着。

其他外科大夫都走了，洗手池前只剩下顾初，她的手术服上沾了不知几个人的血，其中包括那名死者的，不用出抢救室她就能想象的到死者家属的哭天抢地，她想走出去跟家属说，对不起我尽力了。可双脚已经没了力气，一软，后背蹭着墙蹲了下来。

也许这一天都糟糕透了，她以为风和日丽必有好事，所以欣喜地期待着领证的那一刻。像是冥冥之中注定似的，手机振动的那一刻，似乎所有人的命运都为之改变了。

医院催得勤，办证那边的复印机还出了问题，作为医生她无法心安理得地再去等待个十几分钟，那一刻她看着陆北辰，急得眼圈都红了，他轻抚她的脸，末了说："改天。"

是，改天。

因为这一天她的电话和他的电话都在告诉他们一件事：你们只能改天。

顾初出手术室的时候，陆北辰已经回来了，坐在长椅上等她。见她出来了后，他起身。她走上前，抬抬眼看他，问："北辰，我们能结婚吗？"

他的眼亮若星，"能。"

事实上顾初没有那么多时间悲春伤秋，在稍稍调整后就是一次全组会议，甚至，她连陆北辰送的午餐都没吃上。

开会之前陆北辰离开了，接了个电话，顾初察言观色了一番，觉得应该是一通挺重要的电话，他的眉心微微隆起，虽是瞬间，她还是看见了。

全组会议上，顾启珉的脸色不大好看，许是他也挨上级批了。在会上，他重点批评了两个人，一个是顾初，另一个就是筱笑笑。

批评顾初是因为她的请假加晚到，可筱笑笑纯粹是被冤枉的，顾初也不知道顾启珉哪来那么大的邪火，当着全组人的面把筱笑笑训得体无完肤，其他人听得冷汗都下来了，坐在顾初身边的女同事压低了嗓音说："顾主任太公事公办了，毕竟是自己老婆，差不多就行了。"

顾初悄然打量筱笑笑，她坐在那儿不吱声，面色平常不知道在想什么。

顾启珉冷着脸，"我不止一次强调过，在手术中有任何临时调整都要马上申请报告，筱笑笑这次虽然说没有技术问题，但没有对医学的谨慎态度，自己在手术中随意调整治疗方案，你让跟你同组的大夫们怎么配合？

“顾初，通报批评一次，至于筱笑笑，这段时间我院要下派医务人员到社区服务，你在医院的工作暂停，跟着下社区吧。”

全组人震惊，筱笑笑可是顾启珉最得力的助手，在手术台上也有丰富的经验，把她派到社区做最基础的问诊服务？顾启珉的脑子短路了？

“顾主任。”顾初忍不住插言，“我们科室的人手本来就不够——”

“就这么决定了。”顾启珉没给顾初求情的机会，起身收起会议记录，扔了句，“筱笑笑，你准备一下去报到吧。”

会议结束后，顾初一把扯过筱笑笑，“你还不打算告诉我实情吗？”她总觉得事情没那么简单，顾启珉的态度太过诡异。

筱笑笑耸耸肩膀，“也许，泄私愤吧。”

“什么？”

“其实我跟他——”

“顾医生！”有小护士跑上前打断了筱笑笑的话，“重症病房的病人醒了，顾主任要大家马上过去看诊。”

“筱医生不用去吗？”顾初问。

小护士摇头，“顾主任的通知单里没有筱医生。”

“啊？这——”

“你去吧。”筱笑笑轻声说。

顾初直咬牙，这叫什么事啊。

“什么？你怎么能让警察把嘉悦带走呢？”

茶馆是见长辈的好地方，虽说陆北辰此时此刻没心思品品茶，但对于秦苏的主动邀约，是他不想面对却又在意料之中的事。

“不然呢？”他摆弄着眼前的茶具，轻描淡写，“罗池是典型的不见兔子不撒鹰，总要找个人出来混淆他的视线。”

“嘉悦能做什么？不过是关心你罢了。”秦苏压了气。

“既然她什么都没做，又或者说她从何奈嘴里什么都没问出来，我想凭着她的本事，从警局里走出来是易如反掌的事。”陆北辰对此一点都不担心，反而忧虑的是眼前，林嘉悦有一点说得没错，不管他多想跟陆门撇清关系，都不得不承认一个事实，他身上流淌着的永远是陆家的血。

秦苏蹙起好看的眉，许久后说：“既然你已经提到了何奈，那好，我也不跟你兜圈子了，你父亲的意思是，希望何奈能马上回美国。”说到这儿，又重重补上了句，“所以，我希望你把他交给我，不管他现在的状况如何。”

陆北辰慢悠悠地品了口茶，又慢悠悠地放下杯子，唇角多了冷笑，“如果不呢？”目光落在秦苏的脸上，一字一句问，“陆家是不是会再上演一次杀人灭口的戏码？”

秦苏先是一愣，然后笑了，可这笑容明显多了其他的意思，例如不可思议，“杀人灭口？”

陆北辰盯着她，秦苏的目光大大方方，与他对视时不曾躲闪分毫，稍稍联想了一下，想到了什么，了悟，“你以为何奈这次出事跟陆家有关？”

“何奈昨晚甩掉警察去见了一个人。”陆北辰似笑非笑。

陆门上市后，连续几年的收购并购，产业链已是方方面面，盘根错节固然庞大，但要承担的风险也不容小觑，越是蓬勃发展越是不能大意，哪怕是一小步的错误都能成为陆门颠覆的导火线。他的大哥陆东深行事跟父亲多少有些不同，相比父亲的相对保守，大哥行事大胆雷厉，就算他没身处陆门之中也明白这个道理，那就是陆门势必要迎来一场变革，一场新旧交替、不见硝烟却能嗅得到血腥气的变革。

而这场革命者必然就是他的大哥陆东深，就跟他曾经釜底抽薪整治基金会的道理一样，一朝天子一朝臣，商场之上形同战场，利益之下，人与人之间的信任甚至亲情都会变得淡薄。

之所以得出这个结论，是因为近两年秦苏在国内的走动，在外界看来，她是在担心他这个在国内查案的儿子，可陆北辰知道这其中并非那么简单。父亲退居，但有些事情还得办，然而亲自出面会引来太多关注，所以秦苏代为处理。这也意味着陆门可能很多权力重心都在发生转移，他的那个大哥看似傀儡，实则未必那么恬静无争。

秦苏优雅地拢了下头发，坦言：“没错，昨晚与何奈见面的人就是我。”

陆北辰眉头悄然聚拢。

“但我只是向他表达了你父亲的意思，希望他能马上回陆门。他回国的时间太长了，又莫名地搞出些事情来，总要给你父亲一个交代吧。”秦苏喝了口茶，“何奈昨晚刚见了我，今天他就出了事，我知道你在怀疑什么，任何人想了都会认为这是一桩谈不拢后的灭口案件，但你要明白，这种卑劣的招式你父亲不屑于做，陆门更不会做。”

“也就是说，何奈出事纯属偶然？”陆北辰没说全信，但也少了一半的怀疑。

看人看眼，猜人测心，他自认眼睛毒辣，除非秦苏是天生演技派。

秦苏思量少许，“也许他被别的什么人盯上了，又或许，只是个意外。”

“他今天不会无缘无故出门。”

“是，因为我要求他马上回陆门做出解释。”秦苏十分坦荡。

陆北辰朝后一倚，“看来你们达成了共识。”

“倒不如换种说法，比如他将会得到一笔巨款。”秦苏含沙射影，“只要，他能乖乖回陆门。”

“在我看来何奈的目的没那么简单。”

“但至少能用钱来解决。”秦苏一针见血，“既然他的问题能用钱解决，那么再大的问题就不是问题了。”

陆北辰陷入沉思，假设秦苏的话是真的，假设这世上没那么多的偶然，那么，想要何奈命的人还能有谁？

茶凉了，秦苏又添了热茶。

“总之，何奈不能留在国内。”秦苏下了总结，“我知道以你的能力能办到这点。”

陆北辰端了茶轻抿了一口，放下了杯子，再抬眼，目光薄凉，“何奈这么重要，重要到能劳烦秦姨开口求我，那么我是不是可以理解为陆门真的有生物研发实验室？”

“陆门的确有生物研发实验室。”重症病房里，何奈虚弱地道出了惊天的大秘密。

经过一番抢救，何奈已经脱离了危险期，醒后，相关科室的医生都来了，逐一观察检查，他的外伤多于内伤，这相比被他撞翻的那些人来说已是万幸。

重症病人涉案，警方高度关注，从推进手术室到送进重症病房，专案组的人全程都在，得知何奈醒后第一时间打给了罗池，罗池匆忙赶回医院。

陆北辰赶到医院的时候，专案组的人还没有离开，没见罗池的影子，会诊的医生们也都不在。其中一名专案人员拦住了他，“陆教授，您现在不方便往里进。”

“何奈醒了？”陆北辰警觉。

“是。”

陆北辰面色沉凉，“让开。”

“不好意思陆教授，头儿说了，除了主治医生外，其他人一律不得入内。”

“他有权力这么做吗？”

“这其实是何奈的要求。”专案组的人严肃认真，“他希望不受打扰。”

陆北辰盯着他看了半天，然后转身离开。径直去了神外，没看见顾初，倒是看见了正在收拾东西的筱笑笑，见到陆北辰后，筱笑笑诧异，“顾初已经下班走了。”

陆北辰愣怔片刻，然后点点头，“谢谢，再见。”

筱笑笑一脸疑惑。

一小时前顾初从重症病房回来，脸色煞白，像是被人放了血似的，浑浑噩噩，跟她说话她也像是听不到，如同丢了魂。筱笑笑问她出什么事了，顾初好半天才像是听见了她的动静，神色呆滞地看着她，回了句：“没事。”

没事？

没事才怪。

她跟她大学同窗外加认识这么多年，有事没事她还能看不出来？她很慌乱，这是筱笑笑得出的结论。

可陆北辰又是怎么回事？

筱笑笑心生担忧。

回到车里，陆北辰先是给顾初打了通电话，但拨了数次都没人接，他多少有点急了。沉了沉气，又拨了通电话。

那头接通了，对方所在的环境有点吵。

"罗池。"陆北辰在封闭的空间里，衬得他的嗓音深沉淡凉，"你必须明白一点，在这起案件中我首先是法医其次才是陆家的人，关于案情的进展，我有权利知情。"

那头沉默了片刻，说："我理解你的心情，但说实话，有些事你不方便插手。"

"你在跟我说废话。"陆北辰面色僵冷，"我需要的不是你的理解。"

罗池重重地叹了口气，"何奈把陆家咬了出来，连带的咬出了陆家和顾家的陈年往事，作为朋友我很不想看到这种局面，但作为警员，我必须要按规章办事。"

陆北辰的目光一沉，陆家和顾家的陈年往事？冷不丁想起筱笑笑提及顾初时的表情，还有，顾初迟迟不接电话的举动……

"你的意思是，何奈招供的时候顾初在现场？"他想到了这种可能。

罗池也明确了他的预想，"是。"

陆北辰一字一句从牙缝里出来的全是冰冷冷的阴风，"罗池！"

那头也感觉到了他的不满，忙解释："我知道顾初不是涉案人员，这种场合下应该回避，但当时我不知道何奈会说跟顾家有关的事啊，所以他要求顾初留下来我也没多想，顾初是医生，照看何奈的身体情况很正常。"

陆北辰这边脸色铁青。

“何奈到底说了什么？”

“这……”罗池迟疑，半晌后沉沉地说，“你要有个心理准备，我相信何奈说的事是连你都不清楚的，还有，我必须要跟你提前打声招呼，因为案情严重，所以我需要向上级申请调查陆家。”

陆北辰悄然攥紧了拳头。

“何奈寻求我们的保护。”罗池说，“我知道你不会徇私，但作为陆家人，你势必会在暗中查一些事情。也许你已经知道了一些事，在权衡，但我想说的是，秦苏这一次需要在国内待得久一点了。”

“我欢迎你查得清楚点。”陆北辰说，“事到如今，真相大白是最好的解决方式。”

第十二章

有人想要我们心生罅隙

这个季节，上海气候多变。快到家的时候起了阴云，雷声大作，又下起了雨。顺着路将车停进了地库，下车后陆北辰又打了电话，顾初还是没接。

开了房门，室内很暗。

窗子是关着的，豆大的雨点砸在玻璃上，隔了音，模糊了窗外风景。玄关有包和钥匙，陆北辰看到后稍稍松了口气，说明她回来了。

上了楼，推开卧室的门，顾初果然在。

她面朝窗子坐在地毯上，长发披肩，室内的阴暗与窗外偶尔的电闪雷鸣交织了忽明忽暗的光，她沉默得像是嵌在阴雨中的剪影。

看不见她的神情，却能感受到她的悲伤。

陆北辰注视着她的身影，那小小的肩头许是再也承担不起风雨。秦苏跟他说，顾家做的事远不及此。当时他没细问，秦苏不清楚的是，对于顾家曾经做过的事，他已经比任何人都清楚明白了。

现在，她是知道了吗？

他情愿背负所有，只换来她的不知情。

良久后，他才慢慢蹲身下来，一手轻轻搂住了她的肩膀。裸露在空气中的肩头冰凉，这股子凉顺着他的指尖一直往心里钻。

“初初。”陆北辰轻唤了她的名字，但接下来要说什么他竟不知道了。

安慰的话？还是，故作不知？

她的侧脸映落在阴影之中，窗外雷光闪过时，他看见，她哭过。他不忍见她如此，将她整个人抱起。顾初没挣扎，像是折翼的鸟儿，任由他将她抱回床上。

他开了灯。

她的脸颊在鹅黄色的光线下愈发清晰，终于抬眼看着他，许久后，才像是看清楚他是谁似的，一把抓住了他的胳膊，手劲格外大，纤细的指甲几乎深陷他的胳膊，“你知道了对吗？知道了所有的事！”

他该如何回答？

终究还是选择沉默。

顾初的眼眶又红了，仍旧抓着他不放，“为什么陆家要那么做？只是因为利益吗？可全中国那么多的生物制药，你们陆家为什么就盯着我父亲不放？为什么要把我父亲的成果夺走？”

陆北辰原本只担忧她的情绪，可听到她说的这番话后蓦地怔住，很快反应过来，低声急问：“陆家夺走你父亲的成果？”

“新药是我父亲研制的！”顾初濒临崩溃，说话的逻辑也有些混乱，“抑制神经类新药是我父亲的研制成果，被陆家夺走了……他们，为了利益污蔑了我父亲，夺走了新药……”

陆北辰如雷击，大脑有几秒钟的空白，等有了反应，第一个念头就是：不可能！压下惊骇，他沉了沉气，“把你知道的全都告诉我。”

就在今天，秦苏已经向他承认陆家的确有生物制药这一块，但从不对外公开，他之前不解，后来秦苏的一番解释他终于明了。可怎么又涉及顾家的生物制药？他渐渐感到不安，难道是他查的事情出了错？

建科集团，曾经赫赫有名的药业王国，几乎垄断全国的药品市场，与此同时又与国际制药接壤，并购了几家国外老牌药厂，其发展版图无可限量，建科为纳税大户，顾泽峰又是慈善产业的代表，所以那个时候一提到建科集团没人不知道顾泽峰，顾家盛极一时。

建科集团有自己的医药科学团队，建立多个生物制药研究中心，在新药的研发上做出了卓越的贡献，这是众所周知的事。其中一处生物研究中心就在重点对神经癫痫类疾病进行研究，积极开发新药。顾泽峰对此很重视，投入了大量的人力、财力，聘请的研发团队人员个个都是人尖，从全球二十几个国家筛选，最终挑选出七人组建起这支核心团队。外界纷纷猜测核心团队成员的身价，都知道能入了顾泽峰法眼的人，他所开出的价码就不会低。

七人中只有一名是中国人，名为顾江奇，是赫赫有名的脑神经学专家，长期在国外从事生物开发研究工作，是炙手可热的人才。与顾泽峰更是投缘，外界不知情的一提到顾江奇还以为是顾泽峰的亲戚，但实际上两人只是惺惺相惜的多年好友。

修复神经受损、抑制神经类疾病的新药开发项目名称很有意思，叫作“脑忆”，往通俗了说就是可以辅助大脑恢复正常功能的意愿，当然，这只是个很别致的项目名称，是核心团队中有人无意间说出来的这么一个词。

“脑忆”项目是在透明又保密的情况下进行的，透明，是因为圈内的人几乎都知道建科集团在进行一项大的研究开发项目；保密，是大家虽知道建科在研究大项目却对项目的情况一无所知。

一切本该顺风顺水，经过数年研究后，神经新药已经成功地进入了临床阶段，可恰恰就是在这时出了事。临床阶段死了人，新药作废，建科名誉受损、集团一夜之间千夫所指、产业链受到重创、相关部门介入调查、同行落井下石……最后，顾泽峰夫妇在车祸中身亡。

而这一切的始作俑者，就是多年前移居海外，并在海外市场迅速扩张产业又保持神秘面纱的陆门集团，换句话说，顾泽峰从辉煌走向覆灭的人生轨迹全都是拜陆振扬所赐。

作为陆门集团的掌舵人陆振扬，从长辈手中将家族重任接过来后自然想着如何发展壮大，而生物制药是块利润巨大的蛋糕，陆振扬当然不会放过，但想要踏足这一领域，从头来过是蠢人的行为，踩在巨人的肩膀上前行才是上策。从集团规模来说，建科集团的力量无法与陆门匹及，但顾泽峰名声在外，是中国医药的代表，陆振扬注意到他也实属正常。

陆门最开始想要买断新药的研发，被顾泽峰拒绝，后来多番商谈无果，陆振扬干脆一不做二不休，买不来就直接抢，巨额的利润之下，人性的野蛮暴露无遗。临床死亡一事是陆门有意策划，那个人的死亡其实跟新药无关，但陆门做得滴水不漏，所以当时并没有查出来，再加上舆论导向流言可畏，一时间顾家就被扣上了杀人的帽子。

建科因新药一事陷入泥潭，而那个时候，能帮助他渡过难关的几家企业同时受到了威胁，眼睁睁地看着顾家覆灭。这个威胁就来源于陆门，不显山不露水，甚至陆振扬都没亲自出面就彻底斩断了顾家夺回项目的可能性。借刀杀人、落井下石，这两招成了两把悬在顾泽峰头上的大刀，纷纷而下，斩落了顾氏夫妇。

当然，后来顾氏夫妇出车祸的确是因为意外，但当时他们只是为了筹集资金，并非是逃逸，可后来被大家传成了逃逸，人往往就是这样，宽容难，凑热闹易。

这一切，都是何奈亲口叙述的，当时罗池听完这席话后着实震惊。

而何奈是怎么知道这段陈年旧事的？

顾初静静地倚靠在床头，眼眶红肿未消，目光发直发愣，可思维是清晰的，她慢慢复述这些事，中途几次哽咽，“何奈就是顾叔叔的儿子，他常年待在国外，跟顾叔叔学的是一个专业，他原名叫顾肆。”

是她忘了，又或者说那个时候她跟顾叔叔一家接触得不是很多，她只知道顾江奇是一位不可多得的奇才，偶尔去父亲公司的时候见过他，顾江奇有个儿子叫顾肆，打小就在国外上学，大学毕业后也开始从事生物研究工作。她曾经见过顾肆，但接触次数较少，印象不大深刻，直到何奈说出这段旧事的时候她才想起来。

怪不得当初他自报家门的时候她总有一种说不清的感觉，顾肆这个名字既陌生又熟悉，现在想想，他当时就是有意要看她是否有印象。

陆北辰坐在床头听她讲述这些事，内心惊涛骇浪，良久后说：“所以，顾肆就化名何奈进了陆门，并承担起陆门秘密开发新药的工作？”

顾初点头，“他承认自己这么做就是为了给他父亲正名。”

顾家新药被扣上失败的标签，甚至牵连了人命，一时间实验室里的人尖们名誉受损伤，“脑忆”项目瓦解，成果被毁，核心团队解散。而顾江奇，这个一世孤傲的人在面对压力和舆论时一时间承受不起，最终竟寻了短见。

所以，这一场灾难又何尝只是建科的呢？顾肆原本幸福的一家也支离破碎，德高望重的头衔也被毁得尸骨无存。再后来顾肆从新药入手，得知陆门在暗自招兵买马研究新药，事有蹊跷，他便更名改姓混进了陆家，成了陆门四大助理之一。

他利用自己的学识很快进入了陆门的研究团队，那是一支小型的团队，加上何奈共四人，可想而知陆振扬是小心驶得万年船。顾肆是专业人才，一接触这个项目就知道是怎么回事，他恨得咬牙切齿，陆门的项目就是曾经的“脑忆”。

“顾肆在陆门团队尽心尽力，实际上是在调查那款新药到底能不能吃死人，它对生命的危害性有多大。”顾初声音小小的，“后来他发现新药只对临床患者的心脏有些影响，需要配合强心类药物才能避免影响，但不足以害死人，所以他确信了当时的事就是一个阴谋。”

相比顾家的核心团队，陆门的团队更私隐、规矩更多，顾肆虽说得到了陆振扬的信任，但在生物研发上也不能独掌大权，他开始绞尽脑汁地想把这个项目单独拉出来做，但陆振扬如此重视这个项目又怎能轻易放弃？所以顾肆一改实验室的保密原则，将新药的弊端告知陆振扬，并且有意扩大其危害性。他的目的很简单，就是想逼得陆振扬放弃，他可以拿回父亲的成果。

然而他忘了陆振扬是个精明十足的商人，商人的任务就是要把没用的东西合理利用，即使价值已经被榨成渣的东西也要美化成废品可以卖钱。陆振扬一个命令压下来，要核心团队将这款新药重新进行成分配比研发，增加强心类成分。核心团队其他成员没意见，顾肆却反对，一来这是父亲的成果不容更改，二来如果增加强心类成分的话可能会给人体造成不可预测的影响。

陆振扬自然不听，一怒之下将主动权交给了团队的另一个人，顾肆只是配合其工作。可好景不长，顾肆的担忧真的发生了，第一个临床志愿者出现了意外导致死亡，这个人，就是钱豪。

其实 X-R2 与强心苷类成分是可以共存的，只是配合比例必须要极为讲究，否则就会出问题。顾肆所在的实验室将新药开发分了五个阶段，每一阶段都在反复白鼠实验后用于临床检测，根据检测结果再决定是否要进行成分提炼和重组。

“钱豪、刘川、冯梓莲和艾欣，他们都是实验室临床检测的对象，都有心理治疗的前史，实际上是神经系统受损引发精神类疾病。他们是在自愿的情况下与陆门研发室签署了临床条约，当然，前提条件是临床对象必须要符合试药条件。”顾初的眼睛里无光，像是落霾的瓦片黯淡灰沉，“他们不是同期的临床病人，钱豪是第一阶段，刘川第二阶段，以此类推，他们服用了新药，都不可避免地产生了幻听、幻象等问题，最后导致死亡。”

陆北辰压抑，她在说这番话时并没有恨屋及乌，可单单就是她眼中似落灰般神情都令他心口发紧、发疼。他起身踱步到落地门，敞开，雨腥的空气卷了进来，燃了支烟，烟草味就被迅速冲淡了。

“所以，是何奈利用了尸体？”他还是不习惯叫他顾肆，“目的是，曝光陆门秘密开发新药并死人的事？”

顾初蜷起双腿，胳膊环住，“是陆门有意掩藏死人的事实，他只能想出这么一个办法。”

临床实验者用过药的一切反应都由顾肆负责记录，所以，他也是与四名死者接触最多的人。两年前，钱豪在服用了两个月左右的新药后开始产生幻听，紧跟着没多久他的大脑就开始自动颠覆他的真实世界，像是人格分裂，他有了另一套虚拟空间，最开始他会迷茫，会不知所措，渐渐地他对虚拟的世界深信不疑，甚至最后只活于虚拟世界，并在顾肆的暗示下将虚拟的生活点滴记录下来。

最终钱豪自杀了，这件事震惊了实验室，顾肆向陆振扬汇报了这件事，希望他能停止对新药的开发，但陆振扬非但没放弃新药研发，还加大资金力度要求实验室继续研发。钱豪死亡一事被他压了下来，命顾肆秘密处理尸体不得对外声张。

接下来的刘川、冯梓莲也都遇上同样情况，陆门的解决方式也都是秘密处理，销毁他们当初与陆门实验室签署的同意书。

这三人平日独居，没人知道他们跟陆门实验室的关系，所以更多人以为他们只是失踪，以至于后来他们的家人报了警，警察搜寻无果后只能做失踪人口处理。

艾欣的情况稍稍特殊，可能新药进行到了第四阶段，幻听幻象情况没有那么明显，她是在服药后第五个月才有了幻象，但与前三位临床对象不同的是，艾欣始终在现实与虚幻中交替生活，所以艾欣的父母并没有察觉出什么问题，直到日记的发现，艾欣的父母才知道女儿的情况。

“那些日记是何奈故意让警察发现的？”陆北辰靠在落地门边，身外是花园，白兰树被夜风吹得摇头晃脑。

钱豪、刘川及冯梓莲之所以成为失踪人口，是因为当时警察找不到任何他杀或自杀的证据，换句话说，警方甚至连尸体都没找到，而现在尸体出现，日记本也出现了，这一切看起来像是意外，但陆北辰那时候就在怀疑是人为的。

“是。就像是他利用奇怪的蜡像展曝光四具尸体的目的一样，他需要给警方留下可疑的证据。”

怎样让陆家实验室曝光于人前？不得不说顾肆的做法直接而又大胆。但首先要解决尸体的腐烂问题，这对一个天天浸泡在生物制药领域的人来说并不是件困难的事。

他将目光盯在了奇怪身上，奇怪渴望成功，顾肆渴望曝光，两人一拍即合。他以匿名者的身份给奇怪提供了蜡像展的思路，彻底颠覆死亡的概念，以最逼真的艺术形式来揭露这一段骇人听闻的秘密。

事情的发展都是按照顾肆的设计去走的，用顾肆的话来说就是，只要再给警方一些时间，那么必然会根据尸体身上的变化和印记摸到陆家身上。

然而，令顾肆没想到的是陆北深，他的病情冷不丁地发作，彻底曝光了顾肆。

“陆家新药第五研发阶段的临床对象，就是陆北深。”顾初的目光有了转移，悲凉地落在了陆北辰身上。

窗外，雨势大了，大团的清冷卷了进来，烟草味被吹得所剩无几。陆北辰闻言，手一颤，将烟头掐灭，抬手关上了落地门，语气低沉，“半年前的那场车祸，顾肆的解释是什么？”

“车祸这件事他不知情，艾欣出事后他才知道，他只承认他偷了尸体。”

“你相信吗？”陆北辰靠着落地门。因为逆着光，他的双眼就笼罩在大团的暗影之中。窗外是摇曳的花枝，他的身影却异常高大静止，如伫立于浪尖之上的磐石，一动不动。

他悲伤，不管真相如何都已经扯到了陆家和顾家，但不代表他被悲伤钳制而乱了理智，他相信顾初的情绪还在收敛中，因为这份收敛，他清楚她也发现了疑点。

“何奈对于车祸的解释，我是抱有怀疑的。”她深吸一口气，压下心头的滞闷，不允许自己在这件事上太过沉迷于一面之词，“要么他在说实话，那意味着这件事还藏着一个幕后黑手；要么他在撒谎，可一旦撒谎，那就意味着他为了他的目的杀了人。”

陆北辰看着她，心中百感交集。一方面她在悲伤无助，另一方面她又在挖掘真相，他明白她的心思，她更愿意相信何奈是一派胡言。

“也许顾肆的目的很简单，他就是想通过车祸引起关注，所以他利用艾欣的癫狂来故意撞你，他被仇恨蒙蔽了双眼……”说到这儿，顾初的声音一下子又小了，就像是好不容易鼓足的皮球又被人骤然放了气似的。

她紧紧攥着被单，手心生疼。不管她怎么解释这场车祸，顾肆的目的都像是跟他所说的毫无出入，他想报复，为了他的父亲，那么……转了一圈又回来了。所以她明白，不管她如何不想承认，顾家的出事都跟陆门有关。

陆北辰知道她在想什么，坐过来，将她拉入怀里。顾初没有挣扎，靠着他，攥紧了他的手。

筱笑笑算是跟着下社区的这批医生中最有资历的一个了，大家虽然明面上不说什么，但私下都在议论。她没工夫理会那么多，调任令一下她就到社区报到了。

一大早社区医疗服务站就很热闹，因为是市重点医院对社区的福利，所以居民们全都闻风赶来。这个时间年轻人都在上班，接受问诊的几乎都是上了年龄的居民。

筱笑笑忙忙碌碌，倒也觉得充实，社区问诊工作简单，她却还是做得认真。一晃中午休息时间到了，其他医生们累得怨声载道，她却不觉得什么。正要去吃饭，没想到乔云霄来了。

午餐就在社区旁边的餐厅，不大的地方，吃得简单，这是片老居民区，白头发的人多于黑头发的，在外面吃饭的人少，周围的餐厅也都是以快餐为主。

“我的意思是，我们可以开车去别的地方吃。”乔云霄坐在无靠背的椅子上，全身像是爬满了跳蚤似的不舒服，左顾右看，“新开了一家牛扒店味道还不错，我带你去吃。”

筱笑笑用热水烫了两套餐具，将其中一套放到他面前，“我只有一小时的吃饭时间，哪够去你说的牛扒店？”

“但是这里太……”乔云霄打从坐下来后就觉得周围都油兮兮的，桌子上也有油腥味，他都不敢把胳膊放在桌子上，“你是个医生，这种环境不适合你。”

筱笑笑抿唇忍笑，抽了纸巾将桌子擦了又擦，“这种小本生意的餐厅哪会像你出入的那些餐厅讲究？不过我看了一下，周围就属这家最干净了，居民也都说这家的口味最好。再说了，我是医生怎么了？我也要填饱肚子啊，别人能来这吃，我是医生就不能来吃了？”

乔云霄见她没有跟他走的意思，也就妥协了。筱笑笑点了两道家常菜，其中一道厨师没注意放了辣椒，呛得乔云霄直咳嗽，筱笑笑很想笑，但还是忍住了。拿了双新筷子，说："这里没大饭店那么讲究，不分公筷和私筷，就用这双新的做公筷吧。"话毕，她用新筷子将里面的辣椒逐一夹出。

"你嫌弃我？"

筱笑笑愣了一下，解释："我没这个意思，我怕你不习惯……"

"你不嫌弃我，我也不嫌弃你，用什么公筷？"乔云霄抽走她手里的筷子，"像你说的，这么小的快餐店，我们也就别穷讲究了。"

筱笑笑看了他一眼，"好。"

饭菜尚算可口，筱笑笑倒是无所谓，但她知道以乔云霄这个大少爷的标准，这里的口味绝对是不达标的，果不其然他吃得不多，只是几口表示作罢。筱笑笑累了一上午胃口大开，现在别说是这里的饭菜，就是只有馒头她都能吃上好几个。

乔云霄看在眼里，心里不是滋味，问她："你到底怎么想的？"

筱笑笑没明白他的话，抬眼困惑地看着他。

"姓顾的摆明了在利用职权整你，我不会放过他的。"乔云霄一字一句。

筱笑笑阻止，"你要真是为了我好就什么都别做，他不能拿我怎么样，医院那么多双眼睛看着呢，再说了，我在手术中的确没按照程序来，换任何领导都会对我通报批评。"

"你现在还为他说话？"

"我不是为他说话。"筱笑笑说，"他在离婚这件事上吃了亏，心里有气很正常，派我下社区也算是我跟他扯平了。以后我跟他桥归桥路归路，谁也不欠谁的，万一你再找他麻烦，他反过来再找我麻烦，那么我跟他的关系就没完没了了。"

"有些人需要给足教训他才不敢怎么样，我是个商人，犯不上学得那么品格高贵、阳春白雪。"

筱笑笑浅笑，"商人更要审时度势吧？他是只披着羊皮的狼，万一他被逼得走投无路回头再反咬我一口，那就真的没安静日子可过了。"

“你身边缺个人。”乔云霄冷不丁地说了句。

“啊？”

“你需要个强有力的靠山，他就不敢对你怎么样了。”

筱笑笑耸耸肩膀，“也许吧，但我现在挺好的。”

乔云霄盯着她笑，“顾启珉是披着羊皮的狼，那我呢？”

筱笑笑想了想，“你是披着羊皮的虎，这么说，可以吗？”

乔云霄笑了笑。

她又闷头吃饭，但总觉得他在盯着她看，这种感觉很奇妙，却又让她心生不安。乔云霄的确是在瞅着她，半晌后突然说：“你希望我这只虎待在你身边保护你吗？”

筱笑笑悸动一下，可她不敢往深了想，轻描淡写地回答：“你一直在帮我不是吗？已经很感谢你了。”

“你明白我什么意思。”乔云霄盯着她的脸，“我想要你跟我在一起。”

他的意思表达得明确直接，让她再没法躲避，她张了张嘴，显然是被他的提议吓到了，乔云霄伸过手，来拉她的手，“笑笑——”

“我吃好了。”筱笑笑忙抽手，筷子也放下了，“我该上班了。”

秦苏被罗池扣下了。

这是陆北辰意料之中的事，一大早他就接到了大哥陆东深的电话，跟他了解情况后表明了态度。

“第一，关于陆门生物制药的事父亲已经承认，但死人的事他不清楚，实验室只是定期给结果，我调查了一下，这件事极大可能是实验室瞒报，父亲并不知情；第二，我已经命助理将实验室的情况写成书面材料递交国内警方，希望他们要尊重事实不要冤枉好人，这件事跟我母亲无关；第三，我希望何奈和北深尽快回美国，何奈需要给我一个交代，而你也不希望北深只顶着一个空壳股份不做事吧？”

一通简单的电话，却十足听出端倪，陆北辰倒了杯清茶，看着窗外蒙蒙亮的天色，说："看来，就算何奈回美国，他也得不到父亲的庇佑了。"

"父亲现在更适合颐养天年。"那头，陆东深的嗓音低沉，"母亲年龄也大了，为谁奔波走动的事已经不适合她来做，有些事，做儿女的应该代劳。"

陆北辰轻描淡写地说："陆家的事我不参与，但这件案子我势必要查清楚。"

"你为了你的女人也会这么做。"陆东深一针见血，"但是你要清楚，外界一旦知道陆门被调查，那将会是一场不见血腥的风波，不需要为难你，只拜托你一件事，让这件事秘密进行。"

"那就要看陆门曾经做过什么事了。"陆北辰淡淡地说，"你有你的商场法则，我有我的职业坚守，何奈现在寻求警方的保护，陆门总要对此给出解释。"

"这件事没你想得那么简单，新药的确是顾家的成果，顾家出事陆家也的确要付上一些责任，但父亲为什么一定要研制新药，不惜一切手段得到新药的研发权？重要的是，他从不对外公布这件事，意味着这种药他根本就不想拿来盈利，你有想过为什么？"

陆北辰没回答他的问题，许久后说："何奈现在不能出事。"他明白陆东深的意思，他也有办法在罗池眼皮底下将何奈神不知鬼不觉地带走，但他不能这么做。

"你确定？"

"是，我需要知道陆门做过的所有事。"

通话结束后，陆北辰紧紧攥着手机，一手撑在窗玻璃上，他咬着牙，心脏隐隐作疼。撑着玻璃的手指在颤抖，那杯茶已经失了温度，清香不再，只剩薄凉的气息。

"一旦何奈的话是真的，那么你很清楚你父亲那么做的目的，对吗？"

他转头，对上顾初的眼睛，她的眼里也染了一点凉，许久后他低哑开口："初初，对不起。"

"是因为你的母亲，还有北深对吗？"

陆北辰没说话，就算没有陆东深的这通电话，他也想到了父亲行为背后的初衷，他母亲的病无药可医，而北深的情况又很像是遗传了母亲，如果换作是他呢？他不愿去深想，因为只要去深想他就要承认一个现实，那就是其实他骨子里流淌着跟父亲一样的血液，如果换作是他，当他知道有这种药的话，也会占为己有。

他的沉默已经承认了一些事，顾初难过得喉咙发紧，说："可我父亲研制新药就是为了推上市场啊，他为什么要这么做呢？"

"也许是父亲等不及，又也许，当初我父亲跟顾伯父谈得并不愉快。"陆北辰低低地说。

顾初灰暗的眼眸里有一点点的光，像夜幕的星，闪烁，她说："我真希望这一切都是场梦，梦醒了会发现什么都没有发生。我只是在阶梯教室里睡了一觉，身边的同学把我叫醒了，然后我兴高采烈地去实验室找你，跟你贫嘴，惹你生气，我——"

下一秒陆北辰上前，低头堵住了她的唇。

罗池在警局里已是焦头烂额，专案组搜罗来的资料成堆地摆在他的办公桌上，还有陆北辰实验室曾经递交上来的尸检报告。如今好像一切真相大白了，但好像还有一层窗户纸隔着，据他多年的办案经验，越是到接近真相的时候就越是雾里看花水中望月。

顾家的"脑忆"项目、陆家秘密的生物制药实验室、服用新药后自杀的临床对象、何奈因需求保护而反咬的行为、秦苏的说辞……最后抽丝剥茧，说白了就是陆家与顾家的旧事、何奈有意报复陆家的行为。

那么，势必有一个人在撒谎，要么是何奈，要么是秦苏。

回到办公室，不曾想陆北辰来了，坐在他的位置上，正在翻看资料，脸上不见波澜，让罗池想到了秦苏。见他回来了，陆北辰非但没起身让位，反而直截了当问："我什么时候可以见秦苏？"

罗池在沙发上择了个位置，看着陆北辰，"你是在质疑我的能力，还是在怀疑何奈的口供？”

陆北辰没顺着他的话走，而是干脆利落地给他列出了三点说明：“第一，我是这件案子的特聘法医，我有权知道案情；第二，如果何奈只做了给奇怪提供尸体的工作，那么半年前主使车祸的人又是谁？第三，顾思突然翻了旧事，很显然是有人在利用她掀起风浪，这个人又是谁？你不说，我想十有八九是何奈。

“试想一下，如果跟顾思联系的人就是何奈，那么可想而知他是极其痛恨陆家的，只有对陆家痛恨到了极点，才会动了利用杀人来达到关注的目的吧？那么问题来了，何奈能利用艾欣杀人并且眼睁睁地看着艾欣自杀，又为什么不能利用钱豪等人的尸体栽赃陆门？”

罗池站起身，从桌上拿起烟盒，拎了两支烟出来，递了陆北辰一支，说：“你要相信我，我只是不想让你参与太多。”将烟叼在嘴里，点燃，吸了一口又道，“毕竟你是陆家的人。”

陆北辰也燃了烟，半晌后突然说了句：“也许，是有人想要这样。”

“哪样？”罗池问。

陆北辰吐了口烟雾，淡淡地说：“你不再相信我，而我，对你心生罅隙。”

罗池一愣。

“可能从一开始你我都被这个人利用了。”陆北辰笑，“现在如他所愿，我和你之间的确出了问题。”

罗池沉默，脑子里却像是在玩过山车似的翻江倒海。是啊，似乎从他接到那通电话开始后，他和陆北辰的关系就变成了这样。

“你在怀疑谁？”罗池问，“如果是何奈，风险性太大了，而事实上，他似乎也没料到陆北深会突然犯病。”

这个道理陆北辰当然明白，何奈不会蠢到自掘坟墓，但如果不是何奈，还能有谁在幕后扮演操控者的角色？当然，如果他和罗池一旦反目相互提防，那么这个人就有太多的空子可以钻。想了想，他说：“我需要知道秦苏的口供。”

“她承认钱豪等人是陆门的临床对象，但自杀一事她声称陆门并不知情。”罗池如实相告，“而且今早我已经收到了你大哥陆东深发来的传真，他的意思大致跟秦苏一样，陆家的确做了些不光彩的事，但对四名死者的事表示不知情。”

罗池吸了口烟，继续说：“秦苏并不承认派人对付何奈，她表示，这有可能是何奈自导自演的一出戏。”说到这儿，他顿了顿，看向陆北辰，“我承认在这件案子上我有心躲你，因为你姓陆，我怕你会徇私，但现在我就跟你实话实说吧，秦苏的这个假设立不住，何奈的这场车祸一定是有人精心策划的，目的就是要他闭嘴。”

他查了那辆近乎报废的车，发现是刹车系统出了问题，是被人硬生生切断的，会有人自我编排出这么一出戏吗？罗池表示怀疑。

陆北辰弹了下烟灰，思量少许说：“又或许何奈真的是受害者。”

罗池的烟抽得很快，马上就到烟屁股了，掐灭，紧跟着又点了支，看着陆北辰等着他继续往下说。陆北辰盯着他一字一句说：“是有人想要陆门灭口这个行为坐实。”

“你的意思是，有人要杀何奈并把罪名安在陆门头上？”

“陆门要想动杀念，何奈早就神不知鬼不觉地失踪了，秦苏也没必要单独见他一面说服他回陆门，现在表象上看像是秦苏劝服不遂而动了杀念。但我很了解秦苏，她是个十分聪明冷静的女人，什么大风大浪没见过，怎么可能会蠢到去做一件一查就能查到自己的事？据她说，她是打算给何奈一笔封口费，当然，我相信以你的查案速度想必已经查了那家茶馆。刹车系统是被人破坏的，那么就排除了意外一说，要么有人要何奈出事，要么何奈自己想出事，后者的难度太大，秦苏这条线如果再排除，唯一的情况就是栽赃嫁祸。”陆北辰滴水不漏，“我想对方并不是真想让何奈死，必须保证他活着才行。”

“假设不是秦苏指使，那么只要何奈还活着他必然会认为陆家想要杀人灭口。”罗池接过他的思路分析，“如此一来……”

他猛地看向陆北辰，而陆北辰也心照不宣，两人异口同声，“他就能寻求警方的保护！”

“没错。”罗池右手攥拳打在左手的掌心，“跟警方合作势必要张开嘴巴配合警方，那么，陆家有关生物制药的事就会被曝光。”

正说着，有人敲门。进来的是专案组成员，将手头的资料递给罗池，见陆北辰在，先是礼貌地打了个招呼，然后看了看罗池欲言又止。

罗池说：“有话就说，不用避讳。”

不用想也知道是陆家的事，陆北辰没过多表示，慢悠悠地抽了最后一口烟，摁灭。专案组成员清清嗓子，“咱们的人查过了，钱豪、刘川、冯梓莲和艾欣的确跟一个名为曼普实验室签署了临床试药协约，实验室缩写为MP，与陆教授所提供尸检报告中的符样标记符合。这四人的协约虽说被毁，但陆门提供的电子版本中所涉及的内容及字迹经过对比没有造假的可能。”

曼普实验室就是陆门生物研发实验室的名称。

罗池若有所思地点点头，示意他出去。

办公室里陷入安静，陆北辰跟罗池一样，又燃了支烟，这阵子他的烟瘾又捡起来了，青白色的烟雾模糊了他英俊的脸颊，他的眼却如深海，幽暗难懂。罗池扯了把椅子在他对面坐下，也没解释他派人调查陆家的行为，实际上也没什么好解释的。拿过刚刚送进来的资料，翻看了一两分钟后皱了皱眉头，然后文件一合推到陆北辰面前，“看看。”

陆北辰拿了过来，翻开。

是这次车祸现场人员的口供，还有交通部提供的现场情况资料，逐一看下来，陆北辰发现了端倪，也明白罗池刚刚皱眉的原因。

“报警的人不在这群人当中，更不是何奈报的警。”罗池说，“唯一死亡的伤者是女性，报警人是男性。”

“没有来电显示，通话时间极短，报警的时间刚刚是发生车祸没多久，会让人误以为是车祸现场的伤者报警，实际上只是混淆视听。”陆北辰将文件一合，下了定论，“一切做得太过自然反而让人生疑，可以判断报警的人就是在何奈车上动手脚的人，对方的目的就是想要保住何奈的命。”

罗池面色凝重，细细地捋起目前的案情。

这件案子看似像一条线，实则有暗线牵扯。明线是陆门因个人利益关系窃取了顾家的研发成果，顾肆化名何奈潜入陆门建立的曼晋实验室想要借机为父亲正名，作为临床试验对象的钱豪等四人在试药的过程中出现了副作用，导致自杀身亡。案情截止到这里，就开始了不一样的说辞，陆家承认实验室的存在，也承认在顾家的事情上使用了些不正当的手段，但陆家不承认掩藏尸体一事，也就是说，陆家将开发权充分交给实验室，实验室定期向陆家报告成果即可，所以对于何奈所讲的钱豪等人因用药自杀一事并不知情。

但何奈的口供恰恰相反，他表示陆家对于试验对象的情况很清楚，掩藏钱豪等人尸体一事是陆家人要他这么做的，以至于他想要拿回父亲的成果不成，又眼睁睁地看着父亲的成果被毁后恼羞成怒，利用奇怪步步为营，借着一场别开生面的蜡像展来揭露这件事。而陆家人开始威胁何奈的生命，甚至杀人灭口，何奈无计可施只好求助警察，但陆家只承认想要用一笔钱来令何奈闭嘴，没有要杀他的意思。

如果单纯地整理案情，就会捋出明线上相互矛盾的这两点，但暗线呢？其实罗池跟陆北辰想的一样，这件案子的背后一定有人在操控，最开始他以为操控者极有可能是何奈，然而现在看来就有矛盾了。

第一，当初给他通风报信的人是谁？

第二，车祸现场报警的人是谁？

第三，半年前是谁利用艾欣意图撞死陆北辰？

罗池在捋案情的时候，陆北辰的大脑也没闲着，他们几乎是同步在完成对这件案子的梳理工作，所以，等罗池开口的时候，陆北辰的思路完全跟得上。

“何奈告诉了思思有关陆家和顾家的恩怨，如果出于好心，是因为关心顾初，但如果出于其他目的……”罗池又绕回了陆北辰之前说过的话。

陆北辰接过他的思路，字字珠玑，“如果纯粹是出于报复，那么就可以判定半年前是他利用艾欣滋事，一来我是陆家人，我非死即伤都可以满足他的报复心理；二来你可以通过我出车祸一事来关注这件事，通过他精心筹备的蜡像展来翻出陆家的所作所为。再继续判断，那么，给你通风报信的和现场报警的就不是何奈，是另一个人，就像何奈一直站在我们背后筹划一样，他站在何奈身后谋划一切。”

“目的是想要何奈和陆家相互撕扯，那么这个人就会牟利。”罗池深深皱眉，“但对方到底能牟什么利？”

陆北辰久久没有吸烟，烟灰已经在指间燃出长长的一大截，他沉静凝思，待烟灰陡然落下后，他的思绪也陡然一震，半晌后缓慢地说：“为了要让陆门动荡。”

“什、什么？”罗池误以为自己听错。

陆北辰抬眼看着他，“目前的陆门正处于新老势力交替阶段，也许，对方的真正目的是想渔翁得利。”

小心驶得万年船，可越是万年的船就越不好驾驶。

罗池眨巴眨巴眼，“你必须要知道一点，我和专案组的人只能负责案件，至于其他，我们有心无力啊。”

陆北辰一言不发，说实话，他不想去管陆门的事，再狠心一点，就算陆门遭遇大劫也跟他没有任何关系，但血脉这种东西就是折磨人，要他想不去正视都难。正想着，手机响了，他看了一眼来电，眉头紧了些。

起身踱步到窗子前，接通。

是科洛，他的嗓音压得很低，“Vic，按照你给出的线索，我已经彻底查明陆家和顾家的恩怨了。”

陆北辰面色无异，其间不曾打断科洛的汇报。

通话结束后，他又不动声色地回到椅子上坐下来，罗池还在冥思苦想，没对陆北辰刚刚的那通电话起疑。两人沉默了许久，陆北辰开口打破了沉寂。

“想要查出来这个人，我想，我势必要跟秦苏见一面。”

罗池抬眼看着他，稍稍迟疑。

“你不信我？”陆北辰微微眯眼。

罗池思量许久，开口：“我给你安排。”

陆北辰后半夜才到家，带着一身倦怠。

顾初这几天睡得不好，一直浅眠，听见玄关的动静后，她一骨碌起身，赤着脚就冲出了卧室。

陆北辰没料到大半夜她还没睡，愣了一下，回头将公事包放到一边，“怎么还没睡？”

“陆北辰，我有话要跟你说。”她靠在门边，黑暗中，她的影子成了单薄的剪影。

陆北辰借着月光凝着她，“已经很晚了。”

“再晚也要说。”

陆北辰的心没来由地突突直跳，怕她会说出分手之类的话，自然是犹豫。顾初这边刚要张口，那边公事包里的手机响了。

“等我。”他竟暗自松了口气。

顾初站在黑暗里等他。

他接通电话，是陆北深打来的，声音急促，“哥，陆门实验室的事被曝光了！”

陆北辰还没来得及见秦苏，曼普实验室就被各大媒体曝光了，陆北深打电话给陆北辰的时候是曝光后一小时，可就这仅仅一小时里，消息就像是长了脚似的爬遍了网络的各个缝隙。消息不知道怎么溜出去的，然后铺天盖地开了花。

报道中说得有鼻子有眼的，就好像有双眼睛在盯着案情的发展似的，将舆论全都压在了陆门身上。主要围绕一点，那就是陆门旗下的秘密实验室曼普拿人做试验导致人员死亡，陆门企图掩藏死者尸体未遂，多具陈年旧尸需要沉冤昭雪。

消息的源头在国外，然后迅速传到中国。国内的网络力量大，网友们毫不费事地扒出了陆门的根在中国的事实，再加上死者的信息也被公诸于世，同属中国人，一时间网络上对于陆门的行径愤恨到了极点，很快陆门就被扣上了“卖国贼”“中国人毒害中国人”的帽子。

陆北辰赶到外滩时陆北深已经开始追踪散布消息的IP了，看样子他也是被人大半夜叫起来的，头发乱蓬蓬的，裸着上半身，穿了条亚麻色宽松家居裤，抱着电脑盘腿在沙发上。科洛也在，用他的话说就是，他千里迢迢赶回上海，想住在一个既舒服又能将大半个上海尽收眼底的地方。

“怎么样？”陆北辰没理会睡眼惺忪、一脸妖孽的科洛，在陆北深的身边坐下。

陆北深摇头，“不行，对方一看就是高手，对我进行了反追踪。”他的手指飞快地在键盘上敲打，头也没抬地问，“哥，怎么办？这消息传得太快了。”

科洛靠在客房的门边，打着哈欠看着他们两个，“嘿，陆家就算出事也有陆东深扛着，你们俩又不是根正苗红的陆家人，犯得上着急上火吗？”

陆北辰没搭理他，拍了拍陆北深的肩膀，“继续查。”

“哎，北深，你的技术行吗？”科洛似笑非笑。

陆北深瞥了他一眼，“绝对比你认识的两把刷子要强。”

科洛耸耸肩没多说什么，其实他在陆北深回来之后就十分手痒地查了他一下，看似无所事事实则在电子和数字上有非比寻常的天赋，换句话说，如果今天他追踪不到黑客的身份，那么全球也搜罗不到能追到黑客的人了。在这方面他帮不了太多的忙，就主动担负起咖啡侍应生的角色。

手机响了，是陆北辰的，连科洛都能察觉出这个时间打来的电话绝没好事，果不其然，陆北辰在接了电话后脸色难看。科洛趁着送咖啡的空当主动凑到陆北辰跟前，听手机里的声音像是陆东深，讲话低沉不悦，更像是一通算账的来电。陆北辰对着手机说：“陆门的公关向来强势，国内的消息需要跟相关部门打好关系才能封锁，国外麻烦些，但也难不倒你。”

放下手机，科洛吹了个口哨，“陆门现在一派外资作风，想临时抱佛脚跟国内相关部门打好关系难啊，网络传播速度这么快，这可不是普通部门能解决的事，就算要处理至少也得等到天亮吧？但看看现在的时间……”他抬头瞅了一眼墙上的表，“我有预感，陆门会在国内的舆论中栽个大跟头。”

陆北辰没理会他的“预判”，打了两三个电话，都是在处理这件事的。

科洛递了杯咖啡上前，等他放下手机后，他压低了声音问陆北辰："其实你最怕顾家的事被翻出来吧？"

陆北辰默默地喝着咖啡，科洛看见他眉间隐隐隆起。手机又响了，陆北辰随手将咖啡杯递给了科洛，而科洛也就自然而然地接着了，等咖啡杯拿到手里，科洛才反应过来，还真把他当成是侍应生了。

这通电话是罗池打来的，还没等陆北辰开口，他在那头就开始澄清，"你要相信我，这个消息绝对不是从警局里流出去的，当然，事到如今说这些没用，我想知道现在陆门那边有什么影响。"

"中国和美国有时间差，今天是开盘日，陆门在股市上已经受到了冲击，截止到现在，股价已下跌了三个百分点。"

这绝不是简单的消息走漏这么简单，背后一定是有只手在控制着舆论方向，其目的很明显，就是要利用开市时间来打击股民信心，重创陆门。

科洛吃惊地看着陆北辰，这句话从他嘴里出来得轻描淡写，但他依照陆门家大业大的规模来初步换算了一下，仿佛看到了被数字化表示的美金从眼前飞走的场面。他有点受了刺激，一口咖啡没咽好呛得直咳嗽。

罗池那头也心惊了一下。

"源头在国外，但也不能排除有人翻墙以国外的 IP 发散消息。"陆北辰靠在窗子旁，目光严肃，"罗池，我对国内信息传播的情况不了解，按理说现在这个时间不可能有这么大的传播量才对。"就在刚刚他看了一下，关于陆门曼普实验室藏尸的帖子已蹿到热搜首位，单是浏览量就比国外高出五千多万，跟帖量更是高出国外八千多万，这个数字着实骇人。

罗池想了想，"水军。"

"什么？"陆北辰略微惊讶。

科洛听得清楚，嚷了一嗓子，"水军？你想说海军吧？"

沙发那头埋首工作的陆北深听不进去了，扯嗓子纠正了一句，"懂不懂啊？水军说白了就是托儿，被人花钱雇来的托儿。"

科洛一脸尴尬。

手机那边罗池也自然给出了正解，说：“别小看这些水军，人云亦云假的也能成真，更何况这是警方正在着手的案子，别管陆门知不知道钱豪等人的死亡情况，至少现在舆论已经定性了。再说，中国夜猫子那么多，跟帖回帖参与流言蜚语的也未必都是水军。就在刚刚警局已经接到了不下二十通电话，都是媒体打来的，警局这边的压力很大。”

陆北辰面色凝重，他常年待在实验室里，都是跟死人打交道，从不跟活人过多参与什么，所以他对国内网络雇用水军情况并不了解，这种事在国外也有，但并不能称之为“声势浩大”，现在他终于体会到国大人多的“力量”，令人招架不住。

“照我看，陆门势必要去面对大众了。”罗池说了句，“陆门是财大气粗，完全可以利用些手段封锁消息，但已经看过消息的人呢？股价动荡已经说明了问题。”

罗池的话在理，陆北辰也明白，陆门是要澄清，但出面的时间和话题尤为重要。沉默了良久后，陆北辰对罗池说：“我要见秦苏，现在。”

秦苏没有被关押起来，她只是要在警方的视线里活动。秦苏来中国后一直住在一处私人度假会馆中，远离市区的喧嚣，藏匿于葱葱的竹林人工湖水之中，据说是跟陆门有生意往来的合作伙伴的地盘。陆北辰抵达的时候，会馆已经朝他敞开了大门，他敏感地发现会馆四周很多摄像头，除了常规的外，想必都是些警用摄像头。

看样子秦苏也看到网上的消息了，陆北辰进屋的时候她已穿戴整齐，连头发都一丝不苟地盘了起来，这是陆北辰熟悉的秦苏，不管什么时候都从容不迫。她将他请到了会客厅，近六米挑高的落地窗视野极好，窗外是一片平整的草地，草地里敛藏着地灯，在天色还半明半暗的时候折射星星点点的光亮。还有一株跟落地窗齐高的老国槐，近深秋了，风一吹，槐树叶洋洋洒洒而落。

陆北辰没心情观赏秋风落叶的美景，他在倚窗的沙发坐下，秦苏又备了热茶和点心，他亦无暇品尝，开门见山，“消息是收不住了，陆门的这个跟头肯定是要栽的，但我能保证将陆门的损失控制到最低。”

这个季节上海的温度有点凉，秦苏毕竟是上了年岁的人，拿了条羊绒披肩搭在身上，动作优雅恬静，就好像她是置身事外之人似的，闻此言后，她轻轻扬唇，说出来的话却一针见血，“那么，想必你也是有条件的。”

陆北辰知道秦苏聪明，所以跟她说话向来直接，“陆门有无辜，也有错，对顾家做的事是不争的事实，一旦消息继续扩散，再将陆家与顾家的恩怨给揪出来，那么陆门的声誉将会受到很大影响。陆门从来都不是吃亏的主儿，势必要为自己正名，但一旦只想着择清自己，他人的境遇就会变得很糟糕。我的条件很简单，在不牵扯与顾家恩怨的情况下正面澄清一切，另外，陆家要将盗窃成果归还。”

秦苏安静地品茶，其间没有打断他的意思，等他说完后，她放下茶杯，笑了笑，“北辰，现在这个时候不需要你一碗水端平，你要记住，你是陆家的人。”

“但我同时也是负责这起案子的顾问。”陆北辰公事公办。

秦苏朝后倚靠，眼底始终带笑，“看来是我会错意了，我以为你今天来是为了陆家的危机，看来，顾家丫头在你心里的位置远胜于陆家。”

“陆家夺了顾家的药方是事实，逼得顾氏家破人亡也是事实。”陆北辰说。

“我虽然不从商，但跟在你父亲身边也耳濡目染了几十年，没学得太多精髓却也知道一桩生意的达成是双方自愿，你有你的条件，同时也要接受我的条件，这样才叫公平交易。”秦苏收了收羊绒披肩，看着他，“今天你来与其说是解决问题，倒不如说是来进行交易，那么，总要听听我和你父亲的意思才对。”

陆北辰何其聪明，闻言后笑了，“你们的条件无非是林家，但秦姨，陆家没资格跟我谈条件。”

这话令秦苏眉头一紧，“你说什么？”

“现在身陷囹圄的是陆家。”陆北辰眼角掬了笑，淡淡的，无温度，“自顾不暇又何必拉他人下水？”

“仅仅是因为流言蜚语吗？”秦苏不以为然。

“难道秦姨也认为这些是流言蜚语？一旦陆门新药害命藏尸甚至要杀人灭口的罪坐实，那么，就算是搭上十个林家也无济于事。”

“这是污蔑。”秦苏淡淡地说，“陆门能有百年基业你以为凭的是什么？只凭几句污蔑就能毁了陆门？”

“现今社会不及以前，‘人言可畏’四个字往往会是一座大山。”陆北辰轻描淡写，“千万不要小瞧舆论的力量，尤其是在中国，当初，你们不也是利用舆论毁了建科？那可是国内数一数二的龙头企业，与陆门在国外的地位旗鼓相当。”

秦苏怔了一下，盯着他，突然问：“陆家和顾家的恩怨你知道多少？”

“全部。”

秦苏暗惊，想要脱口问一句“你是怎么知道的”但又咽回去了，她想起了科洛，那个常年黏在他身边的侦探，他是有点本事的。想了想，说：“既然你都知道了，那么就应该清楚陆门必要时会采用一些极端的手段来维护名誉。”

“两败俱伤吗？”陆北辰反问。

秦苏蹙了蹙眉头，刚刚的轻松不在。两人谈判的主动权落在陆北辰手里，又或许，从他来到这儿就不曾让出主动权，他端了茶，润了润喉，说：“曼普实验室建立的目的我清楚，那个药方真正是怎么回事我也明白，顾家是对不起陆家，但陆家又何尝放过顾家？怎么，难道我父亲是想将过去所有的不堪全都暴露人前达到平息舆论的目的？这种方式到底是能平息舆论还是让舆论扩散，您很清楚，尤其是在国内的环境下。”

秦苏的笑容渐渐敛藏，眉宇之间有了考量。

“陆门顺风顺水的时候自然无谓流言蜚语，但现在正值陆门风雨飘摇，所有的眼睛都盯着陆门，所以，流言蜚语有可能会成为压倒骆驼的最后一根稻草。”

秦苏的目光骤然警觉。

陆北辰就笑了，“我突然想起来，当年我父亲坐上交椅后可是花了大力气才清除了元老势力，那时候陆门也都是人心惶惶。现在，轮到陆东深了，他心里有没有底，是否能彻底取代太上皇顺利掌权，就要看这次如何化解危机了，秦姨，您说是吗？”

秦苏看了他许久，最后，面色渐渐恢复平常，“既然你知道陆家为什么要针对顾家，那么想必也做好了保全顾家名誉的准备。”

“是。”陆北辰承认，“但我不想让这件事曝光，所以要求陆家的是，无论如何都要对顾家曾经做过的事闭口不谈。”

“换句话说，你想让陆门背上黑锅？你以为你父亲能咽下这口气？”

“顾家家破人亡还不足以平复这口闷气？”陆北辰字字珠玑，“我相信您有办法劝服我父亲，至于我大哥，我想他不会对陈年旧事感兴趣。”

秦苏提醒，“你以为你的小警察朋友查不出来？”

“陆门只承认自己做过的事，至于杀人藏尸，我会查清楚，这顶冤枉的帽子我不会让陆门戴。”

“我是不是要感谢你还能信任陆门？”

“依我父亲的性格，如果真死人了绝对不会让尸体还有机会面世。”陆北辰冷笑，“不是他的行事风格。”

“好吧，就算这样，你是陆家的人，还是一样要接受林嘉悦。”秦苏实话实说，“虽然我很喜欢顾初那个姑娘，但以后能帮你的只有林嘉悦。”

“能帮得了我，那么您儿子陆东深呢？”陆北辰唇角上扬，“难道不怕我利用林家的势力造了您儿子的反？”

秦苏笑了，“北辰，你不会。你该清楚，在我心里你、北深跟东深、南深没任何区别。”

“做母亲的总要为自己儿子着想。”陆北辰似笑非笑，“我不会娶林嘉悦，如果因为我是陆家人，那么，我从今天起可以不再做陆家人。”

秦苏惊愕，“什么？”

“秦姨，天底下没有一个母亲不是无私的，为了自己的孩子，但同时也没有一个母亲不是自私的，也是为了自己的孩子。”陆北辰目光犀利，“我保您的儿子江山坐稳，与此同时您也要保证我和顾家全身而退。”

“你想干什么？”秦苏担忧。

“我会让出我在陆家的所有股份，退出北辰基金。我在陆家有三成股份，其中两成会让给陆东深，一成股份给北深，北辰基金我会转到北深名下。别误会，我只想保障我弟弟的衣食无忧，他对商业不感兴趣，不会对陆东深造成威胁。”

秦苏万万没想到他会这么做，“你疯了？”

“我用我的身家来换我的自由和顾家的声誉，希望您能成全。”

第十三章

你得娶我

乔云霄又来了。

秋日的上午阳光充足，少了盛夏的咄咄逼人，多了呼吸顺畅的清甜，再过不久就是桂花飘香，黏甜钻了大街小弄。社区医疗站搭在小区的古树旁，会诊的时候古树下就成了重要的聚点。夏木成荫，到了深秋还郁郁葱葱，风动，枝杈过滤了光亮，在会诊台上落下斑驳金色的晨光。

筱笑笑打远就看见了乔云霄，他沐浴晨光而来，逆行的光落在他浅灰色的上衣，令他看上去随和又亲近。但她有心躲他，对于他的到来视而不见。

乔云霄上前跟她打招呼，周围同事都挺好奇地往这边瞅，筱笑笑以正在工作为借口搪塞他几句，乔云霄想了想，晃晃悠悠地排在了队尾。队伍一长排，乔云霄探头数了数，他前面还有四十号人，不由脊梁爬汗，轮到他是猴年马月？想了想，拍拍前面头发花白的老爷子。老爷子揣着小收音机正优哉地听评书，被人打断自然不满，回头打量着乔云霄。

“很抱歉打扰您了，我比较着急，能让我排您前面吗？”乔云霄笑脸相迎。

老爷子一嗓子，“废话，谁看病不着急？”

“不，我的意思是我给您些补偿……”他觉得此人不大好说话，掏出钱包欲要掏钱。

这招对老爷子不起作用，哼了他一下，“年轻人，谁赚钱都不容易，别仗着有钱就乱花！我可以给你让地方，但你自己瞧瞧，整个一竖排就属你最年轻，我们这帮老骨头都能排就你不能排了？”

老爷子的话引起了前面老头、老太太的共鸣，七嘴八舌，“是呀，小伙子，有事要去医院的呀，跟我们上年龄的人挤什么呀？”

“哟，看你这小伙子白白俊俊的，还怕太阳晒呀？”

“小伙子，你这样不好的呀，我们能排得队你怎么就排不得呀？”

乔云霄心中懊恼，不过就是往平静的湖水里扔了块小石子，造成了轩然大波。他将钱包一收连连道歉，老爷子们还好，就是阿姨们的吵吵嚷嚷他受不了。就这样，从头到尾一整排的白头发，就只有乔云霄一个黑头发的。

筱笑笑挂着听诊器忙得不亦乐乎，社区服务虽说比医院枯燥，但居民们都挺热情的，就像此时此刻，一位穿着花衬衫的大妈死命攥着她的手喋喋不休，死活要把儿子介绍给她。

“阿姨，量血压的时候您先别说话啊。”这种情况每天都会遇见，她也见惯不怪了，不迎合这类话题。

大妈闭嘴，等一量完血压后又开始推销她儿子，筱笑笑将病例写好交给大妈，轻声打断她的激情，“您的血脂、血糖有点高，平时要多注意，吃东西的时候少糖少盐，记住了吗？”

“哎哟，瞧你这姑娘多心细啊，明天我让我儿子过来，你瞧瞧。”

大妈说得越热情她越是尴尬，几番提醒她可以离开了，她的屁股还黏在椅子上不动弹。终于，她听到了乔云霄的声音。

“阿姨，她已经有男朋友了。”

大妈愣住了，扭头瞅了瞅乔云霄，又回过头看看筱笑笑，压低了声音问她：“真的呀？”

筱笑笑回答得更干脆，“我已经结婚了。”她其实不想这么说，毕竟是离婚的人，但照这架势，不这么说解决不了问题。

果不其然，大妈“毫不留情”地抬屁股就走，甚至连声招呼都不打。眼前横过来一条男人结实的手臂，“瞧出世情冷暖了吧？”

乔云霄是最后一位，其他医生们也都忙完了，古树下就剩下筱笑笑和乔云霄两个人。

筱笑笑将听诊器摘下来，“你这是在影响我工作。”

乔云霄说：“我为了检查排着队等了足足两个多小时，你也看到了，我是最后一名，怎么就影响你工作了？”

筱笑笑无奈，“你到底想要干什么呀？”

“做检查。”乔云霄捂着胸口，“这里挺难受的，你不是有听诊器吗？帮我听听。”

筱笑笑知道他是无病呻吟，但又不舍得赶他走，反正他后面也没患者了，就依着他。拿了听诊器，起身为他听诊。过程中他一直看着她，唇角上扬。

筱笑笑被他看得不自在，让他做了两次深呼吸就撤了听诊器，“胸腔没问题，呼吸也没杂音。”

“这么快就听好了？”

“不然呢？”筱笑笑坐回椅子上，“或许你可以去医院做系统检查。”

乔云霄朝她一伸胳膊，“我要量血压。”

“不用量也知道你很健康。”她了解他，每周去三四趟健身会馆，身体壮如牛。

乔云霄笑得发贱，“等得太久了，我现在头晕。”

筱笑笑将血压器、血糖仪等收好后直截了当地说：“我们不可能在一起。”

“只是因为你离过婚？”乔云霄收了笑，脸色认真。

“不仅仅是因为离过婚。”筱笑笑双手揣在白大褂兜里，轻描淡写地说，“你是乔家的独苗，要跟一个有过被绑架经历又离过婚的女人在一起？别逗了。”

乔云霄起身，“筱笑笑，我很清楚我要什么。”

“我给不起。”筱笑笑也起身，抱起仪器，“我们只适合做朋友。”

乔云霄盯着她的背影慢悠悠地开口，“如果只是朋友，那你跟我的那晚怎么解释？”

筱笑笑骤然停步，心脏蓦地漏跳一下，她没回头也没转身，感觉到他上前的脚步，直到来到她的身后，他低声问："朋友之间会送那么珍贵的礼物？"

"我不知道你在说什么，你搞错了。"

"搞错什么？"乔云霄盯着她的侧脸，"那晚把她第一次给了我的人？"

筱笑笑扔了句，"我还有事。"

乔云霄却在她抬脚的前一秒挡住了她的去路，"以前我不知道，现在我清楚那天晚上就是你。"就算只是试探，她的反应也能说明一切了，果真，不是他的错觉。

筱笑笑紧紧抿着唇，眸光微颤，"你在可怜我？没错，那天晚上我们是发生了关系，那又能证明什么？我不需要你的怜悯和负责，你更不需要因为知道当年的事跑过来要我跟你在一起。"

"我不是因为负责——"

"不要再继续往前走了，我很珍惜你这个朋友，我不想到最后我们连朋友都做不成。"

"出这么大的事，你该考虑以后。"凌双喝了口咖啡，看着坐在对面的顾初问。

顾初抱着咖啡杯，想都不想，"太累。"

小周末的午后，最适合放空，当然，能约上一两个朋友聊天侃地也是惬意，顾初、凌双和筱笑笑今天也难得撞在一起休息，相约之下择了常去的咖啡馆，不是叙旧，更多的是冲着陆门风波来的。

这几天陆北辰一直没回家，他走的那晚，顾初彻底失眠，抱着电脑直到天亮，顶着熊猫眼去上班，满脑子都是陆门藏尸的消息。

没涉及陆门盗窃顾家药方以及顾家破产一事，她知道这几天他必然是在处理这些事，现在相对前两天来说风波已平息不少，始终没再掀顾家的事。在她认为，顾家的声誉需要澄清，但绝对不是以这种方式，她要的是正大光明，而不是要让众人在流言蜚语中寻找真相。

可她始终有个疑问，那就是陆家为什么要对顾家赶尽杀绝？因为利益？

因为谈不拢？理由看似立得住脚，但经不住推敲。她又想起爸爸临终前的话，告诉她，跟陆北辰的感情逝去了就逝去了……

凌双双臂交叉，盯着顾初瞧，她没料到顾初会回答得这么干脆。筱笑笑看向凌双，“你不会又想挖点什么关于陆家的消息报道吧？友情提醒一下，陆家的这些消息可不适合做成专题啊。”

“你们始终没弄明白一点。”凌双黛眉一竖，“姑奶奶我做的是时尚杂志，时尚杂志！”

午后咖啡馆里的人不多，三人倚窗而坐能看见咖啡馆外的桂花正在冒头，今天的温度不算凉，有咖啡香气做伴也是温暖。顾初坐在最里边，身子慵斜在窗边，抱着比脸还大的咖啡杯，重申了一遍自己的想法，“这件事其实跟陆北辰没有关系。”

“但他是陆家的人。”凌双提醒她一句。

顾初眯眼盯着凌双，“陆北深也是陆家的人，怎么办？”

凌双噎了一下。

“这里面有情况啊。”筱笑笑这段时间都不在状态，所以并不清楚凌双和陆北深的事，闻言急忙将耳朵竖直了。

凌双将咖啡杯往桌上一放，“他不搭理姑奶奶我，姑奶奶我还不想搭理他呢。”

筱笑笑反应过来了，“你还真跟陆北深有一腿？”

“别说得那么难听行吗？”凌双不悦。

顾初觉得自己有必要澄清一下了，“北深现在的身体状况你也看到了，恐怕，他是不想害人吧。”

“我又不在乎。”凌双也直截了当，“再说了，医学会越来越发达的。”

顾初想了想，没再多说什么，每个人都有各自的坚持，像是她，像是凌双。一抬眼，见筱笑笑诡异地瞅着她们两个，顾初决定告知：“凌双的确跟陆北深有一腿，我是指真正的陆北深，只是他现在有点毛病，躲着她。”

话音刚落凌双就不乐意了，伸手捅了她一下，“什么叫有一腿？什么叫他有点毛病？”

“毛病？”筱笑笑故意开荤腥，“他不能满足你？”

凌双从不会在这种荤段子面前败下阵来，堂而皇之地对上筱笑笑等着看笑话的脸，“那你们家顾主任能满足你吗？天天开膛破胸的，你还真敢嫁。”

搁平常，凌双的这句话必然会引来筱笑笑的一阵捶打，然后两人闹成一团，但今天，筱笑笑闻言后脸色就僵住了，笑容变得尴尬。顾初眼睛尖，说：“跟我俩就别藏着了。”

筱笑笑也没打算隐瞒，说：“我们离婚了。”

话音落下，没有夸张的惊叫，也没有歇斯底里地摇着她追问为什么，凌双和顾初大眼瞪小眼，相互瞅了半天后目光齐刷刷地落在筱笑笑身上。凌双伸手扳过她的脸，“看着我，宝贝。”

她与凌双对视。凌双十分认真地说：“不管你是什么原因离婚，我先表达一下我的看法。”

“好，你说。”

“你和顾启珉的婚姻其实我并不看好，很显然他的作用只是一根浮木。你爱的是乔云霄，瞎子都能看出来，所以，结束一段没有爱情的婚姻挺好的，我认为是一件值得庆祝的事。”

“可是我想知道原因。”顾初发现自己也能心平气和地接受这样的结果，“虽说我也认为顾启珉不是你的良配，但我也不认为乔云霄是导致你们离婚的第三者，然而，能让乔云霄动怒绝不是小事。”

“我似乎错过了一些事。”凌双插嘴。

“扯平，就像我错过你和陆北深一些事一样。”虽是一段不堪的往事，但筱笑笑还不至于闭口不谈，“跟乔云霄无关，但他的确打了顾启珉，因为我嫁了个动手男。”

顾初惊愕。

紧跟着凌双炸了，“什么意思？他打你？”

筱笑笑扭头看着她，“很光荣的事吗？嚷嚷什么？”

“顾启珉个王八蛋，敢打你？活腻了是吧？”凌双的脾气向来很冲，“当咱们是死的啊！你等着，我找人写死他！”

“千万别。”筱笑笑阻止，“他也受到教训了，你再插一脚，这事儿就没完没了了。”

“笑笑说得对，毕竟还在同一个单位。”顾初考虑周全，说完这话后咬咬牙，“但他以权谋私这件事不能就这么算了。”

“两位祖宗我拜托你们了，知道这件事就算了。”筱笑笑的下一句话一箭双雕，“你凌双，要去搞定陆北深，你顾初，想想怎么兑现你和你家陆北辰的情投意合，我的事跟你们比起来都不算什么。你说你们一个两个的怎么都着了陆家的道了？上辈子欠他们家的呀？”

一句话又令咖啡桌上的气氛变得愁云惨淡了。

陆北深已经好几天没出屋了，科洛成了全职保姆，每天苦不堪言地伺候着，没办法，他既要住得舒服又不花钱的，陆北深这里是最佳的落脚地。只是陆北深太安静了，有时候科洛跟他说十句话也换不来他一句话，大多数都是科洛在自言自语。

“哎，陆北深，你差不多行了啊，人活着不能太得寸进尺。”科洛忍无可忍了，冲着正在看电视的陆北深嚷嚷，“我都没这么伺候过你哥！”

陆北深视他为空气，一动不动地躺靠在沙发上盯着电视。科洛瞧了眼，动物世界，一只雄狮子正在追逐一只母狮子，隔着屏幕都能闻得到雄性荷尔蒙的气味。他叉了块切好的柳橙送到陆北深嘴边，“小深深，张个嘴给个面子，你哥说你最爱吃柳橙了。”

陆北深还是不搭理他，眼珠子连动都不动。科洛近乎抓狂，这几天他闲着没事做，就想着跟这个长得跟陆北辰一样的男人套套近乎，重要的是，他认为能在陆北深身上看到有别于陆北辰的一面，这是件有意思的事，但现在他觉得没劲极了，要命的没劲。

科洛不打算跟他客气了，手一伸掐住了陆北深的腮帮子，打算强行把柳橙塞进他嘴里，陆北深这下子有反应了，一把将他推开，跳起来，冲着他吼：“你干什么？”

他瞪着他，许是真被他掐疼了，一脸的不悦，从科洛的角度看过去他像是泪汪汪的，一时间觉得他可爱极了，那两只眼睛跟小鹿似的。

“我不是想让你吃东西吗？”科洛上前安抚他。

玄关有动静，陆北深从沙发上跳下来，拨开科洛的手，“别碰我！”

科洛冲着他背影甩了句，“好心当成驴肝肺！”

陆北辰来了，从实验室来，风尘仆仆，他听见了争吵声，进来就瞧见陆北深的腮帮子红了一片，问他怎么了。陆北深没好气地说：“你朋友是只螃蟹！”

还没等陆北辰领悟意思，科洛就冲了上前，一把搂住陆北辰，欢呼：“谢天谢地你终于来了，我可以解放了，你弟弟实在太难伺候了。”

话音落下，他一溜烟就冲了出去，潇洒走了。

陆北深又懒洋洋地靠在沙发上，“哥，要那个科洛走。”

“他那个人没什么，你刚接触会不习惯。”陆北辰在沙发上坐下，见面前放着切好的柳橙，伸出根手指，小心翼翼地将水果盘推到一边。

陆北深盘着腿，顶着一头乱发，而同样一张脸，陆北辰看上去正襟危坐严肃认真，陆北深看上去就随和迷糊，“我认为，他是爱你不成，只能拿着我这张脸解相思了。”

“他长得是比寻常人漂亮些，但不能这么开玩笑。”

陆北深挑眉看他，“他在我这儿住的这几天，我没看见他给哪个女人打过电话，正常吗？”

“你呢？躲着凌双你正常吗？”陆北辰将话题落在他身上。

陆北深不说话了，重新靠躺在抱枕上继续看动物世界，陆北辰来找他可不是为了叙旧，从公事包里拿出几份厚厚的文件，递给他，“收好了。”

“什么？”陆北深坐直，接过文件翻开一看，愣住。

“有关陆家和基金会股份转让的文件都在这儿了。”陆北辰拍了拍他的肩膀，“尤其是基金会，林家和陆家的势力全都清干净了，你可以做任何想做的事。”

陆北深有点蒙，“你这是……”

“是我的那份股权，文件里写得清楚。”

陆北深惊愕，快速地翻看文件，最后一页上赫然签着他的名字，笔迹隽秀清晰，转让人那栏里签的是“陆北辰”三个字，龙飞凤舞。

“你怎么能替我签字呢？”陆北深急了，一下子合上文件。

陆北辰笑了，“模仿你的笔迹签你的名字这种事，我也不是做过一次两次了，有什么不行？只要你不追究，不会有人无聊到去请个笔迹专家来验证。”

“基金会是你的心血，虽说我的股份没你多，但在陆门也多少占了一些，所以文件你收回，否则我会告诉他们这字不是我签的。”

“别傻了，有时候人们更愿意去相信假的，也不愿意相信事实。”陆北辰将文件塞回到他手里，“我是你大哥，你要永远相信我说的话。”

“可是……”

“没可是。”陆北辰打断了他的话，“要你拿着你就拿着，现在，你比任何人都需要这些，尤其是基金会，虽然说何奈把陆家的实验室咬出来了，但不意味着这种新药不能继续研发。”

陆北深惊讶地看着他。

“你被迫试药，倒不如自己投资研发，有顾家新药的底子，你可以沿着顾家的思路研发下去，但有一样，必须要把新药的归属权还给顾家。”陆北辰唯独就这么一个要求。

岂料陆北深听了这话后说：“何奈没逼着我试药，是我自己主动要求试药的。”

陆北辰一愣，他从没想到过陆北深会主动去做小白鼠，即使当时陆北深与何奈的关系看上去挺和谐。

“你没见过当时发病的我。”陆北深幽幽地说，回忆过去很痛苦，他浓眉微蹙时，令旁观者看着心疼，“新药的稳定性不好，何奈一直在调整成分。

后来，我又发作了几次，怕被父亲知道我的病情反复，怕这件事被曝光，就主动要求何奈让我试药。”

陆北辰揪住了他话里的重点，“你说何奈在一直调整药物成分？”

“应该是。”陆北深点头，“听他的意思，他是跟实验室一个叫Ben的人配合来做药物成分调整，实验室里好像分工不同。”

陆北辰又问：“他没跟你提过他后来不参与药物成分研发工作了吗？”

陆北深疑惑，“应该不会吧，每一期成分调整的新药他都会拿给我，如果他不参与这项工作，各个阶段的新药又是怎么来的？当然，他不让我吃后来几个阶段研发的新药。”

这话令陆北辰听着不解，与此同时又让他在混沌中看到了一个光点，然后这个光点骤然变大，最后他敢肯定一点，那就是原来他弟弟还是个重要线索。是他忽略了，他心里眼里只有北深发病时的苦不堪言，却忘了他跟何奈相处太久一定会问出破绽的事实。

陆北深倒也没隐瞒，许是也不知道他是怎么想的，更重要的是，也许他真的相信钱豪几人的死跟陆家脱不了干系。他拿出了一组药瓶，其中一只是棕色的，还有五只，分别为红、绿、蓝、紫、白色。

“白色是最新研制的。”陆北深示意了一下，又将棕色小瓶拿到手里，“这个瓶子里的药是我常年吃的，只有在抑制不住的时候才会动白色这瓶，这是何奈吩咐的。”

何奈为什么会给陆北深两种药？陆北辰将白色药瓶和棕色药瓶拿在手里，眉心攥紧，末了问他：“被顾初发现的是白色瓶装？”

陆北深点头，“我会随身带着这两种药，那天我觉得情况不好就服用了白色这瓶。”

“也就是说，棕色瓶装的药你很早就开始服用了？”

“是，何奈最先拿给我的就是棕色瓶装的药。当时他告诉我，棕色这瓶装的药能治我的病，而且他也找到了医治好的病例，也许是我的情况比较特殊，打破了他的计划，所以他才会多研发出一剂药来配合常年药的使用。”

他的话像是一记闷棍抡在了陆北辰的后背上，他怎么会忽略掉这么重要的线索？

“你见过 Ben 吗？”

“见过一次，金头发大胡子，长得挺壮实的，是在我一次发病的时候，何奈无计可施之下找来了 Ben，当时他们两人还吵了一架，好像是因为药方的事。”

“能大概画出 Ben 的样貌吗？”

陆北深想了半天，“也许吧，你也知道我没什么画画功底。”

“放心，我会让罗池给你做个拼图。到时候你配合他就行了，另外，这几瓶药我需要留一些。”

陆北深点头同意，隔了半天重重地叹了口气，“哥，我活着是不是个累赘？”

“瞎说什么？”

“因为我的情况父亲才去研制新药，所以是我害得那些人没命的。”陆北深面色忧伤，“可是我真弄不明白他们为什么会死？我也是用药者，为什么死的人不是我？还有父亲，他怎么能做出藏尸的事？”

陆北辰看着他，久久不说话，脑子里回荡着他刚才的那句：为什么死的人不是我？是啊，同样的试药者，为什么独独就北深活了下来？这么一个明显的线索摆在他眼前他竟忽略了。

取样后，陆北辰没在外滩多做停留，他心事重重，快出门的时候陆北深问他：“婚期定了吗？”

所有人都知道他向顾初求婚的事，所以，这个问题再寻常不过。但陆北深不清楚这些天发生的事，关于陆家和顾家的，所以他纯属好奇。陆北辰怔了一下，好半天回了句，“还没有。”

“为什么？”陆北深刨根问底。

陆北辰没法回答这个问题，最后甩了个四两拨千斤，“快了。”

进电梯的时候他在想顾初，如果当时何奈受伤的电话再晚那么十几分钟，他和她是不是就会成为合法夫妻？世事难料，他甚至没因为身体状况而将顾初拒之门外，却在顾家和陆家的纠纷上发生了迟疑。他从没这么提心吊胆过，这些天几乎度日如年。

他力求将这件事扑得彻底，不牵扯出顾家丝毫，可他终究还是不敢见她，生怕她再听到什么消息，跑过来跟他说："北辰，我们分手吧。"

就像，当年一样。

出了电梯，陆北辰回了车里，手机振动了一下，是顾初发来的短信，问他：晚上回来吗？

他盯着这条短信，手指久久地悬在屏幕上，最终他回了一个字：忙。

他能想到顾初在发这条短信时的期待，又或者是他想错了，她真的知道了一些事，等着他回去不过是想开诚布公？陆北辰想到这点竟怕了，盯着屏幕许久，他怕她再回复一句：你回来，我有事要跟你说。

可手机真就像心有灵犀似的，果真振了一下，他一看，她回复：再忙也要回来，我有很重要的决定要跟你讲。

陆北辰的手指跟着颤了一下，半晌后，告诉她：任何决定，等我忙完再说。

手机许久没动静了，他知道她不会再发短信过来了，她是个懂事的女孩，从不会明知他忙得不可开交而肆意妄为。陆北辰深吸了一口气，胸口还是闷闷的，心脏隐隐在疼。

许久后，陆北辰才压抑了心脏的疼，给罗池去了通电话。那边很快接通了，周遭吵吵闹闹，罗池的声音听上去倦怠，"Hi."

陆北辰干脆利落，"三点：第一，新药的方向错了，我这边会尽快给你出个全新的报告，我怀疑钱豪等人被用来试药压根就不是用来治疗神经性疾病的；第二，你们需要找一个名叫 Ben 的人，他曾经是何奈的搭档；第三，你需要带北深做一个人面拼图，方便你们找 Ben。"

罗池一听来了精神，在手机那头嚷嚷："什么？难道北深和钱豪他们用的不是一种药？实验室现在唯一的老人就是何奈，新药研发的每一个阶段都会换人——"

“等报告吧。”陆北辰没等他说完就结束了通话。

翌日，天晴得令人发指，蓝得深邃，一丝白云都没有。

一大早是凌双的电话叫醒了顾初，她迷迷糊糊地睁眼，摸来了床头的手机，那边的声音一惊一乍的，“哎，你知道吗？”

顾初将头埋在被子里，含含糊糊，“知道什么？”

“陆北辰出让了在陆门和基金会的股份，换句话说，他现在只是赤裸裸的一个法医了，其余什么都不是。”

顾初蓦地弹坐了起来，误以为听错。

“媒体圈子能有多大？信息都是互通的。”凌双那边似乎还在忙，给她打这通电话纯粹是提醒，“现在记者抓不着陆北辰肯定拿你下手，你出门记得戴口罩和眼镜啊，没开玩笑。”

顾初听见自己的耳朵进了无数只蜜蜂……

一个法医引不起太大的新闻，就算这个法医貌若潘安、英俊潇洒，毕竟不是娱乐圈中人，所以掀起的新闻也不过是昙花一现，但如果被扣上陆门贵公子的头衔就不一样了，像是被镶了金刚钻，大家会越发地想要一探究竟。

所以凌双才火急火燎地通知顾初，所以顾初一出门就看见几个记者打扮的人在家附近转悠。被记者围攻这种事顾初不陌生，甚至说对付这种情况极为有经验。她没跑没逃，戴着一顶小礼帽、太阳镜从容不迫地从他们几人中间穿过，一袭秋季浅米色薄款大衣风度翩翩。

那几人果真没认出是她，许是以为这种情况当事人的家属都该慌忙逃窜吧。等顾初坐上车后，透过车玻璃看见那几人已经找到了她家门口，正在一下下地按门铃，心想着今晚注定要晚归了。

到了医院，顾初先跑到餐厅解决早餐问题。刚坐下，身边就围上来一群人，小护士居多，还有喜欢跟着小护士凑热闹的年轻女大夫，七嘴八舌的。

“还真是双胞胎啊？长得太像了。”

“陆教授这次损失不少钱吧？”

“豪门恩怨不是咱们这些小老百姓能理解的。”

“顾医生，这件事陆教授跟你商量了吗？”

顾初手攥着叉子，挨个指着她们，“谁再耽误我吃东西，小心我戳瞎谁的眼睛。”

餐厅的电视墙上正在播放记者招待会，她一眼瞥过去就认出面对记者们提问的人是陆北深。他穿得规整，白衬衫黑色西装裤，没系领带。记者们的问题个个刁钻，他回答得机智警觉，面对摄像头，他比陆北辰多了温文尔雅，少了咄咄逼人的进攻性。

只是重播的短信，没能看见完整的发布会全程，顾初只听陆北深说：“这是陆门做出的统一决定，而基金会未来的发展重心将会转移到国内……”

餐厅里有姑娘发了花痴，“好帅啊……”

是很帅，顾初不得不承认，也许陆家儿郎个个都有面对记者、面对摄像头从容淡定的本事，可她总觉得电视里的陆北深有些陌生，也许是他相比平时太过正式，也许是他在面对镜头时的说辞太过官方？顾初说不上来。

早八点就开始忙碌，顾初觉得这个时候的脚打后脑勺完全是拯救她胡思乱想的好办法，先是到医生办公室进行交班，记录了昨晚值夜班的治疗组交代的情况，又跟着医生们查房、记录、整理病例报告，顺带又帮着病人处理伤口缝线拆线。还没等歇下来喝口水就被告知轮转通知下来了，专科组开会。

利用快中午时间开会这种事也就只有顾启珉能做得出来，为此顾初有好几次饿得胃抽筋。又开始了为期两周的科室轮转，这一次顾初应该被换到血液科，她原本想跟顾启珉商量一下还留在外科，但一想到顾启珉对筱笑笑做的恶心事，就打死都不求他了。

本科项目顾初已经提前完成，除了实习部分外，那是要靠时间来累积的，但有了斯密斯的大力推荐，院方对她的重视程度也不低，斯密斯不止一次建议她出国实习，是个人人都渴望的好机会，但顾初这个时候舍不得走，她开始提前攻读研究生课程，对她这个学霸来说并不是难事。

不曾想笑笑也回来参加会议了，趁着顾启珉讲话的工夫，笑笑压低了声音告知她，她曾经的患者扛着一面巨型锦旗冲到了院长办公室，并且将自己同样生病的朋友托付给院长，说能治他朋友的人只有筱医生，院长被感动得老泪横飞，二话没说将她给调回来了。

“有人会被气死了。”顾初悄悄打量顾启珉的那张脸，看得出他十分不高兴。

筱笑笑说：“爱气死不气死。”

顾初还没等迎合她说顾启珉小肚鸡肠，下一秒就真正体会到他是如何小肚鸡肠了。顾启珉点了顾初的名字，语气很淡，但在顾初听上去是恨屋及乌。

“从下周起你去康复科，那边打来电话说人手不够急需实习生，散会之后你去那边报到吧，那边陈主任会给你三周左右的工作安排。”

顾初愣了，不是应该要到血液科吗？怎么去康复科了？那里主要是以物理治疗为主，平时是有专科实习生过去的，跟她这种实习生有什么关系？筱笑笑在面对自己的事情上不着急，一听顾启珉的安排后急了，顾不上上下级有别，“关于顾初轮转科室的安排不应该由你来安排吧？”

顾启珉看了筱笑笑一眼，说：“我已经向总住院部打过招呼了，并且，康复科很欢迎顾初。”

筱笑笑差点脱口“有本事你再冲着我来”，被顾初给拉住了，别怪筱笑笑着急，内科、外科或多科，去哪个科室都行，但哪能轮到顾初去康复科？她又不是学那个的，再说了，轮转时间还加长到三周，这意味着三周顾初都无法接触到第一病案。

“你还有什么问题吗？”顾启珉语气不佳。

顾初暗自拉扯了筱笑笑的白大褂，替她回答了顾启珉的话：“顾主任，我接受院里的安排。”

顾启珉没再针对筱笑笑和顾初，继续开会，筱笑笑气得牙根痒痒，小声对顾初说：“我一会儿就去找上级领导，你放心，他这么做违反规定。”

“没事，在哪儿都一样。”顾初安慰她，其实她想说的是，她现在重点关注在陆北辰身上。

就在这时，会议室电视墙上的视频画面突然变了，像是一组偷拍，地点在咖啡厅。画面中能看见顾启珉的侧脸，他对面坐着一个女人，低垂着头，有光线的缘由看不大清长相。

整个会议室都安静了。

画面中是一组对话。

顾启珉：“别以为你拿着孩子就能威胁到我，你也不看看自己几斤几两重，跟我斗？你有那个本事吗？”

女人：“顾启珉，你简直丧尽天良，自己的孩子都不认，还留在身边干什么？”

顾启珉：“有本事你就告我！你以为别人会信你说的话？”

“啪！”视频被关了。

顾启珉整张脸都扭曲变形了，其实视频也就那么短，他现在关也已经无济于事。谁都不是傻子，虽说这段视频来得莫名其妙，但里面的意思显而易见。

顾初盯着顾启珉的脸，心里的那口气突然就撒了，她觉得也许顾启珉最想问的是这件事是谁干的。又想到这个时间也许其他科室不会在开会，但领导们肯定会在其他会议室商讨事宜，这个视频应该不会简简单单地只在这个会议室里出现吧？只要领导们所在的会议室开视频的话……

念头刚攀升，会议室的门开了，是医院的大领导，脸色明显不好，“顾主任，出来一下。”

散了会，走廊拐角，顾初实在忍不住笑出声来，压抑了许久的心情，今天像是透了一点阳光。筱笑笑看着她笑完，问她：“你知道视频是怎么回事？”

顾初好半天才顺过气来，“我真的不知道。”

筱笑笑伸了个懒腰，“要不了多久全院都会知道我跟他离婚的事。”

“不好吗？”顾初问。

“不，好极了。”筱笑笑转身看着她，眼角眉梢尽是轻松，“以前我还总想藏着掖着，可现在觉得特别轻松。”

“不管怎样，开心就好。”

人生苦短，得意尽欢是何等重要。

实验室又是不眠不休。

对比外界风风火火的新闻来说，这里就犹若世外桃源，不接收任何跟案件无关的消息。有很多记者都已经摸到了陆北辰所在的实验室，结果全都被现代化报警系统给拦在门外。大队伍就守候在实验室门口，乍一看还以为是群讨债的。

对于外面的情况，语境看得最清楚，几番想要提醒陆北辰，奈何陆北辰一心埋头于几种新药取样成分的研究，一项项数据对比下来，看得人眼花缭乱。

语境和潘安也没闲着，尸体早被家属领回去火化下葬，想要重新拟报告的最好方式就是翻查以往的尸检报告。在陆北辰近乎变态的要求下，语境已经练得将内部尸检报告写得堪比尸体结构还要详细，上交的报告需要简洁明了，但内部存档的报告可不是这样，每一份尸检报告都厚得跟本书似的。

潘安比他轻松不了多少，虽不是面对文字，但一帧一帧的分析图谱都不能错过，每看一会儿就得抬头看看别处，防止自己成了斗鸡眼。

鱼姜将几份样品成分先出了个简单标注，结果出来后她大吃一惊，忙去找陆北辰。

陆北辰一身工作服，一次性无菌手套，口罩遮住了大半张脸，只留一双眼睛在外面。鱼姜扫了卡进了无菌区，拿报告给他看，“棕色瓶装的样品果然跟其他几瓶的不一样，其他几瓶更像是它的辅助性药物。”

陆北辰接过报告仔细查看。

鱼姜在旁说：“棕色瓶装的样品只含有 X-R2 成分，但没有强心苷类成分，其他几瓶是含有强心苷类药物成分，只是成分比例不同。”

换句话说，陆北深所服用的药跟钱豪他们的确不一样，所以，用药后的反应也不一样？陆北辰皱紧眉头，沉默许久后吩咐鱼姜：“给我一份完整的报告。”

“我马上做。”

一切都按照他所怀疑的方向发展，这种感觉好也不好，好，是因为这个发现也许能揭开何奈的谎言，不好，是因为这样一来很有可能将北深推上风口浪尖，他要做好完全准备才行。

出了无菌区，洗了手，手机在桌上响了。

是罗池，他比任何人都要急于知道结果。所以接通后还没等陆北辰说话，他的声音就急不可待地冲过来了，“怎么样？有线索了吗？”

“我给你提供证据，线索需要你自己去查，罗大警官。”陆北辰纠正了他的说辞，但也没多废话，再开口就落在了案情上，“可以判定何奈手中握有两种药，一种我怀疑就是顾家的原配方，另一种是为了弥补原配方的不足而做的研发，原配方的药物成分能很大程度地抑制神经兴奋、癫狂，所以何奈才让北深常年服用原配方，但对警方有所隐瞒，何奈的目的不单纯。”

“这是重大的发现！”罗池在那头兴奋。

陆北辰坐回到椅子上，按着发酸的眼角，“罗大警官，实验室这边不眠不休近七十二小时，你当我们是在过家家？”

罗池听出他的不满，笑道：“知道你们辛苦，等结案了一定请你吃大餐。”

“不用，这也是我自己的事。”

罗池马上问：“报告什么时候出来？”

“鱼姜手脚利落，给你看的报告又不需要太复杂，所以够你过来的时间。”陆北辰轻描淡写，“前提是，你需要先清理掉门口那些扛机器的，我不需要那么多看大门的。”

罗池立马明白，“我马上清除障碍。”

陆北辰“偷渡”到老洋房是又一天的后半夜了，这个时候顾初已经入睡，他虽一身倦怠，但还是蹑手蹑脚，简单洗漱了一番，摸回到了床上。

他的如意算盘是这样打的：大半夜回，第二天拖到她上班之后醒，她是个上班守时的好姑娘，从不会迟到早退的。

卧室里很暗，她染上了他的习惯，顾初临睡前将窗帘拉得死死的。只不过她睡得不是很踏实，他一躺下，她就翻身过来，自然而然地搂住了他的腰，头深深埋在他的怀里。陆北辰的心软成了水，手臂一抬让她枕着入眠。

他将下巴轻抵她的头，呼吸间是她发丝的清香，像是催眠剂，很快，他也沉沉入睡。

翌日是个大晴天，深秋了，天气就格外好，只是偶尔的秋凉落叶让人伤感。陆北辰睁眼时已经八点了，周围挺热闹，全都是鸟儿隔着窗帘在玻璃外叽叽喳喳的动静。

身边没了人，枕头也是凉的，他认为，她已经上班去了。简单冲了个澡，刮了胡子，镜子里的他就成了清爽之人。

下楼打算弄点吃的，岂料一进餐厅，整个人伫着不动弹了。

“醒了。”顾初见到他后拿起遥控器将电视关了，说，“早饭都备好了，吃吧。”

这出乎陆北辰的意料，好半天走进来，不自然地问了句：“你怎么没去上班？”

“昨天晚班。”

陆北辰暗想自己是忙晕了，竟忘了算她晚班的时间。等坐下后，顾初将一杯清茶放到他跟前，说：“快点吃呀，吃完了我有话说。”

陆北辰最怕听到这句话，这几天避着的也是这句话。他默默地喝茶，顾初将三明治推到他面前，问他：“你怎么不问我什么话呀？”

陆北辰本来就提心吊胆，听她这么一说心里更没底了，味蕾瞬间失灵，吃不出味道来。顾初见他头也不抬话也不说的，倍感奇怪，“陆北辰你怎么了？是不是太累了你没睡醒啊？还是我变异了你看不见我了？”

陆北辰知道躲也躲不过，抬眼看她，“不是等我吃完再说吗？”

“哦……”顾初胳膊支起来拄着脸，“那你快吃。”

陆北辰叉起块三明治，刚要入口，见她直勾勾地瞅着自己，这一幕让他后背直发凉，干脆放下叉子，清清嗓子说：“算了，你先说吧。”

她刚要开口，他马上又道："不过话说在前头，你别想着跟我分手。"

顾初一愣。

"我知道目前我没资格来要求你什么，但你要相信我，我正在尽量弥补陆家对顾家造成的伤害。"陆北辰干脆将话挑明。

顾初看着他，眼睛一眨一眨的，又要张口，但陆北辰没给她说话的机会，"五年前我没能力留住你，五年后我有，你要是敢离开我，我不会让你好过。"

"这算是威胁吗？"顾初终于能插上话了。

"你可以视为威胁。"陆北辰盯着她，"现在，我可不是一个好打发的男人了。"

顾初收回手，他的目光暗沉了些许。她喝了口牛奶，想了想，抬眼看他，"那么，你承认陆家偷了我父亲的药方吧？"

"承认。"

"那你承认顾家资金链断裂跟陆家的干预有关吧？"

"承认。"

顾初放下牛奶杯，轻叹："所以陆北辰，你凭什么要求我原谅你们陆家呢？"

陆北辰面色一僵，心中隐隐不安。其实所有道理他都明白，顾初有这种想法也很正常，但他容不得分手这种事再发生一次，干脆扔了狠话，"顾初，你要是敢跟我分手，你休想走出这个屋子一步！"话毕他起身，关于这个话题，他不想再讨论下去。

身后，顾初幽幽地扬声："不让我出门？那么，你心里就能理所当然些了，对吗？"

陆北辰止步，转身盯着她。

"陆北辰，是你们陆家欠我的，你把我关起来算怎么回事？"顾初一手支着脸，一手轻轻转着牛奶杯，不气不恼的，"我知道你有几个听话的保镖，但这么对我不公平吧。"

陆北辰一言不发，其实他也是急了，真想对她狠？怎么舍得？顾初拿眼睛瞥他，“我不可能找陆家讨债，但我你讨债总行吧？你们陆家欠我的，你补偿我好了。”

“你想要什么补偿？”陆北辰问。新药他迟早会还给顾家，如果她想要钱，也没问题，他可以把他全部的身家都给她，只要她别说分手。

顾初一仰头，“很简单，娶我。”

突如其来的反转令陆北辰一时间没反应过来，愣住。

顾初不紧不慢地说：“我想了很久，陆家间接夺走了我父母，那我直接夺走陆家的儿子。跟你分手？那最后的结果就只能是你做了林家的乘龙快婿为陆家的长治久安铺路搭桥，我是有多蠢才能做出这种事？”

陆北辰怔怔地看着她，好半天张口说：“我不会娶林嘉悦……”

“对，而且我也不会让你娶林嘉悦，你得娶我。”顾初看着他，“未来的几十年你就替陆家还债吧，你必须要爱我、养我、对我好，我说什么就是什么，我让你做什么你就得做什么，不允许有二心、不许对我不耐烦、不许故意不回家，有加班应酬要随时跟我报告、你接案子赚的钱要如数上交、不能藏私房钱……”

顾初想了想，似自言自语：“我突然想起来了，你把陆家和基金会的股份全都转让了……”

“就算没有股份我也能养得起你。”陆北辰马上接话，有一种名叫窃喜的东西正在心头发酵。

顾初煞有其事地点点头，“也是，吃得苦中苦，方为人上人，给你太宽裕的生活条件你不会觉得养家养老婆辛苦。”

陆北辰张了张嘴巴，半天没说什么。顾初问他：“陆北辰，你还有什么补充的吗？”

“补充什么？”

“既然不知道补充什么那就代表没意见。”顾初说着起身，快走到餐厅门口的时候又折回来，探头盯着他问，“你很赶时间？”

“……也不是。”

“我做的早餐不符合你胃口？”

陆北辰的脑袋这下子开转了，两步蹿到餐桌前拉椅子坐了下来，顾初扭头出了餐厅。陆北辰拿起叉子，想笑，傻笑，心脏在胸腔里咚咚跳得厉害。

没一会儿顾初回了餐厅，手里多个包，坐下后将包放到一旁，见他只举着个叉子倍感奇怪，“有什么问题吗？”

“没。”

顾初环抱双膝而坐，下巴抵在膝盖上撩眼瞅他，“那你快吃，吃完办事。”

“办什么事？”陆北辰今天的反应总是慢半拍。

顾初十分好耐性，“办证啊，你刚刚不是说没问题了吗？”

“今天结婚？”

“你不方便？”

陆北辰马上说，“方便，十分方便。”叉子刚叉块三明治，又放下了，起身拉起她就走。

“哎，你饭还没吃呢。”

“办完了再吃。”

何奈对陆家的怨气极深，但罗池总会在他那紧皱的眉头和带着敌意的情绪背后嗅出哪里不对劲。这天罗池又来了，在拿到陆北辰做好的全新药品成分报告后，心中的疑问也开始了剥丝抽茧，他有预感，这桩看似简单而且直指性极强的案件背后可能隐藏了一个大阴谋。

“你说是陆家人要杀你灭口，有证据吗？或者之前你也遭遇过类似威胁？”

何奈躺在床上，戴着脖箍不能左右乱动，只能拿眼睛瞟他，“我前一天跟秦苏见面，她口出威胁，第二天我就出事了，这还需要证据吗？你要搞清楚，我才是受害者，现在是我躺在医院里！”

“钱豪等人经证实的确是实验室的试药患者，你已经明显看出他们有问题，为什么不阻止？”

“我已经跟你们说过很多遍了，是陆振扬不想停止，不是我！在药方的改良上我没有任何发言权！”

罗池耸耸肩膀，“好，我知道了。”

“罗警官，你的眼睛最好不要总盯着我，是陆家的人罪恶滔天！”何奈冷言讥讽，“还是因为你们要跟陆北辰合作，所以试图徇私枉法？”

罗池起身，语气淡淡，“真相如何我们会去查，我们不会冤枉一个好人，更不会放过一个坏人。”

“但愿罗警官会奉公执法。”

罗池刚到门口，何奈又叫住了他：“你派这么多人在门口，真的是保护我安全的？”

“当然。”罗池从容不迫，“你是我们重要的证人，我们当然要全力以赴地保障你的安全。”

何奈闭眼，“那就好。”

阳光正浓，花园的草坪上多了散步的患者。查完房后，何奈命护工推他到花园透气。上午的空气清冽，不似午后让人昏昏沉沉，护工推着他在花园散步时，专案组的几名便衣有距离地跟随。

护工打算推他到树下，被他阻止了，他说：“我想晒晒阳光。”护工点头，将薄毯给他盖好，自己到一旁休息了。何奈的目光扫了一圈，发现便衣的身影后这才安心。

他不是多热爱阳光，实在是怕极了身在树下一旦遭遇危险难逃的可能。想到这儿，何奈咬牙，想让他闭嘴？休想！

这个时间花园里的人不少，很多都是儿科的患者，在草坪上叽叽喳喳，其中一个七八岁的男孩子将皮球拍到了何奈的轮椅附近，他撒欢地跑了过去。

专案组的人没当回事，毕竟是个孩子，就连何奈都没留心。那男孩拾起皮球，临跑之前下往何奈手里塞了张纸条。

何奈心里一咯噔，下意识地去看不远处的便衣，他们没注意到这一幕，赶忙将纸条攥紧，不知怎的，就莫名地紧张起来。

等回了病房，便衣守在了门外，何奈缓缓摊开手心，纸条被他攥得皱皱巴巴的，小心翼翼打开，纸条上面是一行机打的文字，很短，却令何奈大吃一惊。

上面写着：Ben 的行踪藏不住了。

第二次填表格的时候顾初已是轻车熟路，她觉得日后这可能会成为笑谈，别人结婚都填一次表格，她和陆北辰填了两次。还是上次那位朋友帮着张罗，照片之前拍完了，所以在时间上节省了很多。

那位朋友笑道：“您二位是大忙人，结婚还得分段来。”

但不管怎样，一切进行得很顺利，给他们登记的是位年轻的姑娘，陆北辰在登记表上签字的时候顾初早早就签完了，一个劲地催促陆北辰：“快点签，快点签，又不是七老八十了，签个字那么慢呢？”

小姑娘一脸诧异地看着顾初，许是没见过这么心急的新人吧。

陆北辰签好了字，顾初马上将表格送到了小姑娘面前，催促：“快，盖章。”

小姑娘眼里的震惊就没收回来。

陆北辰在旁强忍着笑，顾初见状用胳膊撞了他一下，小声说：“我不是怕事有变故吗？”上次就是临时接了紧急电话，要不然结婚证早就领了。

陆北辰点头，“是，是。”

登记员审核了一下，又简单地问了几个问题，在确定彼此都是单身的情况下盖了章。

顾初死死盯着盖钢印的机器，心想着这个时候可千万别出问题，别跑出来什么拦路虎之类的。

登记的姑娘“咣当”一声盖完了一个章，在给第二本结婚证上贴照片时，陆北辰的手机倏然响了，吓得顾初惊叫起身，也顺便吓得登记员手一抖，照片落地。陆北辰忙扯住顾初，示意她别紧张，拿出手机一看是罗池，顾初的心又提到了嗓子眼，扭头捶桌子催登记姑娘，“赶快！”

那姑娘不知道两人为什么风风火火的，但见顾初的样子也不敢耽误，忙拾了照片，手忙脚乱地贴上。

陆北辰怕是案情有变，马上接通。原以为一接通就是罗池风风火火的大嗓门，岂料他在那头懒洋洋地说："我去找你吃个午饭呗，昨晚上我都没吃。"

陆北辰一股火顶上来，甩出了个字，"滚。"

那头一愣，"你干吗呢？我怎么得罪你了？"

"耽误我结婚了。"陆北辰话毕掐断了通话。

登记小姑娘总觉得这两人处处透着诡异，但还是秉承着两耳不闻窗外事的宗旨，机器一压，另一个钢印就打上去了。

还没等她说恭喜的话，顾初就迫不及待地夺过结婚证，挨个看了一遍，越看越喜欢，嘴里还嘀咕着，"陆北辰、陆北辰，从今天起你就卖给我了啊……"

这是他上次说过的话，被她以法律的名义捷足先登了，他忍俊不禁，瞧着她乐得跟只老鼠似的。登记的小姑娘闻言后冷汗唰唰地淌，迟疑地问："陆先生，您……是自愿结婚吗？"

陆北辰傻笑不说话，顾初冲着小姑娘说："他不乐意也无济于事了，我是他的债主。"又晃了晃手里的结婚证，"受法律保护。"

陆北辰没给顾初太多嘚瑟的时间，顺势将她打横抱起离开。

回到车上，顾初的心思全在结婚证上了，两本来回地看了好久。陆北辰没马上开车，凑过来问："有什么不一样吗？"

"当然不一样了。"顾初指着其中一本给他看，"这上面是你的名字，另一本上有我的名字。"

"给我看看。"陆北辰好奇心也起来了，拿过来看了又看，"原来这就是结婚证。"

手机又响了。

陆北辰拿出来一看，哑然，又是罗池，"八成是问结婚的事。"

"告诉他我们在欣赏结婚证，没空回答他所提出的任何问题。"顾初大有拍板之势。

陆北辰见她如此，心中欢喜，揉了揉她的头，回头接了罗池的电话。

“陆北辰你结婚？今天结婚？怎么回事？你也太不够意思了吧？结婚这么大事你不跟我说？给你打了好几通电话你看见了没？”

陆北辰有先见之明，一接通后马上将手机转移，于是乎，顾初也听见了罗池的连珠炮，但她没工夫搭理罗池，陆北辰也不想浪费良辰美景，几句话就打发了他，启动了车子。

“结婚证记得放家里的保险箱里。”

“家里哪有保险箱？”

陆北辰拿眼睛瞥了她一下，“新房。”

“结婚证当然要放在身边了，放新房去那么远。”顾初不同意。

“陆太太你要清楚一件事，婚后我不能再继续蹭你的房子了，搬新房去，下午我会安排搬家公司。”

顾初抿唇笑了，现在他的这句“陆太太”叫得可真就是合情合法了，她对这个称呼十分受用，“嗯，也对，住你的房子花你的钱，这才叫结婚。”

陆北辰被她的话折服，由衷地说了句：“真理。”

手机铃又响起，顾初这次大大方方地说：“接吧接吧，反正结婚证都领了，现在什么都不怕了。”

陆北辰很爱听她这句“什么都不怕了”，这话说得让他很有成就感。

罗池做了传话筒，他结婚的事在极短的时间内就传开了，这通电话是潘安打来的，看样子罗池传播的渠道是先实验室后外面。果不其然，等潘安打完电话后，其他人的电话都接踵而来，好不热闹。

顾初听着陆北辰对着手机一遍遍强调：“对，结婚了，刚刚领完证。”不觉得烦，反而认为这是一句最动听的情话。

这种感觉真好。

就好像天地万物都不存在了，只有这么一个男人在陪着她走过春秋冬夏，她可以牵着他的手向全世界宣布：他，从此以后是她的男人了。

下午顾初去了医院，办了相关交接，她被通知下周还是去血液科，为期两周。回外科后又跟着筱笑笑上了台微创手术，等从手术室里出来，顾初问筱笑笑："不是让我去康复科吗？"

"让你去你就去啊？是不是傻？"筱笑笑洗了手，换好了白大褂，戳了一下她的头。

"我还没熬成正式医生之前可不就得任人宰割？"顾初也换好了白大褂，说。

"顾启珉那么做不符合规定，再说，他被处分了，哪还有工夫来盯着你去哪个科室轮转。"筱笑笑说。

顾初一听这话耳朵竖起来了，"顾启珉受处分了？"

"停职察看。"筱笑笑说，"院领导要他尽快处理好自己的私事。"

"你门儿清啊。"

筱笑笑叹气，"院领导也找我谈话了，所以院里对顾启珉的决定我当然清楚。"

"院领导找你了解天天的事？"顾初不可思议，毕竟是人家的私事，院领导管得太宽了。

筱笑笑说："老一辈人都讲究劝和不劝离，用院长的话说就是，员工们的婚姻状况能直接影响工作质量。"

"一代人有一代人的思想，咱们父辈母辈秉承的是打骂都不分离的宗旨，上有老人、下有孩子，铁定不离婚、不惹笑话为原则；咱们这一代是合则来不合则散、不害人不害己的婚姻标准，人生苦短，宁可孑然一身也别凑合地过活。"

"没错，我就是这么跟院长表达的思想。我想我的表述方式太直接，很显然院长不能接受。"筱笑笑憋着笑，"你也知道咱们院长一天到晚就跟街道办主任似的什么事都操心，他足足唠叨了我一个小时，总体的思想就是：好死不如赖活着，到老了总得有个伴。"

两人说着已经回到了医生办公室，顾初说："从惩罚角度来说，让顾启珉停职察看并不重。"

"顾启珉的医德医术没问题，就是私生活诡异了些，所以医院也不能怎么样。”筱笑笑坐下来打开电脑，“爆视频那个人做事还算可圈可点，要是捅到网上去，我也得被人人肉了。”

“你就不好奇是谁做的？”

筱笑笑想了半天，“猜不出来，你知道？”

顾初在她对面坐下，“我个人觉得，要么凌双要么乔云霄。”

“乔云霄不可能，第一，他才不屑用这种见不得光的处理办法；第二，我已经警告他别招惹顾启珉了。”

“那只剩下凌双了。”

“她？”筱笑笑不以为然，“她一天到晚活色生香的，哪有工夫管我的事？”

虽是这么说，但顾初始终就觉得是凌双在打抱不平，如果是凌双的话她也懒得问了，她那个人做坏事的时候承认得没皮没脸的，这等好事真找她核对，她非别扭不成。拄着下巴，顾初懒洋洋地说：“我发现你很了解乔云霄嘛。”

筱笑笑赶忙掐紧她的话头，“关于他的话题我们就别做深入讨论了。”

“那好，换个话题。”顾初一拍手，身子朝后一靠，“我结婚了。”

筱笑笑没当回事，“你的戒指打从年初就戴在手指头上了。”

“我上午登记了。”

筱笑笑停住翻查病历的动作，抬眼惊讶地瞧着她。

顾初朝她晃了晃戴戒指的手，“我现在是名副其实的陆太太了。”

“也就是说，你今天上午嫁给了陆北辰？”

“嗯。”

筱笑笑一手撑着桌子，“你还真嫁啊？他们陆家那么乱！”

“我爱他，我离不开他，所以嫁了，就这么简单。”

筱笑笑愣了一下，好半天才反应过来，是啊，这是一个强有力的理由。她真心忘了婚姻的真谛，可能源于自己一次失败的婚姻。爱情本就应该是不顾一切和歇斯底里，只有经过爱的冲动才能过渡到稳定婚姻，顾初是对的。

顾初下班回家快七点了，刚进玄关就听见陆北辰的一声低吼，“罗池，这个箱子里的东西重新整理！”

“挺好的不是吗？重新整理什么啊？”罗池也是大嗓门。

“你是不是不懂分门别类的意思？”陆北辰的强迫症又犯了，“文具为什么要跟我的领带放在一个收纳袋里？”

罗池说：“放在一起怎么了？到了新家你不是一样要重新归类收拾？”

“你来就是添乱的，赶紧走！”

罗池跟他对吼：“陆北辰你别太过分啊，我今天难得休息一天还奉献出来给你做劳工了，没功劳也有苦劳吧？就这么打发我？”

家里多了罗池，就相当于多了四五个人的热闹，顾初一脚踩进客厅，放眼望去全都是收纳好的搬家箱，每只箱子上详细标注了物品类别、名称甚至是……数量，而这些标注不是简单写上去的，是制表模式，让人看得眼花缭乱，用脚指头想都知道这是陆北辰的风格，上一次搬到老洋房的时候她已经领教过他在收纳东西上的事无巨细。

顾初叹为观止，“陆北辰，你的工作效率实在超出常人啊。”

“还有我的功劳。”罗池没好气地说了句。

陆北辰懒得搭理罗池，对顾初说：“这里可以留些简单的生活用品，新房那边拎包可以入住，十分钟后搬家公司过来。”

“你的意思是，今晚我们就要搬过去？”

“新婚之夜要在新房过，吉利。”罗池多嘴了句。

陆北辰难得同意罗池的说辞，可在顾初认为，这完全是陆北辰的大男子主义在作祟，都住了这么久老洋房，还差这一天半天的？

陆北辰又道：“不耽误晚餐时间，八点半左右就能搞定，新房那边慢慢收拾。”

罗池耳朵尖，“没错，千万别耽误晚餐时间，我今天中午只吃了个烧饼。”

搬家公司准点到，虽是周末晚上，路况有点糟，但搬家公司轻车熟路，七拐八拐地节省了不少路上的时间。

新居与之前的房子很近，从景观上来说极佳，因为陆北辰挑了个楼王方位，看得罗池咬牙切齿，“陆北辰，做你那行很赚钱吗？”

“因人而异。”陆北辰将车停进了私人车位，回了句，“做警察的收入也有高低吧。”

罗池听出他在损他，撇撇嘴，“没劲，下车了。”

新居是电梯入户，对于搬家公司来说极其方便。可等陆北辰三个人上去后，见搬家公司的人站在门口，大眼瞪小眼的。

“怎么了？”顾初从陆北辰和罗池中间挤出来，问。

搬家公司的头儿指了指里面，“那个……里面有人。”

顾初顺着空隙一看差点晕过去，科洛竟在房间里，挡在门口一脸质疑，他挡着也就罢了，竟只穿了一条家居休闲裤，裸着上半身。身材着实不错，一室的流光映得他肌理分明。这还是顾初第一次看见他的半裸，口水都快出来了。

陆北辰眉头一竖，将她扯到了身后，只听科洛欢呼了一声，“你总算回来了，这些人——”

“搬家公司。”陆北辰打断了他的话，大手一挥，让搬家公司的人进去了。

搬家公司的人眼神暧昧地瞅着陆北辰和科洛。

“科洛，你这酥胸全露地在人家地盘上撒野算是怎么回事？”罗池饶有兴致地八卦。

还没等科洛回话，又从屋子里走出一人，顾初一看，是陆北深，可想而知，他的存在令搬家公司很困扰。

“原以为给你们一个惊喜，没想到你们这么心急。”他笑道。

陆北深穿得稍显正式，衬衫西裤的，不像科洛太过随便。只是衬衫有几颗扣子是敞开的，袖子也撸起来，头发有一点点的凌乱。罗池见状一拍脑袋，冲着科洛说：“哦，你不用回答我了，我明白了。”

科洛懒洋洋地也不解释。

等他们进屋一看，好嘛，满屋子粉红气球，还拉了个大横幅：新婚快乐！

顾初紧张地咽了一下口水，天知道她打小就害怕这种一扎就破、一破还发出巨响的东西。

“你不打算穿上衣服吗？”陆北辰问科洛。

科洛说了声“得令”后进了衣帽间，顾初一脸惊悚地盯着他的背影，直到衣帽间的房门关上，她一把扯住陆北辰的胳膊，不祥的预感在脑中盘旋开来。陆北辰知道她要问什么，摸了摸鼻子略显尴尬，“那个，我的确把新家的钥匙给了科洛。”

顾初倒吸一口气，心里千万种声音在呐喊：为什么啊、为什么啊……

陆北辰腾出一间空的客房，将东西全都归置到空房里。等搬家公司的人走了后，科洛跃跃欲试，“我来帮你们布置新房。”

“你该给我一个解释。”陆北辰是指他住进新房的原因。

科洛穿了件宽松背心，一身腱子肉十足，他指了指陆北深，“这家伙每天早出晚归影响我休息，倒不如借你的新房用用。”

“是你心怀不轨，拉着我做垫背的干什么？”陆北深嗤笑，“我不跟着你们添乱了，基金会晚上还有个视频会议，我回去了，新婚快乐啊。”

顾初看着陆北深眼角眉梢的正式，心头泛起一丝怪异，但这种感觉不成形，一不留神就飘散了。陆北辰将陆北深拉出了门外，不知两人交谈什么，顾初也不方便偷听，招呼着科洛和罗池进了里屋。

“这是谁的主意？”顾初小心翼翼地盯着头顶上的气球。

“陆北深的。”科洛慢悠悠地说，“他大哥结婚，他比谁都高兴。”

“你呢？”罗池坏笑。

科洛拿眼睛上下瞄他，“我可以随时更换对象。”

罗池一个冷战，赶忙闭嘴。

“钥匙还我。”顾初朝科洛一伸手。

科洛耍了横，“急什么？我又不能把你们的房子烧了。”

“这是我和陆北辰的新房啊，你在这儿合适吗？”

“特别合适。”科洛一脸认真，“我无家可归，只能黏着你们。”

等陆北辰一进屋，顾初就开始告状了，“你招了个情敌在家！”

陆北辰一个冷眼过去，科洛忙举高双手，“钥匙还你，还你还不行吗？”

顾初强忍着笑，其实她倒也不在乎科洛鸠占鹊巢，陆北辰平日太严肃了，这几人陪着他嘻嘻哈哈的也好。只是，她低估了科洛脸大的本事，一听陆北辰订了烛光晚餐后蹦得比谁都高，嘴里嘟囔着，“有豪餐吃了，有豪餐吃了！”

顾初疑惑地问陆北辰：“你让他办事不用给钱的吗？他怎么穷成这样，还要蹭吃蹭喝？”

陆北辰一脸无奈，“他赚得比谁都多。”

罗池也凑了热闹，跟科洛站在同一战线上，“今晚要两瓶好酒！”

“没问题，大喜的日子。”科洛十分赞同他的提议。

顾初汗颜，这到底是谁的大喜日子？

第十四章

曾经顾思说

周末的阳光很好，早餐丰盛，陆北辰从婚前到婚后始终在早餐这一项目上扮演着暖男的角色，不过顾初认为他大多数对她还是温柔的，除了晚上。一入夜他就开始了人狼传说，由温文尔雅扭脸成了原始野兽。

今天美中不足的是，餐桌上多了一个程咬金。

罗池。

昨晚听说他们要回琼州，他竟一大早就穿戴整齐奔到家里来，陆北辰对他尚算友善，分了一套餐具给他。顾初被他这种不请自来的劲儿给惊到了，上下打量了他一番后问："我眼睛没出问题，是吧？"

"货真价实的我。"罗池正了正领带。

顾初瞅了瞅他，又瞅了瞅陆北辰，陆北辰忍着笑没说话，她又把视线拉回罗池身上，黑色西装衣裤，白色衬衫，黑色领带，她上下一指，"你需要穿得跟黑衣人似的吗？"

罗池笑脸相迎，"着装，能看出一个人的素养；着装，能体现出一个人的诚意；着装，能——"

"陆北辰，我饿了。"顾初扭头对陆北辰说。

车入琼州，阳光就没那么媚了，来了乌云起了风，小区里的老古树落了一地叶子。还没下雨，树下依旧有街坊在聊天，见顾初和两个男人一起进了楼道，街坊们开始指指点点。

岑芸今天没出门，专门留在家中等候。一个小时前她接到了顾初打来的电话，告诉她下午会到琼州，岑芸听出顾初话里有话，便问起究竟，顾初告诉她："姨妈，我结婚了。"

岑芸没刨根问底，只是回了句，等你回家再说。

门铃响时，岑芸被惊了一小下，沉思太久，竟不觉得时间飞逝。门口站着顾初和陆北辰，陆北辰跟着顾初叫了声姨妈，岑芸的嘴角抽动一下，这声称呼相比从前似乎更顺理成章了。她没应声，转身让他们进了屋。

顾思不在，应该还在学校，顾初暗自庆幸。

她看出姨妈脸上的不高兴，心里开始七上八下，生怕陆北辰一个不注意就点燃了姨妈的暴脾气。

岑芸虽说有时候不大讲理，但礼节上的事做得还是可圈可点，备的水果、茶点丝毫不差。可她的话匣子也打开了，直接冲着陆北辰去的，"我先表明我的态度吧，你们是登记结婚了，但现在陆家闹得满城风雨的，说实话，我不看好你们的婚姻。"

"姨妈，陆家的满城风雨跟北辰有什么关系？"顾初一听岑芸的话，心头就遮了雾霾，"而且这件事到现在还没盖棺定论呢。"

岑芸也明白这个时候说什么都晚了，两人毕竟成了合法夫妻，她再有意见也不能活生生把这两人给拆了，但心头的火无法宣泄，抬手戳了顾初的头，"你说你这个没脑子的孩子，你是被灌了什么迷魂汤？在这点上你就不能学思思？思思是没你聪明，但在感情这件事上可比你懂进退！"

她指桑骂槐，顾初听得出来，陆北辰更能听得出来，等岑芸噼里啪啦说完这席话后，他开口："姨妈，我们需要谈谈。"

"好啊，谈谈就谈谈，你说吧！"岑芸一肚子的火开始有迹可循。

顾初心悸，姨妈这态度明显是拒陆北辰于千里之外，刚要劝说，陆北辰揽过她的肩头，"去菜市场买些菜回来吧，钱包在我公事包里。"

顾初一愣，陆北辰笑，"姨妈心情不好，我们总得做点拿手菜讨她欢心。"

讨欢心是假，有话要说才是真。等出了门，顾初越想越觉得陆北辰劝服失败的可能性极大，姨妈的态度她看在眼里，那种不满可不是一桌子美食和几席漂亮话能够平息的。

等顾初出门后，岑芸的态度摆得更明显了，“陆北辰，单单是你们陆家干的那些见不得人的事你就不配娶小初！”

陆北辰不愠不怒地说了句：“不，顾初只能嫁给我，因为当年欠债的是顾家，不是陆家。”

岑芸的满腔怒火一下子刹住闸，“什、什么？”

顾思刚出教室大门就看见了罗池。

一身保镖似的标准装扮，怀里抱着大束的玫瑰花，正笑吟吟地盯着她瞧。跟顾思一同出来的两名同学认出了罗池，笑嘻嘻地对顾思说：“不耽误你约会了啊，我们走了。”边走两人还边笑。

如果不是因为罗池的那张帅脸，顾思真想当作不认识他，顶着周遭人的目光，她走上前，尴尬地问他：“你怎么来了？”

“我不能来看你吗？”罗池笑得迷人，将怀里的大束花递给她。

顾思接过，花儿是芳香扑鼻，但罗池的出现就显得扑朔迷离了，“你现在不是应该挺忙吗？”

“本来是挺忙，但你姐跟陆北辰结婚了，今天这两人来你姨妈家备案，我想你了，所以就跟着过来了。”罗池表露自己心意，十分坦诚。

顾思怀抱着大束玫瑰在阳光底下站着一动不动，罗池见她呆呆愣愣的，伸手在她眼前晃了晃，“想什么呢？大好时光别浪费了，没课了吧？没课哥带你玩去。”

他上前来抓她的手腕，长期拿枪的手粗糙了些，抓得顾思生疼，她叫了一声，低头瞧了眼他的手，又抬头瞪他，“罗池，你当是我是罪犯呀？力气这么大干什么？”

罗池压根就没觉得自己使了力，松了手，嘿嘿赔笑，“抱歉抱歉，习惯了。”

“你说我姐跟陆北辰结婚？”其实她刚刚一直在想这件事，罗池扔了枚炸弹给她，把她的内心炸成了月球表面。消息来得太突然，等她有了意识第一反应就是拔腿就走。

罗池长腿一迈挡住了她的去路，“你姐的事你过多参与不好。”

“现在事情还没查明白呢，他们怎么能结婚？”顾思急了。

罗池不给她让路，“你刚刚没听明白吗？你姐已经跟陆北辰结婚了。”

顾思盯着他半天，眼里是震惊、不悦，最后慢慢黯淡，良久后抱着花蹲了下来。罗池看着蜷缩得跟只鹌鹑似的她，又可气又可笑，“你姐之所以这么做肯定是有所权衡，你说你总拦着人家幸福算怎么回事？”

“她是我姐！”顾思不服气，但也只能跟罗池在嘴巴上逞能，生米都做成熟饭了，她还能怎样，“我就是怕她以后会后悔。”

罗池由衷说了句：“我个人觉得就算是有家族恩怨，最后为了上辈埋单的人也不应该是陆北辰和你姐，你觉得怨恨重要还是你姐开心快乐重要？”她刚要张口他又补充说，“当然，如果事情的真相就是如此，那么陆家是该付出代价和做出补救，但这个代价就一定要是牺牲掉你姐的爱情？再说了，父母那辈的是非曲直只有他们才最清楚，这番话如果从他人口述出来就会添了个人色彩。”

顾思无话辩驳了，仰着头呆呆地看着他。

罗池伸手将她拉了起来，“思思，你姐始终要嫁人吧，但我想她如果错过了陆北辰可能这辈子都不会快乐。”

他又恢复了嘻嘻哈哈，“现在你最应该考虑的是你自己的事，例如找个靠谱的预备老公。”

顾思盯着他。

罗池指了指自己，“我吧，其实没什么缺点，最适合做预备老公。”

顾思直勾勾地瞅着他。他被她瞅得全身不自在，清清嗓子，“那什么，如果你不乐意也没关系，人和人之间关键靠处，等你毕业回上海后，咱俩有的是相处时间，你就能觉出我的好了。”

“我为什么要去上海？”

罗池想都没想，“我不是在上海吗？”

“你在上海我就得去上海啊？说不定我去北京了呢，我这种专业去北京的机会多过上海。”

罗池想了想，“没事，你要真去北京，那我也去北京。”

顾思吓了一跳，“你去北京做什么？不要你的铁饭碗了？”

“我有手有脚，关键还有颗聪明的大脑，做什么不行？”罗池十分自信。

顾思从他眼睛里看到了东西，一种叫作“渴望”的东西，明晃晃的，不加修饰，她何尝不明白他的心思？罗池在她心里是个英雄，但凡英雄，大多数女人都爱，她也不例外。可每当情感井喷时她总能想到刘继强的那张脸，这令她像是吃了苍蝇似的不舒服。

筱笑笑周六整个上午都在出诊，最后一名患者又是乔云霄。她盯着系统看了许久，迟迟没能按下呼叫器。倒是乔云霄大摇大摆地敲门进来了，十分坦然地坐在了她对面。

筱笑笑不悦，“你这是在浪费资源！”

乔云霄马上认错，“我承认我这么做是有点过分，但我只想约你中午一起吃饭。”

“你完全可以打个电话。”

“打你电话你能接吗？”

筱笑笑不说话了，他的意思明晃晃的，她是迷恋于他，但不等于要跟他进行无休止的拉锯战。她对上他的眼睛说：“现在这个阶段，你离我越远越好。”

“为什么？”

“我和顾启珉离婚的事医院已经知道了。”筱笑笑的话说一半留一半。

乔云霄挑眉，“公开是好事。”

筱笑笑观察他的神情，看来他不知道顾启珉的近况，那么心里就有数了，当初把视频捅出去的人势必不是他。她在想接下来的话该怎么说，乔云霄却看出了她的神情变化，又分析了她刚才的那句话，陡然明白，“你怕同事的流言蜚语？”

“总之，你还是少来吧。”筱笑笑顾虑的事方方面面，她没法做到像顾初一样对爱情坦荡荡的，有些路走错了，想要重走，可惜她的鞋子已经破了，如果强行返回势必要双脚布满荆棘，她没那么大的勇气，就只能站在原地一动不动。

乔云霄看了她半晌，起身，又探身下来盯着她的眼，“我会给你时间。但是你要明白一点，我给你时间不是因为我怕名声受损，只是因为我尊重你。”

筱笑笑身体一僵。

“看来你不会跟我去吃饭了。”乔云霄挺直身体，轻笑。

筱笑笑扯回目光，说：“下午我还有工作，走不开。”

“好，我知道了，晚上我来接你下班。”

她想说不用了，但也知道无济于事。等他走到门口的时候，她叫住了他。

“顾初结婚了，你知道吗？”

乔云霄微微一怔，很快笑了，“跟陆北辰？那我该恭喜她。”

难道你真放下顾初了？筱笑笑心中狐疑，但见他坦荡，她很清楚自己是窃喜的。这种情绪飘上来后她又开始咒骂自己：筱笑笑你要脸吗？你自己没能力去爱的男人，还不允许他喜欢别人吗？

乔云霄在门口等了半天不见她继续说下去，笑了笑说：“晚上我订了餐厅，不能不去。”

“哎——”

等筱笑笑反应过来时乔云霄已经走了。

顾思和罗池走到小区门口的时候正好碰见顾初，她单肩背着超大的帆布购物包，从袋口冒出各种青菜叶子，单手抱着一个大纸袋，纸袋里装了五根法棍，另一只手提了个西瓜，乍一看是恨不得能把超市搬回家的节奏。

罗池手长脚长立马上前代劳，将重量转移到自己身上，“陆北辰过分了啊，刚结婚就做甩手掌柜了？”

顾初见顾思跟在旁边，一听罗池提到她结婚的事顿觉尴尬，原本她是想慢慢渗透给顾思的，罗池看出她的心思，主动挑破，“思思知道你们结婚的事了，她挺高兴的。”

顾思狠狠撞了他一下，他疼得龇牙咧嘴，然后傻笑。顾初还没笨到真信了罗池的话，见顾思别别扭扭的样子就知道怎么回事了。罗池走在前面，顾初跟在后面，将顾思拉到一边，小声问：“你还真怪我啊？”

就算有一肚子的不快，顾思也不能怎么样，罗池说得对，如果仇恨和姐姐的幸福比起来，她还是会选择后者。她一把挎住顾初的胳膊，没好气地说：“结婚也不告诉我一声，还当不当我是妹妹啊？”

“把伴娘的位置留给你还不行？”顾初见她没再提之前的事，心里多少踏实了。

罗池虽说在前面走，但耳朵是一直留在后面，听顾初这么说，他马上回头申请：“我来做伴郎吧。”

顾思撇撇嘴，“哪儿都有你凑热闹。”

顾初指了指她怀里的鲜花，窃语：“嘴巴比谁都毒，这花还不是一样抱在怀里不撒手？”

等到了姨妈家门口，顾初心里七上八下的，她不知道陆北辰有没有说服姨妈，也不清楚依照姨妈那个脾气，这顿饭能不能吃得消停。顾思现在看上去像是妥协了，如果姨妈态度恶劣，那么顾思能站在谁那头还不一定呢。心里杂七杂八的念头捋都捋不清，混混沌沌间岑芸开了门，眼瞧着罗池的一张笑脸，愣住了。

“姨妈！”罗池十分爽朗地开口叫人。

岑芸对罗池除了职业外没太大意见，也知道他对顾思有意思，侧身让他进来了，“来就来吧，怎么又拎东西了？”

一句话说得罗池一愣，反应过来后将东西放好，拉住岑芸的手，诚恳地说：“姨妈，这些东西是顾初买的，我……我忘给您买见面礼了，光顾着给思思……买花了。我现在马上去买，您需要什么？”

一句话天雷滚滚，顾思翻了个白眼。岑芸许是没料到他会这么说，先是怔了下，很快被他逗笑，“家里什么都不缺，不用买。”

顾初察言观色，见岑芸的脸上似乎没有怒气，心中不免狐疑，再看坐在沙发上的陆北辰，他看上去也悠闲自得，这到底是怎么回事？

罗池得到岑芸的“原谅”后开始得寸进尺，冲着陆北辰开炮，“我的疏忽是你造成的，陆北辰，你不该光着手来。”

陆北辰颔首浅笑，“我没有空手，正在跟姨妈谈礼金的事。”

罗池噎住了。

顾初被这话吓了一跳，不可置信地看着岑芸，礼金？这么说她不反对这门亲事了？岑芸虽说粗线条，但也是老油条，看人脸色还是会的，见顾初这般神情，开口表明了自己的态度：“是，我和北辰正在谈礼金的事，我把你养得这么出息容易吗？我就不兴跟他要点礼钱？再说了，你们两个是登记了不假，但该走的婚礼程序总得走吧，咱老祖宗讲究的是三书六礼，老规矩可不能丢！”

顾初心里翻江倒海的，有激动，还有一点不确定。

顾思上前拉了一下岑芸的袖子，小声问：“您同意？”

“这叫什么话？你姐结婚是喜事，我心肠有那么歹毒吗？不同意她结婚留在家里当老姑娘？”岑芸大嗓门扬起来，又是以往天不怕地不怕的劲头，“现在你表姐结婚了，你姐也结婚了，再等你结婚我就万事大吉了！”

顾思抬眼一瞧，罗池正瞅着她笑，心口一荡，赶忙瞥眼。

“小初，你现在已经结婚了，以后做什么事都要以家庭为重，北辰平时工作那么忙，你也不能老是顾着自己。”岑芸说到这儿顿了顿，许是生怕这么说会助长陆北辰的气焰，又补了句，“北辰你也是，老婆是自己的，要懂得疼她。”

“您放心吧，姨妈。”陆北辰承诺，“我会对她好，很好。”

他不大会说海誓山盟，所以这句承诺听起来跟小学生保证上课不迟到早退似的，顾初很想笑，但同时又感到窝心，她庆幸自己爱上的是这样一种男人，他不花心，不需要在各种女人身上寻找存在感，他能守得住自己，他有他自己的感情原则……

罗池一脸羡慕外加崇拜地看着陆北辰，这么难搞的事情都被他搞定了？简直就是神人啊。别说是他了，就连顾初也是这么想的，私下问陆北辰，陆北辰的解释十分合情合理。

“我动之以情晓之以理，姨妈也是个聪明人，咱俩结婚证都领了她还能说什么？再反对下去就会遭你怨恨，所以干脆态度一变转成赞同，这叫作识时务者为俊杰。

“把你支走是怕你添乱，人都是这样，会跟自己最亲的人撒野，你不在，姨妈至少能心平气和听进去话，她有了理性分析的时间，那么自然也会做出理性的选择。”

晚餐的气氛很融洽，源于一桌子的美食，又源于岑芸的态度转变。陆北辰亲自下厨，顾初帮着打下手，罗池生怕岑芸的良好态度不具备保鲜功能，特地做了解语花，想尽办法逗岑芸开心，顾初看在眼里感动，顾思看在眼里窝心。

收拾厨房时，顾初还是心有迟疑，再度询问岑芸态度转变的原因，岑芸还是刚刚明面上的那套话，让顾思觉得她就是真心实意赞同了这桩婚事。

实际上岑芸只能如此，陆北辰的那席话盘旋在她脑子里，冷不丁想起都会吓出一脑门子汗，幸亏陆北辰叮嘱她任何时候不要声张透露，她觉得，依照陆北辰的性格，顾初应该不会有机会知道。

回到上海，陆北辰除了忙婚礼的筹备，还在紧锣密鼓地配合罗池破案，一次在书房，顾初听到陆北辰与罗池通话，他们提到了一个叫 Ben 的人，Ben 是谁她不清楚，但既然陆北辰和罗池都在动用关系找这个人，想必是案件的关键人物。等到晚上的时候陆北辰又接到了一通电话，他没规避她的好奇，也没躲进书房去接，顾初凭感觉应该是陆北辰的父亲，问的是有关结婚的事。

她听陆北辰语气不亲不近，有敬重，跟那头说：“是，我们已经登记了。”

当时顾初窝在被子里，又听陆北辰说：“她已经睡下了，不方便接电话。”

她闻言一激灵坐起来，惊恐地盯着站在窗子旁接电话的陆北辰，生怕他再改了主意真让她跟陆振扬通电话。陆北辰靠在窗玻璃上，面朝着她，许是她的诚惶诚恐太招笑，忍不住泛起微笑，但通话的声音依旧恭敬，“是，她是医生，平时工作很忙。”

顾初听了这话，心里又美滋滋的，虽说她现在还只是个实习医生，但听到陆北辰这么介绍，她还是很有成就感。电话那头的老人许是更关心他的婚事，多余的话没多说，陆北辰也没跟他提案子的事，就这样，非正式寒暄之后结束了通话。

“虽然这么做有点没礼貌，但案子完结之前，我想你父亲也不知道该跟我说什么吧。”顾初问他。

“不管怎样，你这个儿媳妇他是必须要承认的。”陆北辰说了这样一句话，又提醒她，“过几天也许秦姨还会找你。”

“啊？”顾初一想到那个头发丝都透着优雅的女人，就有点打怵。

陆北辰搂过她，“别担心，她是唯一目前还在国内的亲人，我们结婚，在程序上她也是要见你的。”

秦苏果真亦如她之前见过的优雅，虽说她被警方调查，但很显然这点风浪不足以瓦解她强悍的内心，她看上去风采依旧。

中午，顾初和筱笑笑吃完饭，正有说有笑地往医学楼走，门口站着一位黑衣人，看上去像拍电影似的正式，朝着顾初过来，筱笑笑紧张了一小下，“你是不是得罪什么人了？”

说话间黑衣人就已经上前了，礼貌地说：“陆太太，陆夫人想见您。”

一句话验证了陆北辰当初的推断，秦苏果然找她了。不过，能以陆太太来称呼她，那说明她是赞同他们的婚事？

黑衣人带着她上了辆保姆车，秦苏就坐在里面。

“想喝点什么？”秦苏先开口。

车内柔和的光线过滤了秦苏眼角暗藏的纹路，可实际上她保养得极好，就算在阳光之下怕是比同龄人要年轻一轮。顾初说："我们还是开门见山吧，快到工作时间了。"

不是她不尊重秦苏，是她实在不知道如何跟眼前这个女人相处。

秦苏笑，"你的口吻倒是跟北辰一模一样了。"

顾初说："秦姨，我跟北辰已经领证了。"换言之，再不喜欢她也无济于事，她知道秦苏更喜欢林嘉悦。

秦苏面色从容，"既然已经领证了，你叫我秦姨就不大合适了吧？"

"我随着北辰的称呼。"顾初摸不透秦苏葫芦里到底卖的是什么药，来阻止他们的？看着不像，来祝福他们的？但也没表示出太多的惊喜，"当然，出于礼节我应该称您为婆婆。"

秦苏唇角含笑，许久后她说："希望你能珍惜。"

顾初愣了一下。

"说实话，林嘉悦的确比你更合适北辰，当然，你们已经结婚了，我不可能再去反对你们。"秦苏说，"只是想告诉你，北辰为了能跟你在一起做了很多牺牲，所以，既然在一起了就别轻易分手。"

这句话听着像是祝福，但最明显的意味就是承认，秦苏承认了他们的婚姻，也就意味着陆家不会反对。顾初的心放下了，说："我知道北辰做的牺牲，所以，我不会跟他分开。"

"北辰做的远比你知道的要多。"秦苏意味深长。

顾初目光一怔。

"不过，漂亮的姑娘总会赢得男孩的付出。"秦苏话锋一转，问，"婚礼的时间定了吗？"

顾初脑子里还回荡着秦苏的那句话，浑浑噩噩点头，"北辰生日那天。"

"欢迎我参加吧？"

"当然，您是我们的家长。"

秦苏笑了，眼里看不出心不甘情不愿。顾初看在眼里，心中敬佩，这女人真是被岁月打磨出来的宠儿，其实是不赞同这门亲事的，但木已成舟，她就顺势接受。她不曾表现出丝毫的不悦和质问，这才是最聪明的女人：可以强势地打命运的脸，同时又能甘心接受命运的打脸。

末了，秦苏给了她一枚锦盒，拿在手里沉甸甸的，另外，还有份文件袋，“北辰不是长子，所以陆家长辈传给长媳的信物不能给你，但这份礼物是我亲自选的，我想，对你来说应该比传家信物更重要。”

顾初想着没必要让秦苏破费，忙推脱，但秦苏坚持要她打开看看，她照做。锦盒打开，里面竟是一条镶有鸽子蛋的项链。

秦苏笑笑，“我知道你脖子上戴的那条项链价值连城，但我送你的这条也价值不菲啊，千万别当玩具扔了。”

“太贵重了，我——”

“钱财能买到的东西就不叫贵重，只有想买却买不到的东西才能称得上是贵重，例如，那份文件。”

顾初拿出文件，翻开一看，惊讶出声。

“陆家的确对顾家做了些不好的事，所以，今天我替陆门把药方还给你，这也算是陆家对顾家的补偿。”秦苏说，“在案子完结之后，我儿子东深会对外澄清事实，给顾家一个交代。当然，新药陆家会继续出资研发，但新药的拥有权是顾家的。”

顾初紧紧捏着声明书，心里翻江倒海。

另一头，林嘉悦找上了陆北辰。

“陆北辰，你什么意思？”这是林嘉悦闯进办公室后的第一句话。

当时陆北辰正在跟罗池通电话，办公室的门突然被推开，激得他很是不悦，见来者是林嘉悦，面色更是严苛。可以理解，换作是潘安等人还好些，因为就算听到了什么也不至于消息外泄，但林嘉悦是个外人，这种行为无疑是犯忌的。

果不其然，陆北辰打断了罗池的喋喋不休，挂断电话，他看向林嘉悦，一字一句，“这就是你在商场上学的礼仪？”

“这个时候你还指望我讲礼仪？”林嘉悦自然不忌惮陆北辰，下巴一抬，高傲气愤。

“这个时候？”

林嘉悦质问：“为什么要转让股份？还有基金会又是怎么一回事？站在基金会发布台上的为什么会是陆北深？”

“他是我弟，你看见他不奇怪。”

林嘉悦冷笑，“你是想躲我吧？”

“我不需要躲任何人。”他平静得有些残忍。

“你真以为这么做就能把自己撇干净了？你是姓陆的，就算没有股份你也是姓陆！只要我坚持，你抛弃的股份也好，基金会也罢，陆家都会双手奉还给你，我——”

“我结婚了。”陆北辰打断她的话。

林嘉悦像是遭了雷击，好半天才有了动静，“你……开什么玩笑？结婚？”

“我和顾初已经领证了。”陆北辰目光沉稳，“对不起，我爱的从来都不是你。”

林嘉悦盯着他，室内的光线似乎将他的柔和过滤了，他的脸棱角太过分明，分明成冷漠薄情的线条。其实他不用把话说得这么明了，有些事她是看在眼里的，但陆北辰就这么明晃晃地婉拒，令她再也挂不住面子了，“陆北辰，你怎么这么不识好歹？我都已经这么低三下四地来找你，甚至还为你做了那么多的事，你——”

“你只是，希望这么多年的付出有所回报而已。”

“你以为你的顾初就是爱情信徒吗？”林嘉悦字字咬狠，“在她尝到爱情的甜头后，你以为她不想着要回报？别傻了，这世上没谁不希望在爱情中得到回报！”

陆北辰笑，“也许顾初也想在爱情中索取回报，但没关系，我可以让她得到回报，然而我能给她回报的并不是因为我想得到更多，仅仅是因为我爱她。”

因为爱她，所以愿意给她想要的一切。他不怕她索求，只怕有一天她不再朝他索求而离开他。

林嘉悦的嘴唇一直在抖，脸色惨白如浆，这样一个她着实让人怜惜，可能换作其他男人早就于心不忍了，但陆北辰一动不动，唯一能说的就是句，“嘉悦，你需要的是一个因为爱你而为你付出的男人，很抱歉，我不是这个男人。”

“陆北辰，你这个浑蛋！”

林嘉悦在临摔门出去之前撂下这么句话。

夕阳西下时的校园很美，通红的霞光沿着云际线慢慢滑行，你看不到光线行走的速度，却能感受到它们明暗的变化。

顾初沿着鹅卵石小路前行，不远处是篮球场上的嬉闹声，她的目光沿着白兰树的叶子延伸，就看见了悠闲地靠在木椅上的男人。他少了平时的严肃，浅色穿着看上去平易近人，他一人占了整张木椅，这种人在校园里是招人反感的，但很显然，他的皮囊挽救了他招恨的行为，途经姑娘们眼里的桃花多于不悦。

他在看书，很安静。

霞光的斑驳落在他的脸颊，那是迷人的弧度，周遭像是布了光线，他一人独独成了赏心悦目的风景。顾初隔着树影看了他良久，看得心悸非常。他许是等久了，翻了书页后抬腕看了看时间，却没四处张望，又低头专注看书。

他在等她。

她悄步绕行，来他身后。也许他听见了，故作视而不见，也许他真的专注看书，未曾发现她已经到了。顾初从他身后伸出手捂住了他的眼睛，屏息偷笑。

陆北辰顺势坐直，放下书，另一只手就顺势朝后一搂，微微一用力她就贴到他的肩膀上了。她松手，搂过他脖子笑，他也在笑，偏头看她，夕阳飞入了他的眼，瞳仁异常光彩，温柔恬厚。

顾初的脸颊腻着他的耳畔，嬉笑，“等很久了吧？”

“不久。”陆北辰拉过她的手腕，轻轻一抬，她就绕过木椅坐到他身边，他拍了拍搁在旁边的书，“不过是看了半本书的时间而已。”

等她，等再久都不算多。

“怎么想到回学校了？”他问话时脸颊是压下来的，贴近她的耳畔。

今早出门顾初就叮嘱他下班后来A大，他虽然不清楚她的目的，但还是乖乖赴约。这里并不是他排斥的地方，只是，他这个人平素不擅长去回忆，哪怕身处旧地。

顾初挽上他的胳膊，“晚饭我们就在食堂吃呗。”

陆北辰挑眉看着她，“你确定？”

“当然。”顾初懒洋洋地靠在他身上，感叹，“我都好久没吃到这里的味道了。”

陆北辰伸手将她的脑袋扳过来，“以前食堂师傅没少挨你骂，不是嫌咸了就是嫌炒老了，如果没有你家的大厨，你怕是早就饿死了。”

顾初连环拳打在他身上，“你懂什么？那时候如果没有我的话，食堂师傅的厨艺能进步吗？大学生就不是长身体的时候了？更需要营养丰富均衡，怎么能随随便便应付我们的嘴巴？”

实际上，如今A大的食堂师傅大部分都换了，但主厨没换，用他的话说就是，他已经在A大工作了二十多个年头。大师傅姓王，别人都叫他王师傅，只有顾初喊他小王师傅。两人一露面，王师傅就认出了陆北辰，热情洋溢地问东问西，又提到以前，“你们两个随便拎出一个在学校里都抢眼，现在感情还这么好，真好。”

陆北辰只是抿唇笑，一直听小王师傅讲到从前，然后偶尔提醒他，“这个来一份、那个来一份……”

顾初跟陆北辰十指相扣，靠在他身边，眼角余光还能扫到周围环境，有些小学妹认出陆北辰，一路跟着来二楼凑热闹。她贴得更紧，陆北辰跟小王师傅简单寒暄两句后就离开了点餐区，一手端着一个餐盘朝着靠窗的位置走过去。顾初黏他身上，他低笑，“洒了、洒了。”

“不怕。”顾初心情很好。

以前在学校吃饭的时候她也喜欢这么黏着他，她的餐盘他来端，她的饮料他来拿，她的餐具他来取……等她坐下后，他又重复了曾经做过的这些事。

其间还有不少学妹走上前，请求合照，被陆北辰婉拒了。等终于打发走了最后一拨悻悻的学妹后，顾初咬着筷子说："现在四面八方都是仇视我的目光，陆北辰，你在树敌啊。"

"处理这种事的确不是我的专长。"陆北辰伸手把她的筷子夺下来，"咬筷子的毛病怎么一直改不了？"

晚饭后，顾初没急着回，拉着陆北辰在白兰路上慢慢地散着步。这两天气温回升，晚上清风徐徐而来，竟也觉得爽朗。天色黑下来了，铁艺复古造型的路灯匿藏在树影间，偶尔风过，光影忽闪在脚下的鹅卵石上，婆娑婉约。

"说吧。"陆北辰将她拉到了灯下，"你想跟我说什么？"

顾初知道他肯定会起疑，轻叹一声，"我是想让你接受手术。"

陆北辰挑眉。

顾初紧紧攥着他的手，"北辰，我不能没有你，这个校园、这个城市有太多关于我们的回忆。今天把你拉到这里，我就是想让你知道你对我来说有多重要，你的命对我而言有多重要，就算是为了我，接受手术，行吗？"

陆北辰摸了摸她的头，轻声问："是斯密斯拉你做说客？"

顾初搂住他，仰着头，"斯密斯对这次的手术很有信心，我不想看着你受罪。北辰，你别怕，我会陪着你的。"

像是哄孩子似的，逗笑了陆北辰，将她拉搂在怀，下巴抵在她的头上，"好，我答应你，这件案子完了之后我就联系斯密斯。"

"口说无凭，拉个钩。"

陆北辰笑，刚要伸手，手机却在这时响了，他接了电话。顾初刚开始没在意他的通话，可抬头见他蓦地变了脸色，心里咯噔一下，身后又猛地蹿起一阵风，她的脊梁骨冰凉。

车子一路前行，穿破寂夜苍穹。这一路上一盏盏红灯从车窗前跃过，不知闯了多少，顾初没心思去计算，开车的陆北辰更顾不上是否违反交通规则。

车子远离了城市灯火，上了高速后夜色越来越重，周遭起了薄雾，陆北辰开了远光灯，但那两束极强的光柱也被雾气稀释，只能看见眼前巴掌大的路况。顾初僵直地坐在副驾，两只手攥得紧紧的，死死地盯着前方的路，脸色惨白。

一小时前陆北辰接到了罗池的电话，她就知道一定出事了。女人的预感往往可怕，她察觉出陆北辰不想告诉她，心里一激灵不知怎的就冒出句话："是不是顾思？"她也不知道怎么就会想到顾思，就是这种不祥愈发清晰。

陆北辰告诉她："罗池他们找到了Ben，思思成了何奈用来赌命的筹码。"

陆北辰横过手臂，牵过她的手，方觉她的手指冰凉得很，低声安慰："一定没事的，罗池已经跟当地警方联系了。"

顾初心口突突直跳，她一句话说不出来，太阳穴很疼，脑子里走马观花的是各种可能。她又想起上一次顾思受到威胁的时候，不停地安慰自己要去相信陆北辰的话，顾思一定没事，一定没事……

陆北辰踩足了油门，这是他第一次心里没底。虽说刚刚在安慰顾初，但凭着他多年跟罪犯打交道的经验，他能感觉到何奈身上一种近乎可怕的歇斯底里。

罗池的话解读出的详细信息是：他们在寻找 Ben 的时候，不曾想 Ben 出现在国内，罗池等人接到消息后马不停蹄地去找 Ben，Ben 也愿意配合警方，他的意思是他的人身安全受到了威胁，并且可以证明何奈是在撒谎。陆门实验室中可以接触配方的人就只有何奈，换句话说，何奈极有可能为了报复陆家而故意害人，每一次的药方升级不过就是他想要调配出更神不知鬼不觉置人于死地的药方。可就在罗池带人赶到 Ben 所在的地址时发现其失踪了。罗池一怒之下找了何奈，声明警方已经有理由控告他故意杀人罪。

何奈许是也知道警方查了这么久已经掌握了一些证据，他不做申辩，冷笑着对罗池说："你们所谓的证据也是听所谓的证人讲的吧？如果 Ben 死了，不见了，没有证人，证词也不存在喽。"

他大有跟警方鱼死网破的架势，而事实上何奈就是在威胁罗池，他提出两个条件：第一，要安全地离开中国；第二，要五千万现金。

罗池警告他是在做梦，他却阴惨惨地跟他说："罗大公子，就算 Ben 的命不值钱，顾思的命也该值几个钱吧？"

顾思是在琼州出事的，她跟着宿舍的人到外面吃饭，吃完饭还没等走到校门口就被两名黑衣大汉给掳上了车。当时同一宿舍的姑娘们吓得丢了魂，等报了警后，几人在惊吓中也没完全描绘出对方的样子，只是声称两名男子很高很壮，戴着青面獠牙的面具。

罗池接到何奈的威胁后第一时间联系了当地警方，当地警方正在处理这件案子，得知情况后才知晓局面远比他们想得严重，能在大庭广众下绑人，是亡命徒才能干出来的事。

时间紧迫，罗池边往琼州那边赶，边跟当地警方做出部署，他们猜测 Ben 也有可能是被何奈的人绑到了琼州，跟顾思一起。

陆北辰没告诉顾初的是，何奈只给罗池六个小时，六个小时之内达成他的心愿一切都万事大吉，如果超过六个小时，先见到的就是 Ben 的尸体。

何奈完全撕破了无辜的皮囊，来一场跟警方的正面较量。用他的话说就是，他的目的已经达到了，就算要他死，他也要拉着人做垫背。

陆北辰始终在想着"他的目的已经达到了"这句话的含义。

这个何奈的目的就是要搅得陆门一团乱？可事实上陆门的丑闻被爆出这件事看上去又不像是何奈做的，如果是他做的，可能就不会只提陆门实验室死人一事了，连当初陆门是如何插手顾家破产一事也势必会倒出。

如果这不是何奈的目的？那目的又是什么？让顾家的药方回归？这个目的还靠谱些，毕竟声明文件秦苏已经交给了顾初。

真的只是这样？

陆北辰迟疑，但又拿不出确凿的证据来深剖何奈的真正目的，就好像连他都没想到何奈会把事情做得滴水不漏一样。人明明被便衣一天二十四小时盯着，却能做到远程控制，不但绑架了 Ben，还将顾思也钳在手里，他同时卡住了两道搏命砝码，这场仗很难打。

灯柱撕开了黑暗的口子，可黑暗依旧存在，像是怪兽似的张着血盆大口，等着他们自投罗网。这期间罗池打了数遍电话过来，跟陆北辰传达事情的最新进展。他比他们要早出发，跟当地公安达成具体部署计划后，才倒出空来通知陆北辰，按照时间计算，罗池等人应该会比他们早到一小时。

顾思和 Ben 果然都是在一起的，被人带到了琼州南山的一个破旧小屋里。那座南山，就是发生过好几次凶杀案的南山，就是藏着萧雪尸体的南山，就是一旦跑了犯人追着追着就会迷失方向的南山。顾初从没去过南山，哪怕她在琼州生活了很多年，哪怕当初萧雪的尸体在那里被发现。可她知道南山的凶险，知道南山有多么让人望而生畏。

听罗池说，那个破旧的小屋是早年猎户临时歇脚的地方，后来国家禁猎，小屋就此废弃了。等警方包围小屋后经分析，屋子里的歹徒最起码有三名，从警备程度来看，应该都是雇佣兵出身。

这些人一旦收了钱，就不会心慈手软。

当然，罗池只跟顾初“汇报”了顾思所在的位置，安慰她说当地公安已经出动了，谈判专家也已经赶到，要她别自乱阵脚。

严重的话说给陆北辰听，何奈那边显然就是在跟警方赌，对于罪犯，警方当然不能纵容，但作为深爱顾思的男人，罗池第一次有了迟疑。他压低了嗓音对陆北辰说：“钱和路我都准备好了。”

陆北辰虽不动声色，但内心还是一颤。罗池能这么说，就代表他也没把握在六小时之内救出顾思和 Ben，而且赶赴琼州也需要时间，一盘算下来，真正跟歹徒斡旋的时间可能只有两小时左右，那么，在这两小时的时间里，何奈会不会临时变卦？他会不会丧心病狂真的不管不顾？

快到凌晨，陆北辰和顾初赶到了琼州，一路直奔南山，远远地就能看见忽闪的警灯，顾初连车门都顾不上关就往上冲。

陆北辰匆忙锁车，追上她。她的步伐不稳，南山的小路崎岖，又多滑石，前一夜还下过雨，落叶铺在湿滑的泥土上，一脚踩下去能溅出泥水来。俩人是从 A 大直奔琼州，顾初哪还顾得上回家换双鞋，脚还踩着今早的高跟鞋，尖细的鞋跟几番陷入泥土里差点滑倒，她干脆扔了鞋子，赤着脚，不管脚下的路有多泥泞。

陆北辰扯着她防止她摔倒，她的手一直在抖，他甚至能听到她急促的呼吸声和牙齿相撞的声响。而他的鞋子和裤腿也是狼狈，但顾不上那么多。两人终于冲到了小屋区域，那里围了不少人，个个手持枪支，双方开始了对峙，气氛绷到了极点。

顾初冲着人群就过去了，陆北辰在身后一下子没抓住她，急了，快速冲上前想要拉住她的衣角，生怕她真的不管不顾往小木屋里冲。

可就在这时，突然一声枪响，倏地震飞了林中寒鸦，它们扑棱着翅膀四散。

顾初猛地停住脚步，陆北辰的心也一咯噔。

接下来发生的一幕幕在许多年后顾初每次想起来也都是断层的，但有几个片段她终生难忘，也许，那晚也就发生了那几个片段。

在枪响后，她眼睁睁地看着顾思缓缓倒地，周围明明很嘈杂，但顾初一点声音都听不到，大脑一片空白，耳朵里嗡嗡的，双脚却像是不受控制地冲上前。

她抱住了顾思，看着血慢慢地从她的嘴角、胸口流出，她和顾思像是身处一个无声世界，有人冲上前，是罗池，可罗池喊了什么她听不见，只知道他在歇斯底里，像是在叫救护车。她似乎又看到了姨妈和表姐……姨妈昏倒了，表姐似乎想要拉她起来，但她紧紧地搂着顾思就是不松手。

唯一能感觉到的就是，顾思的身体很凉，脸上和身上都是伤，她仰头看着她，嘴唇扯动了一下后就会喷出很多血来，她似乎在叫她："姐……姐……"

她把身上的外套脱下来，用力将顾思裹紧，她的妹妹冷了，就像是小时候那样，嘟着嘴埋怨她说："你还是我姐呢，我冷了你都不知道把衣服给我穿！"

她给她衣服穿，只要思思没事，她想要多少衣服都可以。

不，她还可以要更多的东西，只要她跟她提，她都会给她。

大批警察好像去追逃窜的歹徒了，只逮到了其中一名，隐约中，顾初的听觉似乎有些恢复，她听见罗池的咆哮声，他冲到那个歹徒前，一拳拳地打下去，有警方上前拉住了他，他力气很大，推开了那些人，又冲着这边踉踉跄跄地过来。

她听见陆北辰在叫她的名字，听见警笛声和救护车的声音……

她已经不记得是怎么把顾思抬上了救护车，罗池紧跟其后。

车门“嘭”地关上后，顾初才猛地一激灵，再看顾思，她已经被救护人员围住，监护器在嘀嘀地响。车速很快，顾初几乎坐不稳，顾思静静地躺在那儿，罗池离她很近很近，她伸手就能触碰到他。

于是，顾思这么做了，吃力抬手想要触碰他，可抬到一半又似乎改了主意。罗池却一把抓住她的手，眼泪顺着脸颊往下砸，顾初在她的另一边，听见顾思很艰难地一字一句说：“罗……罗池，忘……了我，因为……我从来都没……没爱过你。”

罗池一手紧攥，一手轻抚她的头，红着眼跟她说：“别说话，思思，马上到医院了。”

顾思似乎真的不想跟他说话了，她吃力地看向顾初，顾初抖颤着手紧紧地拉着她的另一只手，监控器里不同寻常的声响令她窒息，寒意顺着脊梁骨蔓延到细胞、头发、骨干、五脏六腑。她冲着顾思摇头，示意她不要说话了，可顾思许是知道自己的情况，用尽全力抓紧顾初的手。

“姐夫是好……好男人，姐，别怪我……我怕他……对你不好……”

这句话说得断断续续，意思也是断断续续，但顾初一下子就听明白了。

“思思……”除了叫她的名字外，顾初一句话都说不出来。

顾思似乎还想说什么，但嘴巴一动就喷出好多血来，她和罗池手忙脚乱地替她擦，顾思却看也不看罗池，目光盯着顾初，紧紧的。

你想说什么？顾初在心里大喊，嘴唇一个劲地发抖。顾思的嘴巴用力地张了张，可终究还是发不出声音，松了手，伸出根手指，顾初看到她的手指上也都是血。她的手指搭在顾初的手上，费力地写着字。

一笔一画都是血迹。

顾思写字的手指颤抖得厉害，好像是在拼尽最后一点气力，她写了一个“解”字就再也没力气了，顾初只觉得手心一凉，顾思的手指从她的手心滑了下来……

监护器中传出“嘀——”的拉长音。

罗池像是发了疯似的扑上前，却被救护人员拉到了一边，开始紧张的抢救。罗池整个人都僵在地上，脸色惨白，顾初呆愣愣地盯着救护人员的身影，好半天喃喃：“思思，你还没写完呢……你还没告诉我你想说什么呢……”

像是过了很久，可又像是只过了一两分钟，她听到救护人员在她头顶上说了句：“对不起，我们已经尽力了。”

在以后很长一段的岁月里，顾初从梦中醒来时都还觉得顾思还在，还会时不时想给她打电话问她学业怎样，又想着问她放假了要不要来上海住一阵子，等拿起手机翻出顾思的号码后才意识到，她的妹妹已经不在了。然后，她就将回忆再扯到当天的情景，可具体细节就总会是空白。

后来筱笑笑告诉她，当时她在停尸间里待了一天一夜，就一直抱着顾思不撒手，谁上前拉她都不动弹，一句话不说，一滴眼泪都不流。后来陆北辰也去了停尸间，费了很大劲才把顾思的尸体夺下来。

她问筱笑笑，陆北辰为什么要把顾思的尸体带走？筱笑笑跟她说：“当时你两眼发直，嘴里一直在说，北辰……思思需要解剖……”

当时停尸房里还有别人，岑芸、许桐、盛天伟他们，罗池一听这话都快疯了，红着眼冲着顾初吼：“你说什么解剖？”

她就像是没听见罗池大吼似的，不停地重复着那句话。当时陆北辰就陪在她身边，顺着她的话说：“好，我为她解剖。”

“你好像听见了陆北辰说的话，摊开手心给他看。”筱笑笑叹气，“可你手心里什么都没有，只是血红一片。”

所有人都不知道顾初手心里有什么，罗池却像是突然想到了什么，一下子冲到顾初身边，箍住她的手腕，问：“思思临死前给你写了什么？”

她没回答罗池的话，双眼死死地盯着陆北辰，嘴里就只有那么一句话在重复着，像是复读机似的。陆北辰明白了，罗池也明白了，骤然上前来抱顾思，结果她条件反射地死死搂住，像是中了魔似的，最后还是陆北辰想了点办法才把顾思挪走。

从停尸房出来后，顾初就一直待在房间里不出来，听说陆北辰借用了当地的解剖室为顾思进行了尸检。语境和鱼姜大半夜的也被陆北辰给拎到了琼州，一头钻进解剖室里成宿没出来。

其间倒是鱼姜来家了一次，她是“奉命”给顾初送吃的来。顾思的身亡让案子的瓶颈一下子碎了，罗池像是发了疯似的昼夜不停地审讯抓来的那名杀手，但他死活不开口，警员们四处追铺当时逃窜的同犯。岑芸一下子病倒了，一提到顾思就哭，许桐伺候安慰，盛天伟跟陆北辰、罗池一起来张罗顾思接下来的葬礼。

笑笑毕竟还有工作，不能在琼州待太久，陪了顾初一天一夜后只能匆匆赶回上海，凌双还不知道这件事，但笑笑没打算告诉她，这件事牵扯的人太多，怕是顾初不想看到的。所以在笑笑走后，陆北辰怕顾初没心思吃饭，就派了鱼姜去。

顾初一口都吃不下，就坐在落地窗前看着外面一动不动，鱼姜拿了几个大抱枕过来，陪她一同坐在窗子前，盯着小区花园里或散步或遛狗的居民，轻声说：“我想起《飘》里有句经典台词：After all, tomorrow is another day. 我想你也看过，共勉吧。”

Tomorrow is another day，顾初却觉得，顾思死了，她的明天也找不到了。

那一天，鱼姜没逼着她吃东西，她坐了多久，鱼姜就陪着她坐了多久，直到陆北辰打了电话催鱼姜回去。鱼姜快出门的时候，顾初才哑着嗓子问：“发现什么了吗？”

“我想 Vic 是有发现了，否则不会叫我回去。”鱼姜给了她一个中肯的推断，又说，“现在希望顾思保佑我们能找到最直接的证据，因为 Ben 在顾思之前就被歹徒杀了。”

也许何奈就是有鱼死网破的心思，又也许是何奈被什么人什么事激怒了，总之没等到六个小时就处理掉了Ben，当时警方听见枪声后都震惊了，开始了跟歹徒们的对峙。顾初和陆北辰赶时正好是那群亡命徒打算血拼出一条退路的时候，顾思受到了很大的惊吓，在逃跑时被对方开枪打死。

在顾思中枪后，其实警方和歹徒们是发生火拼的，后来顾初听许桐说，当时的情况十分危险，是陆北辰不顾一切地护着她才离开了现场，然后她进了救护车，眼睁睁看着顾思过世。

顾初很想问何奈为什么不遵守承诺？为什么一定要杀人？也许，这个问题只有何奈自己才能回答。

陆北辰从案发现场再到停尸房最后到解剖室，这个过程没歇息一秒钟，马不停蹄。

解剖台上躺着的是顾思。

她僵直地躺在那儿，脸上的神情安详，打眼一看像是睡着了一样。但上前查看，能轻易看到衍生出的尸斑。这期间他没让罗池往里进，不管罗池砸门踹门，他都装作没听到。

他知道罗池的心思，想陪顾思最后一程，但就因为这样，他才不能让罗池看到顾思现在的样子。他是做法医的，早就习惯透过漂亮的皮囊看到腐败的骨肉，也亲手为自己认识的朋友进行过尸检，他明白那种感受，那种无法将自己置身事外的感受。这么多年走过来他早就习惯了，将尸体只是看作尸体，不关乎死者生前是什么身份。罗池是警察，风里来雨里去也已经见惯了死者，再残忍的死法他可能也遭遇过，但，如果面对的是自己所爱之人呢？

他敢确定，如果将罗池放进来，他这辈子都走不出顾思的影子。

就这样，罗池在尸检厅的大门外待了很久，最后将一肚子气撒在了罪犯身上。语境在为顾思褪衣之前做了简单的祈祷仪式，这是他的个人习惯，他认为能进尸检房的死者大多数都有冤屈，祈祷是最好的慰藉。

陆北辰走到医用垃圾桶前点燃了支烟，语境抬头看了他一眼，他知道陆北辰从没有在尸检的时候抽过烟，也不允许实验室成员这么做，但他此时此刻点燃了一支。

一支烟后，陆北辰戴了手套，解剖工具在旁泛着寒光，打在顾思年轻的身体上。失去了生命的躯体就犹若残花，再也鲜活不起来了。

“思思。”他轻喃了声，“安息吧。”

做了体表检查，语境为尸体做内脏扫描，然后叫了一声，指着图像中的阴影对陆北辰说：“她胃里有东西。”

是有东西。

当陆北辰的解剖刀沿着她的喉管划开胸腔时，发现她从咽喉到食管都已经破损了，怪不得最后她说不出话来，是那个东西的棱角划伤了她的食管和喉管。

顾思很快下葬了，墓园选在了上海，罗池花了大价钱为顾思买了块风水宝地，很安静，周围的邻居年龄又不算太大。刚开始岑芸怎么都不同意将顾思葬在上海，最后顾初说：“姨妈，思思很喜欢上海。”

曾经顾思跟她说过：“姐，等我毕业后一定要去上海……”

曾经顾思也跟她说过：“姐，我们为什么不回上海……”

有她在上海，思思不会寂寞。

下葬当天雨很大，打得头顶上的树叶纷纷往下掉。顾初买空了一家花店的白菊，罗池却买空了整个上海花店的白玫瑰，从前往墓碑的小路一直铺到了墓基前，徜徉连绵，铮白的花瓣在雨水中怒放。

罗池说，当初他送顾思红玫瑰的时候她告诉他，以后送她白玫瑰，他问为什么，顾思说：“因为我姐很讨厌红玫瑰，我姐讨厌的我就讨厌。”

顾思胃里的东西最终成了扳倒何奈的铁证。

在她被掳走之前她的兜里一直揣着个微型录音笔，不到一厘米宽却有一厘米长，录音笔是她室友的，只是当时她室友身上没兜就放在了顾思那儿。

录音笔里有一段歹徒跟何奈通话的录音，应该是顾思被压上车后情急之下打开的，除此之外，还有一段 Ben 跟她的小声对话和歹徒们装弹夹、走来走去的录音。

顾思跟 Ben 询问了情况，Ben 以为顾思也跟实验室的事有关，就将实验室里的事一五一十地跟她讲了。通过 Ben 的口述，警方得知了其实何奈才是始作俑者，他给钱豪、刘川等人服用的压根就不是当初陆家给的药方，他在药方上进行了改良，可所谓的改良在 Ben 的眼里却是要命的毒药，能够引发精神和心脏的双重负担。然而何奈不愿停下，偷着处理掉了尸体，尸体具体怎么处理的 Ben 不知晓，他只知道陆振扬很信任他，他是实验室的负责人，其他人也只有听命的份儿。

何奈给试药者们烙上了标志，每天做记录，Ben 说，何奈称这个药方为"巫忆"，而那些试药者们称他为"巫灵"。Ben 后来察觉后想要上报陆门，但何奈的意思是，这就是陆门想要的东西，又警告他闭嘴，毕竟是涉及人命的事，Ben 也想多一事不如少一事。

而顾思最后能把录音笔吞进肚子里，怕是当时情况危急，她不得不这么做。

警方拿到了铁证，再审问何奈时他也供认不讳。对于艾欣的那场车祸，他也承认是自己做的，当初就是为了引起陆北辰的注意，但他没想到陆北辰会伤得严重到被送到美国去，打断了他的报复计划。

再问及其他事，例如有关给罗池打电话、又如陆门实验室被曝光，还有 Ben 为什么会突然出现等事是不是也跟他有关时，他笑得特别诡异，冲着警方说："不管是不是我做的，反正陆门的劫难快到了！"

警方继续盘问，他就不吱声了。

但以上罪名，也足够他拿命来填的了。罗池当时拿到何奈的认罪口供后，恨得双眼铮红，当场就掏出枪要毙了他。

一切尘埃落定，何奈死罪难逃，可他也做到了拉着无辜的人陪葬。

雨水冲洗着墓碑，一行人沉默无言。

顾初坐在墓碑前，顾思的照片被雨水遮得模糊了她就抬手去擦，一遍又一遍。陆北辰站在她身边，为她遮着伞，看着她心疼。

后面哭声一片，是岑芸、顾思的同学、许桐的浅泣。

顾初没哭，她的脸颊是被雨水打湿的。

陆北辰蹲身下来，轻轻揽过她的肩膀，“想哭就哭吧，别憋着。”

顾初摇头，喃喃，“思思说过，她喜欢看我笑，不想看我……”哭字还没说出来，她的眼泪就下来了，紧跟着，是再也压抑不住的大声痛哭。

思思没了，她再也没有不允许自己掉泪、默默哭泣的借口。

那一年的那一天，她们的父母去世了，顾初一滴眼泪都没掉，顾思问她：“姐，如果有一天连我都不在了呢？”

“那么，我一定会把你葬在你最喜欢的地方，然后，我会哭得很伤心。”

于是，顾思就搂住她说：“我才不让你哭呢，我喜欢看见你笑。”

……

思思，我将你葬到了你最喜欢的地方，可是你食言了，现在我哭了，你看见了吗？你让我哭了……

罗池会经常来这里，墓园的人都认识他，不等他开口就主动为他抬杆。罗池每次来都会抱着大束白玫瑰，从不带白菊，他会将车停在停车场，然后一步步走上去。

见到顾思后，他总会先行替她打理周围的杂草，不管管理员打扫得有多干净他都要亲自动手再清理一遍，将她的照片擦得亮得不能再亮，然后就会跟她聊天，一聊就会聊上好久，有时候会待上天色落晚，有时候会待到局里打来催促电话。

这一天他又来了，依旧抱着白玫瑰，拆开漂亮的包装，将一支支的花枝掐掉，手指头流血了也不曾察觉，那白色的花苞朵朵铺在墓基上，漂亮极了。

他笑了，抬手时才看见自己的手指流血了，生怕弄脏了照片，他忙擦净手指，抚上她的脸。

“思思，不怕了，我会一直陪着你……”

照片里的思思，笑靥如花。

后续

山脉连绵万里。

咬合着无边叠嶂的林海，似迷宫。

上了千年的枝干，爬了藤蔓，如苍劲筋骨，赋予古树皑皑嶙峋的生命。

阳光再烈，却也穿不过宛若伞大的叶脉。

他抬头看了一眼。

看不到天。

目光能及的只有努力穿过叶脉的光线，细如发丝，又被林雾拉扯得影绰牵强。他刚擦了额头的汗，后背又有豆大的汗珠爬过。

闷热逼得人透不过气，见不着天，失了方向。

她脸色苍白靠在树干上，壶中水只剩一点点，喃喃：“完了，走不出去了。”

他没说话，从烟盒里拎了支烟叼在嘴里，在兜里摸出了打火机，拇指擦着火石滑轮，用力，几次过后，那火苗幽幽形同鬼火，很快湮灭。

烟点不着。

他躁了，叼着烟咒了句：“他妈的！”

她怔怔地看着他，突然起身发疯似的扑向他，抬拳捶打，“都怨你！我就说我们不应该来！我们不应该不听警告！”

他任由她推搡捶打，耳边似乎回荡着客栈老板的话：“那座山啊，是禁山……”

直到她捶累了，又跌坐地上，形容枯槁。

许久，她说：“是山鬼……它在惩罚我们……”

光线如蜗牛般爬散，即使再慢，也知道时间的游移。黑暗将吞噬整片林海，包括，他们。

他将烟狠狠摔在地上。

松软的草皮承载了烟杆，令他的怒气无的放矢。

他说：“继续走！”

伸手扯了瘫软在地的女人。

可下一秒，他的脸色变了，眼珠子瞪老大，她能听得到他上下牙齿相撞的声音。他抬手指着她的身后，嘴唇翕动，手指抖得厉害。她刚要开口询问，却见他一声凄厉，惊骇逃窜。

她一激灵，回头……

西寨多年来流传着一句话：西山有座坟，葬着未亡人……

西山，就是西奈山。

在那座山的入口歪歪斜斜地立着一个木牌。

上面的字迹也是歪歪斜斜的，写着：禁止入山。

还有一行小字，许是多年栉风沐雨变得斑驳不清，但若仔细查看，还是能瞧个大概。

这一行小字是：擅闯西山者，生不如死。